아파도
하고 싶은

Painful but Desirable

아파도 하고 싶은 2

채랑비 장편소설

초판 1쇄 찍은 날 | 2024년 2월 1일
초판 1쇄 펴낸 날 | 2024년 2월 8일

지은이 | 채랑비
발행인 | 이진수
펴낸이 | 황현수

기획 | 윤단아
편집 | 윤수진

펴낸곳 | 주식회사 카카오엔터테인먼트
등록번호 | 제2015-000037호
등록일자 | 2010년 8월 16일
주소 | 경기도 성남시 분당구 판교역로 221 6(일부)층

제작·감수 | KW북스
E-mail | paperbook@kwbooks.co.kr

ISBN 979-11-385-0592-5 04810
979-11-385-0590-1 04810(set)

아파도
하고 싶은

Painful but Desirable

2

채랑비 장편 소설

8. 재회

이모, 연진이 세상에서 사라져도 바뀐 것은 없었다. 사장의 자리가 공석이 되긴 했지만, 잠시간의 혼란 끝에 회사는 곧 다시 정상화가 되었다.

하연이 회사를 떠난 것도 아무런 영향을 미치지 않았다. 마치 그들이 이곳에 없었던 것처럼 모든 것은 정상으로 돌아갔다. 망가진 도윤을 제외하면 누구도 그들을 찾는 이는 없었다.

도윤은 26층의 사무실에서 고요한 서울 시내를 바라보았다. 차들이 거칠게 속도를 내는 도로가 눈에 들어왔다. 차들도 많고, 사람도 많고……. 모두 각자의 바쁜 삶 속에 지나간 이들을 잊고 있었다.

도윤은 씁쓸한 표정으로 미간을 찌푸렸다. 그때, 책상 위의 인터폰이 요란스레 울렸다.

Rrrrr.

손을 뻗어 버튼을 누르자, 하 비서의 목소리가 흘러나왔다.

-이사님, 대학교 동아리 후배이신 최성준 님이 찾아오셨습니다.

최성준이라는 말에 안 그래도 깊었던 인상이 더욱 찌푸려 들었다.

얼마 전, 그가 회사에 나타나 하연이 어디 갔냐는 말을 물었다. 하연은 휴직을 했고, 집도 나갔다. 도윤은 그녀의 행방에 대해 알지 못했다.

알고 싶지 않았다. 알았다가는 그녀에게 다시 돌아오라 매달릴까 봐 그녀의 존재 자체를 잊으려 노력했다. 잊을 수 없었지만.

성준에게 이미 하연이 어디로 갔는지 모른다고 했는데 다시 찾아오다니. 도윤은 혀를 차고는 비뚜름한 입술을 열었다.

"오늘은 업무로 바쁘다고 하세요."

급한 일은 없었지만 만나고 싶지 않은 상대였다. 그때는 엉겁결에 만났지만, 또 틈을 주고 싶지는 않았다.

-네, 알았습니다.

그러나 끊어진 인터폰은 오랜 시간이 지나지 않아 다시 한번 울렸다.

Rrrrr.

뭐지. 도윤은 버튼을 신경질적으로 누르며 입을 열었다.

"뭐죠?"

-최성준 님께서 꼭, 반드시 만나야 한다고 하십니다.

"……."

-굉장히 중요한 일이라고. 전화를 드렸는데 받지 않으셔서 찾아온 거라고, 급하다고 하십니다. 어떻게 할까요.

귀찮은 녀석이다, 정말. 도윤은 눈을 찌푸렸다. 하 비서는 쓸데

없는 연락은 절대 전하지 않았다. 이유가 있겠지. 어찌 되었건 간에 하 비서의 문제는 아니니까. 반쯤 포기한 상태로 도윤은 입을 열었다.

"들여보내세요."

말을 끝내기가 무섭게, 문이 벌컥 열리고 성준이 사무실 안으로 들어왔다. 도윤은 테이블에 몸을 기댄 채 비스듬히 그의 얼굴을 바라보았다.

무엇을 하다 왔는지, 머리카락이 흐트러진 모습에 숨을 씩씩거리는 성준의 모습이 낯설었다. 늘 패셔너블하게 옷을 입고 다니는 녀석인데.

"도윤이 형, 정말 하연이랑 헤어졌어요?"

급하다고 쳐들어온 것치곤 싱거운 첫마디였다. 이미 그녀와 헤어졌다는 이야기는 했다. 왜 갑자기 이렇게 찾아와 급한 것처럼 구는지 알 수 없었다. 도윤이 신경질적으로 받아쳤다.

"그깟 일로 나를 찾아왔나?"

"그깟 일?"

그의 말을 들은 성준의 얼굴이 벌겋게 달아올랐다.

"하루 이틀 사귀다 헤어진 사이가 아니잖아요. 형이랑 하연이는 결혼한 부부잖아. 그게 그깟 일이에요? 중요한 일이지."

"요즘 세상에 이혼이 흠도 아니고. 결혼하는 커플의 반은 이혼해."

"왜 이혼한 건데요?"

이상하다. 도윤이 이혼했다고 하면 하연을 좋아하는 성준은 좋아서 펄쩍 뛸 줄만 알았다. 하지만 도윤의 예상과는 달리 그는 얼굴을 벌겋게 한 채 분노를 토해 냈다.

왜지. 왜 화를 내는 거지. 성준이 화를 내든, 무엇을 하든 상관없지만 왜 지금 들이닥쳐 하연과 헤어진 것이 잘못된 일인 것처럼 몰아대는지 도윤은 이해가 가지 않았다.

"왜 이혼하는지 너에게 말해 줘야 하나?"

도윤의 말에 성준이 숨을 멈추고 화를 골랐다. 이마에 불끈 솟아오른 핏줄이 펄떡인다.

"나쁜 새끼. 넌 최악의 놈이야."

성준의 입에서 튀어나온 욕에 도윤의 눈썹이 비틀렸다. 그러나 성준은 거기서 멈추지 않았다.

"하연이가 아파서 버린 거지?"

크게 소리를 지르고는 결국 성준이 화를 참지 못하고 도윤에게 달려들었다. 도윤의 반듯한 정장을 손으로 잡아서 움켜쥐었다. 그의 열기가 고스란히 손을 통해 느껴진다.

성준이 울부짖었다.

"당신에게 필요한 건 그냥 당신 옆을 지키면서 보기 좋은 아내였는데, 아프니까, 결혼하자마자 아프니까 버린 거잖아! 최악이야. 하연이가 어떤 마음으로 당신과의 결혼을 허락한 건데……. 어떻게 버릴 수가 있어!"

"그게 무슨 말이지?"

성준의 말이 이해 가지 않았다. 도윤이 되묻자 성준이 꽉 깨문 잇새로 말을 내뱉었다.

"하연이가 당신을 어떤 마음으로 생각해서 결혼을 결정한 건지 아냐고."

"그거 말고."

다른 말. 스쳐 지나가는 말이었지만 마음에 걸리는 것이 있었다.

"신하연이 아파?"

신하연이 아파서 내가 그녀를 버렸다?

도윤의 말에 성준은 그의 얼굴을 바라보았다. 도윤의 미간이 깊이 파이고 입술은 비틀렸다. 이를 악물어 으드득, 소리가 사무실 내에 울렸다.

"신하연이 아프다니, 그게 무슨 말이지?"

늘 여유 있던 도윤의 얼굴에 초조함이 떠올랐다. 조금 전까지 반항할 생각도 하지 않고 아래로 축 처져 있던 손을 들어 성준의 옷깃을 잡았다.

"다시 한번 말해 봐. 신하연이 아프다고?"

"몰랐어요?"

몰랐다. 아프다니. 무슨 말이지. 성준이 무슨 거짓말을 하는 것은 아닌가.

눈앞이 까맣게 물들었다. 말도 안 돼. 아프다니, 하연이가 아프다니. 하지만 성준이 자신을 속인다기엔 그의 모습은 너무나도 절박했다.

냉정하게 생각해 보아도 그가 도윤에게 거짓말을 할 이유는 없었다. 그를 좋아하지는 않았지만 그럴 성격이 아닌 것도 알고 있었다. 성준은 당황한 도윤을 멍하니 바라보았다.

"하연이가……. 하연이가……. 아파서 헤어진 게 아니면 왜……."

도대체 왜 헤어진 거지. 이해를 하지 못하고 성준이 더듬더듬하는 사이, 도윤은 그를 다그쳤다.

"신하연이 어디가 아프냐고 묻잖아! 갑자기 그게 무슨 소리지?"

"어디가 아픈지는 몰라요. 모르지만……. 그렇지만……. 아픈 건 맞아."

성준이 정신없이 말을 쏟아 냈다. 그는 도윤과 만난 다음 날, 하연을 찾아갔다 했다. 그날의 이야기들.

"하연이는 늘 통통하고, 그렇게 살 빠진 적이 없었는데. 바싹 말랐어요. 한 번도 그런 적 없었는데, 광대뼈가 도드라지고 눈 밑에 피곤이 쌓이고. 손가락 관절까지 앙상하게 드러나서. 꽉 맞던 결혼반지조차 헛돌 정도로 말랐었어."

성수동 집을 나간 한 달 전만 해도 평범했었다. 물론 이모의 장례식과 이혼이라는 쉽지 않은 일들 사이에서 피곤해 보이긴 했지만, 평소보다 말랐다든지 더 몸이 힘들어 보이는 것은 없었다. 그러나 며칠 전 성준이 만난 하연은 그때와는 전혀 달랐다 했다. 성준이 말을 이었다.

"아파 보여서, 병원은 갔냐고 하니…… 병원에서는 이제 도와줄 게 없다고. 병색이 완연했어요."

더듬더듬 성준은 말을 이었다.

"아파서, 병원에서도 어떻게 해 줄 수가 없어서…… 그래서 떠나겠다고 하연이가 말했어. 통증도 심해 보였고."

덧붙여 성준은 그녀가 시한부의 삶에 대해 알아보고 있었다는 말도 덧붙였다.

"아주 멀리 떠나고 싶어서 한국을 떠나겠다고 했어요."

"어디로 간다고 말하던가?"

"아일랜드로 간다고 하더군요. 이미 출국한 상태예요."

그 말에 도윤은 입을 다물었다. 사실이라면 너무 잔혹한 현실이었다. 어디서 많이 들은 이야기였다. 그의 이모는 치료가 불가능한 병이라는 것을 알자마자 강릉의 별장으로 떠날 생각을 했다.

서울이 싫다고 했다. 이 답답하고 힘든 서울이 싫다며 가고 싶은 곳으로 가겠다고. 그것은 요양이라는 명목 아래 삶을 포기하는 것이었다. 신하연이 삶을 포기한다?

"무슨 병이지?"

"아마 암인 것 같아요."

헛웃음이 터져 나올 것 같았다. 이모를 간병할 때, 병원에서 오래 지낸 간병인들이 자주 하는 말이 있었다. 병자 옆에 있다 보면 가족도 큰 병에 걸릴 수가 있다는 것. 연진을 돌보던 간병인도 도윤에게 몇 번인가 말했었다.

"다른 사람들보다 몸 관리를 잘해야 해요. 아프면 병원에 바로 가고."

환자의 가족은 스트레스를 받고 몸을 제대로 돌보지 않는다. 간병 중인 환자나 다른 가족들에게 미안해서 아픈 것을 티도 못 내고 그렇게 곪아 갈 수 있으니 조심하라고 여러 번 들었다.

이모 옆 병상에 입원했던 환자의 아버지 역시 간병 중에 암을 진단받았었다. 세상에 뭐 그런 뭣 같은 일이 다 있나 싶었지만, 그 현실이 제 코앞으로 다가왔다.

성준이 물었다.

"정말 몰랐나요?"

"몰랐어."

알았다면 절대 보내지 않았을 것이다. 하연에게 이혼하자 했다. 사랑하는 마음 때문이었다. 그녀를 너무나도 사랑했다. 그러나 그 사랑은 순수하지 못했다. 집착이라는 더러운 것이 섞여 있었다.

혹시나 그 더러운 집착이 하연을 망가뜨릴까 봐 도윤은 그녀에게 차마 자신의 곁에 남아 달라고 하지 못했다.

아버지라는 괴물처럼 도윤 역시 괴물이 되어 하연에게 사랑을 강요할까 봐. 그래서 자신 때문에 그녀가 불행해진다면 자신은 견딜 수 없을 것 같았다.

하지만 그 마음이 잘못된 것이었을까. 아니면 애초에 하연을 마음에 품은 것 자체가 죄악이었을지도 모른다.

왜 네가 아파. 왜 내가 아닌 네가. 죽어도 내가 죽었어야지. 널 아프게 한 내가 죽어야지, 왜 네가 죽는 거야. 어째서.

믿을 수 없는 현실에 도윤은 꼼짝도 못 한 채 가만히 숨만 몰아쉬었다. 그런 도윤에게 성준의 말이 쏟아졌다.

"당신과 하연이가 왜 헤어졌는지 모르지만, 만약 하연이가 아파서 당신이 버린 게 아니라면, 그녀에게 조금이라도 죄책감이 남아 있다면 찾아 줘요."

"……."

성준의 손이 도윤의 어깨에 닿았다. 그가 매달렸다.

"하연이 찾아서, 살려 줘요. 당신은 할 수 있잖아. 하연이는 이미 아일랜드로 가 버리고, 어머니도 하연이가 어디로 갔는지 모르신다고 하고 연락이 닿지도 않아요. 며칠 동안 미친 듯 수소문했는데 내가 할 수 있는 게 없어."

"……."

"도윤이 형, 찾아 줘요. 찾아서 서울로 데려와서 살려 줘요. 제발……. 당신은 할 수 있을 거야. 나랑 비교도 안 되게 돈도 많잖아. 뭐든 다 할 수 있는 재벌이잖아. 그렇게 해 줘요. 살려 줘요, 하연이."

제발.

제발.

몇 번이고 성준은 도윤에게 애원했다. 도윤을 그렇게 싫어했던 남자가 애절하게 매달렸다.

정신 차리자. 지금은 감정에 휩쓸릴 때가 아니었다. 차분하게 생각해야 했다. 자꾸만 울컥 솟아오르는 감정을 꽉 누르고는 도윤이 입을 열었다.

"단서는? 하연이가 어디를 갔는지, 어떻게 갔는지, 최대한 네가 아는 걸 다 말해 봐."

"아일랜드로 간다고 했어요. 영국 옆에 있는 그 아일랜드로. 런던을 경유해서 더블린으로 가는 티켓을 끊어 사흘 전, 출국했고요. 비행사는 파이티쉬 에어라인. 1년 오픈티켓으로 갔어요. 내가 아는 건 그게 다예요."

도윤은 성준을 밀어내고 몸을 돌려 책상을 짚었다.

탁, 탁, 탁. 손가락으로 톡톡 테이블을 두드렸다. 어떻게 찾아야 할까. 생각을 정리했다. 등을 돌려 가만히 말이 없는 도윤에게 성준이 다시 한번 물었다.

"하연이 찾을 거죠?"

"……그래."

"고쳐 줄 거죠?"

성준의 그 질문에는 답할 수 없었다. 도윤은 아무 말 없이 성준을 돌아보았다. 아프다는 이모를 고치기 위해 도윤은 무엇이든 다 했다. 돈이고, 시간이고 아낌없이 썼다. 하지만, 임상 실험 중인 약도 연진에게는 맞지 않았고, 한국에 수입되지 않는 고가의 신약도 암 앞에서는 무력했다.

내가 고칠 수 있을까. 누군가가 신하연을 살릴 수 있을까.

"……노력하지. 우선, 가 봐. 혹시 하연이에게 연락 오면 바로 전화해."

"하지만……."

납득이 되지 않는 듯 말하는 성준을 도윤이 가로막았다.

"찾으면 가장 먼저 연락하겠어. 지금 사람을 알아봐야 하니, 이제 가도록 해. 방해이니까."

오만하고 차가운 말에도 성준은 방해가 된다는 말에 순순히 사무실을 나갔다. 그가 자리를 비우자마자, 도윤은 무릎이 꺾이듯 소파 위에 앉았다.

도윤의 뇌리에 마지막 하연의 모습이 떠오른다. 이혼하지 말자고 하던 그녀의 모습이 눈앞에 생생히 재생됐다.

"사랑하게 될 수도 있잖아요. 같이 살다 보면 정이 든대요. 정도 사랑도 싹틀 수 있대요. 우리 이혼하지 말아요. 우리 재밌고 행복했잖아요. 당신을 혼자 두고 싶지 않아요."

하연은 도윤에게 그렇게 말했었다. 파랗게 질린 얼굴로, 그렇게 애원했다. 그런 하연에게 난 뭐라고 했던가.

단호하게 그녀를 밀어냈다. 계속 결혼 생활을 유지하며 같이 살자는 그녀의 제안이 결혼할 때와 같이 돈 때문이라고 생각하지는 않았다. 동정 같은 것이라고 생각했다. 이모를 잃은 자신에 대한 책임감. 그래서 단호하게 말했다.

"이혼하자."

마치 그 말밖에 못 하는 앵무새처럼 몇 번이고 헤어지자고 말했다. 이유도 알려 주지 않았다. 그저 그녀에게 안 된다고만 했다.

그 나름대로의 이유가 있었다. 도윤의 안의 검은 질투는 점점 크기를 키워 갔다. 성준뿐 아니라, 자신의 친구 우진, 그리고 이름도 알 수 없는 남자들에까지 질투했다.

그 모습은 점점 아버지의 그것에 닮아 가고 있었다. 계약으로 한 결혼인데 그녀의 사랑을 갈구했다. 그렇게 괴물이 되어 갔다.

그녀를 괴롭히기 전에. 어머니처럼 시들기 전에. 그녀를 놓아주는 게 맞다고 생각했다. 하지만……. 일방적이고 단독적인 결정이었다. 솔직하게 말하지도 않고 그녀를 밀어냈다. 왜 자신이 이런 결정을 했는지 말하지 않았다.

"당신을 혼자 두고 싶지 않아요."

하연은 그렇게 말했었다. 하지만 혹시, 하연이 혼자가 되고 싶지 않았던 것은 아닌가. 외동딸로 태어나 아버지도 없이 결혼한 그녀는 도윤과의 생활을 즐겁다고 표현했다. 둘이 있으니 참 재밌다고.

아파서 죽어 가면서 혼자가 되고 싶지 않다고 나에게 말한 것은 아닌가. 그런 하연을 난 버렸다. 행복하라고 놓아줬다. 앞으로 남은 평생 좋은 사람 만나 따스하게 살라고. 그런 신하연이 암. 신하연이 아프다. 신하연이…… 죽는다.

도윤은 손을 뻗어 인터폰을 눌렀다.

-네, 이사님.

"사람 하나를 찾아야겠어요."

다른 사람은 다 되도, 신하연은 안 돼. 죽게 놓아둘 수는 없었다.

신하연만은 절대로 안 돼.

＊＊＊

아일랜드.

그곳은 하연의 생각보다 아득히 먼 곳이었다. 오겠다고 결정하는 것은 간단했다. 하지만 여기까지 오는 긴 비행은 그녀를 녹초로 만들었다. 비행기를 탄 지 꼬박 20시간 만에 아일랜드의 더블린 공항에 도착했다.

서울을 떠나고 싶었다. 무엇을 봐도 도윤 생각이 났다. 그와 함께한 것들만 봐도 눈물이 났다. 혹시 내가 뱉는 숨이 그에게 닿을까 그렇게 생각하는 자신이 싫어졌다. 그래서 한 발자국 나아가기 위해, 아득히 먼 이곳으로 도망을 왔다.

그렇게 결심을 한 것은 좋았는데…….

"정말 괜찮은 걸까? 영지한테 이렇게 폐를 끼쳐도."

중얼거리며 하연은 무거운 배낭을 고쳐 멨다. 영지가 자기만 믿고 오라곤 했지만, 영어를 배우기로 한 어학원 입학까지는 아직 한 달이나 남았다. 그동안 무엇을 할지는 아무것도 정하지 않았고, 심지어 오늘 숙소도 영지네 집이었다. 아무리 고등학교 때 단짝이었다고는 해도 10년 넘게 만나지 않은 사이.

"선뜻 오라고는 했지만, 진짜 온다 해서 놀란 것 아닐까?"

하연은 조금 긴장한 채 입국장을 나섰다. 낯선 사람들 사이에 익숙한 얼굴의 여자가 보인다. 임신해 배가 나왔지만, 고등학생 때의 장난스러운 미소는 그대로인 키 작은 소녀. 아니 이제 숙녀라 해야겠지.

영지였다. 그 옆의 작은 여자아이가 제 몸만큼 큰 패널을 들고 있었다.

[신하연]

그러나 한눈에 그녀를 알아본 하연과 달리 여전히 영지는 고개를 이리저리 돌리며 사람을 찾고 있었다.

"영지야."

그녀의 앞에 멈춰 하연이 조심스레 그녀의 이름을 부르자, 영지가 눈을 크게 떴다.

"어멋! 너, 하연이니?"

"응. 잘 있었어?"

"그러엄! 반가워!"

괜히 온 게 아닐까 걱정한 것이 무색할 정도로 영지는 밝은 미소로 하연을 맞아 줬다.

엄마가 반갑다는 말을 하자마자, 패널을 들고 있던 여자아이가 팔짝 뛰었다. 갈색 머리에 영지를 꼭 닮은 여자아이는 곧 하연에게 달려와 안겼다.

"안녕! 안녕!"

따뜻한 온기가 품에 파고들었다. 그게 하연이 이곳에 도착해서 처음 느낀 더블린의 인상이었다. 따뜻하고, 다정했다.

❋ ❋ ❋

하나도 변하지 않은 것 같던 영지도 시간을 두고 오랫동안 자세히 보니 많이 변했다. 어찌 보면 당연했다. 둘 사이에는 10년의 세월이 있었다. 무엇보다 영지는 목청이 커졌다. 영지의 집으로 가면서 그녀는 쉴 새 없이 떠들고 있었다.

"만나서 너무 반가워, 하연아."

"영지야, 많이 기다렸지?"

하연의 질문에 영지가 고개를 도리도리 돌렸다.

"어머, 아냐 아냐. 딱, 비행기가 정각에 도착해서 우리는 한 10분도 안 기다렸어. 그렇지, 에리얼?"

영지가 뒷좌석 카시트에 앉아 핸드폰을 들여다보던 딸에게 말을 시켰다. 그러나 빠른 엄마의 말이 이해 가지 않는 듯, 에리얼은 눈만 깜빡였다.

"미안. 우리 애가 한국어를 잘 못해."

"아빠는 여기 사람이야?"

"응. 아빠가 여기 사람이기도 하고, 학교 가면 애들이 다 영어만 쓰니까 애가 한국어를 전혀 못해. 아무래도 2개 국어 하면 요즘 세상엔 좋잖아. 한국 가서 영어 교사라도 할 수 있을 것 같고. 그래서 가르쳐 보려는데 영 어렵네. 네가 집에 와서 있으면 금방 늘겠다. 그렇지?"

"어, 너희 집에서 묵는 문제 말이야."

막상 서울을 떠나고 싶은 마음이 간절해서 덜컥 오겠다고는 했는데, 여전히 하연은 마음이 불편했다. 오랜만에 만난 친구에게 이렇게 폐를 끼치는 건……. 망설이던 하연이 입을 열었다.

"저기, 너희 집에서 오늘만 자고 내일은 숙소를 알아볼게."

하연의 말에 영지가 눈썹을 추켜세웠다.

"무슨 말이야?"

"가족이 사는 집인데 불편할까 봐."

"불편할 거 전혀 없어! 어머, 얘는. 우리 사이에. 난 네가 와 줘서 좋단 말이야."

그리고 영지는 자신의 신세 한탄을 섞어 하연을 만류했다.

"더블린 와서 늘 얼마나 고독하고 심심했는지 알아?"

영어도 제대로 못 하는 소녀가 처음 온 타국에서 할 일은 딱히 없었다. 주재원인 아버지를 따라 20살에 더블린에 와서 꼬박 2년간 영어 공부를 하고 대학에 갈 수 있었다.

"그래도 말은 더듬더듬이구, 문화도 잘 모르니 친구도 몇 안 생기더라. 그러던 차에 외로워서 그때 사귀던 남자랑 가벼운 마음으로 결혼을 했지."

영지가 깊게 한숨을 쉬었다.

"그게 내 실수였지, 뭐. 물론 아이는 가져서 좋았지만, 그런 식으로 외로움을 회피하면 안 되는 건데."

지금은 바람을 피운 남편이 집을 나갔고, 에리얼과 영지 둘이 살기엔 쓸데없이 큰 집이 쓸쓸하다 했다.

"네가 와 준다고 해서 어찌나 기쁜지 몰라. 하연이 네가 불편하면 나가 살아도 되지만 우린 불편할 게 없어. 늘 환영이야. 근데, 너 왜 이렇게 말랐니? 아까 못 알아봤잖아. 나 음식 잘하거든. 너 살 좀 찌워야겠다. 아주 고칼로리 음식으로 피둥피둥 살찌워야겠어."

종알종알 말하는 영지의 말에 하연은 오랜만에 웃었다.

❋ ❋ ❋

영지의 집은 더블린의 교외에 위치했다. 빨간색 벽돌로 된 이층집이었다. 하연의 살을 찌운다는 선언대로 영지는 매일 맛있는 것을 잔뜩 해 줬다. 아일랜드의 전통 음식에서부터, 파스타, 심지어 어제저녁은 부대찌개까지.

"맛있긴 한데, 먹으러 온 건지 유학을 온 건지 모르겠어."
"먹으러 왔다 생각해. 내가 너 한국 갈 때까지 10킬로 찌운다."
"영지, 너도 참……."
하연이 웃으며 영지를 바라보았다.
하연은 임신을 한 영지 대신 청소를 도왔고, 아직 한창 사람 손을 탈 때인 에리얼을 봐줬다. 집에서만 있어도 꽤 하루가 금방 지나갔다. 온종일 집에만 있는 하연이 걱정이 됐는지 영지는 좀 놀러 다니라며 하연의 등을 밀었다.
"여기까지 왔는데, 더블린 시내 구경이라도 하러 가. 우리 같이 나가도 돼. 그 정도는 돌아다닐 수 있어, 나도."
"응. 다음에."
하연은 그렇게 은근슬쩍 미뤘다. 사실 어디에 나가 무엇을 보고 싶은 마음은 없었다. 이렇게 먼 곳에 왔는데, 아직도 용기가 부족한 것인지.
가끔, 밤이 되면 하연은 통 잠이 오지 않았다. 처음에는 시차 때문인 줄 알았는데, 일주일이 넘어도 익숙해지기는커녕 더욱더 불면증에 시달렸다.
도윤 선배는 잘 있을까. 그 걱정만이 가슴을 찔렀다. 이모가 돌아가시고 잠도 자지 못하고, 눈의 실핏줄까지 터지면서 무리를 했던 그다. 지금도 그러고 있지 않을까. 혹, 몸이 상하지는 않았을까.
가끔, 그의 이름을 인터넷에서 검색해 보고 싶은 충동에 휩싸였지만 겨우 참았다. 끊어 내야 한다. 잊기로 했잖아. 독하게 하지 않으면 다시 그를 사랑하게 될 것 같았다.
어머니에게는 잘 도착했다는 엽서만 보냈다. 일부러 주소나 연락처는 보내지 않았다. 오지 않을 것을 알지만 혹시라도 그가 찾아올

지도 모른다는 희망을 가질까 봐 한국에 있는 누구에게도 연락처를 남기지 않았다. 헛된 희망에 매일 잠식되고 싶지는 않았다.

잠이 오지 않는 새벽, 하연은 창가에 앉아 밖의 정원을 바라보았다. 색색의 꽃이 피어 있고 가을의 단풍이 아름다웠던 성수동의 우리 집, 도윤과 함께 지냈던 집이 떠올랐다.

그곳과는 다른 살풍경한 정원 풍경에 몸을 떨었다. 겨울이라서 그런 걸까. 아니면 내 마음 때문에 이곳이 이렇게 쓸쓸하게 느껴지는 걸까.

똑똑.

문이 울리는 소리에 하연이 입을 열었다.

"들어오세요."

문이 조금 열리고, 갈색 머리카락이 빼꼼 문 사이로 들어온다.

"요보세요."

영지의 딸, 에리얼이었다. 한국어가 서툰 그녀는, '여보세요'가 'HELLO'라고 아는 건지, 늘 방에 들어올 때 '요보세요' 하고 말하곤 했다.

"에리얼, 들어와."

눈만 빼고 방 안을 바라보던 수줍은 소녀는 방 안으로 탁탁탁 들어왔다.

한창 뛰어놀 나이 7살. 그러나 쑥스러움이 많은 에리얼은 하연을 좋아하면서도 다가오는 것을 어려워했다.

방 안으로 들어온 에리얼은 고개도 들지 못하고, 창문 앞에 앉아 있는 하연의 몸을 폭 감싸 안았다. 작고 연약한 몸이 두 손안에 가득 찬다.

"잘 잤어?"

"응."

"왜 이렇게 일찍 일어났어?"

이번 말은 너무 어려웠는지, 에리얼이 눈만 깜빡인다. 하연이 서툰 영어로 물었다.

"You woke up early, Why? (너 일찍 일어났어, 왜?)"

"아. 음. 하연, 보고 싶어서."

더듬더듬 말하는 모습이 귀엽다. 좋으면서도 좋다 하지 못하고, 쑥스러움이 많은 모습이 하연 제 모습을 보는 것 같았다.

하연은 품에 안긴 에리얼의 동그랗고 작은 머리를 쓸어내렸다. 따뜻한 손길에 에리얼이 눈을 빛내며 웃었다.

"놀자."

"좋아. 뭐 하고 놀까?"

"그림. 그림 그리자."

그때, 쿵쿵쿵 누가 계단을 걸어 올라오는 소리가 들렸다. 영지의 집은 넓고 평화롭기는 했으나 오래된 집이라 웃풍이 심했고, 벽이 얇았다. 누가 걸으면 걷는 소리가 온 집 안에 울려 퍼졌다.

"에리얼!"

"헉, 엄마 왔다."

하연이 눈을 동그랗게 뜨고 에리얼을 바라보며 놀려 주자, 에리얼이 얼굴을 하연의 품에 묻었다. 쿵쿵쿵, 몇 번인가 소리가 나고 문이 벌컥 열리며 영지가 들어왔다.

"하연아, 미안해. 얘 또 여기 와 있네."

"아냐. 나도 좋은데 뭐."

"에리얼, 아직 6시야. 이모 더 자게 놔둬야지."

"No, She already woke up. (아냐, 그녀는 이미 깨어 있었어.)"

"그래도 더 쉬어야 해. 하연이는 아프니까."

하연은 영지에게 깊은 사정은 말한 적이 없었다. 이혼을 하고 휴직을 해서 좀 쉬고 싶어 이곳으로 왔다고만 했다.

"잘 왔어."

영지는 하연의 사정을 듣고 그렇게만 말했을 뿐, 더 캐묻지 않았다. 그래도 그녀가 어딘가 아프다는 것은, 특히 마음이 상처를 깊게 입었다는 것은 헤아렸다. 영지가 에리얼에게 뭐라고 하기 전에 하연이 서둘러 입을 열었다.

"아냐. 나도 무료하고 심심했는데, 잘됐어."

"그래도……."

영지가 미안해하는 표정을 보고 하연은 고개를 흔들었다. 불청객은 자신인데도 따뜻하게 대해 주는 모녀에게 고마웠다. 그때, 1층에서 이질적인 소리가 났다.

띵도옹.

이른 시간에 울리는 불안한 초인종 소리에 하연의 미간이 찌푸려 들었다. 영지 역시 이상한지 고개를 갸웃거렸다.

"어머, 무슨 일이지? 아직 6시밖에 안 됐는데. 신문 배달에 문제가 있나?"

이런 새벽에 집에 찾아올 사람은 없을 텐데. 거기에 영지의 집은 손님이 적었다. 하연이 이 집에 일주일 묵는 동안 영지의 부모님을 제외하면 따로 집을 방문한 이가 없었다.

띵동, 띵동.

그러나 재촉하듯 몇 번이나 초인종 소리가 큰 집을 울렸다.

"도대체 누구야. 이렇게 이른 시간에. 내려가 봐야겠다."

잠시 자리에 앉았던 영지가 끙차, 하고 이미 부른 배를 잡고 일어섰다. 하연이 손을 흔들며 서둘러 일어섰다.

"천천히 와. 우선 내가 문 열어 주고 있을게."

배가 부른 영지는 계단을 오르락내리락하는 것을 어려워했다. 하연의 말에 영지가 배를 쓸어내리며 말했다.

"아, 그럴래? 나 좀 천천히 내려갈게. 별거 아닐 거야. 신문 배달하는 애겠지, 뭐. 이번 달 돈을 안 줬던가?"

"그래. 천천히 내려와."

하연이 먼저 가파른 계단을 재빨리 내려가, 현관으로 달려갔다. 문을 벌컥 열자, 그곳에는 신문 배달을 하는 아이가 아닌, 건장한 남자가 서 있었다.

잠시 뒤를 바라보고 있던 남자가 문이 벌컥 열리는 소리에 몸을 돌려 하연을 향했다. 생각과는 다른 남자의 모습에 하연의 눈썹이 쓱 올라갔다.

하연의 얼굴 위에 남자의 길고 큰 그림자가 드리웠다. 아일랜드의 남자들은 키가 컸다. 하지만 영지의 대문 앞에 나타난 남자는 그중에서도 월등하게 거대해서, 하연은 한참 위를 올려다봐야 했다.

오렌지색 구불거리는 머리카락이 앞으로 쏟아질 것처럼 울창한 남자. 그 남자는 영어로 하연에게 물었다.

"[누구지? 영지는 어디 있나?]"

영지라는 단어에 하연이 계단을 가리켰다.

"[곧 올 거예요. 조금 기다리세요.]"

쿵, 쿵, 쿵. 계단을 내려오는 소리에 두 사람의 시선이 뒤로 향했다. 그러나 영지보다 에리얼이 더 빨랐다. 점프를 하듯 계단을 뛰어

넘어 달려온 에리얼은 남자에게 쪼르르 안겼다.

"[매트!]"

＊ ＊ ＊

갑자기 등장한 남자는, 영지 전 남편의 동생이었다. 건장한 그의 이름은 매트.

문을 열자마자 처음 본 하연의 얼굴을 보고 잔뜩 경계하던 남자는 영지의 친구라는 것을 알자, 금방 사람 좋은 웃음을 지어 보였다.

"[실례. 손님이 계신 줄 몰랐군.]"

"[잠시 신세 지고 있어요.]"

네 명은 1층에 있는 나무 테이블 주변에 옹기종기 모여 앉았다. 추운 겨울, 걸어온 듯한 매트에게 영지는 따뜻하게 데운 차를 내밀며 물었다.

"[그런데 이렇게 이른 시간에 웬일이야?]"

"[더블린에 사람을 좀 구하러 왔지.]"

매트는 아일랜드의 가장 서쪽, 코네마라라는 지방에서 게스트 하우스 겸 카페를 운영하고 있다고 했다.

"[갑자기 게스트 하우스에서 일하는 녀석이 다리를 다쳐서 병원에 입원했어. 2, 3주 가게를 봐 줄 사람이 필요한데. 이렇게 급하게 구해질까 몰라. 누구 아는 사람 있어?]"

일하는 사람이 쉬어 버리면 계속 매트 혼자 운영해야 한다고 했다. 아무리 건장한 남자라도 혼자 몇 주를 버티는 것은 여간 힘든 일이 아닐 터.

그 말에 영지가 눈을 빛냈다.

“[그 아르바이트, 시급은 세?]”

“[그렇게 해야 사람이 구해지겠지.]”

“[뭐 알아야 할 건 없고?]”

“[커피 좀 내릴 수 있고, 데스크만 보면 되는 일이라. 우선 사람이 급해서 그런 거 따질 때가 아냐.]”

“[여자도 할 수 있지? 영어 좀 못해도 할 수 있겠지?]”

영지가 끈질기게 질문하자, 매트가 인상을 찌푸렸다.

“[영지, 영어가 조금 서툴러도, 여자라도 할 수 있는 일이지만 아무리 그래도 산달이 가까워 오는 네가 할 일은 아니야.]”

“[아니, 나 말고.]”

영지가 함박웃음을 지으며 하연을 바라보았다.

“[하연이면 어때?]”

* * *

몸이 바쁘면 자연스레 생각할 시간도 줄어든다. 하연은 육체노동이 많은 게스트 하우스의 일을 도우며 알게 되었다.

갑자기 손이 부족해 아일랜드의 서쪽 끝, 코네마라까지 온 지 이제 2주가 지났다. 게스트 하우스의 한 방에서 묵으며 바지런히 하연은 일을 배웠다.

영지는 하연이 집에서 나가지 않는 것을 걱정했다. 그래서 어학원이 시작하기 전 몇 주간 기분 전환이나 하라며 코네마라로 가 보는 게 어떻겠냐고 추천을 했다. 덤으로 매트에게 아주 비싼 시급도 뜯어냈고.

그렇게 시작한 게스트 하우스 아르바이트. 영지의 말은 정확했다. 낯선 환경, 낯선 사람들 사이에서 일을 하다 보니 하연은 정신이 하나도 없었다.

아침 7시에 일어나 게스트 하우스의 손님들이 먹을 토스트와 음식을 세팅한다. 손님들이 체크아웃을 하고 나면 빈 침대를 청소하고, 오후에는 카페 문을 열었다.

정말 매트 혼자 했으면 큰일 났겠다, 싶을 정도로 일이 많았다. 불행 중 다행인 점은 추운 겨울이라 손님이 거의 없다는 점이었다. 게스트 하우스에는 하루에 한두 명이 겨우 묵을까 말까 했고, 카페에도 마을 사람들이나 드문드문 왔다.

영어를 쓸 일도 많지 않았다. 처음 온 하연에게 "어느 나라 사람?" 하고 묻는 동네 사람이 몇 있었지만, 하연이 영어를 유창하게 하지 못한다는 것을 알고 곧 자신들의 대화에 빠져들었다.

"그나마도 오늘은 사람이 하나도 없네."

코네마라는 인적이 드물었다. 산과 들, 호수로 여름에는 더없이 아름다운 풍경을 자랑한다 들었지만 겨울은 황량할 뿐. 하연은 한가한 카페에 앉아 밖을 바라보았다. 흐릿한 하늘은 점점 더 꾸물거리더니 하얀 눈을 쏟아 냈다.

"웬일이야."

눈이라니. 아일랜드에 올 때까지만 해도 하연은 이곳이 추우리라 생각했다. 하지만 막상 와 본 아일랜드의 겨울은 서울의 살갗이 에는 추위와는 조금 다른, 상온의 습한 추위였다. 춥긴 추워도 눈이 오는 일은 많지 않았다.

더 오진 않겠지. 좀 오다 그치겠지? 하연이 이곳에 온 이후로 눈이 온 것은 처음이다. 걱정을 하며 밖을 바라보는데, 전화가 울렸다.

Rrrrr.

하연은 손을 뻗어 전화기를 잡았다.

"[여보세요……?]"

서툰 영어로 받았다.

-[아, 하연. 매트야.]

혹시 손님이면 어쩌나 걱정을 했는데, 다행히 전화의 상대는 주인인 매트였다. 그는 지금 물품 매입 건으로 코네마라에서 그나마 가장 가까운 시내인 골웨이까지 나가 있었다.

"[네. 어쩐 일이세요?]"

-[오늘 숙박 손님도 없고, 눈도 와서 혼자 있지?]

"[네.]"

-[카페 손님이 없거든 오후는 편안하게 자유 시간 보내도록 해. 나는 내일이나 되어야 돌아갈 수 있을 것 같거든. 혼자 있어도 괜찮겠어?]

너무 한적해서 무섭기도 했지만, 누군가 나쁜 사람이 찾아오기에도 너무 시골이었다. 여전히 창밖에는 눈만이 올 뿐. 평생 서울이라는 복잡한 대도시에서 살던 하연에게는 이런 상황이 퍽 낯설었다.

"[네. 걱정 마세요. 고작 하루인걸요.]"

-[그래, 무슨 일 있으면 연락하고.]

전화가 끊기고, 다시 게스트 하우스에는 고요가 찾아왔다.

"뭘 하지."

하연은 이렇게 모든 것이 멈춘 순간이 싫었다. 바쁠 때는 그나마 나았지만, 때로 이렇게 빈틈이 생기면 그곳으로 생각이 파고들었다.

서울에도 눈이 올까. 기관지가 좋지 않은 도윤이 찬 바람에 기침을 하는 것은 아닐까. 그는 아직도 성수동의 그 집에 살고 있을까.

보고 싶다. 보고 싶었다. 당신과 함께한 여름이 그리웠다. 아일랜드의 겨울은 너무 추워. 당신의 뜨거운 손끝에 닿고 싶었다.

"생각하지 말자."

자꾸 그의 생각을 할 거면 이 이역만리 먼 땅에 왜 온 거야. 하연은 자리에서 일어섰다. 커피라도 한잔 내려 마시면 기분이 더 상쾌해지겠지.

하연은 커피 내리는 시간을 좋아했다. 조금씩, 조금씩 천천히. 물을 따라 주다 보면, 기분 좋게 커피가 부풀어 오르고, 고소한 향기가 카페 안에 가득 찼다. 이렇게 커피를 내릴 때만큼은 복잡한 모든 생각을 잊었다. 그래서 이 시간이 더욱 소중했다.

사락사락, 눈이 온다. 아일랜드에는 눈에 오는 일도, 눈이 와서 쌓이는 일도 흔치 않다는데. 참 신기한 노릇이지. 오늘은 하늘에 구멍이라도 난 것처럼 눈이 퍼붓고 있었다.

우우웅.

평화는 오래가지 못하고 곧 깨졌다. 고요한 흰 눈의 세상을 가르는 엔진음이 들려왔다. 이곳은 코네마라의 작은 시내에서도 차로 30분은 떨어진 곳이었다. 이런 날에 손님이 오다니.

하연은 고개를 빼죽 내밀어 누가 왔나 확인해 보았다. 노란 택시가 서 있었다. 택시를 타고 오다니 별일이었다. 여기 오는 사람들은 대부분 자신의 차로 오는데.

아까 분명히 오늘 손님이 없다고 했었다. 혹시 잘못 들었나 싶어 하연은 메모를 다시 확인했다.

"이상하네."

오늘 게스트 하우스의 숙박객은 0명. 서둘러 예약 노트를 뒤적였다. 3일간은 예약자도 없었다. 그럼 정말 커피만 마시러 온 손님인가. 하연의 생각이 끝을 맺기 전, 나무 문이 열리고 종이 울렸다.

딸랑.

“어서 오세요. 눈이 많이 오네요.”

하연은 영어로 습관적인 인사를 건네며 시선을 들어 입구를 바라보았다. 정장 코트를 입고 서류 가방을 든 남자가 우뚝 서 있었다.

택시에서 내려 그 짧은 거리를 걸어왔는데도 머리카락에 눈송이가 대롱대롱 매달려 있었다. 그 머리카락 밑에 빛나는 눈동자를 보고, 예의상 지었던 하연의 미소가 딱딱하게 굳었다.

“안녕.”

유창한 한국어 인사. 그러나 하연은 아무 말도 못 한 채 그를 바라만 보았다. 어떻게 된 일일까. 믿어지지 않았다.

이혼하기로 하고 집을 나온 지 이제 두 달이 넘었다. 그동안 그와 연락을 한 적도 없고, 그를 만난 적도 없다. 도윤은 기억 속 모습 그대로였다. 아니, 조금 더 마른 것 같다. 하지만 그 형형한 눈빛만큼은 오롯이 남아 하연을 향했다.

놀라 반쯤 입이 벌어진 하연을 보고, 남자가 생긋 웃었다. 반듯한 입술이 비릿하게 미소를 띠었다.

“하연이 네가 영어를 잘하는지는 몰랐네.”

그가 머리에 쌓인 눈을 털어 내며 웃었다.

“하긴, 내가 뭐 너에 대해 아는 게 있긴 했나.”

담담한 웃음소리. 그 소리가 듣고 싶었다. 몰랐다. 그렇게 듣고 싶은 줄도 몰랐는데. 그 목소리가 작은 통나무 카페에 울려 퍼진 지금, 다른 것은 모두 어찌 돼도 좋았다. 시간도, 소리도 모두 다 멈췄다. 그 웃음소리가 가슴을 벴다.

"왜 아무 말이 없어."

그가 점점 다가왔다. 하연이 서 있는 카운터의 건너편에 앉고는 서류 가방을 바닥에 툭 던졌다.

"한국어 잊은 건 아니지? 한국을 떠난 지 고작 한 달인데."

그의 핀잔에 하연은 겨우 목을 졸라 소리를 냈다.

"선배."

"내가 누군지 기억은 하나 보네."

그의 질책에 슬픈 웃음이 터질 뻔했다. 어떻게 잊을 수가 있을까. 설사 기억 상실을 일으켜서 저 자신의 이름을 잊는다 해도, 그만큼은 잊을 수 없으리라.

선배. 도윤 선배. 사랑하는 도윤 선배가 눈앞에 있었다.

차도윤. 꿈속에서도 잊은 적 없는 이름.

자신의 앞에 있는 의자에 걸터앉은 도윤을 하연은 말없이 바라보았다. 도윤의 눈에 떠올랐던 허망한 웃음이 어느샌가 사라졌다. 뜨거운 눈동자가 종일 벽난로 온기를 쬐어 발갛게 달아오른 하연의 뺨에 닿았다.

"멀리까지 도망 왔네."

도망이라니. 나에게 집을 나가라고 한 것은 당신이었다.

"도망갔다니요."

"그럼 도대체 누구에게서 그렇게 도망친 거야?"

"아니에요. 누구에게서도……."

도망가려 하지 않았다. 벗어나고 싶었던 건, 선배를 향한 나의 마음. 그것이었다. 하연의 항의에 그가 입술을 비틀었다.

"도망간 게 아니면, 네가 어디 가는지 누군가에게는 말했어야지. 이혼 서류를 돌려보내려고 했지만, 어디서도 만날 수가 없었어. 모든 사람이 널 찾아 헤매는데."

그는 고개를 숙인 채 뭐라고 더 중얼거렸다. 욕설 같기도, 한숨 같기도 한 그 말을 제대로 들으려 하연은 자신도 모르게 고개를 살짝 들이밀었다. 그러자 숙였던 머리를 들어 그가 훅, 둘 사이의 거리를 좁혔다.

"앗."

순간 그의 숨결이 제 코끝을 스칠 정도로 가까운 거리가 되자 하연이 몸을 빼려 뒤로 한 발짝 움직였다.

"가지 마."

하연이 뒤로 물러섰어도 다가오는 속도는 도윤이 더 빨랐다.

"가지 마, 신하연."

언젠가 그녀의 몸을 온통 헤집어 놓았던 단단한 손끝으로 잔뜩 굽은 하연의 어깨를 잡았다. 옷 위로 그가 닿았을 뿐인데 정신이 흐트러진다.

왜 그는 여기에 있는 걸까. 설사 하연이 그에게서, 누군가에게서 도망쳤다고 해도 아무 상관없는 건데.

"선배가 여기는 어떻게 온 거죠?"

"내 아내, 찾으러 왔어."

'아내.'

도윤의 입에서 나온 그 단어에 하연의 숨이 멎었다.

"선배, 우리는…… 헤어졌어요."

"그래, 그랬었지."

아까 그가 했던 말이 걸렸다. 이혼 서류를 자신에게 돌려보내려

했다고. 이혼을 요구한 것은 그인데 왜 돌려보내려 했냐고 묻기도 전, 그가 말을 이었다.

"하지만 안 될 것 같아. 이혼 안 해. 아니, 못 해."

"선배."

"정 이혼하고 싶으면 한국으로 가. 법정에서 다퉈. 뭐든 좋으니, 서울로 가자."

늘 무뚝뚝하고 감정이 없던 말투에 살짝 날이 서 있었다. 왜일까. 말도 안 되는 이야기다. 도윤 선배가 나와 이혼하고 싶어 하지 않는다니. 애원하듯 헤어져 달라 했던 것은 당신이다.

"신하연."

그가 손을 뻗어 앙상하게 마른 하연의 뺨을 쓸어내렸다. 뾰족한 말투와는 달리, 그의 손길은 사르르 녹아내릴 정도로 다정했다. 흘러내린 그의 손가락이 하연의 턱을 들어 올렸다. 얼굴에 달곰한 그의 숨결이 쏟아진다.

"돌아와. 그게 당신 자리야."

그 말에 하연의 눈에 눈물이 맺혔다. 그러나 슬픔이 차오르는 것은 잠시. 뜨거운 입술이 그녀의 입술에 닿았다. 뜨거운 살덩이가 거칠게 입술 안쪽으로 흘러 들어와 하연을 송두리째 삼켜 버렸다. 늘 그랬듯, 그를 거부할 수 없었다.

목선을 쓸어내리는 그의 손길에 놀랍게도 빠르게 쾌락이 하연의 온몸을 잠식했다. 입술이 떨어지고, 흥분으로 달아오른 붉은 입술로 그가 속삭였다.

"응? 하연아."

그 말에 하연의 눈에 눈물이 차올랐다.

"돌아가자."

혼란스러웠다.

그의 마음이 진심인 것 같아 어떻게 그를 밀어 낼 수가 없었다. 헐떡이는 숨을 몰아쉬며 하연은 흐트러진 머리카락을 쓸어 올렸다.

“선배, 놓아주세요.”

급박한 마음에 선배라는 단어가 툭 나왔다. 아니, 이제 연극은 없었다. 그를 이름으로 부른 것은 가짜 부부를 연기했을 때뿐.

도윤이 심술궂게 답했다.

“싫어.”

“여기는 어떻게 오신 거예요? 이혼하자 하신 건…….”

선배인데.

도윤의 품 안에 안긴 하연이 그의 얼굴을 보고 진의를 파악하기 위해 벗어나려 했다. 그러나 도윤은 놓아주지 않았다.

“네가 여기서 이렇게 죽게 놔둘 수는 없어.”

죽다니? 생각지도 못한 말에 하연은 눈을 깜빡였다.

“성준이에게 들었어. 너 아프다는 걸.”

하연은 정신이 없었다. 도윤은 갑자기 나타난 것으로도 모자라 자신을 으스러지게 품에 안았다.

순간, 그가 혹시 저에 대한 사랑을 깨달아 왔나, 라는 꿈을 꿨다. 그게 아니라면 이혼하자고 했던 도윤이 여기까지 왔을 리가 없다. 굳이 여기에 와서 자신에게 한국에게 돌아오라 할 필요가 없다.

역시 네가 필요했다고. 역시 네가 없어 보니 네 존재의 중요함을 알았다고. 그렇게 말하려나……. 아주 찰나의 순간 동안 그런 헛된 꿈을 꾸었다.

하지만 도윤이 입에 담은 것은 생각지도 못한 말이었다.

"아픈데, 왜 여기까지 온 거야. 치료를 받아야지. 한국에 남았어야지."

무슨 말인가. 내가 아프다니. 내가 아픈 곳은 마음이다. 그 마음의 병이 시작된 이유는 바로 당신이었고. 때로 너무 그가 그리워 몸이 욱신거리기도 했지만, 그건 마음의 병이었다. 죽긴 누가 죽는단 말인가.

"제가 아파요?"

"그래. 성준이와 만났을 때 네가 아프다고, 아마도 암인 것 같더라고 들었어."

그 말에 하연은 가만히 그를 바라보았다. 조금 전까지 헛되게 품었던 마음이 툭, 떨어졌다. 왜 그가 여기 나타났는지, 한눈에 보였다. 하연은 금세 알아 버렸다. 왜 이혼을 요구했던 그가 자신에게 돌아왔는지.

성준과 만난 날, 성준이 뭔가 단단히 오해한 게 틀림없었다. 내가 아프다고 생각했겠지. 그걸 도윤에게 말했을 거고, 그리고…… 선배는…….

"내가 아파서 여기까지 온 거군요."

하연의 마음이 슬프도록 차갑게 바닥으로 추락했다.

"……그래. 네가 시한부인 것 같다는 이야기도 하더군."

그는 내가 이모님처럼 아프다고 생각했던 것이다. 그래서 혼자 죽게 놔둘 수 없어서 온 거구나. 사랑해서 자신을 찾으러 온 것이 아니라, 아파서 동정해서 온 거였어.

하연은 아무 말도 하지 못하고 그의 얼굴만 바라보았다. 바싹 끌어안아서인지, 그의 심장 고동이 느껴진다.

쿵, 쿵, 쿵.

그것은 제 것만큼이나 빠르게 뛰고 있었다. 그러나 하연은 오해하지 않으려 애썼다. 다시 안겨서 행복한 마음을 억눌렀다.

"제가 아파서……."

하연의 입에서 아픈 말이 흘러나왔다. 그를 잊기 위해 고작 두 달이지만 먼 곳으로 떠나온 터였다. 아직도 틈틈이 그의 생각이 났지만, 겨우 자신을 추슬렀다.

그를 혼자 바라만 봤던 오랜 짝사랑의 시간보다 그와 함께 살았던 짧은 결혼 생활이 더 하연의 안에 깊이 박혔다.

도윤의 뜨거운 열기와 단단한 몸, 그의 나지막한 목소리. 그것을 떠올리면 늘 가슴이 시렸다. 하지만 하연은 겨우 이제 잊어 가고 있었다.

날 사랑하지도 못하면서. 날 사랑하지도 않을 거면서 왜 여기까지 왔어요. 동정심으로 온 거였군요.

그의 다정한 마음이 오늘은 잔인하게 느껴졌다.

"그냥 죽게 놔두죠. 나 따위 잊어버리고 행복하게 그냥 앞만 보고 살지 그랬어요……."

세상에는 불쌍한 사람들이 수도 없이 많다. 매일매일, 아니 매시간 사람들이 죽어 나간다. 당신에게 이모가 큰 존재였기에 그 죽음이 충격적인 것은 이해했지만, 나는?

"나는 고작 선배에게 가짜 부인이었을 뿐 아무 존재도 아닌데. 걱정하지 않아도 되었어요. 왜 나 따위를……."

그냥 선배 혼자만 행복했어도 되었어요. 지나간 사람인 나에게 마음 주지 않아도.

하연은 그대로 쓴웃음을 지었다. 바보같이 또 기대를 했다. 혹시나 이번에는 정말 선배가 날 사랑하는 게 아닌가. 선배가 나에 대한 사랑을 깨달은 것이 아닌가.

당신이 저 입구를 통과해 들어오는 순간, 어쩌면 선배가 날 사랑했을지도 모른다고 생각했어요. 여기까지 찾아온 건, 필시 내가 그리워져서일 거라고. 바보같이, 또.

차갑게 보이는 그가 사실은 얼마나 다정하고 상냥한 사람인 줄 알면서. 이 다정한 눈빛이 사랑이었으면 하고 또 한 번 기대를 했다. 이모님이 돌아가셔서 힘들 그에게 부담이 되고 싶지 않았지만, 하연은 나약했다.

"제가 아픈 게 선배에게 무슨 의미가 있다고, 이 먼 곳까지 오셨어요. 그럴 필요 없는데."

"하연아."

갈대같이 여려 보여도 꺾이지 않는 여자가 신하연이었다. 그의 앞에서 늘 흔들리지 않는 모습을 보였다. 그가 이혼하자고 했을 때도 눈물 한 방울 보이지 않았다. 하지만…… 더 이상은 참을 힘이 없었다.

"나 따위 신경 쓰지 않아도 돼요. 돌아가세요. 미안해요, 선배."

투명한 눈물이 떨어져 내렸다.

"선배는 날 생각해서 온 걸 텐데, 난 너무 가슴이 아파요. 이러지 말았어야 해요. 선배는 다시 오지 말았어야 해……."

하연이 눈물을 터뜨린 것을 보고 도윤의 눈동자가 흔들렸다. 그녀의 눈에서 눈물이 또르르 흘러내린다. 얼굴이 흉해지는 것도 신경 쓰지 않고 그녀는 엉엉 울었다.

도윤은 자신이 이기적이라고 생각했다. 그녀가 이렇게 울고 있는데, 그저 한 가지 생각밖에 들지 않았다.

"하연이 네가 살았으면 좋겠어. 네가 아프지 않았으면 해. 병원을 가서 치료를 받았으면."

그 말에 하연은 울부짖었다.

"왜요? 불쌍하니까? 한때라도 같이 살았던 사람이니까? 이모님 때문에 죄책감이 느껴졌어요? 정말 그럴 필요 없어요. 내가 선배에게 해 준 건 아무것도 없어요. 그냥…… 내가 다 해 주고……."

싫어서 한 것이었다. 그렇게 말하려던 하연의 말을 도윤이 가로막았다.

"아니."

도윤이 한껏 더 작아진 그녀의 어깨를 잡았다. 울음 때문에 흔들리는 몸이 참 가녀렸다.

"죄책감 같은 게 아니라, 이기적인 나 때문이야."

하연이 그 말에 울음을 멈추고 도윤을 올려다봤다.

"난…… 네가 없으면 살 수 없으니까."

도윤의 목소리에도 습기가 스며들어 있었다.

"신하연, 널 사랑하니까."

"……."

"그래서 널 죽게 할 수가 없어."

도윤의 말을 제대로 들은 게 맞은 걸까. 믿을 수가 없어 하연은 미간을 찌푸렸다. 조용한 카페에 도윤의 목소리가 다시 한번 스며들었다.

"사랑하고 있어."

"……."

"하연이 널 사랑해서……. 그래서 이렇게 부탁할게. 이기적인 거 알아. 내가 뭐라고……. 내가 뭐라고 너에게 이런 부탁을 하는지.

하지만 죽으면 안 돼. 이대로 삶을 버리지 마."

"선배."

"하연아, 돌아가자. 싫어도 그렇게 해. 너를 사랑하는 나를 위해서……. 아니, 나를 위해서라고 하지 않을게. 어머니를 위해서라고 생각해. 아파도 방법이 있을 거야. 한국으로 돌아가자. 한 번만 그렇게 해 줘. 내게 기회를 줘."

하연은 그저 말을 쏟아 내는 도윤을 바라보고만 있었다. 그의 말이 잘 이해가 되지 않았다. 사랑한다는 단어만이 귓가를 왕왕 울렸다. 그 말에 짜릿한 아픔이 심장을 찔렀다.

정말일까. 그가 나를 사랑하는 걸까.

도윤이 자신을 바라보고 있다. 강렬한 눈빛이 온몸을 스친다. 그의 눈빛에 거짓은 없어 보인다. 거짓말을 하지 못하는 사람이다. 하지만. 하지만…….

"헤어지자. 같이 살면서 서로를 아프게 하지 말자. 함께 살다간 내가 괴물이 되어 버려. 그러고 싶지 않아."

이혼하지 말자고 도윤에게 청했던 그녀에게 그는 그렇게 말했었다. 사랑 없는 결혼은 도저히 안 된다고. 그렇게 하연을 내쳤었다.

하연이 집을 나간 후, 하연이 사라져서, 자신의 빈자리를 깨달은 걸까. 아프고 나서 자신에 대한 마음을 깨달았을 수도 있다. 하지만…….

하연은 고개를 저었다. 아냐, 하연아. 속지 마. 그저 하연이 이모님처럼 삶을 포기하고 서울로 가지 않을까 봐 거짓말하는 것일 수도 있다. 그가 자신을 사랑한다고 덥석 믿기엔 이미 하연은 너무

만신창이였다.

"거짓말이죠?"

"거짓말이 아냐."

"사랑하지 못한다 했잖아요. 사랑하지 못한다고 했어. 분명히 선배는……."

당황스러움에 하연의 입에서 말이 더듬더듬 나왔다. 그 말에 도윤은 잠시 숨을 멈췄다가 말을 꺼냈다.

"난 널 사랑할 자격이 없어. 누군가를 사랑해서는 안 될 사람이야. 사실 이모를 위해서라도 너와 결혼해서는 안 됐어."

다시 한번, 그는 자격을 입에 담았다.

"하지만 욕심을 부렸어. 그래서는 안 되는 일이었는데. 처음에는 이모 때문이라고 날 설득시켰어. 하지만, 처음부터 네가 좋았던 것 같아. 널 만나고 나서 지금까지 단 한 번도 신하연을 사랑하지 않은 적이 없어."

상상에서조차 꿈꾸지 못했던 고백이었다. 단 한 번도 선배가 날 사랑하지 않았던 적이 없었다고. 매 순간, 순간을 사랑했다고. 마치 그에 대한 나의 마음처럼.

"근데, 헤어지자고 했잖아요. 사랑 없는 결혼은 안 된다고……. 놓아 달라고 나에게 그랬잖아요."

하연은 모든 것을 기억했다. 도윤이 말한 모든 말들을 하나하나 뼛속에 새겼다. 잊으려 해도 잊을 수 없었다.

어떤 말들은 자신에게 기쁨과 환희를 주었고, 어떤 말들은 영혼에 깊은 상처를 입혔다. 아팠던 말도, 따뜻했던 말도 한마디도 놓치지 않고 다 품고 있었다. 하연의 말에 도윤이 한숨과 함께 말을 뱉어 냈다.

"넌 나를 사랑하지 않는데, 어떻게 결혼해서 계속 살 수가 있겠어."

'사랑이 없는 결혼.'

그가 했던 말은 '그의 사랑이 없는 결혼'이 아니라 '하연의 사랑이 없는 결혼'이라는 뜻이었다. 도윤이 말을 이었다.

"난 너에게 집착하고 있었어. 네가 다른 남자와 있는 것만으로도 나는 망가져 갔지. 화가 나서 참을 수가 없고, 널 내 안에 가두고 싶었어. 그래서 널 밀어냈던 거야."

그의 손바닥이 눈물에 엉망진창이 된 하연의 뺨에 닿았다.

"그래서 널 거부했는데, 그랬는데……. 네가 행복해지기를 바랐어. 내가 아닌, 다른 좋은 사람과."

하연은 입술을 파르르 떨었다. 어떻게 행복해져요. 마음은 여전히 당신만 쫓아다니는데. 당신이 아닌 사람이라면 아무리 좋은 사람이라도 의미가 없는데.

차도윤이 아니면 하연에게는 어떤 사람도 의미를 가지지 못했다. 그를 잊어 가고 있었다. 아니, 그를 잊으려고 했다. 하지만, 설사 그게 그렇게 된다고 해도 다른 사람을 품을 여유 따위는 하연에게 없었다.

"왜 그런 생각을 했어요?"

"무언가를 사랑하고 싶지 않았어. 사랑하면, 무언가를 아끼면, 소중하게 생각하면, 그 사람의 행복을 내가 망가뜨릴까 봐. 내가 그 사람을 아프게 할까 봐."

"선배. 선배가 어떻게 날 망가뜨려요."

"아니, 그랬을 거야. 내 안엔 괴물이 사니까. 하지만, 너를 보내고……."

도윤의 목소리가 가느다랗게 떨린다. 늘 단단한 그가 비틀린 웃음을 지었다.

"네가 죽을지도 모른다니, 난……."

하연의 얼굴을 바라보는 도윤의 눈에 눈물이 고였다.

"난……."

차도윤의 눈물은 처음이었다. 평생 그를 보아 왔지만, 그가 이렇게 흔들리는 모습은 처음이었다. 그는 힘들고 아플 때 눈물을 삼켰다. 흔들리지 않도록 단단하게 중심을 잡았다. 어떠한 일이 있어도 그렇게 무너지진 않았다.

하지만 지금은 아니었다. 도윤의 눈가에 맺힌 눈물이 툭, 떨어져 그를 올려다보는 하연의 뺨에 떨어졌다. 뜨겁고 진한 그의 눈물이 하연의 뺨을 따라 흘러내렸다.

그 눈물에, 그 진심에 조금 전까지 그의 진심을 의심하던 하연의 마음이 깨졌다. 너무나도 금세 마음에 틈이 생겼다.

"선배."

"제발 돌아가자. 서울로 가서 방법을 찾아보자. 아니면 미국의 병원이나."

"……."

"무슨 병이야? 아냐, 무슨 병이어도 방법이 아주 없진 않아. 넌 젊잖아. 어리니까 치료가 더 잘 들 거야. 이모랑은 다를 거야. 꼭 그렇게 돼야 해."

그의 말에 진심이 어려 있었다. 정말인 걸까. 정말 그가 나를 사랑하는 걸까.

하연은 그의 말을 아직 완벽하게 믿을 수는 없었다. 여전히 상처받은 가슴이 쑤셨다. 하지만, 그의 오해를 풀어 주고 싶었다. 하연 자신이 병을 가지고 있다는 오해 때문에 그가 아파하는 것은 원하지 않았다.

"나 죽지 않아요."

죽을 만큼 아팠지만, 그가 생각하는 죽음과는 거리가 멀었다. 차라리 죽었으면, 할 때도 있었지만 몸은 건강했다. 밥맛이 없고 조금 비실거릴 뿐. 당장 죽을 것같이 말한 그의 묘사와는 거리가 멀었다.

"아주 건강해요."

하연이 씩씩하게 말했지만, 도윤은 인상을 더 깊게 찌푸릴 뿐이었다.

"이렇게 말랐으면서 무슨 말을 하는 거야."

그의 손가락이 깊이 파인 쇄골을 훑었다. 예전보다도 더 움푹 들어간 그곳에 그의 시선이 고였다. 하연이 마른 것에 대해 변명을 했다.

"밥을 먹고 싶지 않아서 살이 빠졌어요. 식욕이 없어져서 그래요."

"아파서?"

하연은 천천히 고개를 흔들었다.

"이혼하고 나서 힘들었어요. 그래서 식욕이 없었어요. 그것뿐이에요. 성준이가 왜 그런 오해를 했는지 모르겠는데, 정말 아프지 않아요. 조금 마음이 약해진 거예요. 이런 일로 죽지 않아요."

그러나 도윤의 눈빛은 여전히 의심에 차 있었다. 떨어져 있던 시간만큼 오해의 골이 깊었다.

"하연이 너, 이렇게 안심시키고 날 한국으로 돌려보낼 생각인가?"

"아뇨, 정말……."

아프지 않은 것을 증명하려면 어떻게 해야 하는 것일까. 내가 병에 걸렸다는 이유로 그의 마음이 아프다면, 오해를 풀기 위해 뭐든 하고 싶었다. 하연이 말했다.

"서울에 같이 갈게요. 원하는 만큼 검사를 받아도 좋아요. 정말 건강해요, 나."

그래도 서울을 떠나올 때보다는 많이 좋아졌는데. 아직도 그렇게 파리해 보이는 걸까. 영지가 살을 찌우려고 그렇게나 노력했는데.

도윤은 여전히 말이 없이 그녀를 바라만 보았다. 눈물이 툭, 또 한 번 툭, 떨어진다.

"나 정말 건강해요."

"못 믿어."

"내일 당장……. 아니, 가게 때문에 내일 당장은 안 되지만, 매트가 돌아오자마자 한국에 돌아가도 좋아요. 여기 병원에서 검사받아도 좋고요. 정말 아프지 않아요."

하연은 그의 눈물에 정신이 들었다. 그 강인하던 차도윤이 흔들리는 것을 보니 그제야 어리석게 자신을 향한 도윤의 마음이 보였다. 아까까지만 해도 불타오르는 것처럼 시렸던 가슴이 어느새 뭐라 말할 수 없는, 간지럽고 따뜻한 기분으로 가득 찼다.

그가 나를 사랑한다. 차도윤이 신하연을 사랑해. 저 눈빛이 거짓일 수는 없다. 이 눈물이 연기일 리는 없다. 그가 나를 사랑한다고 말했어. 사랑해. 나를. 차도윤이 나를 사랑해.

하연은 그 생각만으로 없던 병도 나을 것 같은 기분이었다. 답답한 가슴이 시원해진 하연과 달리 먹먹한 음성으로 도윤이 다시 물었다.

"정말?"

"네."

"정말인가?"

"성준이가 오해한 거예요. 멋대로……. 왜 그랬는지 정말 모르겠지만."

혼자 오해한 성준을 혼내야 할지, 아니면 칭찬해 줘야 할지 모르겠다. 성준이 아니었다면, 선배는 여기 오지 않았을 거다. 하지만 어이없는 오해가 아니었다면 이렇게 도윤 선배가 아플 일도 없었겠지. 하연이 아무리 말해도 도윤은 쉽사리 받아들일 수 없는 모양이었다.

"하지만……."

"정말이에요. 정말. 정말 아프지 않아요. 그러니까 솔직히 말해 주세요."

"무얼?"

"날 정말 사랑하나요? 내가 아프지 않아도, 아까 그 고백은 유효한 건가요?"

몇 번이고 들었지만, 다시 묻고 싶은 말이었다. 내가 죽지 않아도, 나를 혼자 죽게 했다는 죄책감이 없다고 해도……. 당신의 그 고백은 진심이었나요?

그 말에 도윤은 가만히 하연의 얼굴을 바라보았다. 긴 속눈썹이 파르르 떨리고 그가 입을 열었다.

"그래, 신하연 너를…… 사랑하고 있어."

씁쓸한 미소를 지으며 그가 답했다.

❋ ❋ ❋

아일랜드로 오기 전날.

신하연이 없는 서울은 도윤에게는 지옥이었다. 시간이 어떻게 흘러가는지 알 수 없을 정도로 도윤의 머릿속은 엉망진창이었다. 오직 신하연, 신하연을 찾아 병원으로 데리고 오는 데에 그는 필사적이었다.

필요하다고 판단되면 무엇이든 썼다. 사람, 시간, 돈 아끼지 않았다. 서울과 더블린을 몇 번인가 왕복했지만, 하연을 찾을 수가 없었다. 하연의 어머니에게도 실례를 무릅쓰고 여쭤보았다. 이혼을 하기로 한 주제에 연락하는 것조차 도윤은 죄스러웠지만, 어쩔 수 없었다.

"미안해요. 아일랜드라는 것밖에는……. 자세한 위치는 몰라요. 고등학교 친구를 만난다고 했는데, 나도 연락처를 알면 좋겠는데 애가 그렇게 연락이 없을 애가 아닌데."

어머니의 말에 도윤은 힘없이 손을 떨어뜨렸다. 무심하게 시간이 갔다. 어디가 아픈 걸까. 정말 그녀는 죽는 걸까.

시간을 이렇게 보낼 수는 없었다. 죽음이라는 단어가 떠오를 때마다 이모를 잃었을 때만큼, 아니 그것과는 또 다른 고통이 도윤을 잠식했다.

설마, 아니겠지. 최성준 그 자식이 오해한 걸 거야. 그렇게 생각을 하려 해도 그의 절박함과 혹시나 하는 생각 때문에 도윤은 미쳐 갔다. 잠을 잘 수도 없었다. 무언가를 삼킬 수도 없었다.

어떤 상황에서도 흔들리지 않던 도윤은 결국 하연을 찾는 일에 몰두했다. 성준의 말이 진짜면 어쩌지. 정말 하연이 죽으면 어떻게 해야 할까. 초침이 돌아갈 때마다, 날짜가 넘어갈 때마다 도윤은 점점 더 미쳐 가고 있었다.

초조해져만 가는 어느 날. 회의가 늦게까지 이어졌다. 마음 같아서는 모든 것을 버리고 하연을 찾아 헤매고 싶은데, 연진이 죽고 나서 흔들리는 회사를 버릴 수도 없었다.

집으로 가는 차 안. 흔들리는 차창 밖을 바라보며 도윤은 시선을 흐렸다. 신하연이란 단어만 떠올려도 숨이 가빠 왔다. 손을 뻗어 꽉 졸라맨 넥타이를 풀었다. 그때 도윤의 전화가 울렸다.

-신하연 씨를 찾았습니다.

그것은 마치 천둥소리처럼 도윤을 흔들었다. 신하연을 찾았다. 신하연이 어딨는지 알았다. 핸드폰을 쥔 손에 저절로 힘이 들어갔다.

그녀는 현재 아일랜드의 더블린에서 서쪽으로 가면 있는 코네마라라는 작은 마을의 한 게스트 하우스에서 일하고 있다고 했다.

"아일랜드의 한인 모임을 통해 얻은 정보입니다. 아직 확실하게 체크는 못 했습니다. 혹시 모르니 곧 사람을 보내서 제대로 확인하도록 하겠습니다. 확인되는 대로 사장님께 연락드리겠습니다."

그렇게 여유롭게 할 수는 없었다. 사람을 보내고 확인하는 시간 동안 하연이 또 움직이지 않는다는 보장이 없었다. 코네마라라니. 외국 지리에 밝은 도윤조차 처음으로 들어 보는 지명이었다. 그런 아득한 곳에 아픈 그녀를 그냥 내버려 둘 수는 없었다.

"아뇨. 내가 가죠."

도윤은 집으로 가는 차를 그대로 공항으로 돌렸다. 그렇게 가장 빨리 유럽으로 가는 비행기를 잡아 경유를 해 더블린으로 향했다. 늘 가지고 다니던 여권과 퇴근하던 그 모습 그대로. 그리고 이렇게 다시 널 만나게 됐다.

두 달 만의 신하연이었다. 아주 오랜만으로 느껴지기도 했고, 어제 본 것 같기도 했다. 성준이 했던 말처럼, 하연은 바싹 말라 있었다. 지금까지 본 적 없을 만큼 앙상한 모습이었다.

머리카락을 틀어 올려 드러난 목선은 예전과 다르게 뼈가 드러났다. 품에 안은 체구는 한결 더 작아졌다. 아프지 않다는 하연의 말에도 불구하고 아직도 믿기지 않았다.

도윤은 하연을 놓아주지 않았다. 처음에는 눈물로 젖은 하연의 뺨을 휴지로 닦아 주다가, 몇 번이고 몇 번이고 그녀의 얼굴을 손바닥으로 쓸었다.

"간지러워요."

"정말 아프지 않은 거야?"

"한 번만 더 물어보면 백 번째예요, 선배."

믿을 수가 없다는 듯, 그는 묻고 또 물었다. 도윤의 끝나지 않는 질문에 하연은 한숨을 쉬었다.

이럴 거면 건강 검진이라도 받아 놓는 건데. 성준이는 어떻게 내가 죽어 간다고 생각할 수가 있담. 하긴……. 그와 헤어지고 한 달 만에 10킬로 가까이 빠졌으니, 하연의 안색이 평범치는 않았을지도 모른다.

하지만 살 빠진 것 정도로 죽는다고, 덜컥 암이라고 보통 오해를 하나? 그런 오해는 해도 너무했다.

그가 자신에게 정말 안 아프냐고 묻는 것만큼, 하연도 몇 번이고 묻고 싶었다. 날 사랑하냐고. 도윤이 지겨워할까 봐 더 이상 입에 올리지는 않았지만, 몇 번이고 확인하고 싶어질 정도로 믿기지 않았다.

하지만 지금 자신을 바라보는 그의 눈빛은 정말 사랑하는 남자의 그것이었다.

도윤의 시선이 스르륵 미끄러져 창밖으로 향했다.

"눈이 계속 오는군."

도윤의 말에 하연은 그에게서 겨우 시선을 떼 밖을 바라보았다. 그의 말대로 쏟아지는 눈은 멈추지 않았다. 아까 그가 카페에 도착했을 때 발목까지 왔던 눈이 어느새 무릎 근처까지 쌓였다.

"선배, 오늘 숙소는 어떻게 하셨나요?"

"정하지 않았어. 네가 여기 있는 걸 알자마자 여기로 와서."

숙소를 정할 시간 따위는 없었다. 그렇게 그가 나지막하게 중얼거렸다.

"제가 여기 있는 것은 어떻게 아셨어요?"

하연은 심지어 엄마에게도 더블린에 있는 영지의 집에 간다고 했을 뿐, 구체적인 행선지를 밝히지 않았다. 영지는 고등학교 때 친구라 도윤과 접점도 없다.

도대체 서울도 아니고 국내도 아닌, 유럽의 서쪽 시골 마을에 있는 자신을 어떻게 찾아왔단 말인가. 건초 더미에서 잡초 찾기도 아니고.

그의 몸이 식었을까 봐 하연이 아까 내린 커피를 건네자, 그가 두 손으로 컵을 받아 들고 잔을 흔들었다. 까만 액체가 이리저리 흔들린다.

"어딘가에 숨고 싶으면, 붐비는 도시로 가도록 해. 하연이 네가 파리나 로마, 뉴욕 같은 곳에 갔으면 찾을 수 없었겠지. 뜨내기들이 많은 곳이니까."

큰 대도시는 사람이 넘쳐 난다. 찾아야 할 곳도 많고, 한국 사람들이 여행으로, 이민으로 많아서 평범한 동양인 여성 하나를 찾는 것은 불가능에 가까웠다.

"하지만 아일랜드는 한국 사람들이 많이 정착하는 곳이 아니잖아. 더블린에 네가 왔었다는 소문을 잡았대. 그 이후 한인 단체를 통해 건너 건너 알게 되었어."

그의 말은 쉬이 나왔지만, 간단한 일은 아니었을 터. 신기했다. 서울에서 이렇게 먼 곳에서 선배와 다시 만날 수 있다니.

"그렇게 절 찾고 싶으셨어요?"

"그래."

그의 선선한 대답에 하연은 조금 용기를 내어 장난처럼 한 번 더 되물어 보았다.

"그렇게 제가 좋았어요?"

"응."

생각과는 다르게 그의 입에서는 당연하다는 듯 긍정의 대답이 흘러나왔다.

"너 때문에 누군가를 좋아한다는 것이 어떤 감정인지 처음 알았어."

누군가를 좋아한다는 것이, 누군가를 사랑한다는 것이 이런 것인 줄 신하연 너를 통해 알았다.

그런 고백에 쑥스러워진 것은 하연이었다. 하얀 피부가 발갛게 일어났다. 도윤의 얼굴은 여전히 진지하기만 했다. 뭐라고 대답을 해야 할지 몰라 하연이 서둘러 앞에 있던 컵을 들고 일어나며 전화기 쪽으로 향했다.

“저, 저……. 오늘 묵으실 곳 없다고 하셨죠? 숙소 그럼 제가 알아볼까요?”

하연의 질문에 도윤이 미간을 좁혔다.

“여기도 게스트 하우스 아니야?”

“어, 네. 맞긴 해요.”

“당일 숙박은 안 되나?”

그의 말에 하연은 눈을 깜빡였다. 물론 당일 숙박도 가능했다. 빈방만 있으면. 그리고 오늘 게스트 하우스에는 자고 가는 사람이 하나도 없다. 도윤이 여기서 자고 가게 되면, 그러니까 오늘은 그와 하연만 남게 된다.

“저, 숙박 돼요.”

“그럼 여기서 묵고 가지.”

“여기요?”

일하는 게스트 하우스에서 자고 간다는 도윤의 말에 자신도 모르게 뾰족하고 높은 목소리가 하연의 입에서 흘러나왔다.

“응, 여기.”

“불편하실 거예요. 1인실이 있긴 한데, 화장실이 딸려 있지 않거든요.”

“상관없어.”

“선배가 보통 묵는 호텔과는 전혀 다른데. 침대도 몸을 뒤척일 때마다 삐걱거리고요.”

계속 변명처럼 말을 잇는 하연을 도윤이 빤히 바라보았다.

“하연이 넌…….”

“…….”

"내가 나가 줬으면 좋겠어?"

"네?"

"불편해?"

"아니요. 그럴 리가요."

그의 등장에 처음에는 놀랐고, 그의 말에 실망해 울 뻔했지만 결국은 좋았다. 하연은 도윤이 눈앞에 있어 좋았다. 그가 설령 자신을 사랑하지 않아도 좋았고, 자신을 사랑한다고 생각하니 더 좋았다.

하지만 갑자기 그가 이 소박한 곳에서 묵고 가는 것은 또 다른 이야기였다.

"그냥, 있는 게 없어서. 식사도 변변치 않고요."

코네마라의 이 작은 게스트 하우스를 하연은 참 좋아했다. 원목으로 된 이층집에 들어오면 1층에는 벽난로가 타닥거리는 소리를 낸다. 놓여진 소파는 적당히 푹신했고, 카운터에서는 늘 좋은 커피와 와인을 내는 따뜻한 카페였다. 카페를 지나 2층의 숙소로 올라가면 삐걱거리는 계단 소리가 듣기 좋았다.

방 하나하나도 개성이 있었다. 매트가 동네 아낙들에게 부탁해 떠 놓은 퀼트로 된 이불은 색감이 따뜻해서 눈이 오는 이런 날 덮기에 딱 좋았다.

하지만 오랜 비행으로 피곤할 텐데도 여전히 반짝이는 도윤의 앞에서 이 소박한 자신의 직장이 하연은 왠지 모르게 쑥스러웠다.

"침대도 불편하실 수 있어요."

하연의 말에 도윤이 한숨을 쉬었다.

"하연아."

"네."

"나 여기 놀러 온 거 아니야."

"……."

"화려한 호텔 방 같은 거 필요 없어. 너만 있으면 돼. 난 그게 제일 중요해. 그러니 네가 괜찮다면, 내쫓지 말아 줘."

선배는 나쁘다. 저렇게 말하는데 어떻게 거절한담. 그의 말에 결국 하연은 고개를 꾸벅 숙였다. 어느새 해가 저물고 늦은 밤이 찾아오고 있었다.

"원래 이 게스트 하우스는 밖에서 식사를 하고 오셔야 하거든요. 근데, 저……. 지금은 도저히 나갈 수도 없을 테니."

밖에 차도가 보이지 않을 정도로 눈이 쌓였다. 안 그래도 택시가 잘 오지 않는 이 안쪽에, 이런 날씨에 와 줄 택시는 없어 보였다.

"그럼……. 자고 가세요. 식사도 곧 준비할게요."

오늘 밤은 이 폭설의 오두막 속에서 그와 하연, 둘뿐이었다.

❊ ❊ ❊

게스트 하우스에서는 원래 아침 식사를 제외하고 음식을 팔진 않았다. 하지만 직원들이 먹을 수 있도록 재료들이 준비되어 있었다.

"뭘 먹을까."

하연은 냉장고를 열어 저녁 준비를 위해 재료를 꺼내 손질했다. 레토르트로 된 간단한 파스타 소스에 채소 몇 가지 더해 소스를 만든다.

파스타를 삶고 그 위에 아까 만든 소스를 얹으면 끝. 정말 소박하고 별것 없는 식사였다. 여기까지 도윤이 왔는데 더 좋은 음식을 대접하고 싶었지만, 가진 게 이것뿐이었다. 대신 하연은 와인 셀러를 열었다.

"혹시 식사랑 같이 와인 드시겠어요?"

이 게스트 하우스의 주인 매트는 유별난 사람이었다. 이런 외딴 곳에 집을 짓고 사는 것부터 그러했다. 그리고 아일랜드 사람들은 맥주나 위스키를 즐긴다지만, 그는 특이하게도 와인 마니아였다. 음식은 별 신경 안 써도 게스트 하우스에 갖춰 놓은 와인과 커피만큼은 수준급이었다.

와인셀러 안에는 이탈리아에서 지난달 그가 구매해 온 와인이 즐비했다. 그는 언제든 하연에게 마셔도 된다고 이야기를 했었다.

하연의 질문에 도윤이 입을 열었다.

"너도 마시면 마실게."

"네. 금방 따를게요."

처음에는 와인 코르크를 여는 것도 힘들었는데, 여기 와서 매일 따다 보니 이제는 꽤 익숙해진 손길로 하연은 와인 병을 땄다. 그의 앞에 놓은 잔에 반쯤 따르고, 제 앞의 잔에 반쯤 따른다.

파스타와 와인뿐인 매일 먹던 소박한 식탁. 그러나 도윤과 함께 있으니 다르다. 밥이 제대로 넘어가긴 할까. 밥을 먹는 동안 몇 번이고 하연을 바라만 볼 뿐 도윤은 말이 없었다. 하연 역시 섣불리 말을 꺼내지 못했다.

우리는 어떻게 되는 걸까. 선배가 나를 좋아하면, 나를 사랑하는 게 정말로 맞다면 다시 그의 곁으로 돌아가도 되는 걸까. 우리 다시 부부로, 한집에서 살 수 있을까.

언젠가 꿈만 꾸었던 것처럼, 서로 사랑하며, 평범하게 다른 사람들처럼 아이도 낳고 그렇게 사는 걸까.

나도 참. 어디까지 생각하는 거야. 하연은 멍하게 망상을 하다가 고개를 저었다. 너무 많이 갔다. 마음이 붕 떠서 급한 기분이 드러날까 봐 하연은 아예 입을 놀리지 못했다.

"그러고 보니."

식사를 다 하고 입을 연 것은 도윤이었다.

"고양이들 말이야."

"아롱이랑 다롱이요?"

"응."

생각지도 못한 이름에 하연이 눈을 깜박였다. 성수동 집에 가끔 찾아오던 길고양이 아롱이와 다롱이. 아일랜드로 올 때도 마음에 걸렸는데……. 잘 지내고 있을까. 이름을 들으니 문득 보고 싶어진다.

"이제 3살밖에 안 된 것 같다더군. 더 나이가 많을 줄 알았는데 말이야."

"누가 3살밖에 안 됐다고 하던가요?"

"수의사가. 이빨 상태나 전체적인 건강 검진을 하더니 3살 정도라고 하더라고."

"동물 병원에 데려가셨어요?"

그가 고개를 끄덕이며 와인을 한 모금 마셨다. 붉은 입술에 붉은 와인을 적셨다.

"네가 가고 얼마 지나지 않아 겨울이 되어 추운지 막무가내로 녀석들이 집에 들어왔어. 그러고는 나가지를 않더군. 집에서 꼼짝없이 키워야 할 상황이라……. 뭐 키우기 전에 상황을 알아두는 게 좋을 것 같아서 수의사에게 데려가 봤어."

생각지도 못한 말에 하연의 입에서 웃음이 났다. 아롱이와 다롱이는 길고양이 중에서도 뻔뻔한 편이었다. 어떻게 졸라 집에 들어왔는지는 몰라도, 도윤이 당황했을 표정이 눈에 보인다. 말은 저렇게 불퉁하게 하면서도 마음 약한 도윤이었기에 고양이들이 집에 들어왔겠지.

"잘 지내나요?"

"응. 건강해. 사고도 많이 치고. 정신없어. 아……."

도윤이 핸드폰을 꺼냈다.

"사진 볼래?"

핸드폰 화면에는 사진 한 장이 떠 있었다. 아롱이와 다롱이가 집의 카펫 위에서 뒹구는 사진이었다. 한두 번이 아닌지, 하얀 카펫 부분에 까만 고양이 털이 얽혀 있는 것이 보였다.

저 카펫은 우진 오빠가 사다 준 것. 그 뒤로 보이는 집의 정경은 익숙한 모습이었다. 오랜만에 보는 집과 고양이의 모습에 하연은 눈물이 핑 돌았다. 그리웠다. 보고 싶었다.

"아직도 그 집에 사시네요."

"응. 떠날 수가 없어서."

도윤은 다시 한번 와인을 마셨다.

"이상하지. 나가라고 한 건 나인데도, 네가 다시 돌아올 것 같아서. 이상하게 떠날 수가 없었어."

"……."

"그래서……. 어쨌든, 이 사진은 내가 찍은 거 아니야. 오해 마. 지금 하 비서가 하루에 두 번 가서 밥을 주고 있는데, 잘 지낸다고 보내온 거니까."

고양이를 절대 귀여워하고 있지 않다는 듯, 힘주어 말하는 도윤의 모습이 사랑스러웠다.

"서울에는 언제 돌아가실 거예요?"

"네가 돌아갈 때."

"저 안 아프다고 했잖아요."

음식을 향했던 도윤의 눈이 하연의 눈에 닿았다.

"말로는 믿을 수가 없어."

"떠나려면 며칠은 있어야 할 텐데."

어학원은 둘째 치고 하연이 책임을 지고 있는 게스트 하우스가 문제였다. 일하다가 다친 전 직원이 다음 주면 다시 게스트 하우스로 돌아올 예정이었다. 그때까지는 게스트 하우스를 지켜야 한다. 아니면 매트 혼자 일을 해야 한다.

아무것도 없는 하연을 고용해 준 매트에게 그 정도는 해야 했다. 무엇이 문제냐는 듯 그가 주저하지 않고 말했다.

"그럼 나도 며칠 머무르면 되지."

"회사 일 바쁘시지 않나요."

"회사 일이야 누군가가 대신 하겠지만, 난 네가 제일 중요하니까."

다정한 말에 심장이 벌컥 뛴다. 하연이 입을 다물었다. 도윤은 그런 하연의 마음을 아는지 모르는지, 말을 이었다.

"그때까지 이 게스트 하우스에 머무를게."

쑥스러움에 하연은 그와 눈을 마주치지도 못하고 고개를 끄덕였다.

❋ ❋ ❋

퇴근하다가 바로 아일랜드로 왔다는 도윤의 말은 거짓말이 아니었다. 그는 정말 서류 가방 하나만을 들고 있었다. 그가 얼마나 급했는지 알 수 있었다.

옷도 한 벌 없고, 그렇다고 사러 갈 수도 없다. 내일 아침 날씨가 개면 근처 가게에 가서 산다고는 해도 오늘 밤은 어쩌지.

고민하던 끝에 하연은 가게 주인, 매트에게 전화를 했다. 급한 손님이 왔는데, 옷이 없어 빌려줄 수 있냐는 질문에 매트는 신기하다는 듯 말을 했다.

-[이런 날씨에 온 손님이 있단 말이야? 신기하네. 내 옷장에서 옷을 빌려주도록 해요. 1층에 내가 입는 저지가 있을 거야.]

잘 빨아 둔 매트의 옷을 도윤에게 건네자, 그는 받아 들고 샤워실로 샤워를 하러 갔다.

그동안 하연은 그가 묵을 방을 준비했다. 이미 방들은 다 청소되어 깨끗했지만 혹시나 싶어 하연은 침대 시트를 당겨 주름 하나 없이 만들고 있었다.

그때 샤워실 문이 벌컥 열리는 소리가 났다.

"여기인가?"

방의 입구에 도윤이 들어섰다. 갑작스러운 인기척에 하연이 서둘러 뒤를 돌아보았다.

"네. 이 방에서 주무시면 돼요. 준비는 다 끝났어요."

샤워를 하고 말끔해진 도윤은 정장을 입고 있던 아까와는 또 달라 보였다. 매트가 입고 있을 때는 아무 생각이 들지 않던 검은색 저지가 도윤의 몸 위에서는 멋스러웠다.

드라이어기를 찾지 못했는지, 그의 머리카락에서는 물이 뚝뚝 흘러내렸다. 그 물방울을 따라 하연의 시선이 움직였다. 뺨, 날카로운 턱선, 그리고 목울대까지 흘러내리는 물방울.

"저……. 주무세요. 피곤하시죠. 저도 가서 잘게요. 저, 저는 오른쪽 끝 방에서 자니까 혹시 필요한 거 있으시면 노크하세요."

"그래."

"그럼 안녕히 주무세요."

하연은 서둘러 문을 닫고 방을 나갔다. 더 있다가는 그의 품에 달려들 것 같았다. 물론, 그가 나를 사랑한다고 했으니까 달려들어도 되는 거겠지? 그 생각만 해도 하연의 입술에 웃음이 번졌다.

하지만 그는 20시간을 넘게 비행기를 타고 더블린으로 왔을 것이고, 거기서 골웨이를 거쳐 코네마라까지는 300킬로가 넘는다.

차로 쉬지 않고 달려도 4시간은 되는 거리. 얼마나 피곤하겠어. 안 그래도 예전보다 마른 그의 얼굴이 수척해져 있었다. 날 걱정할 때가 아니다. 선배 몸부터 챙기지.

"오늘만 날은 아니야."

내일도 그는 이곳에 남겠다 했다. 아마도 모레도……. 그리고 계속 그와 함께할 수 있어. 그 생각만 해도 가슴이 일렁이고 두근거려 참을 수가 없었다. 하연은 도윤의 방문을 닫고 나가자마자 주르륵 다리 힘이 풀려 쪼그려 앉았다.

"하아……."

긴장이 풀려서 숨이 길게 나왔다. 그의 방문에 등을 기댄 채 숨을 몰아쉬었다. 이 방문 너머에 선배가 잔다. 그 생각만 해도 가슴이 떨렸다. 하연은 고개를 방문에 기댄 채 한참을 그러고 있었다.

얼마나 지났을까. 처음에는 삐걱거리던 소리가 잦아들고 곧 아무 소리도 나지 않았다.

"도윤 선배, 자요?"

하연은 조심스레 그의 이름을 불러 보았다. 하지만 문의 건너편에서는 아무 소리도 들리지 않았다.

자는구나. 피곤했던 게 틀림없다. 시차도 있을 것이고. 하연은 혹시 더 집중하면 방문 너머 그의 숨소리가 들릴까 싶어 눈을 감았다. 그러나 문이 꽤 두꺼운지 아무 소리도 들리지 않았다. 한참을 그렇게 있다가 입을 열었다.

"오늘 선배가 와서 난 정말 천당과 지옥을 한꺼번에 봤어요."

주절주절, 들어 줄 사람도 없는데 말을 했다.

"선배가 날 사랑하나 했다가, 동정심이구나 싶어서 실망했다가. 다시 또 날 사랑한다 하니 마음이 얼마나 벅차던지."

마치 정신없는 롤러코스터를 탄 것처럼 속이 울렁였다.

"이게 다 꿈은 아니겠죠?"

그가 자신의 마음을 받아주는 꿈은 몇 번이고 꿨다. 하지만 그게 현실이 되었다는 것은 받아들이기 힘들었다.

"선배가 날 걱정하고, 날 아끼고, 날 찾아온 게 사실은…… 선배가 날 사랑해서 그랬다는 게 정말이죠?"

몇 번이고 답을 들었어도 무섭다.

"난 선배를 줄곧 사랑해 왔어요. 너무 오랜 짝사랑이어서…… 하."

하연은 무거운 머리를 손바닥으로 짚었다.

"당신이 나를 바라보는 것만으로도 속이 녹아내리는 것 같고, 손끝이 스치는 것만으로도 구름 위를 걷는 것 같은데 선배가 날 사랑한다 하니 난 정말 믿을 수가 없어요."

그렇지만…….

"믿고 싶어요. 또 상처받더라도 믿고 싶어. 너무 믿고 싶은 말이라 그냥 그렇다고 생각하고 싶어요. 이제 물러 주지 않을 거야. 다 거짓말이라고 해도, 선배는 내 거라고 선언할 거예요."

꿈이어도 좋을 정도로 달콤한 하루였다. 그와 식사를 하는 내내 행복했다. 그와 있어서 좋았다. 그가 좋았다.

"선배, 사랑해요."

내일 다시 한번 말해 줄게요. 오늘은 잘 테니까. 내일 다시 맨정신에 말해 줄게요.

"정말 사랑해요. 계속 좋아해 왔어요. 선배 옆이 내 자리고, 그 자리에 있을 때가 난 제일 행복해요. 그러니까 이제는 떠나란 말 하지 말아요."

알았죠? 하연은 그렇게 말을 내뱉고는 자리에서 일어섰다.

"잘 자요."

속삭이는 그때, 예고도 없이 문이 열렸다.

벌컥.

문에 팔을 기대고 있던 하연의 몸이 기우뚱 안쪽으로 기울었다. 작은 몸이 안에서 등장한 남자의 단단한 가슴에 닿았다.

도윤이었다.

❋ ❋ ❋

잠이 오지 않는 밤이었다. 도윤은 하루 이상 자지 못했는데도 불구하고 쉽게 잠에 들 수 없었다. 하연이 아프지 않다. 하연이 죽지 않는다. 모든 게 잘못된 정보였다.

그 사실이 아직도 믿기지 않았다. 여기 올 때까지 절망적인 마음이었던 도윤은 그 사실 하나만으로 구원받는 것 같았다.

다른 건 어찌 되어도 좋다. 너만 살 수 있다면. 침대에 누워 잠시 눈을 감고 생각을 하는데, 밖에서 하연이 웅얼거리는 소리가 들렸다. 문 너머라 정확하게 들리진 않았다.

이 집에는 아무도 없는데. 전화를 하는 것인가. 그러나 눈을 감고 집중하자 그 내용이 명확하게 들렸다.

"도윤 선배가 날 사랑한다 하니 난 정말 믿을 수가 없어요. 그래도 믿고 싶어요. 또 상처받더라도 믿고 싶어. 너무 믿고 싶은 말이라 그냥 그렇다고 생각하고 싶어요. 이제 물러 주지 않을 거야. 다 거짓말이라고 해도, 선배는 내 거라고 선언할 거예요."

귀여운 하연의 웅얼거림은 자신을 향하고 있었다. 정말인가. 너무 오래 자지 못해 환청을 듣는 것은 아닌가. 도윤은 살그머니 침대에서 일어나, 그녀가 있는 문가로 발을 움직였다.

문을 열려는 순간 들려오는…….

"선배, 사랑해요."

그 소리에 숨이 멈췄다. 도윤은 더 이상 참지 못하고 문을 열었다.

"지금 무슨 소리지? 누가 누구를 사랑한다고?"

문에 기대고 있었는지, 문을 여는 순간 하연의 몸이 안쪽으로 스르륵 밀려 들어왔다. 자연스럽게 가녀린 어깨가 도윤의 가슴에 닿았다. 그 몸을 안아 들고 도윤이 다시 물었다.

"신하연. 지금 그렇게 말한 것 맞지?"

자신의 품에 안긴 하연은 고개를 들어 도윤을 바라보았다. 얼굴을 발갛게 붉힌 하연이 입술을 파르르 떨었다.

"저……."

그녀의 다음 말을 기다리는 그 순간이 영원처럼 길었다. 하연이 자신을 사랑하길 바란 적은 없었다. 소원하기에도 너무 먼 꿈이었다.

예전부터 자신을 싫어하고 피하던 후배, 신하연. 돈 때문에 자신과 결혼해야 했고, 이 어색한 연극에 참여했다. 하지만 가끔, 예전과는 달리 그녀의 마음이 열린 것을 느낄 때가 있었다. 그렇게 멀리만 했던 예전과는 달랐다.

하지만, 그게 사랑이라고 착각할 정도로 도윤은 어리석지 않았다. 그래서 바라지 않았다. 내가 감히 너의 마음을 얻을 수 있을 거라고. 나처럼…… 죄 많은 사람이 그럴 수 있을 것이라고는.

그러나 하연은 입술을 달싹이다가 도윤의 품에 얼굴을 묻었다. 도저히 얼굴을 보여 줄 수 없다는 듯.

"내일 말씀드리려고 했어요. 오늘은 피곤하시니까."

"뭘 말이야?"

"제 마음이요."

옷 위로 그녀의 달뜬 숨결이 느껴진다. 그러나 지금은 그녀의 얼굴이 보고 싶었다. 어떤 표정을 하고 있는지.

도윤은 손을 내려 하연의 턱을 잡고 올렸다. 반짝반짝 빛나는 그녀의 눈동자와 눈이 맞았다.

"네 마음이…… 뭔데?"

침착하려 해도 어쩔 수 없이 목소리가 떨렸다. 그것과 대조적으로 매끄러운 목소리가 하연의 입에서 흘러나왔다.

"사랑해요, 선배."

"……."

"아까 빨리 대답을 못 해서……. 선배가 묻지도 않으시더라고요. 네 감정은 어떠냐고 물어보시면 대답하고 싶었는데. 그냥 그대로 이야기가 끝나서 말을 못 했어요. 궁금하지도 않으셨어요?"

보기 좋은 눈꼬리가 활처럼 모양이 휘었다. 하연이 말을 이었다.

"아니면, 이미 알고 계셨나요?"

도윤은 고개를 저었다. 이미 알다니……. 단 한 번도 예상 못한 일이었다.

“모르셨구나. 그런 것도 같았어요. 매정하게 이혼하자고 하셨을 때, 하나도 안 미안해 보이시더라고요.”

웅얼웅얼 원망하듯 하연이 말한다. 믿을 수 없는 이야기였다.

“하연이 네가 날 좋아해?”

“네.”

“언제부터?”

짚이는 곳이 전혀 없었다. 헤어지고 나서 안 마음일까.

“아주 예전부터요. 선배에게 결혼하자고 했을 때만 제외하면 전 거짓말한 적 없어요. 다른 사람들 앞에서 말했던 것처럼……. 대학 때부터 좋아했어요. 그랬던 사람이 저뿐만은 아니었겠지만.”

날 대학 때부터 좋아했다니. 최근도 아니고 예전부터 자신을 좋아했다는 것은 선뜻 이해가 가지 않는 말이었다. 도윤이 인상을 찌푸렸다.

“그렇게 날 밀어냈으면서. 너 내가 있으면 파들파들 떨었잖아.”

“그거야…….”

하연이 입술을 삐죽였다.

“선배는 여자 만나고 싶지 않다고 선언하셨잖아요. 그런데 제 마음이 들킬까 봐, 그래서 그랬어요.”

“…….”

“너무 좋아해서 다가가면 다 들킬 것 같아서. 근데 정말 둔하신 것 같아요. 이렇게 좋아하는데, 어쩜 모르실 수가 있어요. 같이 살면서 제가 몇 번이나 힌트를 드렸는데.”

“정말 몰랐어.”

몰랐다. 하연이 자신을 좋아했다니. 사랑한다니.

"이제 아셨죠?"

하연이 입술을 살짝 내밀고 투정 부리듯 말을 했다.

"좋아해요. 사랑해요. 선배 아닌 사람은 본 적도 없어요. 단 한 번도."

"……."

"선배는 모를 거야. 내가 얼마나 사랑하는지. 왜 이렇게 말랐냐고 했죠? 도윤 씨가 이혼하자고 해서, 다시 못 본다고 생각하니……. 그렇다고 생각하니……."

하연의 목소리에 다시 한번 습기가 스며들었다.

"살 수가 없어서. 밥을 삼킬 때도, 물을 마실 때도 가슴이 너무 아파서. 아무것도 먹고 싶지가 않았어."

"미안해. 난."

내 질투가 널 힘들게 하지 않게 하려고 그런 건데, 내가 널 오히려 아프게 했다. 도윤은 말을 잇지 못했다. 조용한 밤. 스르륵, 눈이 지붕에서 미끄러져 떨어지는 소리만이 들려왔다. 내려앉은 침묵 사이로 다시 한번 하연의 목소리가 울려 퍼졌다.

"사랑해요."

"……."

"좋아해요. 세상에 무엇보다 선배를 사랑해요."

"확실해?"

"네. 신하연이 차도윤을 사랑하는 것보다 확실한 건 세상에 없어요. 저한테는 아주 확실하고 분명한 문제예요."

단호하게 내뱉는 하연의 고백에 도윤은 더 이상 참을 수가 없었다. 도윤의 두 팔이 하연을 으스러지게 끌어안았다. 아무리 안아도 금방 품속에서 흩어질 것 같아 더 세게 끌어안았다. 어디로 그녀가

가 버릴까 봐 두려운 마음에 두 팔로 꽉.

한참을 그렇게 그녀를 끌어안다가, 다시 얼굴을 바라보았다. 윤기가 도는 눈동자는 다른 어디도 아니고 자신만을 바라보고 있었다. 거짓이 아니다. 정말 신하연이 자신을 사랑하고 있다.

"나로 괜찮아?"

"선배가 아니면 안 돼요. 다른 남자랑 결혼은 상상도 할 수 없어요."

하연이 속삭였다. 웃으면서 자신을 바라보는 얼굴이 이렇게 사랑스러울 수 없었다. 도윤은 말도 못 하고 그저 벅찬 감정에 그녀를 내려다보았다. 한참 눈을 맞추고 있다 보니 하연이 속삭였다.

"그러니까 이제 키스해도 돼요?"

"뭐?"

"아까부터 하고 싶었는데, 선배가 너무 심각한 표정이길래요."

그 말에 도윤은 대답하지 않았다. 대답 대신 고개를 숙여 그녀의 입술을 빨아들였다. 촉촉한 입술이 얽힌다.

아, 신하연. 하연아. 아주 오랫동안 이 감촉을 그리워했다.

처음 맞대는 입술은 아니었다. 하지만, 그녀의 마음을 알고 하는 키스는 전혀 다르다. 가슴이 에여 숨이 벅차다. 미칠 듯이 뜨거운 감정이 심장에서 뿜어내는 피와 함께 전신으로 퍼져 나갔다. 뜨거운 살덩이를 그녀의 안에 쑤셔 넣었다.

반쯤 벌어진 안으로 들어가자 그녀의 혀가 자신을 맞이했다. 도망가지도 않고, 헐떡이며 살과 살이 얽힌다. 그녀가 얼마나 예민하게 흔들리는지, 그 작은 떨림까지도 생생하게 전해졌다.

"흡……."

정신을 잃을 정도로 짜릿했다. 손을 들어 그는 하연의 머리카락을 쓸어내렸다. 부드러운 머리카락이 손가락에 얽혔다. 하연 역시 까치발을 든 채 두 손으로 도윤의 등을 끌어안았다.

"하아."

가끔, 입술과 입술이 떨어졌을 때 거친 숨이 튀어나왔다. 그녀가 자신을 사랑한다고 고백하는 것만으로도 심장이 터질 것 같았는데, 이렇게 그녀를 안으니 제어할 수가 없다. 도윤은 하연을 부드럽게 안아 바닥에서 들어 침대로 향했다.

뜨거운 여름날, 열사병으로 쓰러진 그녀를 안은 적이 있었다. 그 때도 무겁다는 생각은 하지 못했지만, 오늘의 그녀는 힘을 조금만 주었는데도 쉽게 공중에 뜬다.

얼마나 마른 건지. 도윤은 그녀를 작은 싱글베드 위에 올려놓았다. 혼자 누워도 꽉 차던 베드 위에 누운 하연은 멍하니 자신을 바라본다. 그 모습이 사랑스럽다.

"사랑해."

조심스레 말을 다시 내뱉는다. 처음 그녀를 향한 사랑을 느꼈을 때는 그저 삼켰어야만 했던 마음을 이제는 다 내뱉을 수 있었다. 그녀를 사랑한다는 것이 그렇게나 무섭고 두려웠는데.

"사랑해."

사랑하고 있어. 몇 번을 말해도 애가 끓는 말.

그 말에 하연은 해사하게 웃었다. 입꼬리를 끌어올리고 눈을 빛내는 그 모습이 사랑스러워 도윤은 또 입술을 댔다. 처음에는 부드러운 입술을 핥았다.

아무것도 바르지 않은, 겨울이라 튼 입술이 가슬가슬했다. 그 입술을 혀로 핥다가 점점 더 아래로 흘러갔다.

신하연을 다 삼켜 버리고 싶다. 그녀의 눈, 코, 입, 부드러운 살갖, 손가락, 모든 것들이 다 사랑스러워 견딜 수가 없다. 도윤이 입술로 그녀의 가느다란 목선을 훑자, 간지러운지 그녀가 어깨를 움츠린다.

"간지러워."

"여기는?"

입술을 더 떨어뜨려 움푹 파인 쇄골에 혀끝을 댔다. 달았다. 너무 달아서 멈출 수가 없었다.

"거기도요. 간지러워……. 흐읏."

그러나 웃음이 섞여 있던 아까와는 달리, 이번에는 농밀한 흥분이 하연의 잇새로 샜다. 그 소리에 이성이 끊겼다. 그녀의 티셔츠 아래 손을 집어넣었다. 한 움큼이면 잡힐 듯한 가녀린 허리가 손끝에 쓸린다.

"한국 가면, 매일 맛있는 거 먹여야 할 것 같아."

원래대로 돌려놔야지. 아니, 예전보다 더 살찌워야겠어. 하연은 빵을 좋아한다. 어디 빵집이라도 데려가서, 아니 빵집을 전부 사 버리든가 해서 꼭 원래대로 돌아갈 수 있도록 해야겠다.

"선배만 있으면 다시 금방 살찔 거예요."

소곤소곤 대는 목소리. 그 목소리에 귀가 녹았다. 점점 더 손이 올라가 그녀의 납작한 배뿐만 아니라 부드러운 가슴까지 세상에 드러났다.

어두운 방 안, 커다란 창 안으로 눈에 반사된 달빛이 쏟아진다. 아름답다. 하얀 살결이 달빛에 드러나 참을 수가 없었다. 도윤은 손끝으로, 입술로 그녀를 탐했다.

"흣."

도윤의 손길이 여린 몸에 닿을 때마다 쉴 새 없이 하연의 입에서는 신음이 터졌다.

도윤은 그녀와 입을 맞추다가, 점점 아래로 내려갔다. 이를 그녀의 몸에 박아 넣고 자신의 흔적을 새겼다. 붉은 자국이 하얀 나신에 끊임없이 떠올랐다.

하연도 가만히 있지는 않았다. 조금 전까지 그의 손길에 허공에서 흔들거리던 다리를 들어 도윤을 감싸 안았다. 피부가 닿을 때마다 저릿한 쾌감이 퍼진다.

"하아……."

창피한 줄도 모르고 긴 한숨을 쉬었다.

"하연아."

"네."

그가 이름을 불렀을 뿐인데 가슴이 콩닥거린다. 그는 계속 손가락으로 하연을 쓸어내렸지만, 허리를 들썩이던 하연은 더 이상 참을 수가 없었다.

"읍."

입술을 깨물어도 터지는 쾌락을 삼킬 수 없었다. 더는 기다릴 수 없었다. 무엇보다도 그를 원했다. 차도윤을 원했다. 하연은 느리게 쾌락으로 흐려진 눈을 감았다 떴다.

"선배. 들어와 주세요."

그녀의 목소리는 급했다.

"너무 오랫동안 선배를……."

당신을 원했다. 성마른 입술로 그를 찾았다.

"하나가 되기를 너무 오랫동안 기다려 왔어요."

그동안 몇 번인가 몸을 겹친 적이 있었지만, 지금과는 비교할 수도 없었다. 몸과 마음, 모든 게 하나가 되고 싶었다. 하연의 사정에 도윤은 서둘러 옷을 벗었다.

몇 번이고 보았던 단단한 그의 육체를 자신도 모르게 멍하니 하연이 올려다보는 사이, 그는 하연의 옷을 아래로 끌어당겼다. 눈에 반사된 은은한 달빛 아래 푸르게 느껴질 정도로 흰 나신이 온전히 드러났다.

"후……."

긴장감에 깊은숨을 몰아쉬었다. 굳은 그녀를 도윤이 바라보며 미소 지었다.

"괜찮아."

꽉 오므려진 하연을 부드럽게 쓸어내렸다. 도윤의 터치에 천천히 긴장이 풀어졌다. 그리고 도윤은 하연을 온통 흔들어 놓았다.

"도윤……."

쾌락이 너무 강해 하연은 버티기 힘들었는지, 눈가에 눈물이 맺혔다. 말은 끝까지 나오지도 못했다. 오늘 게스트 하우스에 사람이 없어서 다행이었다. 아니라면 자신의 민망한 소리를 모든 이들이 다 들을 뻔했다.

도윤 역시 더 참을 수 없었다. 흥분한 자신을 억누를 수 없었다. 천천히 하나가 되었다. 신하연은 녹아내릴 듯 뜨겁다. 그녀의 눈빛도, 그녀의 몸도 모두 다 도윤을 녹이고 있었다.

"흡."

도윤이 전하는 쾌락이 천천히 하연의 뇌리로 파고들었다. 하얀 발이 허공에서 허우적댔다. 너무 큰 욕망이 버거운 모양이었다.

"아파?"

도윤의 질문에 하연은 아랫입술을 깨물면서도 고개를 저었다.

"좋……아요."

할딱거리는 숨이 야릇하다.

"너무 좋아요. 이게 꿈이 아닌 것을 알 수 있도록, 더, 더 선배를 원해요."

그 말에 도윤의 이성은 뚝, 하고 끊겼다. 사랑하는 여인에게 저런 말을 듣고 참을 수 있을 만큼 도윤은 인내심이 크지 않았다. 도윤은 집요하게 하연을 몰아세웠다. 그럴 때마다 하연은 거친 숨을 내뱉었다.

둘이 내뱉는 뜨거운 공기가 방 안을 데워, 아까까지만 해도 맑게 밖이 비치던 창문이 뿌옇게 흐려졌다.

사랑스러운 밤이었다. 둘은 그렇게 뜨거운 새벽을 맞이했다.

❋ ❋ ❋

태양이 밝았다. 그렇게 쉴 새 없이 내리던 눈이 멈추고 창밖에는 거짓말처럼 푸른 하늘이 펼쳐졌다. 따뜻한 햇볕이 창밖에서 쏟아져, 도윤의 얼굴에 맺혔다. 서서히 눈을 떴다.

늘 도윤의 가슴을 가득 채웠던 답답함이 사라지고, 추운 겨울임에도 불구하고 살랑살랑 간지러운 감정이 가슴을 스쳐 지나갔다.

얼마나 깊게 잠들었던 건지, 그의 머리가 멍했다. 하얀 천장을 올려다보았다. 처음 보는 마름모 모양이 새겨진 천장.

"여기가 어디지……."

도윤이 속삭이며 고개를 돌리자, 옆에 비스듬히 앉아 책을 보는 하연이 눈에 들어왔다. 하연의 얼굴에도 빛이 들었다. 오뚝한 코 옆에 동그란 햇빛이 맺혔다. 그 모습이 아름다워서.

깜빡.

도윤은 눈을 감았다 떴다. 하연이 제 곁에 있는 것이 비현실적이었다. 그녀를 찾아 떠돌던 시간이 너무 길어 믿기지 않았다. 꿈일지도.

다시 한번 깜빡.

눈을 감으면 사라지지 않을까 싶어 감았다 떠도 하연은 여전히 그 자리에 있었다. 도윤은 가만히 독서를 하는 하연을 관찰했다.

팔랑, 한 장 종이를 넘기고 책을 읽는 그녀의 미간이 살짝 찌푸려 들었다. 혹시 눈이 안 좋은 걸까. 안경이나 렌즈를 쓴 것을 본 적은 없는 것 같은데.

"글자가 잘 안 보여?"

"아, 깜짝이야."

책을 향해 있던 하연의 눈길이 도윤에게로 향했다. 놀라 반쯤 입술을 벌렸다가 도윤이 깬 것을 깨닫고 하연이 부드럽게 웃음을 지었다. 그녀가 책을 접으며 말했다.

"깼어요?"

"……응."

하연이 들고 있는 책을 바라보자 그녀가 고개를 흔들었다.

"별거 아니에요. 워낙 곤히 주무시길래."

"지금 몇 시야?"

"12시 좀 넘었어요."

12시? 벌써 정오가 넘었단 말인가. 도윤은 늘 아침에 일찍 일어나는 것이 몸에 배어 있었다. 전날 밤을 새웠다고 해도, 아무리 피곤한 운동을 해도 잠든 지 5시간이 지나면 눈이 스르륵 떠졌다.

해외 출장을 가서 시차가 생겨도 마찬가지였다. 잠들고 5시간을 넘게 자는 일은 없었다. 꼬박 10시간을 자다니.

처음 있는 일이었다. 이렇게 깊게 오랫동안 잠든 것은 경험한 적이 없다. 학생 때도…… 없었던 것 같은데.

“너무 오래 잤어.”

“더 자도 돼요.”

책을 내려놓은 하연이 도윤의 팔에 파고들었다. 단단한 팔뚝에 부드러운 머리카락이 쓸렸다. 간지럽고 기분이 좋다.

“매트가 오늘 오후에나 온댔거든요.”

“매트?”

“아, 여기 게스트 하우스 주인이요. 그러니까 그때까지는 한가해요.”

그 말에 숨겨져 있던 하연의 몇 개월간이 궁금해졌다. 여기서 어떻게 일하게 된 걸까. 어떻게 아일랜드까지 오게 된 걸까. 정말 내가 미워서, 나 때문에 아파서 온 걸까.

도윤이 아무 말도 안 하고 입을 다물고 있자 하연이 빙그레 웃었다.

“왜 그렇게 보세요?”

괜한 질문으로 평온한 시간을 깨고 싶지 않았다. 도윤은 고개를 저었다.

“예뻐서.”

그 말에 하연의 하얀 얼굴이 순식간에 빨갛게 달아올랐다. ‘어떻게 하지.’ 그렇게 속삭이며 입술을 깨문다. 그 모습이 더 어여쁘다는 것은 알고 저러는지. 얼굴을 붉힌 채로 하연이 눈을 내리깔았다. 까만 속눈썹이 긴 그림자를 드리운다.

“선배는…… 어떻게 그렇게 아무렇지도 않게 그런 말을 하세요.”

“나한테도 어려웠어.”

내 눈에는 항상 네가 예뻐 보였다는 것. 언제나 널 바라보고 있었다는 것. 그리고 그게 첫사랑이었다는 것.

모두 다 하기 힘든 말이었다. 너를 바라볼 때마다 느끼던 짜증에 가깝던 기분은 이 모든 말들을 억눌러야 하는 나 자신을 향한 감정이었다는 것을.

"어려워서 한 번도 하지 못했어. 혹시라도 입 밖으로 내면 내 마음마저 들킬까 봐."

"……선배."

"하지만 이제는 참지 않을 거야. 내가 하지 않았던 말들 때문에 네가 아팠다니."

도윤의 손가락이 하연의 쇄골을 훑는다. 예전보다 한참 더 푹 파인 그곳에서부터 볼록하게 드러난 어깨뼈까지.

"넌 참 예뻐."

그렇게 말하고 싶었다. 늘 그 말이 혀끝에서 맴돌아, 실수로 튀어 나갈까 봐 걱정했다.

"내 눈에만 그랬으면 좋겠어. 넌 너무 예쁘거든."

대학 때, 날이 좋은 어느 여름날. 저 멀리서 걸어가는 하연을 본 적이 있었다.

걸어가며 더운지 연신 손바닥을 파닥이며 얼굴을 식히다가, 긴 머리카락을 대충 묶어 틀어 올리는 모습. 삐져나온 머리카락을 하나하나 매만지는 손짓, 쭉 뻗은 목선에서 눈을 뗄 수가 없었다.

눈부신 여름날의 햇볕이 하연의 살결 위에서 부서졌다. 너무나도 예뻤다. 지금 겨울날의 희미한 햇빛에 모습을 드러낸 하연 역시 아름다웠다.

그때부터 지금까지, 넌 너무나 예뻤다.

"그렇게 예쁜 네가 좋았어."

그리고 그때부터 지금까지, 널 너무나 좋아했다.

"이 마음……. 참지 못할 것 같아. 네가 참으라고 해도 힘들 것 같다."

이제 아프게 하지 않을 거야. 후회할 일은 만들고 싶지 않았다. 도윤의 말에 하연이 그의 가슴팍으로 파고들었다.

"좋아요."

따뜻한 온기가 가슴을 덥힌다. 차갑게 식었던 심장이 그녀의 온기에 의해 뛴다.

"좋아요. 많이 말해 주세요."

하연이 읊조리고는 눈을 감았다. 그녀를 끌어안은 채 다시 한번 깊은 잠에 들었다. 그리고 꿈을 꾸었다. 평온하고 따뜻한 들판을 너와 손을 잡고 걷는 꿈을.

❋ ❋ ❋

오후면 돌아온다고 했던 매트는 저녁이 되어서야 돌아왔다. 그사이, 게스트 하우스 앞에 쌓인 눈을 하연과 도윤이 싹 치워 놓았다. 매트는 게스트 하우스로 돌아와 예상치 못한 손님에 놀랐고, 그 손님이 한국에서부터 하연을 찾으러 왔다는 것에 두 번 놀랐다.

"[손님에게 눈까지 치우게 하다니. 내가 먼저 와서 도와줬으면 좋았을걸.]"

"[괜찮습니다.]"

"[하연. 이틀 동안 혼자 지키느라 힘들었지? 눈도 치우고. 주말까지 내가 있을 테니 며칠간 쉬도록 해.]"

그렇게 말하며 매트는 골웨이로 놀러 가라고 권했다. 골웨이는 게스트 하우스에서 1시간 정도 떨어진 가장 가까운 시내로, 아기자기한 거리가 매력적인 마을이었다.

도윤은 "네가 있으면 어디든 좋다."고 했지만, 한국에서 온 도윤을 이 시골 게스트 하우스에 두는 것도 마음에 걸리고, 매트의 눈도 신경 쓰였다.

"골웨이로 놀러 나가요."

하연의 제안에 골웨이로 가서 빨간 지붕의 비앤비에 숙소를 잡았다. 눈이 튀어나올 것처럼 두꺼운 안경을 쓴 아주머니가 노트를 뒤적거리며 하연과 도윤을 보고 물었다.

"[더블베드?]"

"[네.]"

망설임도 없이 대답한 것은 도윤이었다. 어젯밤에도 작은 싱글 침대에서 몸을 겹치고 잤다. 당연한 말인데 하연은 왠지 쑥스러웠다. 장부를 뒤적거리던 아주머니가 씩 웃으면서 물었다.

"[아, 혹시 연인?]"

"[아뇨. 부부입니다.]"

이번에도 도윤이 대답을 했다. 그의 목소리에는 확신이 어려 있었다. 부부라는 말에 다시 한번 하연의 얼굴이 붉어졌다. 아주머니는 도윤의 대답에 안경을 쓱 들어 올려 보였다.

"[그래요? 아가씨가 너무 어려 보여서 그런 줄은 몰랐네. 203호예요. 좋은 여행 보내요.]"

배정된 방은 소박하지만 따뜻한 분위기의 방이었다. 방 한가운데 있는 벽난로는 타닥거리는 소리를 내며 온기를 뿜어내고 있었다. 짐을 던지고는 그가 셔츠의 단추를 풀었다. 다시 입은 와이셔츠가

세탁을 하기는 했어도 썩 불편해 보였다.

"잠시 나갈까?"

"아. 네. 선배 옷도 사고, 저녁도 먹으러 갈까요?"

도윤은 퇴근길에 그대로 아일랜드로 와 옷이 한 벌도 없었다. 어젯밤에는 매트의 옷을 빌려 입었지만, 당장 입을 옷이 없었다.

하연은 그와 비앤비를 나와 골웨이의 거리를 거닐었다. 아직 싸늘한 겨울이었지만, 새해의 들뜬 분위기가 남아 있는 시내는 예쁘게 꾸며져 있어 어쩐지 로맨틱한 분위기가 감돌았다.

벽에 꾸며진 색색의 그라피티와 공중에 매달려 있는 새해를 축하하는 아트들. 골웨이에 온 것은 하연도 처음이 아니었으나, 모든 것이 낯설게 느껴졌다. 혼자 왔을 때 이렇게 좋았던가? 도윤과 함께라 느낌이 전혀 달랐다.

토요일인지라 골웨이의 광장에는 주말 프리마켓이 섰다. 늦은 시간인데도 작은 기념품부터 커다란 그림까지 안 파는 것이 없었다. 주말에 나온 것은 처음인지라 화려한 분위기에 놀라 하연의 눈이 휘둥그레졌다.

"와, 정말 볼 게 많네요. 이런 곳인 줄 몰랐어요. 평소에는 그냥 텅 빈 광장이었는데."

재잘재잘, 하연의 입에서 높은 목소리가 흘러나왔다. 가게들을 보다 보니, 귀여운 고양이 인형이 눈에 들어왔다.

"이거 귀엽다."

자신도 모르게 하연이 손을 뻗어 인형을 손에 들었다. 서울에 두고 온 아롱이와 다롱이가 생각이 나기도 하고, 그리고 영지의 딸, 에리얼이 눈에 밟혔다.

더블린을 떠나올 때 에리얼은 하연을 붙잡고 한참을 울었다. 몇 주 지나면 돌아온다는데도 하연이 더블린을 떠날 때 울었는데, 한국에 간다고 하면 어떤 표정을 지을까.

괜히 마음이 쓰여, 골웨이에서 더블린으로 돌아가기 전 선물을 하나 사 가고 싶었다.

"그래?"

"네, 이거……."

하연이 주인을 말하기도 전, 도윤이 지갑을 꺼내 돈을 지불했다. 그 모습을 보고 하연이 서둘러 입을 열었다.

"제가 낼게요."

그는 눈을 내리깔고 입꼬리를 끌어 올렸다.

"뭘."

우리 사이에. 라는 말이 얼핏 들리는 것 같았다. 그런 말을 한 건 아니지만, 그렇게 들렸다. 이제 뭐든지 난 내 마음대로 해석하게 되는 걸까. 너무 마음이 들뜬 거 아니야?

하연이 이래도 되나 반성하며 고개를 숙이는데 물건을 받아 든 도윤은 다른 손으로 하연의 손을 잡아끌었다. 작은 손이 그의 커다랗고 단단한 손안에 갇혔다.

"엇."

하연이 내뱉은 단말마의 소리에 도윤이 눈썹을 끌어 올린다. 싫으냐고 묻는 그의 모습에 고개를 살랑 저었다. 깍지로 손을 끼고 길거리를 거닐었다. 주말이라 붐비는 사람들 속을 둘이 걸어갔다. 다른 사람들 눈에는 평범한 연인으로 보이겠지.

하지만 여기까지 오는 것이 얼마나 힘들었던지. 당신과 평범한 연인이 되는 것이 얼마나 나에게는 중요한 일인지. 이 아무렇지도 않은 행동에 하연의 가슴이 또 뛰었다.

＊ ＊ ＊

저녁 식사를 위해 시내의 식당을 찾았다. 돌로 된 건물에 있는 오래된 레스토랑은 사람들로 붐비고 있었다.

"유명한 곳인가 봐요."

대충 눈에 띄어 들어온 곳이었는데. 벽면에는 100년 된 역사를 자랑하는 레스토랑이라는 안내가 되어 있었다. 식기 하나, 테이블 하나에도 세월이 깃든 모습이었고, 중간에는 거대한 그랜드 피아노가 놓여 있었다.

"맛있어야 할 텐데."

"맛있을 거야."

종업원이 추천해 주는 대로 샐러드와 스테이크를 시켰다. 복작거리는 레스토랑 내에서 도윤과 하연만이 조용하게 시간을 보냈다.

"이상하네요. 이렇게 먼 곳에서 선배와 둘이 밥을 먹다니."

이곳에 아는 사람은 아무도 없다. 북적거리는 소리 속에서도 그와 나, 단둘이 있는 것 같은 기분이다. 한입 음식을 먹고, 한 번 그를 쳐다보고 웃는다. 그저 보는 것만으로도 좋았다.

그러다가 문득, 어제 제대로 묻지 못한 것이 생각이 났다. 꼭 한 번 묻고 싶었지만 묻지 못한 내용. 왜 그는 자신이 누군가를 사랑할 자격이 없다고 생각하는 걸까.

왜 나를 사랑하면서, 말 한마디 안 했던 걸까. 내가 아무리 그를 밀어냈다고 해도, 어디까지나 결혼 전의 이야기이다. 그 이후에는 왜…….

"저기……."

어려운 질문이었다. 그의 가정사와 관련이 있어 보였지만, 자세한 것은 하연도 몰랐다.

"선배."

"응?"

음료수를 마시던 그가 하연의 부름에 눈을 들었다. 입술을 달싹거리다가 하연이 겨우 용기를 쥐어짠 순간, 중후한 신사 하나가 걸어 나와 피아노 앞에 섰다.

"뭐지?"

하연에게 쏠렸던 도윤의 눈이 순간 그쪽으로 향했다. 피아노가 놓여 있는 중앙 자리에는 피아노뿐만 아니라 바이올린, 첼로 등 몇 가지의 악기들이 놓여 있었다. 신사는 의자에 자리를 잡고 첼로의 음을 조율했다.

끼익.

낮은 첼로의 소리가 울려 퍼진다. 곧, 그는 유명한 영화 속의 배경 음악 하나를 연주하기 시작했다.

"프로 연주자인가요?"

"그런 것 같지는 않은데."

연주하는 모습이 아주 익숙해 보이지는 않았다. 서툴지만 듣기 좋은 음악이었다. 식당에서 고용한 사람일까. 궁금증은 금세 풀렸다. 하연과 도윤이 인상 깊게 신사를 바라보는 것을 보고, 서빙하던 직원이 빙그레 웃으며 말해 줬다.

"[우리 식당은 원하는 사람은 아무나 악기를 연주할 수 있답니다.]"

그녀가 말을 끝내자마자, 신사가 짧은 연주곡을 끝냈다. 그러자 직원이 싱긋 웃으며 말했다.

"[당신들도 해 보고 싶으면 어서 나가 봐요.]"

"[아…….]"

하연과 도윤의 시선이 허공에서 마주쳤다. 하연은 어색하게 웃으며 고개를 저었다. 바이올린을 연주하는 것을 좋아하기는 했지만, 남의 악기로 연주하는 것을 즐기지는 않았다.

무엇보다 오랫동안 연습도 안 했는데 사람들 앞에 서고 싶지 않았다. 선배도 싫어하겠지.

그의 실력이 녹슬었을 거라는 생각은 하지 않았지만, 사람들 앞에 혼자 나서서 독주곡을 하는 것은 그의 성격과는 거리가 있었다.

그러나 하연의 예상과는 달리, 도윤은 냅킨으로 입술을 닦아 내고는 직원을 바라보았다.

"[그럼, 제가 한 곡 연주해도 되겠습니까?]"

"[네. 재밌겠네요.]"

도윤의 말에 놀란 것은 하연이었다.

"선배, 연주하시게요?"

"응. 한 곡만 연주하고 싶은 것이 있어서……. 잠시 자리를 떠도 될까?"

하연은 격렬하게 고개를 끄덕였다. 그의 연주를 못 들은 지는 상당히 오래되었다. 같이 살 때에도 그가 연습을 하는 것은 많이 보지 못했다.

하연의 허락이 떨어지자, 도윤은 자리에서 일어나 중심 자리에 섰다. 바이올린을 턱에 끼고는 몇 번인가 조율을 한다. 평소에도 악기가 잘 관리되어 있었는지, 몇 번 음을 맞추기가 무섭게 아름다운 선율이 울려 퍼졌다.

도윤이 연주하는 곡이 어떤 노래인지, 하연은 몇 마디 들을 필요도 없었다. 바흐의 샤콘느였다.

대학교 1학년 때, 교내의 광장에서 동아리 신입 부원 모집을 할 때 그가 귀찮아하면서 연주했던 곡. 샤콘느가 듣고 싶다는 한마디에 세계적인 바이올리니스트 에드리안 무터를 집으로 초대해서 들려준 곡.

그리고 다음에는 선배가 연주하는 것을 듣고 싶다고 하연이 말해서 도윤이 연습하겠다 했던. 바로 그 곡이었다.

격렬한 연주에 좌중의 모든 사람들이 빨려들어 갔다. 연습을 한 걸까. 평소의 그의 실력을 감안하고 들어도 매우 완벽한 연주였다. 그는 눈을 감고 현을 짚는다. 격렬하게 활을 놀리며 곡 속으로 빠져들었다.

하연 역시 정신없이 듣다가 마지막, 긴 음이 울려 퍼지고 사람들이 손뼉 치는 소리에 자신이 이 식당에 있다는 것을 다시금 떠올렸다.

"[와, 멋지네요.]"

한번 연주해 보라고 옆에서 흥을 돋웠던 직원이 손뼉을 치며 말했다. 그는 곡을 끝내고, 조용히 다시 바이올린을 있던 자리에 돌려놓고는 자신의 테이블로 돌아왔다. 어두운 실내에서도 그의 귓가가 붉게 달아오른 것이 보인다.

"선배……. 너무 멋졌어요."

"……."

도윤이 말이 없다가 숨을 탁 토해 냈다.

"사람들 앞에서 혼자 연주하는 건 좋아하지 않는데, 하……."

그런데 왜 한 걸까. 깊이 생각해 보지 않아도 하연은 그 답을 알 것 같아 가슴이 콩닥콩닥 뛰었다. 도윤이 말을 이었다.

"예전에 너에게 연주해 주기로 약속했었지."

"네. 너무 멋져요."

하연의 말에 도윤이 쓴웃음을 지었다.

"네가 떠난 후에, 남는 시간을 주체하지 못해서 일과 바이올린에 몰두했는데. 이상하게 샤콘느가 하루 종일 머릿속에서 떠돌더라. 너와 함께 집에서 들었던 에드리안 무터의 샤콘느."

"그랬군요."

"아무리 연습해도 그녀만큼은 될 수 없었어. 머릿속에 남아 있는 무터의 연주만큼은."

어쩌면 당연한 일이었다. 그녀는 세계 최고 수준의 연주자였다. 아무리 도윤이 뛰어나다고 해도 객관적으로 무터의 연주를 뛰어넘을 수는 없다. 하지만 하연에게는 그 누구의 연주도 오늘 이 순간의 도윤의 연주에 비할 수 없었다. 완벽했다.

도윤이 여전히 눈을 내리깐 채 말을 이었다.

"그래도 상관없었지. 어차피 네게 다시 들려줄 기회는 오지 않을 테니까. 하지만 난 계속 연습하고 또 연습했어. 만약에……."

"……."

"만약에 다시 널 만난다면."

그의 목소리가 낮고 진했다.

"혹시라도 내 마음을 들려줄 기회가 온다면, 이 노래를 연주하겠다고……."

도윤은 조금 전까지 그녀를 위해 연주하던 손끝을 문지르다가 손을 뻗어 하연의 손을 잡았다.

"이 노래는 나에게 헛된 희망이었어. 널 다시 만나게 될 수도 있지 않을까 하는 희망."

꽉 움켜쥔 손이 뜨거웠다. 다시는 만날 수 없다고 생각한 우리가 다시 만났다. 하연이 그를 그리워한 시간만큼이나, 그 역시 자신을 그리워했다.

"하지만, 이렇게 그 복권 당첨과도 같은 일이 일어났으니 말하고 싶어."

"……."

"모든 것을 너에게 다 고백하고 싶어."

사랑 고백을 말하는 것이 아니었다. 조금 더 깊고 짙은 이야기.

"네가 날 경멸한다 해도. 네가 날 멀리한다 해도. 오늘 모든 것을 고백해야 할 것 같아."

"무슨…… 이야기예요?"

혹시 하연이 물어보려고 했던 이야기일까. 왜 사랑을 할 수 없었는지. 왜 사랑을 할 자격이 없다고 생각했는지.

"아버지와 어머니는 두 사람 다 재벌가의 자식이었지. 그때는 지금과는 다른…… 정략결혼이 일반적인 시대였어. 하지만 결혼 전, 어머니에게는 다른 남자가 있었어."

그렇게 말하는 도윤의 입술이 파르르 떨렸다. 하얗게 질린 그의 표정이 어두운 레스토랑 안에서도 잘 보였다.

"하지만 어디까지나 결혼 전 이야기야. 결혼하고 나서는 어머니는 아버지밖에 몰랐어. 하지만 아버지는……."

불행하게도.

"어머니를 사랑하게 되고 나서 그녀를 아껴 주지는 못할망정, 아버지는 그녀를 의심했고, 괴롭혔어. 그 남자랑 다시 만나는 게 아니냐고 시작된 의심은 그녀가 만나는 모든 남자들에게 번져 갔지."

손을 드는 경우도 많았다. 때로 폭력은 도윤에게도 가해졌다. 그러다가 어느 날, 버틸 수 없던 어머니는 스스로 세상을 떴다.

그런 아버지를 증오했다. 하지만, 아들이기에 그의 그림자는 자신에게도 드리워져 있었다.

"학대 피해자가 가해자가 되는 경우는 아주 흔한 일이야."

그렇게 말하며 도윤은 씁쓸한 웃음을 지었다.

"너를 사랑하게 되고, 난 질투를 하기 시작했어."

"질투요?"

"응. 처음에는 성준이를 질투했고, 그 질투는 건조한 날에 붙은 불처럼 거침없이 번져 갔지. 네가 만나는 모든 사람들이 질투가 났어. 네가 날 사랑하지 않을 줄 알면서도 네 마음이 가지고 싶었어. 화가 나고, 가슴이 탔지."

아버지처럼 괴물이 되기 전에 널 놓아줘야 했다. 그렇게 고백하는 도윤의 말이 너무 담담해서 더욱 하연의 가슴에 박혔다. 도윤은 그동안 그의 마음 안에 품었던 많은 고통을 하연에게 털어놓았다.

"한 번도 해 본 적 없는 이야기야. 하지만 네가 내게 오기 전에 말해야 할 것 같았어."

눈이 시릴 정도로 아름다운 도윤의 얼굴을 하연은 빤히 바라보았다. 얼마나 아팠을까. 얼마나 힘들었을까. 그 생각을 하니 하연은 너무 화가 났다.

언젠가 만났던 도윤의 아버지를 떠올렸다. 당시에 하연은 서형을 고압적이고 무서운 사람이라고만 생각했는데 도윤을, 도윤의 어머니를 그렇게 괴롭혔다고 생각하니 도저히 용서할 수가 없었다. 도윤의 마음에 그 자신에 대한 불신을 심어 놓았다.

하연이 본 도윤은 서형과는 전혀 다른 사람이었다. 도윤의 단단히 굳은 얼굴은 심성이 차가워서가 아닌, 자신을 지키기 위한 갑옷이었다. 그 딱딱한 것을 걷어 내면 그 마음 안에는 누구보다 따뜻한 사람이 숨어 있다.

그를 바라보던 하연의 입술이 살짝 떨렸다.

"선배는 바보예요."

도윤이 가만히 하연을 바라보았다.

"물론 아버지가 그러셨으니 걱정이 되실 수도 있죠. 하지만, 당신은 그런 사람이 아닌걸. 누구에게 상처를 주고 날을 세우는 사람이 아니에요. 당신이 그런 이기적인 사람이었다면 애초에 난 당신을 좋아하게 되지도 않았을 거예요."

"하지만."

"질투는 누구나 하는 법인걸요. 좋아하니까, 내 것이 되었으면 하는 마음도 있고. 저도 선배가 다른 여자들과 이야기하거든 그렇게 화가 났어요."

"……."

"대학교 때, 채선이가 선배에게 고백했었죠?"

하연은 아주 오래전 이야기를 꺼냈다. 동아리 엠티 때의 이야기. 어두운 밤, 하연의 동기 채선이는 도윤을 불러내 고백을 했었다.

"오빠, 좋아해요. 저랑 사귀어요."

채선이가 도윤을 좋아하는 것은 알고 있었다. 그녀뿐이 아니었다. 잘생기고 모든 게 완벽한데도 여자에게 큰 관심이 없고 늘 서늘한 그는 당연히 모두의 시선을 받고 있었다. 하지만, 고백을 할 줄은 몰랐다.

하연의 말에 도윤이 한쪽 눈썹을 끌어 올렸다.

"그걸 어떻게 알아? 채선이가 말했어?"

하연이 고개를 저었다.

"아뇨. 우연히 봤어요. 그냥 우연히……."

하연이 말하다가 살짝 웃음을 지었다.

"선배 그거 알아요?"

"뭐……?"

"저 그 이후에 채선이랑 어색해졌어요. 원래는 꽤 친했었는데. 이상하게 이유도 없이 밉더라고요. 채선이 잘못이 아닌데. 선배에게 먼저 고백했다는 것만으로 어색해지고……. 저도 질투해요. 질투는 어쩔 수 없는 것 같아요. 선배가 다른 여자랑 결혼한다고 했을 때, 그때 제 마음이 어땠는지 선배는 상상도 못 할 거예요."

하연은 그때 미치는 줄만 알았다. 속이 뒤집히고 얼굴도 모르는 여자가 부러워 팔짝 뛰었다. 하연이 속닥거리자, 그가 물었다.

"혹시 그래서 결혼하자고 한 거야?"

고개를 끄덕였다. 그리고 하연이 문득 생각난 듯, 말을 이었다.

"돈도 그래서 돌려 드렸잖아요."

"돈?"

"선배가 주신 6억."

서울을 떠나는 날. 공항에 오기 전 그의 통장에 다시 돌려 넣었다. 그녀의 말에 도윤은 몰랐다고 대답했다. 그 당시 회사 일에 몰두하고 매달려서 은행 일에는 통 신경 쓰지 못했다며. 그의 말에 하연이 살짝 웃었다.

"하여튼……. 아버지가 나쁜 사람일 뿐, 선배는 그렇게 누군가를 상처 입힐 수 있는 사람이 아니에요. 질투는 누구나 하죠. 하지만……. 그런 폭력은……."

선배는 아니에요. 바보. 다른 사람 상처 입히는 것이 두려워 이렇게 엉망진창이 될 때까지 참았으면서. 안쓰러운 마음에 하연은 그의 뺨에 손을 올리고 속삭였다.

"괜찮아요. 선배는 사랑받아 마땅한 사람이에요. 그리고 선배도……."

하연이 약간 쑥스러워져 속눈썹을 내리깔고 작게 속삭였다.

"나를 마음껏 사랑해 주세요. 질투도 하고, 다른 남자에게 가지 못하도록 꽉 끌어안아 주세요."

터질 만큼 강하게. 내 곁에 선배가 있다는 사실을 알 수 있도록.

지금까지의 도윤의 사랑을 하연은 거의 느끼지 못했다. 어제 그가 흘린 눈물이 아니었다면, 강한 남자가 흔들리는 모습을 본 것이 아니었다면 믿지 못했을 것이다.

"더 집착해 줬으면 좋겠어요."

"내가 어떻게 변할지 알고."

"난 선배를 잘 알아요. 당신은 그 사람과는 달라요. 괜찮아요."

내가 옆에 있으니까. 우린 영원히 함께할 테니까. 꼭 그렇게 해요. 우리.

＊ ＊ ＊

평소답지 않게, 도윤 역시 자신의 주량보다 많은 술을 마셨다. 골웨이 안에 잡은 숙소도 레스토랑에서 지척이기도 했고, 병으로 주문한 와인의 도수가 평소 마시는 것들보다 세서 더욱 술기운이 돌았다.

아니, 아니지. 이렇게 취한 것은 바로 옆에 하연이 있기 때문이었다. 그녀가 있다는 안심과, 행복에 잔이 넘치도록 따라 넣었다.

"꺅, 다리가 흔들려요."

숙소로 돌아가는 길목 안, 하연의 발걸음이 하늘거렸다. 울퉁 불퉁한 돌바닥이었기에 그녀가 넘어질까 봐 도윤은 하연의 손을 꽉 움켜쥐었다.

"너무 마셨나? 헤헤. 그래도 기분이 좋아서요."

하연이 그렇게 말하며 그의 품속으로 파고들었다. 그녀의 몸이 따뜻하고 부드러워 도윤이 하연을 꽉 그러쥐었다.

"뜨겁네요, 선배 몸."

"응. 너 때문에."

하연이 옆에 있어서 심장이 뛰는 것이 느껴진다. 펄떡거리는 심장이 타오르는 피를 온몸에 보내 손끝까지 뜨거웠다.

어제 큰 눈이 내려 시내의 곳곳에는 아직도 하얀 눈이 쌓여 있었다. 밤바람이 차가웠다. 하지만, 추운 줄 몰랐다. 하연과 닿은 곳, 닿지 않는 곳, 모든 곳이 뜨거웠다.

도윤의 말에 하연이 얼굴을 붉혔다.

"나 때문에 몸이 뜨겁다니……."

하연이 웅얼거리며 웃는다.

"선배는 어쩜 그런 말을 잘하나요. 어떻게 참고 살았어요? 차가운 척하느라."

"그러게."

한 번 마음을 표현하니 봇물 터지듯 말이 흘러나왔다. 네가 얼마나 예쁜지, 내가 너를 얼마나 사랑하는지, 말해도 말해도 부족했다. 하연이 마치 강아지가 주인에게 몸을 비비듯, 도윤의 너른 어깨에 얼굴을 비볐다.

"선배가 낯설어요. 그런데 그 낯선 모습도 좋네요. 잘 안다고 생각했는데, 또 다른 모습이 보여서 심장이 아파요. 너무 좋아서 쿡쿡 쑤셔요."

술에 취해 다소 횡설수설하면서도 밝게 웃는 하연의 얼굴이 귀여웠다. 그 모습을 보니 참을 수가 없었다. 희미한 전봇대의 불빛에 하연의 얼굴이 오롯이 드러났다. 반쯤 벌어져서 부드러운 곡선을 짓고 있는 입술이 붉고 촉촉했다.

끌어안은 그녀의 몸을 당겨 골목길 끝으로 갔다. 인적이 드문 거리의 끝, 오직 신하연과 차도윤만이 남았다.

혹시 단단한 돌벽에 하연의 머리가 부딪칠까 봐 한 손으로는 그녀의 작고 동그란 뒷머리를 감싸 안고, 다른 한 손으로는 하연의 턱을 들어 올렸다.

"하연아."

"……네."

"키스해도 돼?"

그 말에 하연이 실룩 입술을 삐죽였다. 가만히 그녀의 눈이 도윤을 바라보았다.

술에 취해, 분위기에 취해, 서로에 취한 눈이 반짝이다가 그녀가 까치발을 살짝 들어 입술과 입술을 댔다. 입술과 입술이 쫀득하게 닿았다가 떨어졌다.

뜨거운 숨이 하얗게 둘 사이에 피어오르고, 하연이 입꼬리를 올리며 웃었다.

"앞으로 해도 되냐고 묻지 마세요."

"……."

"언제나 해도 되는 거예요. 선배는 아무 때나 나한테 키스해도 돼요. 밤이고 낮이고……."

아무 때고. 그렇게 말하려던 하연의 말은 이어지지 못했다. 미칠 것 같은 충동에 그렇게 중얼거리는 하연의 입술을 도윤은 빨아들였다.

아까 살짝 스친 것 같은 키스와는 다른 깊은 키스. 뭉근한 살덩이를 그녀의 반쯤 벌어진 입술 사이로 박아 넣었다. 혀와 혀가 얽히고, 하연은 도윤의 어깨를 끌어안아 매달렸다.

그 거리에는 아무도 없었다. 아니, 누가 있어도 눈치챌 수가 없었다. 세상에는 오직 둘만이 남았으니까.

뜨거운 아일랜드의 밤이 녹아내리고 있었다.

9. 반드시 찾아올 행복

“드디어 한국이다.”

인천 공항에 도착한 하연의 입에서는 스르륵, 오랜만에 돌아온 고국에 대한 그리움이 흘러나왔다. 한국을 떠나 있은 지 고작 3개월이었는데도 불구하고 이곳이 미칠 듯이 그리웠다. 마치 쫓겨 가듯 떠난 외국이었기에 더욱 그랬다.

하연이 아일랜드에 펼쳐 놓은 생활을 정리하는 데에는 꼬박 2주가 걸렸다. 처음에는 1년 정도 머무를 생각으로 아일랜드에 왔기 때문에 처리할 일이 많았다.

어학원에 잘 말해 반값이라도 환불을 받아야 했고, 이런저런 도움을 많이 준 영지에게도 신세를 갚아야 했다.

생각보다도 오랜 시간이 걸렸다. 그래서 하연과 함께가 아니라면 절대로 혼자서 한국으로 가지 않겠다는 도윤을 설득해 한국으로 먼저 보냈다.

"아무리 그래도 업무는 하셔야죠."

도윤은 한 회사를 책임지고 있었다. 그런 그가 하연이 도망이라도 갈까 봐 아일랜드에서 그녀를 지키는 것은 말도 안 되는 일이었다.

물론 그와 함께 지낸, 마치 선물같이 주어진 휴가는 즐거웠지만 그래도 도윤에겐 해야 할 일이 있었다.

결국, 도윤은 영지를 만나고, 하연에게 도망가지 않겠다 단단히 약속을 받아 내고 나서야 한국으로 돌아갔다. 그렇게 떨어진 지 일주일. 그동안은 꼬박 같이 붙어 있었기에 떨어져 있는 동안 허전함은 더욱 컸다.

"선배…… 보고 싶다."

그에 대한 그리움은 한국에 대한 그리움보다도 훨씬 짙고 깊었다. 하지만 이제 곧 만날 수 있다. 얼른 집으로 가 도윤을 만날 생각에 하연의 발걸음이 빨라졌다. 입국장을 들어서며 이곳저곳을 훑어보았다.

-오늘 중요한 회의가 있어서, 어쩌면 공항에 나가지 못할지도 몰라.

오늘 오기 전, 도윤에게 연락이 왔었다. 대신, 운전기사를 보낸다고 했다.

그냥 리무진 버스 타고 가도 되는데. 하지만 도윤이 얼마나 걱정

할지 알기에 하연은 순순히 그의 말을 따르겠다고 했다. 기사님이 안내를 들고 있을 텐데.

"어디 계시지?"

연휴가 끝나는 공항은 사람들로 북적여 자신의 이름을 들고 있는 사람이 영 보이지 않았다.

전화를 해 볼까. 하연은 주머니에서 핸드폰을 꺼내 전원 버튼을 눌렀다. 아주 오랫동안 켜지 않았던 한국 핸드폰에 전원이 깜빡이며 들어왔다.

고개를 숙여 연락 온 게 없나 확인하는 그 순간. 단단한 손이 하연의 어깨를 부드럽게 감아쥐었다.

놀라 눈을 동그랗게 뜨고 위를 올려다보자, 남자가 그녀의 몸을 확 끌어안았다.

"어맛."

자신을 끌어안은 남자의 얼굴을 확인할 시간도 없었다. 그러나 남자의 가슴에 얼굴을 묻자, 익숙한 향이 났다. 내가 사랑하는 냄새. 달콤 쌉싸래한…… 그의 향이다.

"선배."

보지 않아도 알 수 있었다. 참을 수 없어서 하연의 입꼬리가 위로 쓱 올라갔다.

"오랜만이야."

도윤이 하연의 귓가에 속삭였다. 시끄러운 공항의 소음 사이로 부드럽고 나지막한 목소리가 울려 퍼졌다. 마치 세상에 그와 자신만 오롯이 남은 듯한 감각에 벅차올랐다.

"일주일 만인데요."

"그러니까 오랜만이지."

으스러지듯 강하게 그가 다시 한번 하연을 끌어안았다. 꽉 옭아매는 그 감각이 그리웠다. 도윤이 속삭였다.

"보고 싶었어."

"……저도요."

"거짓말."

도윤의 말에 하연은 고개를 저었다. 오랫동안 비행을 하느라 화장을 안 한 민낯을 보여 주기 싫어 가슴에 얼굴을 품고 눈만 빼꼼히 들어 그를 올려다보았다.

"정말이에요."

도윤이 떠난 더블린은 슬프고 춥기만 했다. 그가 오기 전에도 서늘하게 느껴졌지만, 도윤이 있다 없으니 떠난 자리가 더욱 크게만 느껴졌다.

자신에게 달라붙어 가지 말라고 우는 영지의 딸, 에리얼에게 미안하게도 하루라도 빨리 한국으로 돌아가고 싶었다. 그의 곁으로.

아일랜드에 도윤이 자신을 찾아온 것이 모두 다 헛된 꿈이 아닌가 가끔은 의심되기도 했다. 그의 품에 이렇게 다시 안기고 싶었다.

"보고 싶었어요."

수줍게 고백하는 하연의 입술에 도윤이 입 맞췄다. 부드럽고 뜨거운 입술이 살짝 얽힌다. 사람들이 많은 곳인데도 불구하고 도윤은 거리낌이 없었다.

이러면 안 되는데. 사람들이 선배를 알아보고 혹시 뭐라고 하면 어떻게 해.

그러면서도 오랜만에 안긴 그의 품이 너무 뜨거워서 하연은 자신도 모르게 그의 등을 끌어안고 매달렸다.

❋ ❋ ❋

서울에 돌아오고 평온한 날들이 계속되었다. 사랑하는 도윤과 하연은 그들의 집에서 알콩달콩 행복하게 살았습니다. ……가 될 줄 알았는데.

한국에 발을 딛고 뜨거운 키스를 끝내자마자, 도윤은 하연을 데리고 병원으로 향했다. 정말 하연이 아픈 게 아닌지 확인해야 한다고 도윤이 말했다.

"저, 정말 안 아프다니까요?"

하연의 항변에도 소용없었다. 그는 절대 물러서지 않았다.

"너무 많이 마르기도 했고, 또 외국 생활도 오래 했잖아."

"오래라고는 해도, 고작 몇 달인데."

외국이라고는 해도 무슨 오지에 있는 전쟁터에 다녀온 것도 아니고 아일랜드의 시골에 다녀온 것뿐이다. 음식이 소박하고 맛이 별로 없기는 해도, 건강을 해칠 것은 없었다.

마음이 편해진 탓인지 영지의 노력 덕분인지 서울을 떠날 때보다 하연은 4킬로나 쪄 있었다. 물론, 아직도 예전만큼의 체중으로는 돌아오지 못했지만.

하연은 다시 한번 도윤에게 저항했다.

"정말 괜찮……."

"안 돼."

도윤은 미간을 찌푸리며 말을 이었다.

"날 위해서 병원에 가 줘. 네가 아프다는 이야기를 듣고, 그러고 나서 하루도 제대로 잘 수가 없었어. 네가 혹시라도 어떻게 될까 봐."

그의 말은 나지막하면서도 절실했다. 하연 역시, 만약 누군가에게 도윤이 죽어 간다고 이야기를 들었다면 그랬겠지. 간절히 도윤을 살리고 싶었을 것이다. 그리고 아무리 그가 건강하다고 나중에 이야기를 해도, 정말인가 의심도 될 거고.

게다가 그는 가족을 잃은 지 얼마 되지 않았다. 도윤이 가지고 있을 불안감을 이해했다. 어쩔 수 없지. 하연은 그를 물끄러미 바라보다가 한숨을 훅 뱉었다.

"알았어요. 갈게요. 검사받을게요. 선배를 위해서라면."

도윤이 모는 차는 빠르게 공항을 빠져나와 서울 시내의 한 병원으로 향했다.

한적한 곳에 세워진 거대한 대학 병원. 우리나라 최고의 의사들이 모여 있다는 곳이었다. 높은 건물을 올려다보며 하연이 중얼거렸다.

"여기까지 올 필요 있었을까요? 고작 몸 건강한지 체크하는 것뿐인데요."

집 앞 작은 내과 정도만 가도 될 텐데.

"마음 같아서는 전 세계 의사들을 다 만나게 하고 싶은 심정이야. 아니, 내가 의대를 갈걸. 그랬으면 내 눈으로 판단할 수 있었을 텐데."

간절한 그의 말에 웃으면 안 되는데, 정말 지금 그가 의대라도 갈 것 같은 기세라 하연의 입에는 미소가 번졌다.

도윤과 다시 만나고 나서 하연을 늘 감싸고 있던 답답함과 불안증세는 사라졌다.

남은 것은 체중 감소뿐. 그나마도 다시 찌고 있고, 어지럼증도, 아픈 곳도 없었다. 나와 봤자 골다공증 정도 아닐까. 너무 오래 음식을 안 먹어서 영양실조라거나.

"걱정 마세요. 별일 없을 거예요."

그렇게 도윤이 세운 차에서 내렸다. 병원의 정문으로 걸어가, 어디서 접수를 해야 하나 두리번거리는데, 까만 정장을 입은 남자가 다가왔다.

"사모님, 안녕하십니까."

"아, 안녕하세요."

하연에게 다가와 익숙한 듯 인사를 하는 남자. 아는 얼굴은 아니었다. 하연이 엉겁결에 인사를 하자, 그가 말을 이었다.

"오늘 안내를 맡게 된 한지 대학 병원 VIP 전담팀의 팀장, 한철우라고 합니다."

VIP 전담팀? 무슨 말이지? 갑작스러운 남자의 접근에 놀라 하연이 눈을 깜박이자, 그가 다시 예의 바르게 말을 이었다.

"PQ케미컬의 차도윤 이사님의 사모님이신, 신하연 님 맞으시죠?"

"아, 아, 네."

사모님이라는 호칭은 오랜만이었다. 회사에 근무할 때는 하연이 도윤의 부인이기 이전에 직원이었기에 그녀를 사모님이라고 부르는 것은 도윤을 모시는 하 비서 정도였다. 그나마도 그를 만날 일이 많지 않아 사모님이라는 어감이 생소했다.

"앞으로 사모님이 저희 한지 병원을 이용하실 때 전담 코디네이터인 제가 늘 동행하며 검사와 진료에 막힘이 없도록 하겠습니다."

"아……. 저, 그냥 검사만 받으러 온 건데."

설마 병원에서 도윤을 아는 사람을 만날 줄은 몰랐다. 15시간도 넘는 비행을 거쳐 도착한 뒤라 꼴이 말이 아닐 텐데.

하연이 서둘러 흐트러진 옆머리를 쓸어 올렸지만, 앞에 서 있는 남자는 괘념치 않고 예의 바른 미소를 지었다. 그때, 뒤에서 낮은 목소리가 울렸다.

“그 사람이 하는 대로 하면 돼.”

어느새 다가온 도윤이 말했다. 그러자 한 팀장이 다시 미소를 지으며 하연에게 설명했다.

“저는 평소에 VIP 고객의 예방 접종, 건강 검진 같은 전반적인 건강 관리를 돕고 있습니다. 이번 건강 검진도 제가 안내를 해 드릴 테니 걱정하지 않으셔도 됩니다.”

그의 목소리에는 신뢰감이 깃들어 있었다. 하연은 큰 병원에 간병이나 문병 온 적은 있었지만, 자기 자신 때문에 온 것은 처음이었다. 부담스러웠지만…….

“괜찮습니다. 어렵지 않습니다.”

한 팀장의 말에 하연이 고개를 꾸벅, 끄덕였다.

❋ ❋ ❋

모르는 사람 말을 함부로 믿으면 안 되는 거야. 하연은 병원에 들어서며 한숨을 길게 쉬었다. 지난 며칠간, 정신이 어지러워질 정도로 많은 검사를 받았다.

MRI, MRA, 초음파……. 피 검사는 또 얼마나 많이 받았는지. 피를 뽑다가 그대로 쓰러지는 게 아닌가, 싶을 정도로 많은 양의 피를 뽑았다.

“병 찾으려고 검사하다가 병 걸리겠어요…….”

하연의 한숨 섞인 목소리에 도윤이 눈썹을 끌어 올렸다.

“고생했어. 오늘이 끝이야. 결과만 들으면.”

“정말 괜찮다는데도 도윤 씨는 참…….”

그렇게 말하면서도, 자신을 바라보는 그의 걱정스러운 눈길이 기분 나쁘지 않았다. 병원에 들어서자마자, 이제는 익숙해져 버린 얼굴, 한 팀장이 하연을 맞았다.

"사모님, 오랜만에 뵙겠습니다."

오랜만인가. 검사가 끝난 것은 사흘 전. 그와 마지막으로 본 것도 그때였다. 하연이 어색하게 웃자, 그런 하연의 마음을 헤아렸는지 한 팀장이 고개를 살짝 숙였다.

"오늘은 결과만 들으시면 됩니다."

VIP 전담 센터에 들어가 대기실에 앉아 있으려니, 안에 진료실로 들어오라는 안내를 받았다. 하연이 일어나는 순간, 도윤이 같이 자리에서 일어났다.

"안 돼요. 저 혼자 듣고 올게요."

"그럼 의미가 없잖아."

"제가 먼저 듣고, 그 설명서 보여 드릴게요."

그 말에 도윤이 인상을 찌푸렸다. 그러나 하연은 따라오려는 그를 두고 후다닥 진료실로 들어가 문을 닫아 버렸다. 혹시 이상한 거라도 있으면 어떡해. 예를 들면 치질이라든지.

"안 돼. 그런 건 선배에게 보여 줄 수 없어."

중얼거리며 진료실에 들어선 순간, 안에 있던 나이가 지긋이 든 의사가 하연을 바라보았다.

"신하연 님 되십니까?"

"아, 네."

그렇게 의사에게로 걸어가니, 의사가 닫힌 문 쪽을 바라보았다.

"남편분과 같이 오셨죠?"

"네."

"같이 들으시죠."

"아, 그게 창피해서⋯⋯ 제가 우선 듣고 문제없으면 불러도 될까요?"

하연의 말에 의사는 살짝 미간을 찌푸렸다. 모니터 화면을 응시하다가 다시 하연을 보고 입술을 열었다.

"죄송하지만, 남편분도 같이 들으시는 게 좋겠습니다."

"⋯⋯네?"

"중요한 일입니다."

낮은 그의 말에 하연이 몸을 떨었다. 재차 같이 듣는 게 좋겠다는 의사의 말에 하연은 결국 고개를 끄덕였다.

"네."

멍하니 몸을 돌려 밖으로 나갔다. 초조한 듯 서성이던 도윤을 보고 하연이 입을 열었다.

"선배, 저⋯⋯."

"다 끝났어? 벌써?"

고개를 흔들었다.

"남편이랑 같이 들어오라고 하는데."

하연의 말에 걸어오던 도윤의 발이 문득 멈췄다. 허공에서 하연과 도윤의 시선이 부딪쳤다. 웃음기가 없는 하연의 말에 도윤이 다시 바쁘게 다가와 그녀의 어깨를 감싸 안았다.

"괜찮아. 들어가자."

도윤의 손이 단단하게 하연을 그러쥐었다. 혹시, 무슨 문제가 있는 걸까?

혼자 들어오지 말라고 한 의사의 말에 하연은 덜컥 겁이 났다. 도윤의 품에 안겨 진료실로 들어가자 의사가 손을 내밀어 의자를 권했다.

"앉으시죠."

"네."

"이번에 검사를 다 받으셨는데, 다른 건 괜찮은데……."

의사의 말이 길게 늘어졌다. 실제로 그의 말이 끊어진 것은 고작 해야 몇 초일 텐데 영원처럼 길게 느껴졌다.

"임신을 하셨네요."

"네?"

생각과는 다른 말에 하연은 눈을 깜박였다.

임신? 임신이라니? 믿을 수 없어서 가만히 의사의 입술만 바라보았다.

"네. 이런 문제는 남편분과 같이 들으시는 게 좋을 것 같아서요."

"임신이요? 저……. 아니, 그게……. 말이 안 되는데."

마지막 생리는 이제 고작 한 달 전. 오늘이나 내일 생리가 시작되어야 한다. 그와 다시 만난 것도 이삼 주 전. 뜨거운 밤을 보낸 것도 그즈음.

"마지막 생리가?"

"한 달 전쯤이요."

"피 검사는 다른 검사보다 빨리 결과가 나와서 수정 후 10일이면 알 수 있습니다. 이 정도 수치면 임신이 확실합니다."

그와 다시 만난 그날 밤에 아이가 생겼다는 말인 건가?

"하지만……."

"임신 3주 차 정도 되셨겠네요."

어떻게 한 번에 임신이 되었을까. 정말 임신이란 말일까. 하연은 고개를 숙여 아직 판판한 자신의 배를 내려다보았다. 3주 차. 그러면 거의 세포 수준이라 배가 부풀 리가 없긴 하다.

"저, 이번에 여러 가지 검사를 받았는데, 아이에게 영향은 없을까요?"

"네. 뭐, 그 정도 방사선량이 아니기도 하고. 괜찮을 겁니다. 물론, 아직 매우 초기이기 때문에 앞으로 더 조심은 하셔야겠지만."

그렇게 말한 의사가 딱딱한 얼굴에 그제야 미소를 띠었다.

"임신 축하드립니다."

❋ ❋ ❋

임신……. 도윤과의 사이에 아이가 생겼다니.

집으로 돌아오는 길. 차 안에는 침묵만이 감돌았다. 도윤은 원래 말이 적은 편이었지만, 하연 역시 말을 잊었다.

도윤과의 이혼이 정해졌을 때는 임신이라도 했으면 좋겠다고 생각했다. 도윤을 가질 수 없다면 그의 아이라도 가지고 싶었다.

평생 혼자 그를 그리워하는 것보다 그의 아이라도 있다면……. 그런 망상을 했다. 물론 몇 번인가 결혼 생활 중에 그와 관계를 맺었어도 철저히 피임을 했었기에 그저 헛된 꿈이었지만.

하지만 지금은 막상 임신을 했다고 하니 가슴이 덜컥 내려앉았다. 도윤은 아이를 바라지 않았다. 이혼을 결정했을 때의 일이 떠올랐다.

"처음은 그랬지만, 사랑하지 않아도 결혼하는 사람들이 많잖아요. 사랑하지 않은 상태로 결혼해서 서로 정도 쌓고, 아이도 생기면."

그렇게 하연이 말하자 도윤은 굳은 얼굴을 했다.

"안 돼."

아이라는 말에 그가 퍼뜩 입술을 열었다.

"그건…… 절대 안 돼."

그때까지는 그를 이해할 수가 없었다. 아이 이야기에 왜 그렇게 파들파들 떠는지. 하지만 이제는 그의 마음을 어느 정도 헤아릴 수 있었다.

도윤의 아버지는 남달랐다. 그런 사람 밑에서 자라난 도윤은 정상적인 가족을 가져 본 적이 없다. 가족에 대한 불안감이 있는 그의 두려움을 하연은 이해할 수 있었다.

그런 그에게 갑작스러운 임신 소식. 도윤을 괴롭게 하는 것은 아닐까. 하연은 배 위에 손을 올려놓고 깊은 한숨을 쉬었다. 아이가 생겼다는 사실이 기쁘기도 하고, 무섭기도 했다.

운전하는 그의 옆얼굴을 바라보았다. 그는 아무 말도 없었다. 무언가를 골똘히 생각하는 듯한 모습으로 운전만을 했다. 곧 집 앞에 주차를 하고, 차에서 내려 성수동 집으로 들어갔다.

어느새 겨울이 저물었다. 정원의 나뭇가지 끝에는 파릇파릇한 봄눈이 트고 있었다. 선명한 녹색이 눈에 박혔다. 정원을 지나, 집으로 들어가자 아롱이와 다롱이가 캣 타워에서 고개를 삐쭉 내밀었다.

"냐옹."

"갔다 왔어."

"냐아."

고양이에 별 관심이 없다고 했던 도윤은 집이 없는 고양이들이 불쌍하다고 생각한 건지, 아니면 사실은 좋으면서 쑥스러워 숨기는 건지, 거대한 고급 캣 타워를 사, 거실 한편에 세워 놓았다. 아롱이와 다롱이는 그 캣 타워가 좋은지 온종일 그곳에서 살았다.

"밥 잘 먹고 있었어?"

"냐아."

하연이 말을 시키자 안 그래도 수다쟁이인 다롱이는 꼬박꼬박 대답을 했다. 그나마 고양이들이 있어서 다행이었다. 침묵이 감도는 방 안에 고양이들의 울음소리가 그나마 위로가 되었다.

하연이 고양이들과 이야기하는 사이 도윤이 옷을 갈아입고 나왔다.

"하연아, 고생했어. 병원 다녀오느라. 그리고……."

그가 흐트러진 앞머리를 쓸어 올렸다. 속을 읽을 수 없는 표정에 하연이 입술을 깨물며 애를 태웠다. 무슨 말을 하려는 걸까?

그의 말을 기다리는 순간, 아까 춥게 입어서인지 아니면 정원에서 너무 오래 발걸음을 멈춘 탓인지, 하연의 입에서 재채기가 튀어나왔다.

"엣취!"

말을 이으려던 도윤의 입이 하연의 재채기에 멈췄다. 그가 인상을 찌푸리고 급하게 다가와 하연의 어깨를 감싸 쥐었다.

"감기 걸렸어?"

하연이 고개를 흔들었다.

"따뜻한 차에 있다가 갑자기 밖에 나와서 기온 변화 때문에 그런가 봐요."

"다시 병원 가 봐야 하는 거 아닐까."

"별거 아니에요. 정말 괜찮아요."

그래도 마음이 놓이지 않는지, 도윤은 한참이나 하연의 상태를 확인했다. 따뜻한 숄을 둘러 주고, 뜨거운 물을 끓여 유자차를 타 줬다.

원래 병원에 다녀오면 그는 출근할 생각이었는데 회사도 가지 않은 채 하연을 보살폈다. 왜 재채기는 나와 가지고 선배를 또 불안하게 만든 걸까.

"정말 괜찮은데."

"이런 환절기 감기가 더 위험한 법이야."

하연은 호로록, 달콤하고 따스한 유자차를 들이켜며 그의 얼굴을 살폈다.

"저, 선배……."

"응?"

그가 고개를 기울여 하연을 바라본다.

"아까 하시던 말씀, 뭐였어요?"

"아, 아까."

그는 잠시 입을 다물었다가 고개를 저었다.

"별것 아니야."

임신 소식을 들은 뒤로 그는 아이에 대한 이야기는 한마디도 하지 않았다. 싫다는 말도, 좋다는 말도 꺼내지 않았다. 솔직한 이야기를 듣고 싶은데.

톡톡.

창문을 두드리는 소리에 고개를 돌려 밖을 바라보았다. 아까부터 꾸물거리던 하늘에서 굵은 빗방울이 떨어졌다. 봄비였다. 봄비가 돋아나는 싹에 동글동글 맺혔다.

봄이 왔는데, 우리는 어떻게 되는 걸까. 하연은 불안한 마음에 빗줄기만을 하염없이 바라보았다.

＊ ＊ ＊

PQ케미컬 26층의 차도윤 이사 사무실.

이미 대부분의 직원이 퇴근한 회사에서 도윤은 급한 서류들을 넘기고 있었다. 오랫동안 아일랜드에 머물기도 했고, 또 곧 있을 사장 취임식 때문에 도윤은 정신없이 바빴다.

그래도 마음은 늘 성수동 집에 있었다. 그 집 의자에 앉아서 고양이들이랑 놀고 있을 하연에 닿아 있었다.

오늘 당장 처리할 결재 서류들을 넘기던 도윤의 손이 문득 멈췄다. 얼마 전 개발된 유아 전용 세제 관련 기획안을 보며 인상을 찌푸렸다.

아이가 생겼다. 나에게 아이가. 피부로 와 닿지 않는 일이었다. 하연이 죽는다고 알았다가 그녀가 사실은 자신을 사랑하고 있고, 아프지 않다는 사실을 안 지 몇 주 되지도 않았다.

그 과정에서 알게 된 임신 소식. 보통의 남자들이라면 어떻게 반응할까. 사랑하는 여자가 임신을 했다고 하면 뛸 듯이 기쁘겠지.

“난 어딘가 고장이 난 걸까.”

피식, 허망한 웃음이 잇새로 샜다. 처음 하연이 임신을 했다고 했을 때 도윤을 덮친 것은 두려움이었다.

내가 아빠가 된다. 아이가 생긴다. 과연 좋은 아빠가 될 수 있을까. 그 아이를 행복하게 해 줄 수 있을까. 그런 무서움에 잠식되어 하연에게 별말도 못 했다.

더 불안할 것은 아이를 가진 하연일 텐데도.

"남편 실격, 아버지 실격이군."

신하연을 행복하게 해 주고 싶었다. 평생 우울과 고통 속에서 살아오던 도윤에게 하연은 마치 한줄기 햇빛과도 같은 사람이었다. 그녀와 함께 있으면 따사로운 행복을 느꼈다.

하연이 그 붉은 입술로 "사랑해요." 그렇게 속삭일 때면 가슴이 터질 듯한 벅찬 감동을 받았다.

하연에게도 이 마음을 느끼게 하고 싶다. 자신 때문에 마음고생을 해 바싹 마른 그녀의 손목을 떠올렸다. 다시는 그런 아픔을 주고 싶지 않다.

도윤은 마지막 서류를 처리하고는 탁, 파일을 책상 위에 던졌다. 불안함과 두려움 따위는 벗어던지자.

하연을 위해 강해져야 할 때였다. 돌아가 하연을 끌어안고, 사랑을 속삭이고, 자신보다 더 불안할 그녀의 마음을 감싸 주고 싶었다. 할 수 있어. 해내야 하고.

"하연이를 생각해."

도윤은 자리에서 일어나 가볍게 옷을 걸치고 집으로 향했다. 하연이 돌아온 이후로 집으로 갈 때는 늘 마음이 일렁였다. 그녀를 다시 만날 수 있다는 기쁨에 늘 표정이 없던 도윤의 얼굴에 미소가 어렸다.

집 앞에 차를 세우고 문을 열고 들어간다. 집에서는 환한 불빛이 쏟아져 나왔다. 문을 열고 들어가 신발을 벗었다. 거실로 들어서며 도윤이 입을 열었다.

"하연아, 다녀왔……."

어.

도윤의 말은 집에 있는 다른 사람의 존재에 끝을 맺지 못했다. 식탁 쪽에 서 있는 하연이 눈에 보였고, 의자에 앉아 있는 남성 한 명이 보였다.

"아, 오셨어요?"

물을 끓이던 하연이 몸을 돌려 도윤을 보고 웃었다. 하지만 평소 그녀를 보면 미소가 떠오르던 도윤의 입가는 딱딱하게 굳었다. 그런 도윤의 표정을 보고 하연이 웅얼거렸다.

"갑자기 찾아오셔서, 저……. 지금 방금 오셨어요."

"……여긴 어쩐 일이죠?"

도윤이 주먹을 꽉 움켜쥐고 낮게 으르렁댔다. 자신의 집에 제멋대로 침입해, 하연이 내준 차를 마시고 있는 남자. 그 남자는 잊고 싶어도 잊을 수 없고, 죽이고 싶어도 죽일 수 없는 도윤의 아버지. 차서형 회장이었다.

감히 여기가 어디라고.

하연을 따로 불러내어 그녀와 이야기한 적이 있다는 것은 도윤도 알고 있었다. 그때에도 참을 수 없는 분노를 느꼈지만, 갑자기 집에 찾아온 것에 비할 바는 못 되었다.

걱정스럽게 자신과 서형을 번갈아 보는 하연도 신경 쓰였다. 아직 안정기로 들어서지 않아 마음이 초조했는데, 그녀가 아프기라도 하면 어떻게 하나 걱정이 차올랐다.

도윤의 날카로운 반응에 서형이 눈가를 찌푸렸다.

"할 말이 있어서 왔다."

"들을 말이 없습니다."

"그래도 들어."

서형의 말투는 심히 위압적이었다. 여전히 자신의 슬하에 있는 자식이라고 생각하는 걸까.

도윤은 험한 말이 나올 것 같았다. 앞에 서 있는 하연이 불안한 얼굴로 자신을 바라보고 있었다.

"하연아."

"네?"

"2층에 잠깐…… 올라가 있을래?"

하연에게는 늘 행복만 주고 싶었다. 좋지 못한 것은 들려주고 싶지 않다. 도윤의 말에 하연이 불안한 표정으로 자신을 바라본다. 또 한 번 분노가 툭, 목을 치고 올라왔다.

"괜찮아."

도윤의 말에 하연이 고개를 끄덕이고는 2층으로 올라갔다. 그녀가 사라지고 나서야 도윤은 넥타이를 풀었다. 가방을 바닥에 던지고는 눈을 떴다. 도윤이 입을 열었다.

"그래. 할 말 해 봐요."

서형의 안색은 좋지 않았다. 마지막으로 보았던 때보다도 더 밭게 숨을 몰아쉬고 있었다. 그에게서는 사람에게서 난다고 믿을 수 없을 정도로 지독한 냄새가 났다.

처음에는 서형 때문에 보이지 않았지만, 한 발자국 뒤에 그를 늘 모시던 비서가 서 있었다. 혼자 어디 거동할 수도 없는 것이다. 하지만 도윤은 그런 서형에게 안쓰러운 마음은 들지 않았다. 딱딱하게 굳은 마음은 미동조차 없었다.

"그렇게 할 말이 뭐죠."

"PQ에서 사장직을 맡기로 한 모양이더구나."

도윤은 다음 주에 PQ케미컬 사장직에 올라선다. 주주 총회에서 발표될 예정이었다.

서형은 다시 새액, 새액 숨을 몰아쉬다가 말을 뱉었다.

"마지막 기회야. 돌아와라. 한도 전자로."

"……."

"내가 물러날 생각이다. 돌아오면, 뭐, 시간은 좀 걸리겠지만 한도 전자 회장직을 너에게 물려주고 싶다."

"……왜요?"

"네가 내 아들이니까."

도윤은 그의 말에 웃음이 터질 것 같았다. 분노와 허망함이 섞인 웃음. 참 달라지는 게 없는 사람이었다.

도윤이 그를 내려다보았다. 아버지와 자신은 많이 닮아 있었다. 단정한 얼굴이며, 고집 센 부분도, 심지어 기관지가 좋지 않은 점까지.

네가 내 아들인지 어떻게 아냐며, 매정하게 손을 들었던 과거가 떠올랐다. 혹시 다른 남자의 아이가 아닐까 친자 확인까지 시킨 것도 알고 있었다.

차라리 그의 아들이 아니었으면 좋았을걸. 설사 그에게 맞아 죽는 한이 있더라도, 저 더러운 피를 물려받지 않았으면 좋았을걸.

도윤은 서형이 왜 그렇게 자신에게 집착하는지 이제는 잘 알았다. 서형에게 도윤은 자신의 소유물이었다. 또 다른 자신이었다. 그가 평생 집착하고 유지하려 했던 한도 전자를 다른 이에겐 넘겨줄 수 없었던 거다. 또 다른 자신에게 주는 수밖에.

"필요 없습니다."

"네 필요로 결정되는 일이 아니야."

그렇겠지. 당신이 언제 누군가의 마음을 헤아린 적이 있었나. 도윤이 차갑게 중얼거렸다.

"난 전자 산업에 대해 잘 몰라요. 제가 회사를 맡아도 회사에는 누만 될 뿐."

대학을 졸업하고 도윤은 내내 PQ케미컬에서 일을 배웠다. 한도 전자에 돌아갈 생각 따위는 일절 없었다.

"배우면 된다."

"배우고 싶지 않아. 어떤 말을 해도 소용없습니다. 전문 경영인에게 넘겨주세요. 그리고 당신의 유산 한 푼 받고 싶지 않습니다."

아버지라 부르고 싶지 않았다. 그래서 그를 당신이라 불렀다.

"내가 PQ케미컬에 손을 댄다고 해도?"

서형의 말에 도윤의 눈썹이 꿈틀거렸다. 무슨 말이지.

서형이 쿨럭거리며 말을 이었다.

"내가 PQ케미컬을 휘젓는 것쯤 손쉬운 일이야. 아주 오랫동안 지켜봤지. PQ케미컬은 네 외가 쪽 회사이자 많은 사람들이 일하는 회사다. 그런 회사가 흔들려도 넌 괜찮다는 말이야?"

한도 전자는 우리나라에서 가장 거대한 기업이었다. 같은 재벌가라고는 해도 PQ케미컬에 비해 시가 총액 10배에 가까운 회사. 규모가 달랐다.

혹시, 어머니도 이런 식으로 협박했던 걸까. 반항하려 하면 도윤을 인질로, 친정집을 인질로 삼아 그녀를 옥죄었던 게 틀림없다.

도윤은 잇새로 화가 터져 나올 것 같았지만 겨우 삼켜 냈다. 그렇게 분노에 떨어도 소용없는 일이었다. 그에게는 이성이 통하지 않았다. 이성적이고 현명한 인간이었다면 모두의 인생을 지옥으로 몰아넣진 않았을 것이다.

도윤은 그의 앞에 서서 서형을 내려다보았다. 몇 살이 되어도 서형의 앞에선 자신은 늘 한없이 작은 아이였다. 서형이 늘 제멋대로고 벌 받아 마땅한 사람인 것을 알았지만, 무서워 맞설 수 없었다. 그런 자신이 도윤은 늘 한심했다.

하지만 이제는 달라. 도윤은 눈을 가늘게 떴다.

"당신이 PQ케미컬을 흔들면, 그래요. 괜찮지 않겠죠, 난."

PQ케미컬은 단순한 회사가 아니었다. 그의 어머니의 집안이 세운 회사. 그리고 이모가 지키고 싶었던 회사였다. 도윤 자신만 해도 대학을 졸업하고 줄곧 이 회사에 있어 애착이 깊었다.

"그렇다면 당장."

"하지만 흔들 수 없을 겁니다."

도윤이 차갑게 내뱉었다.

"뭐라고? 왜 내가 하지 못한다고 생각하는 게냐?"

아니, 당신은 얼마든지 그 이상의 짓도 할 수 있는 인간이지만.

"할 수 없을 겁니다. 당신의 약점이 내게 있으니까."

도윤은 한도 전자에 적을 두고 있지는 않았지만, 아주 오랫동안 한도 전자를 지켜보고 있었다. 도윤은 가방에서 태블릿을 꺼내, 저장해 놓은 파일을 열었다.

한도 전자 내외부에서 수집한 정보들이었다. 때로는 한도 전자 회장의 아들이라는 이름을 이용해, 때로는 돈을 사용해서, 그것도 아니라면 억압적인 한도 그룹 차서형 회장에게 반감을 가지고 있는 사람들을 이용해 얻은 수많은 정보였다.

인상을 잔뜩 찌푸린 그에게 태블릿을 건넸다.

"한도 전자의 분식 회계 파일입니다. 지난 10년간 중동에서 판매된 매출액을 늘린 것, 존재하지 않는 미수금을 작성해 수익을 부풀려 작성한 것 등이 확인되죠. 내용에 대해서는 당신이 더 잘 알 테니 굳이 설명하지 않아도 될 거고. 한도 전자의 재무 상태를 좋게 하는 것뿐만 아니라 당신 개인의 비자금 조성이나 부산 공장을 세우면서 편법 개입을 한 자료도 있습니다."

"이걸 어떻게 받았지?"

멍하니 태블릿 속의 서류를 보며 서형이 중얼거렸다. 그 말에 도윤이 짧은 숨과 함께 말을 뱉었다.

"이렇게 쓸 생각은 없었지만, 언젠가 필요할 거라고 생각은 했으니까."

"……."

"당신의 말년은 이 문제를 해결하는 데 다 쓰게 될 겁니다. 그렇게 이빨 빠진 호랑이가 된 당신이 PQ를 흔들 수 있을까? 난 아니라고 보는데."

차서형이 PQ케미컬에 뭘 할 수 있을까. PQ케미컬을 누구보다 잘 아는 도윤이기에 이 회사에는 한도 전자와 달리 비리가 없는 것을 이미 알고 있었다.

서형은 해 봤자 주식을 가지고 장난치면서 회사를 흔들려 한 것일 테다. 하지만 이제 그런 여유는 없을 테지. 비리 건으로 한도 전자는 출렁일 것이다.

도윤의 말에 서형은 입을 벌린 채 소리만 색색 내었다. 도윤은 당장 그의 멱살을 잡고 밖으로 던져 버리고 싶었다. 그가 뱉은 숨이 집을 오염시키는 것 같아 싫었다. 그러나 제 손을 더럽히고 싶지 않다.

"더 할 말 남았습니까?"

늘 단호하고 거대했던 그가 스러져 내린다. 단호하던 표정이 바스스 흐트러졌다. 도윤이 그의 뒤에 서 있는 비서를 바라보았다. 그리고 한 손을 들어 바깥쪽으로 가리켰다.

결국 서형은 이를 악문 채 비서의 부축을 받아 자리에서 일어나 아무 말도 못 하고 집을 나섰다. 그 모습을 도윤은 물끄러미 바라보았다.

서형이 집에서 나간 뒤, 문이 닫히자 도윤은 비틀거리며 2층으로 올라갔다. 2층의 의자에 앉아 있던 하연이 도윤의 발걸음 소리에 자리에서 일어났다.

"가셨어요?"

하연의 질문에 도윤이 고개를 끄덕였다.

"다 끝났어."

다 끝났다. 아주 오랜 싸움이 끝난 느낌이었다. 언젠가 그에게 복수할 날을 기다리고 있었지만, 이렇게 허망할 줄은 몰랐다. 그를 무너뜨리면 통쾌할 것 같았다. 가슴에 쌓인 이 먹먹함이 다 해소될 줄만 알았는데. 지독한 피로감이 몰려왔다.

도원이 천천히 하연에게로 다가가 그녀를 끌어안았다. 뜨거운 체온이 맞닿자 그제야 답답한 가슴에 평온이 찾아왔다. 그녀가 있어서 다행이었다.

마치 하늘에서 내려온 단 하나의 동아줄을 잡는 것처럼, 도윤은 그녀를 꽉 움켜쥐었다.

＊ ＊ ＊

임신한 것을 알게 된 것이 엊그제 같은데, 오늘 산부인과에 가서 심장 소리도 듣고 잘 자라는 모습도 초음파로 보고 왔다. 콩닥콩닥 뛰는 가냘픈 소리. 무럭무럭 커 가는 튼튼이의 모습에 하연은 뿌듯했다.

오늘도 도윤은 함께 병원에 왔다. 하연이 그에게 물었다.

"이렇게 맨날 회사 빠져도 되는 거예요?"

"안 되지."

하연의 걱정에 도윤이 살짝 웃었다.

"그러니까 비밀로 해 줘야 해."

그의 농담기 섞인 말에 하연은 입술을 꾹 깨물고는 미소를 억눌렀다. 예전에는 뭔가 불안정해 보이던 도윤이었지만, 이제는 달랐다. 그의 표정은 한결 따뜻해지고, 얼굴에 웃음을 띠고 있는 일도 많았다. 가끔 이렇게 농담을 던지기도 했다.

"나한테 잘해야 해요. 회사에 일러바치지 않게."

"알았어."

그가 피식 웃고는 하연을 끌어당겼다.

"내가 잘할게."

"이미 잘하고 있어요."

병원을 나오며 하는 별것 아닌 대화에 하연은 속이 간질거렸다. 한때 이혼 직전까지 간 것이 믿기지 않을 정도로 행복했다. 이렇게 될 줄 도윤과 하연은 몰랐는데 막상 하연의 어머니는 잘 알고 있던 모양이었다.

이혼한다 했을 때 놀라지도 않았던 그녀는 다시 합친다 했을 때도, 그리고 아기가 생겼다는 말에도 기뻐할 뿐 왜 그랬냐고 캐묻지 않았다. 자연스레 이리될 줄 알았다고 했을 뿐. 말은 그렇게 해도 마음고생을 시켰을 생각을 하니 하연은 마음이 짠했다.

하연이 밖을 바라보며 엄마의 마음을 헤아리는데, 도윤이 입을 열었다.

"그래서 말인데, 오늘은 갈 곳이 있어."

"어디요?"

"비밀이야."

그렇게 말한 도윤은 차에 올라탄 뒤, 천천히 차를 출발시켰다.

하연은 어디로 가는지 궁금했지만 묻진 않았다. 그가 데리고 가는 곳이라면 분명 근사한 곳이 틀림없었다. 하긴, 도윤과 있으면 어디든지 근사했다.

❋ ❋ ❋

그들의 차가 도착한 것은 강남에 있는 성도 그랜드 호텔이었다. 하연이 이곳에 온 것은 처음이 아니었다. 예전에 도윤이 우진과 술을 마시던 바가 있던 곳.

그리고 그……. 도윤과 뜨거운 첫날밤을 보낸 곳도 이 호텔이었다.

"여기에는 왜요?"

"하룻밤 묵으려고."

숙박? 생각지도 못한 말에 하연이 눈을 깜빡였다.

"어, 저 준비 하나도 안 해 가지고 왔는데."

그와 병원만 갔다 올 줄 알았기 때문에 하연은 오늘 아무것도 들고 오지 않았다. 그 흔한 메이크업 리무버 하나도 없었다. 손에 든 것은 달랑 핸드폰과 립글로스 정도.

"괜찮아."

도윤이 하연의 머리카락을 어루만졌다. 부드러운 머리칼에 얽히는 그의 손이 기분 좋았다. 프런트에서 키를 받아 들고 방으로 향했다. 지난번에 그와 묵었던 방보다 한 층 높은 21층의 방이었다.

"근데 왜 갑자기 호텔에 온 거예요?"

엘리베이터 안, 하연의 질문에 도윤이 입꼬리를 끌어 올리고 웃기만 했다. 비밀인 건가.

"이상한 것 꾸미고 있는 건 아니죠?"

"예를 들어?"

하연은 지난번에 그가 말을 하지 않고 세계적 바이올리니스트 에드리안 무터를 집으로 데려온 것을 떠올렸다. 집 마당에 그녀가 있는 것을 보고 까무러칠 뻔했었다. 하연이 입술을 삐죽였다.

"지난번 에드리안 무터 사건처럼."

"벌써 그게 사건이 된 거야?"

"사건이죠. 그때 놀라서 심장이 떨어지는 줄만 알았어요. 말해주세요. 뭔데요? 이번에는 누가 와 있는 건가요?"

움직이는 엘리베이터에서 도윤은 그녀의 두 뺨을 그러쥐고 살짝 입을 맞췄다. 종알거리던 입술에 그의 뜨거운 입술이 닿자, 바지런히 말하던 하연이 멈춰 버렸다.

뜨거운 혀가 안으로 들어오며 달뜬 숨이 퍼져 나간다. 그가 부드럽게 입술을 탐하다가, 엘리베이터가 21층에 도착한 소리에 입술을 뗐다.

땡.

"하……. 이러기 없기예요."

"싫었어?"

"싫을 리가 없잖아요."

그와 닿는데 싫을 리가 없다. 하지만 너무 놀라 심장이 콩닥거린다. 이제 도윤과 어엿한 부부 사이고 그의 아이까지 배 속에 있는데도 불구하고 닿을 때마다 마치 처음 키스할 때처럼 가슴이 떨렸다.

"그냥, 놀랐어요."

"놀라게 해서 미안해."

그가 부드럽게 하연의 손을 잡고 천천히 호텔 복도를 걸었다. 도윤이 말을 이었다.

"하지만 다시 안 한다는 보장은 못 해. 네가 너무 귀엽게 중얼거리니까 그만."

곧 방문 앞에 도착하자, 그가 키를 댔다. 도윤이 눈썹을 으쓱 하며 입을 열었다.

"그리고 오늘은 다른 사람 없어. 부를 생각도 없고. 그러니까 안심해."

말을 이으며 달칵, 그가 방문을 열었다. 호텔 방 안에 들어서자, 엄청나게 큰 방이 눈에 들어왔다. 지난번에 우진이 약혼 선물로 주었던 주니어 스위트보다도 훨씬 큰 방이었다. 방이라고 할 수도 없을 것 같다. 집이었다.

창밖으로는 서울 시내가 오롯이 내려다보이는 스위트룸. 너른 거실에 끝도 없이 긴 테이블이 놓여 있고, 그 위에 갖은 음식들이 차려져 있었다.

고급스러운 가죽 소재의 소파 위로 시선을 돌리자, 사람이 앉을 수도 없을 정도로 많은 꽃다발과 선물이 쌓여 있었다.

알록달록한 색채가 눈에 알알이 박힌다. 하연이 놀라 입을 반쯤 벌리고 도윤을 바라보았다.

"이게 다 뭐예요?"

방을 제대로 들어온 게 맞나? 다른 사람 방에 들어온 것은 아닐까? 오늘 누가 사람들을 잔뜩 불러 파티라도 하는 게 아닐까, 싶을 정도로 선물이고 음식이고 수도 없이 많았다.

"아냐. 다 네 거야."

"제 거요?"

도윤의 대답에 놀라 하연은 눈을 깜박였다. 선물 개수만 해도 10개도 넘어 보이는데. 꽃다발만 해도 셀 수 없을 정도였다.

도윤이 나지막하게 중얼거렸다.

"아이를 가진 기념으로 하연이 네게 선물을 하고 싶었어. 내 마음을 담아서. 그런데…… 주고 싶은 게 너무 많아서. 도저히 하나만 고를 수가 없더라. 이게 다가 아니야. 하연아, 난……."

그의 시선이 하연으로 향했다.

"네게 모든 것을 주고 싶어."

진한 도윤의 눈빛이 별빛처럼 쏟아져 내렸다. 도윤의 뜨거운 고백에 하연은 말을 잃었다.

도윤이 그녀의 머리카락을 쓸어 넘겼다. 모든 것이 비현실적인데, 그와 닿는 살갗의 감촉만이 생생해서 이것이 현실이라는 것을 일깨워 줬다. 조명이 흐린 호텔 룸 안에서 그의 눈빛만이 오롯이 빛나고 있다.

"세상 모든 것을 다 너에게 주고 싶어. 이 창밖으로 보이는 불빛만큼이나 많은 행복을 너에게. 할 수 있다면 그 이상을 신하연에게 선사하고 싶어."

도윤이 하연을 바라보며 말을 이었다.

"넌 내게 사랑이 뭔지 알려 줬어. 누군가를 사랑하고, 누군가에게 사랑받는 것이 얼마나 가슴 벅찬 행복인지를. 네가 아니었다면 영원히 몰랐을 그 감정을 너는 내게 가르쳐 줬어. 그리고 내가 두려움을 깨고 나오게 했지. 하연이 너를 만나, 모든 것이 변했어. 절대 행복해져서는 안 된다고 생각했었는데 이제는 너와 함께하는 행복을 꿈꾸게 되었어."

너 때문이야. 네가 아니었으면 몰랐을 거야. 도윤은 그렇게 몇 번이고 속삭였다.

"이 마음을 어떻게 표현해야 할지 모르겠다. 이 벅찬 감정을."

도윤은 더 말할 필요가 없었다. 말로 굳이 해야 할 필요가 없었다.

하연은 아주 오랫동안 도윤을 바라보았다. 그가 걷는 걸음 하나하나, 그가 내뱉는 말 한마디 한마디를 눈과 귀에 새겼다. 그래서 자신을 바라보는 도윤의 눈빛에서 그의 진심을 알 수 있었다. 지금 얼마나 그가 행복한지, 얼마나 그가 그녀를 사랑하는지.

"저는 선배가…… 아이가 생겨서 무서워하고 있다고 생각했어요."

임신 사실을 알고부터 도윤은 말수가 부쩍 줄었다. 가끔 한참이나 밖을 물끄러미 바라보거나, 부지런히 움직이던 손이 멈추고 멍하게 생각에 빠지는 경우도 있었다.

결코 티를 내지 않았지만, 말은 하지 않았지만, 임신을 한 게 후회되는 일은 아닌가. 하연은 그런 오해도 했다. 그녀의 말에 도윤은 고개를 끄덕였다.

"그래, 무서웠어. 너와의 사이에서 아이가 생겨서 기쁜 반면에, 앞으로 너를, 그리고 우리 아이를 잘 지킬 수 있을까. 상처 입히지 않고, 완벽한 아빠가 될 수 있을까. 나는 제대로 된 아버지를 보고 자란 적이 없는데……. 내가 그럴 수가 있을까."

어느새 도윤의 목소리에는 습기가 어려 있었다.

"하지만, 노력할 거야. 널 행복하게, 우리 아이를 행복하게……."

그의 말에 하연은 고개를 저었다.

"당연하죠."

하연이 그렇게 말하며 한 발짝 앞으로 다가섰다. 자신을 바라보는 그를 두 팔로 끌어당겼다.

"당신과 함께 있으니 이미 나는 행복해요. 우리에게 사랑받을 우리 아이도 꼭 행복해질 거예요. 우리는 행복할 거야. 완벽해질 필요 없어요. 이미 당신은 완벽하니까."

비록 여기까지 오는 길이 순탄하지는 않았어도, 앞으로는 평온할 터였다. 우리가 함께 있으니까.

"하연아."

"고맙다는 말 하지 말아요."

그가 무슨 말을 할지 알 것 같아 하연이 먼저 그의 말을 끊었다.

"미안하다는 말도 이제는 그만."

당신 때문에 마음이 아팠지만, 그래도 좋았다. 그조차도 달콤한 짝사랑의 고통이었다. 지금 당신과 함께 있기 위해 걸어온 길이라고 생각하면 그것조차 아름다운 추억이었다. 하연의 말에 도윤이 입꼬리를 끌어 올려 웃었다.

"그 말 하려는 거 아니었는데."

"그럼요?"

"사랑해."

그의 입술에서 스르륵 서툰 남자의 진심이 튀어나왔다.

"사랑해, 사랑해. 사랑하고 있어."

몇 번이고 반복된 말에 하연은 그의 품에 얼굴을 묻으며 속삭였다.

"저도 사랑해요."

그의 품이 따뜻했다. 한참을 서서 도윤의 품에 안겨 있노라니, 그가 천천히 하연을 끌어당겼다. 스르륵, 그의 품에 안긴 채 하연은 한없이 넓은 침대 위에 몸을 누였다.

까만 머리카락이 하얀 시트 위에 흐트러졌다. 도윤이 서서 그런 그녀의 얼굴을 바라보았다.

"하연아."

그가 자신의 이름을 처음 불러 주던 그 순간이 떠올랐다. "신하연."이라고 부르던 때가 아닌, "하연"이라고 처음 불러 주던 그때. 결혼이 결정되고 얼마 되지 않았을 때였다. 그때만 해도 모든 것이 불안정했다. 그러나 지금은 단단하게 뿌리 내린 나무처럼 그와의 관계가 무르익었다.

그는 늘 자신을 다정하게 부른다. 하연은 그 소리가 너무 기분이 좋았다.

따뜻하게 그녀를 부르던 도윤이 침대로 올라왔다. 다리를 벌려 그녀의 허리께에 자리를 잡고, 그녀에게 무게를 올리지 않은 채로 몸을 숙였다.

긴 그의 그림자가 하연의 몸 위에 늘어진다. 그의 입술이 하연의 입술을 머금었다. 부드러운 혀끝이 하연의 입술 사이를 비집고 들어와 그녀의 것과 마주쳤다.

아까 엘리베이터에서 살짝 부딪친 게 전부인데도, 도윤과 닿자마자 하연의 발끝이 삐죽 섰다. 등을 타고 내려가는 아찔한 감각에 눈앞이 흐려졌다.

"흡."

이 호텔에서 그와 처음으로 몸을 겹쳤다. 그날 밤, 술에 취한 그는 조금은 거칠었다. 급박하게 하연의 옷 아래 손을 박아 넣고, 그녀의 살결을 탐했다.

하지만 그는 오늘 솟아오르는 욕망을 누르고, 오직 하연의 몸을 가장 먼저 배려하고 있었다. 몇 번이고 입술을 빨더니, 혀끝으로 타액이 묻은 하연의 입술을 핥았다.

"하아."

다정한 행동에도 거친 숨이 하연의 잇새로 흘러나왔다. 도윤은 따뜻한 숨결을 불어 넣던 입술을 천천히 하연의 귀에서부터 떨어뜨려 그녀의 목선을 훑고 내려갔다. 뜨거운 숨을 그가 살갗에 불어넣을 때마다 다리 사이가 간지러웠다.

"으음……."

작은 신음이 흘러나왔다. 그 소리에 도윤의 눈썹이 살짝 올라갔다. 거기서 멈추지 않고 그의 입술은 더더욱 미끄러졌다.

도윤의 입이 여린 피부를 살짝 빨아들이자 발간 자국과 함께 짙은 쾌감이 하연의 온몸으로 퍼져 나갔다. 이미 하연의 몸을 잘 아는 그는 그녀가 약한 부분만을 공략하여 뾰족한 쾌락을 선사했다.

하연은 더 이상의 감각을 참을 수 없어 손으로 시트를 움켜쥐었다. 가쁜 숨을 헐떡일 때마다 그녀의 연약한 눈동자가 파르르 떨렸다.

"선…… 선배."

"응?"

"저, 저……."

하연이 입술을 깨물며 그를 내려다보았다. 하연의 턱 밑에서 자신을 올려다보는 그의 눈빛이 미칠 듯이 선정적이었다. 쑥스러움에 다리를 바르작거리면서 조심스럽게 입을 열었다.

"저, 아이 때문에 무리……하면 안 되지 않을까요."

하연은 이미 안정기에 들어서고 있었다. 안 그래도 오늘 산부인과에 가서 '안정기에 들어섰으니 적절한 운동과 관계는 괜찮습니다.'라는 말을 들은 터였다.

하지만 그와의 관계에서 뜨겁고 거칠어질 것 같아 하연은 문득 걱정이 되었다. 조심스럽게 꺼낸 하연의 이야기에 도윤의 입꼬리가 살짝 비틀렸다.

"왜. 무슨 무리를 할 건데?"

"……."

"내가 무리시킬 것 같아?"

그렇게 말하면서도 도윤은 점점 더 아래로 내려갔다. 그의 남자답고 큰 손이 하연의 스커트를 말아 올려 부드러운 허벅지를 드러냈다.

"내가 지금부터 무슨 짓을 할 거라고 생각하는데."

"알면서."

그의 눈에는 짙은 욕망이 똬리 틀고 있었다. 평소와 달리 슬며시 붉어진 그의 눈가 피부만 보더라도 그랬다. 촉촉한 입술이 어디로 향할지 하연은 너무 잘 알고 있었다. 그를 향한 욕망에 침을 꼴깍 삼키면서도, 배 속의 아이 때문에 무서워 하연은 고개를 흔들었다.

"그…… 관계요."

"관계라니. 모르겠는데."

그의 얄미운 말에 하연은 입술을 삐죽거렸다.

"무슨 말 하는지 알잖아요. 저, 저……."

더 색정적인 말을 할 수 없어 창피함에 파들거리는 하연을 보고 도윤은 미소를 지었다.

"거칠게 안 할게."

그러면서도 그는 몸을 숙였다. 그의 날카로운 콧날이 하연의 부드러운 허벅지 살을 쿡쿡 눌러 댔다.

"부드럽게 하면 돼."

그가 덧붙인 말에 하연이 눈을 가늘게 떴다.

"선……배."

그와 닿으면 흥분하는 것은 하연 역시 마찬가지였다. 어떻게 가만히 있을 수 있을까. 도윤은 그러나 시간을 들여 하연의 살결을 훑었다. 그의 손가락 마디마디가 지나가는 곳마다 열꽃이 피었고, 그의 입술이 스치는 곳마다 촉촉해졌다.

"으음."

그가 하연의 옷을 벗기자, 다시 살이 오르기 시작한 몸이 어두운 방 안에 드러났다. 밖에서 들여다볼 수 있는 사람은 없지만, 환히 열린 창이 신경 쓰여 하연이 그쪽을 계속 훑었다. 두 손으로 가슴을 가리고 쑥스러워하는 하연을 보고 도윤이 픽, 웃었다.

"창피해?"

고개를 끄덕였다.

"아무도 못 봐."

"……."

"누구에게도 안 보여 줘."

"그…… 그래도."

밖에서 반짝이는 무수히 많은 도시의 불빛들이 눈에 박혀 창피했다. 하연이 움츠러들자, 도윤이 손을 뻗어 버튼을 눌렀다. 부웅- 하는 기계음과 함께 커튼이 자동으로 닫혔다.

"이제 됐지?"

"……."

더 이상 도망갈 곳이 없었다. 하연이 말을 하지 못하고 가만히 그를 보았다. 그러자 그녀의 몸을 가린 팔을 치워 버리고 도윤은 다시 그녀에게로 향했다. 뜨거운 열기에 숨을 쉬기가 힘들었다.

"으흡."

도윤과 닿을 때마다 롤러코스터를 타는 것만 같았다. 저 위로 치솟았다가, 한 번에 떨어진다. 그 짜릿한 감각에 하연은 창피한 것도 모르고 헐떡였다.

"선, 선배. 도윤 선배."

"사랑해……. 사랑해, 신하연."

달콤한 말과는 다르게 그가 선사하는 쾌락은 뾰족하게 하연의 뇌리를 헤집었다. 그는 집요했다. 끈질기게 하연을 탐했다.

"미칠 것 같아……. 으, 응."

참을 수 없는 쾌감에 헐떡이며 손으로 그의 어깨를 그러쥐는 순간, 하연은 다시 암흑으로 빠져들었다.

❋ ❋ ❋

다정하고 깊은 밤이 지나갔다. 하연의 어깨를 도윤이 끌어안았다. 그의 손가락이 매끄러운 하연의 피부 위에 미끄러졌다. 따뜻하다. 맞닿는 피부가 뜨거웠다. 도윤의 목에 얼굴을 비비던 하연은 문득 그의 얼굴을 바라보았다.

"저……."

"응?"

조금 전까지, 지독하게 자신을 괴롭히던 그의 눈이 느른하게 자신을 바라본다. 날카로운 콧날, 반듯한 입술, 이렇게 가까이서 보는데도 그의 얼굴은 완벽하다.

차도윤이 내 남편이다. 차도윤이 날 사랑하고, 그리고 그가 곧 나의 아이의 아빠가 된다. 가슴 가득 뻐근한 기쁨이 울려 퍼졌다.

"왜 그렇게 쳐다봐."

"아무것도 아니에요. 저, 선물 풀어 봐도 될까요?"

"네 건데, 당연하지."

하연이 그의 품에서 빠져나오려고 꼼지락거리는데도 도윤이 놓아주지 않았다.

"선배애."

"알았어."

쿡쿡, 기분 좋게 울리는 웃음소리와 함께 그가 손목을 놓아주었다. 하연은 그의 시선을 느끼며 후다닥 옷장 쪽으로 가 샤워 가운을 입었다.

"안 볼 거니 천천히 걸어. 다칠라."

하연이 휙, 뒤를 돌아보자 도윤이 입을 가리고 웃고 있었다. 즐거워하는 모습이 얄미우면서도 좋았다. 하연은 가운을 걸치고는 조심스레 선물 쪽으로 걸어갔다.

"이걸 다 언제 집으로 가져가……."

한숨이 나올 정도로 많은 양의 선물. 크기도 각양각색이었다.

"걱정 마. 사람 시켜서 집에 가져가면 되니까."

"어떻게 이렇게 많이 샀어요."

손을 뻗어 상자 하나를 뜯었다. 포장도 어찌나 정성스레 되어 있는지, 하나하나 뜯기가 아까웠다. 처음 뜯은 가방은 까만색 가방. 양가죽인지 손끝으로 만지는 감촉이 기분 좋았다.

"또 이건……."

그리고 뜯은 것은 게임기.

"웬 게임기예요?"

"너 집에서 요즘 혼자 심심하다며."

임신을 하고 집 안에 들어앉은 하연은 확실히 심심하곤 했다. 휴직 신청을 이제 와 취소할 수도 없는지라 온종일 집에 앉아 있어서 도윤이 보고 싶다고 말을 하긴 했다.

"그래도 전 게임 안 해 봤는데요."

"한번 해 봐. 나중에 아이가 자라서 해도 되고."

아이가 자라서 게임을 하려면 도대체 몇 년이 지나야 하는데. 하연은 눈을 깜빡이며 그를 바라보다가 결국 참지 못하고 말을 내뱉었다.

"선배, 호구 잡히신 것 아니에요?"

그러자 그가 웃으며 다가왔다. 앉아서 선물을 손에 든 하연을 뒤에서 끌어안았다.

"잡히면 좀 어때. 다 너 줄 건데."

"선배도 참……."

하연은 쑥스러움에 다른 선물 하나를 더 짚었다. 작고 귀여운 박스를 뜯으면서 쑥스러움에 얼굴을 붉히는데, 아기 신발 한 쌍이 나왔다. 손바닥에 올릴 수 있을 정도로 작고 하얀 아기 신발.

"예쁘다."

"그래?"

"네."

가방보다도, 그 옆에 보이는 지갑이며 옷들보다도 훨씬 예뻤다. 그 모습을 보고 도윤이 웃었다.

"아기 거는 이거 하나 샀어. 나머지는 다 네 거야. 이제 아기가 태어나면 아기 위주로 돌아갈 테니까."

"……."

그래서 이렇게 두 손 가득 사 준 거구나. 하연은 이미 아기 용

품은 뭘 사야 하는지, 영양제는 뭘 먹어야 하는지 모든 것을 아기 위주로 생각하고 있었다. 그러나 도윤은 하연을 먼저 생각했다.

하연은 한참이나 그 아기 신발을 매만지다가 문득 그를 돌아봤다. 오랫동안 하고 싶었던 말이 있었다.

"이제 우리 엄마 아빠도 될 건데."

"응."

"선배라고 부르는 것…… 그만해야겠어요."

그 말에 도윤이 웃었다.

"이제야?"

하연은 줄곧 그를 선배라고 불러 왔다. 친구들이 그를 손쉽게 오빠라고 부르는 것이 얼마나 부러웠는지. 하지만 그에게 친한 척이라도 했다가는 그가 자신의 마음을 알아챌까 봐, 그래서 고백하기도 전 그에게 거절당할까 봐 그에게 거리를 두었다. 그리고 선택한 호칭이 '선배'였다.

결혼이 결정되고 그가 선배라는 호칭을 싫어해 '도윤 씨'라고 부르기 시작했지만, 이혼 후 어쩐지 다시 선배라는 호칭으로 돌아갔다. 하지만 이제는. 정말 우리, 하나가 되었으니까.

도윤이 웃음을 머금은 채 속삭였다.

"그렇게 결심이 섰구나."

"아이가 태어나서 왜 엄마는 아빠를 선배라고 부르냐고 하면 할 말이 없잖아요."

"뭐라 부르든 좋아. 네가 원하는 대로 불러."

하연이 그의 품에 안긴 채 눈을 데굴데굴 굴렸다. 이제 와서 남들과 똑같이 '오빠'라고 부르고 싶진 않았다.

도윤이 고민하는 하연을 빤히 바라봤다. 선배가 웃어 버리면 어쩌지. 그가 이상하게 생각할까 봐 두렵기도 했지만, 하연은 용기를 내어 입을 열어 보았다.

"자기……야."

"……."

"자기야. 이렇게 부르면 어때요?"

도윤은 아무 말도 하지 않은 채 하연을 바라보다가 고개를 끄덕였다.

"네가 날 불러 주는 거라면, 뭐든 좋아."

"그럼 앞으로 자기라고 부를게요."

"자기……."

그가 하연의 말을 곱씹다가 피식 웃었다.

"듣기 좋네."

"그래요?"

"응, 듣기 좋아. 하긴, 네가 말하는 거면 뭐든 다 좋지만."

요즘 도윤은 좋다는 말밖에 안 한다. 그의 진심을 의심하진 않았지만, 너무 "좋다"고밖에 하지 않으니 때로 거짓말을 하는 게 아닌가 싶을 정도였다.

"하연이 네가 좋아."

"하연이 네 목소리가 좋아."

"어쩌면 손도 발도 이렇게 예쁠 수가 있어."

매일 쏟아 내는 그의 말들에 하연은 쑥스럽기도 하고, 정말인가 고개를 갸웃하게 되기도 했다. 하연이 삐죽, 입술을 내밀며 웅얼거렸다.

"내가 바보라고 부르면 어쩌려고요."

"그것도 좋아."

도윤이 고개를 숙여 하연의 입술에 살짝 입맞춤을 했다.

"이 입술로 불러 주는 이름이라면 뭐든 사랑할 수 있을 것 같아."

그 말에 하연은 속이 녹아내리는 것 같아 아무 말도 하지 못했다.

❋ ❋ ❋

임신한 지 이제 8개월. 출산이 다가오니 튀어나온 배와 툭툭 차는 태동 때문에 하연은 가끔 잠을 자지 못했다.

"잠이 잘 안 와요. 예민해져서 그런가."

임산부가 쓰는 쿠션을 대도 쉬이 잠들지 못하는 그녀의 등을 도윤이 부드러운 손길로 쓸어 주곤 했다. 하지만 그것도 잠시, 하연은 조금 자다가 금방 눈을 떠 앉아 있곤 했다.

불빛 하나 없는 깊은 밤. 옆을 지키던 온기가 사라져 도윤은 눈을 떴다. 처음에는 캄캄한 방 안에서 아무것도 보이지 않았지만, 밖에서 흘러 들어오는 희미한 조명에 앉아 있는 하연이 도윤의 눈에 비쳤다.

"하연아?"

또 잠을 자지 못한 건가. 임신 후 입덧도 심하고, 튼튼이는 태동도 심해서 하연은 요즘 통 깊게 수면에 들지 못했다. 도윤은 자리에서 일어나, 안락의자에 반쯤 비스듬히 앉아 있는 하연을 향해 다가갔다.

"하연아, 침대로 와서 누워……."

그렇게 말하려 하는데, 어둠 속에 반짝이는 하연의 눈동자가 보인다. 불안한 듯 흔들리는 눈빛에 도윤은 말을 멈추고 서둘러 그녀에게 달려갔다.

"무슨 일이야?"

"저……."

하연이 천천히 입을 열었다.

"뭔가가 이상한 것 같아요. 잘못됐어요, 무언가가."

실낱같이 얇은 목소리가 불안정하게 흘러나왔다.

❋ ❋ ❋

"괜찮을 거야. 괜찮아. 금방 병원에도 도착하고, 병원에만 가면……."

"그렇겠죠? 우리 튼튼이, 아무 일도 없겠죠?"

그의 말에 하연은 헐떡이며 도윤에게 매달렸다. 자다가 깬 그녀는 이상한 감각을 느꼈다 했다. 알싸하게 배가 아픈 감각. 별일 아니겠지 싶어 천천히 일어나 안락의자에 앉았는데, 갑자기 왈칵 무언가가 쏟아졌다. 그녀의 다리 사이는 피와 물로 젖어 있었다.

그때 마침 타이밍 좋게 도윤이 일어났다. 그리고 어떻게 해야 할지 몰라 숨만 헐떡거리던 그녀를 발견했다.

응급차를 부를 시간도 없이 도윤이 소중하게 두 팔로 그녀를 안아 차에 태워 병원으로 향했다. 하연이 당황할 때마다 도윤이 그녀를 얼렀다.

"괜찮아."

괜찮다는 말은 그녀에게만 하는 말은 아니었다. 도윤 자신에게도 하는 말이었다. 괜찮다. 하연도, 튼튼이에게도 별일 없을 것이다.

그래야만 한다.

빠르고 안전하게 병원에 도착하자, 미리 연락해 둔 터라 의료진들이 응급실 앞에 대기하고 있었다. 늘 하연을 돌봐 주던 과장도 자다 일어나 뛰쳐나왔는지 부스스한 머리를 하고 차로 달려왔다.

"어떻게 되신 일인가요? 무슨 문제가 생기셨나요?"

의사의 말에 하연이 하얗게 질린 낯빛으로 속삭였다.

"피가 나왔어요."

"피가 비치신 건가요?"

하연이 고개를 흔들었다. 축 늘어진 그녀의 머리카락이 같이 흔들린다. 도윤이 서둘러 덧붙여 말했다.

"비쳤다기엔 너무 양이 많았습니다."

"안으로 들어가시죠. 검사를 먼저 해 봐야겠습니다."

의사와 간호사들의 안내에 따라 서둘러 하연은 안으로 옮겨졌다. 이름 모를 기계들을 끝도 없이 하연의 주위로 끌고 왔다.

깜깜한 밤. 응급실은 다행히 사람이 거의 없었다. 그러나 그만큼 하연의 검사를 하러 돌아다니는 사람들의 발걸음 소리만 크게 울려, 어쩐지 불운한 분위기가 감돌았다.

배 속의 아이를 초음파로 살피고, 다리 사이를 확인하고, 태동 검사며 가지가지의 검사를 한 뒤 의사는 하연과 도윤의 앞에 자리 잡아 설명을 했다.

불안해 떠는 하연의 손을 도윤이 꼭 잡았다. 도윤은 불안한 마음을 드러내지 않으려 이를 악물고 마른침을 꿀꺽 삼켰다.

"지금 초음파상으로 아기는 2킬로그램 정도 된 것 같습니다. 문제는…… 양수가 터졌어요. 시기가 너무 빠르기 때문에 가능하면 며칠이라도 더 유지하다가 낳는 쪽으로 가려고 합니다."

의사의 말에 도윤이 인상을 찌푸렸다.

"이 상태로 유지가 가능한 건가요? 양수가 터진 상태로도 출산을 미룰 수 있는 겁니까?"

"조금 더 두고 봐야 할 것 같습니다."

그러고는 하연의 얇은 팔에 자궁 수축을 막아 주는 링거 바늘을 꽂아 주었다. 투명한 액체가 또르르, 하연의 몸에 들어간다. 누운 하연은 불안함에 아랫입술을 깨물며 도윤을 바라보았다.

"벌써 출산을 해야 할까요? 양수가 터지다니."

"괜찮아."

"하지만…… 이제 겨우 34주인데. 예정일까지는 아직 한참이잖아요."

하연의 목소리가 바들바들 떨렸다. 가끔 통증이 오는지, 그럴 때마다 긴 속눈썹이 파르르 떨렸다.

"의사 선생님 말 듣자. 괜찮을 거야. 문제가 있으면 바로 대처할 수 있어."

임신 초기 때부터 다녔던 병원이고, 한국에서 제일가는 산과 전문의라 믿을 수 있었지만 불안하기는 도윤도 마찬가지였다. 작은 하연의 손을 꽉 잡고 그저 가라앉기만을 기다렸다.

시간이 조금 지난 뒤, 다시 의사와 간호사들이 찾아와 검사를 했다. 초음파를 보고, 다리 사이를 체크한 의사가 긴 한숨을 쉬었다.

"하……."

불안한 그 소리에 도윤이 물었다.

"무슨 일이죠?"

"음……."

아주 긴 침음 끝에 의사가 입을 열었다.

"자궁 문이 열리고 있습니다."

"그 말은."

"오늘, 출산을 해야 할 것 같습니다."

이제 34주. 아직 아기를 만나기에는 한참 이른 시기였다.

"오늘이요?"

"네."

"괜찮은 겁니까?"

"34주니 아직 빠르긴 하지만, 이미 문이 5cm가 넘게 열렸어요. 약물로 제어하기엔 너무 늦었습니다."

"제왕 절개로 하는 겁니까?"

"아뇨. 자연 분만으로 갑니다."

그렇게 결정되자마자 모든 것은 급박하게 진행되었다. 의사들이 달라붙어 이것저것 검사를 했다. 잠시 하연의 손을 놓아줘야 했던 그사이에 도윤은 하연의 어머니에게 전화를 걸었다. 늦은 밤 전화를 했는데도, 몇 번 전화벨이 울리기 전에 박이순 여사는 전화를 받았다.

-어, 사위. 무슨 일이야?

"어머님, 늦은 시간에 죄송합니다."

-아냐. 혹시…… 하연이가 병원이라도 간 거야?

이제 시간은 새벽 3시를 넘기고 있었다. 이렇게 늦은 시간의 전화에 박 여사는 무슨 일인지 금세 눈치를 챈 듯했다.

"네. 지금 한지 대학 병원에 와 있습니다."

급박하게 말을 하려다가, 오시는 길에 사고라도 날까 봐 도윤은 마음을 가라앉혔다.

"출산을 해야 할 것 같아요. 위험한 상태는 아닙니다. 지금 의사들이 내려와 상황을 보는 중이구요. 너무 놀라지 마시고 오시면 됩니다. 차를 보내겠습니다."

-아니, 내가 택시 타고 가겠네.

"병원에 오고 나서 운전기사님께 연락을 드렸습니다. 어머님 댁에서 10분 거리니, 준비하시기 전에 집 앞에 도착해 있을 겁니다."

-그래. 정신없을 텐데 고마워.

"아닙니다. 조심해서 오세요."

도윤의 말에 박 여사는 나지막하게 그를 불렀다.

-차 서방.

"네."

-괜찮을 거야. 하연이는 내 딸이지만 강한 애니까, 너무 걱정 말게.

그때 간호사가 와서 검사가 끝났음을 알렸다. 도윤은 박 여사와 전화를 끊은 뒤 하연의 곁으로 돌아왔다. 하얀 침대 위, 축 늘어진 채 그녀는 멍하니 위를 올려다보고 있었다.

"하연아, 어머님 오시라고 했어. 차 바로 보냈어."

하연은 그 소리에 고개를 돌려 도윤을 바라보았다.

"자기야……."

"응."

도윤은 손을 뻗어 하얀 손가락을 부드럽게 감싸 쥐었다. 그 손을 물끄러미 응시하던 하연이 입을 열었다.

"내가 뭐 잘못한 거 아닐까요?"

"무슨 말이야?"

"어제, 갑자기 매운 음식 먹고 싶다고 그래서 떡볶이 먹었잖아요. 그래서 우리 튼튼이가 놀란 거 아닐까."

"아냐."

그럴 리가 없다. 하연이 임신했을 때 도윤도 임신과 태아에 대해 열심히 공부했다. 무엇보다 하연은 지나칠 정도로 조심했다.

"떡볶이 정도로 그럴 리 없잖아."

"아니면…… 지난주에 너무 많이 걸어서 그랬을까요?"

하연의 투명한 눈동자에 눈물이 차올랐다. 촉촉해진 눈빛에 도윤은 가슴이 저려 왔다.

"왜 우리 튼튼이가 빨리 나오려고 하는 걸까요. 혹시 잘못되면 어떻게 하죠."

"괜찮아."

그렇게 말하면서 도윤은 그녀의 손을 꽉 잡았다. 하연은 그렇게 중얼거리다가 아랫입술을 꽉 깨물었다.

"아파?"

하연이 고개를 끄덕였다.

"통증이……. 진통이 오나 봐요."

도윤은 괜찮다고밖에 말할 수 없는 자신이 무력하게 느껴졌다. 아무리 노력해도, 이렇게 아무것도 할 수 없는 상황에 가슴이 에는 듯했다. 손을 뻗어 땀이 송송 맺힌 그녀의 이마를 쓸어 주었다. 손끝에 축축한 감각이 얽힌다.

"자, 진통 간격 좀 봅시다."

의사가 등장해 다시 한번 하연의 상태를 체크했다. 몇 번이고 확인한 뒤 의사가 뒤에 대기한 간호사에게 고개를 끄덕였다.

"자, 이제 분만실로 가야겠네요."

"벌써 분만입니까?"

"네. 걱정 마세요. 잘 해낼 겁니다. 엄마, 정신 차리세요. 얼른 낳아서 아기 봐야지."

의사가 하연을 향해 웃어 보이고는 그녀를 분만실 침대에 눕혀 이동시켰다. 분만실 앞까지 쫓아간 도윤은 결국 중간에서 그녀의 손을 놓아야 했다.

"다녀올게요."

속삭이며 억지로 웃어 보이는 하연의 얼굴이 마지막이었다.

❋ ❋ ❋

분만실 앞에 앉아 도윤은 몸을 떨었다. 병원 안은 따스했다. 그럼에도 불구하고 몸에 한기가 돌았다.

눈앞에서 고통 때문에 일그러졌던 하연의 얼굴이 떠오른다. 도윤이 걱정할까 봐 평소 절대 약해지지 않던 그녀가 아파하는 모습을 보니 가슴이 에는 듯했다.

"젠장……."

입술만 너무 깨물어 입 안에서 핏내음이 감돌았다. 자신이 대신 아플 수만 있다면, 대신 앓고 싶다. 하연이 그 고통을 오롯이 감내한다니 참을 수가 없었다.

"혹시 하연이 잘못되기라도 한다면, 튼튼이가 잘못되기라도 한다면……."

나 자신을 평생 용서할 수 없을 것이다. 아, 제발 하느님. 처음으로 신을 찾으며 도윤은 몸을 웅크렸다. 추운 복도에서 덜덜 떨며 이름도 모를 신에게 하연의 안녕을 빌었다. 누구라도 제발.

"어머니, 도와주세요."

이제는 얼굴도 희미한 어머니에게도.

"이모……."

얼마 전 세상을 떠나 곁에 있어 줄 수 없는 이모에게도 부탁하고 애원했다. 혹시 하연이나 튼튼이를 데려가시려거든, 그러지 말고 나를 죽이세요. 제발 부탁합니다.

이 염원을 이루어 줄 수 있을 것 같은 이들이라면 누구든 간절히 찾았다. 그 정도로 도윤은 절박했다.

그렇게 애타게 신을 찾는 그 순간. 누군가의 손길이 도윤의 어깨에 닿았다. 낯선 손길에 도윤은 퍼뜩 고개를 들었다. 눈앞에 서 있는 남자가 몸을 숙이고 도윤을 바라보고 있었다.

"차도윤 사장님."

"아……. 한 팀장님."

편한 셔츠에 바지를 입고 있는 남자는 한지 대학 병원 VIP 전담팀의 한철우 팀장이었다. 하연이 처음 한지 병원에 왔을 때부터 그녀의 일을 봐줬던 남자. 도윤도 몇 번인가 봐서 익숙한 얼굴이었다. 하연이 진료를 받을 때 늘 자리에 참석하기는 했지만, 응급 상황이고 아직 새벽이다.

"어떻게 병원에."

도윤의 질문에 남자가 대답했다.

"연락이 와서 달려왔습니다."

"이런 이른 시간에……. 고맙군요."

"아닙니다. 당연히 제가 해야 할 일인걸요. 지금 내용 확인했습니다. 사모님은 분만실에 들어가셨다고."

"……이제 34주인데 괜찮을까 모르겠군요."

하연의 앞에서는 흔들리지 않던 도윤의 입에서 처음으로 약한 소리가 튀어나왔다. 그러자 한 팀장이 빙그레 미소를 지었다.

"저 사실은…… 저희 집 첫째가 이른둥이입니다. 저희 집 애는 심지어 30주에 태어났어요."

그렇게 말하며 한 팀장이 옆자리에 앉았다. 그는 주머니에서 커피를 꺼내 도윤에게 건네며 말을 이었다.

"고작 1.8킬로그램이었습니다. 처음에는 호흡도 안 되고, 정말 주먹만 해서…… 인큐베이터에도 한 달 들어가 있었습니다. 어떻게 되려나 걱정이 많았죠. 근데 지금 7살인데 몇 킬로그램인 줄 아세요? 25킬로그램이에요. 키도 유치원 친구들보다 한 뼘은 더 크고요."

남자의 솔직한 이야기가 나지막하게 울려 퍼졌다.

"지금은 의료 기술이 더 발전해서 문제없을 겁니다. 임신 중에 다른 문제도 없었지 않습니까."

그렇게 이야기를 나누는데, 분만실의 문이 드르륵 열렸다. 앉아 있던 도윤이 벌떡 일어나 분만실에서 나오는 의사에게 다가갔다. 의사가 쓰고 있던 마스크를 벗었다. 마스크 밑에 숨겨져 있던 입술은 부드럽게 호선을 그리고 있었다.

"잘 끝났습니다. 걱정하지 않으셔도 됩니다."

그 이야기에 도윤의 무릎이 꺾였다.

* * *

온몸이 축 늘어졌다. 바닥이 없는 것처럼 점점 더 아래쪽으로 몸이 흘러내려 간다. 어둠 속에서 익숙한 남자의 목소리가 나직하게 들린다.

"하연아."

다정하고 따뜻한 목소리. 끝없이 추락하던 몸이 그 소리에 둥실 떠오른다. 깊은 심해에서 한 줄기 빛이 비치는 것처럼 눈앞이 밝아진다.

"하연아."

누군가가 손을 움켜쥔다. 뜨겁고 단단한 손의 감각에 다시 한번 둥실, 몸이 위로 위로 올라간다.

눈을 꼭 감고 있던 하연의 눈꺼풀이 반쯤 떠졌다. 그 안으로 강렬한 빛이 쏟아져 들어온다. 아까 분만실로 들어갈 때만 해도 한밤중이었는데, 어느새 해가 떴다.

눈이 뻑뻑하고 몸이 노곤하고 뻐근했다. 지금까지 겪어 본 적 없는 통증에 인상을 찌푸렸다. 눈을 반쯤 떠서 하연은 앞을 바라보았다. 바로 눈앞에 어머니의 얼굴이 보인다.

엄마, 자다 일어나서 왔나? 평소 곱게 뒤로 묶여 있던 어머니의 머리가 흐트러져 산발이었다. 그리고 그 뒤에 남편, 도윤이 있었다. 언제 봐도 완벽했던 남자의 얼굴이 조금 부어 있다.

잠시 정신이 없어 멍하니 도윤의 얼굴을 바라보는데, 그가 손에 힘을 주며 다시 한번 하연을 불렀다.

"하연아, 정신이 들어?"

고개를 끄덕였다. 여기가 어디지. 하얀 병실에 자신이 누워 있다. 아, 병원이구나.

하연은 분만실로 들어간 뒤 몇 시간 진통을 겪은 끝에 아이를 낳았다. 거기까지는 기억이 나는데, 그 이후 너무 힘이 빠져 정신이 가물가물했다.

"튼튼이는……요?"

아이가 괜찮나 확인해 보기도 전에 정신을 잃은 것 같았다. 하연의 질문에 도윤이 웃었다.

“잘 태어났어. 2.3킬로그램. 주 수에 비해 성장도 좋고, 자가 호흡도 가능해서 니큐도 안 들어갔어.”

그리고 그는 핸드폰을 꺼내 하연에게 내밀었다. 그곳에는 아이의 사진이 담겨 있었다.

“손가락도 발가락도 10개. 눈 코 입도 다 봤어. 건강하고 씩씩한 사내아이야. 문제없을 거래.”

아직 눈도 뜨지 못했고, 인큐베이터에 들어가 있었지만, 보자마자 알았다. 내 아기. 우리 아기.

“안녕, 튼튼아.”

하연이 사진 속 아기에게 인사를 했다. 얼른 만나고 싶었다. 얼른 만나서 사랑해 주고 싶었다. 그런데 이렇게 생각보다 빨리 나올 줄이야. 하지만 아무 일도 없었다니 다행이다.

“만나서 반가워.”

“오늘 오후 2시에 면회할 수 있을 거야. 하연이 너는 문제없으면 사흘 뒤에는 퇴원이고. 일주일 뒤에는 튼튼이도 집에 갈 수 있어. 걱정 마.”

그렇게 말하는 도윤의 눈은 퉁퉁 부어 있었다. 남자의 낯선 모습에 하연은 중얼거렸다.

“근데 왜 울었어요?”

“누가?”

“자기가…… 눈이 부었어.”

하연은 손을 뻗어 그의 눈가를 쓸었다. 열기가 아직도 남아 있는 눈가는 벌겋게 물들어 있었다.

“안 울었어.”

“울었는데요.”

하연의 말에 도윤이 입술을 깨물었다. 입술은 또 얼마나 짓씹었는지 빨갛게 물들어 있었다. 도윤이 젖은 목소리로 속삭였다.

"무서워서……. 하연이 네가 어떻게 될까 봐 무서워서."

그리고 도윤은 하연의 손에 얼굴을 댔다. 다시 한번 그의 눈에서 눈물이 배어 나와 하연의 손가락을 덮혔다.

"울지 말아요, 아빠. 이제 우리 엄마, 아빠니까 강해져야죠. 오늘만 마지막으로 우는 거예요."

그 말에 도윤이 고개를 끄덕였다. 그녀의 손에 얼굴을 댄 채 속삭였다.

"다행이야, 모두 무사해서 다행이야."

차마 참을 수 없어 하연은 두 손을 뻗어 그의 몸을 끌어안았다. 사랑스러운 남자의 어깨에 몸을 기댔다.

❋ ❋ ❋

평화로운 일요일 오전. 오늘의 아침 식사는 프렌치토스트였다.

하연은 빵을 좋아한다. 임신을 하기 전부터 빵순이였지만, 아기를 가지고 나서는 더더욱 빵을 밝혔다. 밥 냄새만 맡으면 입덧이 심해지는 하연이었지만, 빵만큼은 눈을 빛내며 잘 먹었다. 출산을 하고 나서도 아침은 늘 빵이었다.

도윤은 농장에서 보내온 유기농 달걀과 우유를 1:1 비율로 섞었다. 거기에 소금 한 꼬집, 시나몬 가루를 한 꼬집 넣어 부드럽게 섞는다. 달걀 알끈을 빼고 완벽하게 섞이면 거기에 회사 근처의 유명한 빵집에서 주문한 식빵을 달걀 물에 적셨다.

빵이 달걀 물에 적셔지는 사이, 프라이팬을 불에 달궜다. 버터를 녹인 다음, 빵을 꺼내 노릇노릇하게 구워 준다.

칙.

듣기 좋은 소리였다. 도윤은 빵을 4쪽 구워 예쁜 접시에 샐러드와 함께 담고는 손을 닦고 하연을 찾아 거실로 걸어갔다. 대충 틀어 놓은 텔레비전에서는 아침 뉴스가 흘러나오고 있었다.

-다음은 한도 전자 관련 소식입니다. 분식 회계 관련으로 당국의 조사를 받고 있는 가운데, 한도 그룹의 차서형 회장이 긴급 입원을 했습니다. 한도 그룹 홍보실에서는 오랫동안 앓던 지병인 기관지 문제라고 발표를 했지만, 당국의 조사를 피하려고 거짓 입원을 한 것이 아니냐는 비판이 쏟아지고 있습니다.

아나운서가 차갑게 읽어 내리는 뉴스가 방 안을 채웠다. 한도 전자는 여전히 매출 면에서는 잘나갔지만, 그룹 내외부에서는 위기 상황이라는 이야기가 팽배했다. 황제 경영을 했던 차서형 회장이 흔들리자, 회사 전체가 요동치고 있었다.

듣기 싫은 소리였다. 도윤은 리모컨을 집어 들어 채널을 바꿨다. 곧 아름다운 클래식 선율이 방 안을 가득 채웠다.

거실에는 꽤 긴 소파가 하나 있었다. 하연은 그곳에 다리를 올리고는 프렌치토스트건 뉴스건 신경도 쓰지 않고 손끝 바늘에 온 신경을 집중하고 있었다.

귀여워. 도윤은 하연의 집중이 흐트러질까 봐 말도 못 걸고 한참을 그녀를 바라보았다.

임신 기간 중 하연은 코바늘을 취미로 시작했다. 처음에는 신생아용 모자 뜨기 원 데이 클래스를 다녀온다고 했는데, 거기 가서는 모자는커녕 정체를 알 수 없는 손바닥만 한 털 뭉텅이를 만들어 왔다.

"나만 처음 배우는 사람이지 뭐예요. 분명히 초보자 코스라고 적혀 있었는데."

그녀가 원 데이 클래스에서 만들어 온 털 뭉치를 받아 들고 이게 모자냐고 묻는 도윤에게 하연은 툴툴거리고 입술을 삐죽였다.

그날 계속 기분이 안 좋길래 그러고 그만둘 줄 알았는데, 역시 근성 있는 하연답게 동영상을 보면서 요즘은 코바늘 삼매경이었다. 한참 뜨던 하연은 한 줄을 다 떴는지 코를 세며 긴 한숨을 쉬었다.

"하나, 둘, 여기 늘려 뜨기까지 잘 되었지? 빠진 코 없지? 좋아. 대충 다 되었다."

하연이 털과 바늘을 든 손을 내려놓자마자, 도윤이 그녀의 등을 끌어안았다. 한 줄 다 떴을 때가 하연에게 말을 걸 타이밍이었다. 아직 익숙하지 못한 그녀에게 말을 시켰다간, 중간에 코가 빠져 또 슬퍼할 거라 도윤은 그녀가 한참 코바늘을 뜰 때는 가만히 행동을 기다렸다.

"다 됐어?"

갑자기 다가온 도윤에 놀란 듯 하연이 어깨를 움츠렸다.

"앗, 왔어요?"

"아침 식사 먹어야지."

도윤의 말에 하연이 고개를 돌려 벽면에 붙은 시계를 확인했다.

"벌써 그런 시간인가?"

"응. 10시야."

"아이고. 시간이 그렇게 됐나요? 얼른 밥 먹고 우리 건우 밥 줘야 하는데."

태명이 튼튼이였던 하연과 도윤 사이 아이의 이름은 건강하게 자라라고 건우(健優)라 지었다.

그 이름의 영향이 있었는지, 건우는 팔삭둥이인 것이 마치 거짓말처럼 모유도 많이 먹고 쑥쑥 자라났다. 하연은 바늘을 치우며 코를 킁킁거리면서 눈을 빛냈다.

"어, 근데 이 냄새. 프렌치토스트예요?"

"응. 어떻게 알았어?"

"좋아하니까. 근데 자기, 어떻게 알았어요? 나 프렌치토스트 엄청 먹고 싶었는데."

하연을 보며 도윤은 말없이 웃음만 지었다. 하연이 그의 미소를 보고 함박웃음을 지으며 종알거렸다.

"아빠 대단하다, 건우야. 엄마가 아까부터 프렌치토스트 먹고 싶다고 그랬었잖아. 아빠가 바로 알았네."

말을 하던 하연이 아기 바구니에 담겨 있는 건우를 바라보았다. 볼살이 통통한 아기가 하연이 무슨 말을 하는지 헤아리는 것처럼 빤히 그녀의 얼굴을 바라보았다. 하연이 안을 내려다보다가 갑자기 고개를 갸웃했다.

"어?"

뭐가 이상한가? 도윤이 인상을 찌푸리고 그녀를 바라보는데, 하연이 급하게 입을 열었다.

"자기야, 핸드폰 좀 가져와 봐요. 빨리빨리."

하연의 말에 테이블 위에 두었던 핸드폰을 건네자, 그녀가 바로 카메라를 켰다.

"건우가 웃고 있어."

그 말에 도윤 역시 건우에게로 시선을 향했다. 조금 전까지 호기심에 반짝거렸던 눈을 가늘게 뜨고, 입꼬리를 올려 빙그레 웃고 있었다.

"아빠가 와서 그런가? 응? 건우야. 왜 웃는 거야?"

아이의 웃음은 방 안을 환히 밝혔다.

"아니면 아빠가 해 준 프렌치토스트를 먹고 싶나 봐요. 그죠."

밝게 웃는 사랑하는 이들의 얼굴을 보며 도윤의 가슴은 행복으로 가득 찼다.

그냥 보통의 날이었다. 하연과 건우와 도윤. 셋이서 거실에 앉아 보내는 아주 평범한 휴일. 특별할 것도 없었지만……. 완벽한 아침이었다.

10. 에필로그

오늘은 PQ케미컬의 60주년 창립 기념일. 오늘은 도윤이 사장으로 부임한 지 꼭 7년이 되는 날이었다. 실내의 공기가 건조했다. 도윤은 입 안이 말라 작게 헛기침을 하고는 목을 다듬었다.

"흠."

오늘 말할 내용을 차분히 머릿속으로 복기한 도윤은 고개를 들고 단상 위로 올라갔다. 화성에 위치한 글로벌 경영 센터에서 열린 창립 기념식은 요즘 경기가 부쩍 어렵다는 다른 곳과는 달리 분위기가 좋았다.

그도 그럴 법했다. PQ케미컬은 올해 창립 이래 최대 매출을 달성했다. 주가는 매일이 다르게 치솟고 있고, 얼마 전 중국과의 대규모 계약 체결로 인해 회사는 온통 축제 분위기였다. 그런 가운데 도윤이 연설대에 섰다.

"PQ의 임직원과 가족 여러분."

낮고 짙은 도윤의 목소리에 모든 사람들의 시선이 그에게로 쏠렸다. 흠집 하나 없는 완벽한 모습으로 담백하게 직원들에 대한 감사의 인사를 전하는 도윤을 보고 여자 직원 하나가 바로 옆에 있는 직원에게 속삭였다.

"우리 사장님은 로맨스 드라마 남자 주인공 같지 않아?"

"갑자기 왜?"

"그냥. 잘생기고, 일도 잘하시고."

"꿈 깨. 결혼하셔서 애까지 있으시잖아."

"아니, 내가 무슨 어떻게 해 보겠다는 게 아니라. 그냥 눈 호강이잖아. 좋은 게 좋은 거라고."

"하긴, 드라마 주인공 같긴 해. 결혼 스토리가 신데렐라 이야기의 전형이잖아. 사모님이 원래 우리 회사 평사원이었다며?"

"응. 우리 과장님이랑 일한 적도 있다던데. 근데 대학생 때부터 선후배 관계였대."

"아, 역시나. 그러니까 대학 때부터 좋은 사람들을 주위에 쫙 깔아 놨어야 했는데, 결론적으로 나는……."

소곤소곤 속삭이는 대화를 뒤에서 우연히 듣게 된 하 비서는 비스듬히 웃었다.

연설을 마친 뒤 도윤은 고개를 살짝 숙이고, 단상에서 내려왔다. 군더더기 없는 깔끔한 연설에 박수가 쏟아졌다. 맡은 일은 무엇이든 잘하고 긴장 따위는 없어 보이는 서늘한 외모의 도윤이었지만, 사실은 사람들의 주목을 받는 것은 물론이고 나서는 것은 더더욱 즐기지 않았다.

요즘 기업 중에는 오너 마케팅을 위해 CEO의 장점을 매스컴에서 부각시키기도 하고, CEO도 그런 관심을 이용해 SNS 등으로 회사 제품을 홍보하는 일도 종종 있었다.

하지만, 도윤의 성격상 그런 것은 절대 없을 일. 더더군다나 도윤의 아내와 관련된 일은 사내든 사외든 말이 도는 것을 극도로 싫어했다.

직원들이 하는 이야기를 사장님이 들으시면 정색을 하시겠군.

하지만 어쩔 수 없는 일이었다. 그가 가는 길에는 언제나 사람들의 시선이 모였다.

하 비서는 자리에서 일어나 단상에서 내려와 밖으로 빠져나가는 도윤의 뒤를 쫓았다.

"사장님."

"아, 하 비서. 어딨었습니까?"

"사원들이 있는 쪽에서 듣고 있었습니다. 모니터링도 할 겸."

그 말에 도윤이 눈을 가늘게 떴다. 어떻게 보였냐는 무언의 질문.

"완벽했습니다. 무엇보다 전하시고자 하는 내년도 비전이 사원들에게 명확하게 전달되었다고 생각합니다."

"다행이군요."

도윤은 길게 한숨을 내뱉었다. 목이 답답한지, 넥타이를 흔들며 그는 말을 이었다.

"이다음 일정은 어떻게 되죠?"

"화성 공장 견학 뒤에는 오늘은 일정이 없습니다. 오늘은 6시 전후로 퇴근하실 수 있을 것으로 예상됩니다."

"아……. 퇴근이 빠르군."

"네. 오늘은 이사장님 퇴근이 빠른 날이라 일부러 다른 일정을 잡지 않았습니다."

이사장. 그것은 도윤의 부인 신하연을 말하는 것이었다. 하연은 현재 한마음 음악 재단의 이사장을 맡고 있었다. 부부 둘 다 일을 하고 서로 바쁜 일정으로 움직이는지라, 가능한 경우 하 비서는 도윤의 일정을 하연과 맞췄다.

하연의 스케줄에 퇴근을 맞췄다는 하 비서의 말에 아까까지 긴장으로 단단히 굳어 있던 도윤의 입꼬리가 살짝 올라갔다. 보기 좋은 입술이 둥그런 호선을 그린다.

"그렇군요."

그러고는 핸드폰을 들어 바로 문자를 보내는 도윤. 그가 누구에게 연락을 하는지 굳이 보지 않아도 그를 오래 봐 왔던 하 비서는 알 수 있었다. 하연에게 하는 것이 분명했다.

"사장님은 참……."

하 비서는 웃음을 겨우 눌러 참았다. 이런 말 역시 그는 싫어하겠지만, 정말 드라마의 주인공 같은 남자라고 하 비서는 생각했다.

회사에서는 단단한 갑옷을 쓴 채 완벽하게 일을 하지만, 그 갑옷 아래엔 부인을 아끼고 사랑하는 가정적인 남자가 숨어 있었다. 자신도 나름 가정적이라고 생각했는데, 도윤에게 비할 바는 아니었다.

저도 모르게 하 비서는 얼굴에 웃음을 빙글빙글 띤 채 도윤을 바라보았다. 그러자 문자를 보낸 도윤이 고개를 돌려 하 비서를 향했다. 도윤과 하 비서가 일의 합을 맞춘 것은 벌써 9년 가까이 되어 가고 있었다. 그의 미소에 무언가 음흉함을 느꼈는지 도윤이 물었다.

"하 비서."

"네."

"왜 웃습니까?"

"아……. 아무것도 아닙니다."

그러나 정말이냐는 듯, 도윤의 한쪽 눈썹이 올라갔다. 결국 하 비서는 솔직하게 털어놓았다.

"사장님도 퇴근하시는 게 즐거워 보이셔서요."

"퇴근 싫어하는 사람도 있습니까? 아, 그나저나……."

도윤이 슬며시 미간을 찌푸렸다.

"화성 공장 쪽에서 본사보다 하 비서 집이 가깝죠? 공장 견학하고 하 비서는 퇴근하도록 하세요."

"그래도 될까요?"

"네. 저도 그대로 귀가하겠습니다."

부하의 동선까지 꼼꼼히 챙겨 주는 남자. 그는 보기와는 다르게 정말 다정한 남자였다. 다시 한번 하 비서는 웃을 뻔하다가 도윤이 그 사실을 알고 쑥스러워 또 역정을 낼까 봐 고개를 숙였다.

❋ ❋ ❋

피곤하다.

"하……."

깊은 한숨을 쉬며 도윤은 차창에 머리를 살짝 기댔다. 오늘은 업무가 거의 없었고, 60주년 기념행사가 주 스케줄이었다. 기념 연설을 하는 것은 물론, 끝도 없는 언론사 인터뷰에 공장 견학까지 이루어져 비교적 빨리 끝났는데도 불구하고 피로감이 온몸을 감쌌다.

하연이가 보고 싶다. 이렇게 힘들고 축 처진 날에는 하연이 미치도록 보고팠다.

오늘 아침에 보고 나온 지 채 10시간도 되지 않았는데도, 그녀의 살 내음이 그리웠고, 입술이 고팠다. 피곤하다가도 그녀의 얼굴을 떠올리면 조금 힘이 돌아왔다.

얼마 지나지 않아 볼 수 있다. 아까 하연과 외동아들 건우는 이미 집에 도착해 있다는 연락이 왔다. 30분 정도 차를 타고 가면 곧 볼 수 있을 것이다.

사랑스러운 이들의 얼굴을 떠올리며 힘을 내는 그때. 차가 신호에 멈춰 섰다. 밖을 가만히 바라보는데 붕어빵 장사를 하는 포장마차가 눈에 들어왔다.

"붕어빵."

도윤은 거의 대부분의 시간을 차로 이동하기 때문에 붕어빵 장사를 볼 일이 거의 없었다.

"오랜만이네."

그렇게 중얼거리는 도윤의 말에 운전을 하던 운전기사, 준형이 고개를 돌려 입을 열었다.

"사장님, 붕어빵 좋아하십니까?"

좋아한다고 해야 할까. 먹어 본 적이 거의 없었다. 애초에 재벌가에서 태어나 황제 교육을 받고 자랐고, 평범하지 않은 청소년기를 보냈다. 대학에 들어가고 나서는 학교 앞에서 파는 것을 몇 번 본 적이야 있었지만, 먹어 보지 않은 것을 선뜻 도전할 정도의 여유는 없었다.

그가 붕어빵을 처음 먹어 본 것은 결혼 후의 일이었다. 하연이 임신하고 배가 볼록하게 나왔을 무렵. 여름이 다가오는데 길가에 붕어빵 트럭이 있었다.

"이런 시기에도 붕어빵을 파네요."

하연의 말에 도윤은 머리를 기울였다. 이런 시기가 아니면 언제 붕어빵을 판다는 말이지? 붕어빵을 제 손으로 사 먹어 본 적 없는 도윤이었기에 무엇이 신기한지 알 수가 없었다.

"그렇네."

무언가 심드렁한 도윤의 반응에 그녀가 눈을 동그랗게 떴다.

"여름에는 붕어빵 잘 안 먹지 않아요?"
"음……. 그런가?"
"자기는 붕어빵 싫어요?"
"아니. 먹어 본 적이 없어."
"네? 먹어 본 적이……."

없다고요? 라고 말을 채 잇지도 못하고 놀라 하연이 눈을 깜빡였다. 깜짝 놀라 도윤을 한참이나 바라보던 그녀가 겨우 입을 뗐다.

"얼마나 맛있는데. 추울 때 겨울에 김이 나는 붕어빵을 종이봉투에서 하나 꺼내서, 살짝 찢은 다음에 안에서 팥이 나오면 호호 불어 가면서."
"그래?"
"안 되겠다. 우리 하나 사 먹어요."
"먹고 싶어?"

"아뇨, 자기 먹여 주게."
"난 괜찮은데."
"얼른."

거절하는 도윤을 끌고 하연이 서둘러 붕어빵 트럭 쪽으로 다가가 2,000원어치 붕어빵을 샀다. 고작 2,000원어치인데도 손안에 든 빵의 무게가 상당했다.

"생각보다 싸네."
"저렴하고 맛있고. 겨울에는 딱 이 붕어빵 사다가 우유랑 먹으면서 등 따신 온돌방에서 만화책을 읽어 줘야 하는 건데."

그렇게 말하던 하연은 빙그레 웃으며 도윤을 바라보았다.

"자기는 그런 거 안 어울리긴 해요. 온돌방에서 뒹굴거리면서 만화책 읽는 거."
"해 보면 되지."

해 본 적은 없지만, 도윤은 하연이 말하는 거라면 뭐든 좋았다. 그녀가 눈을 초롱초롱 빛내며 말할 정도라면 썩 즐거울 것 같았다.
하연은 길을 걸으며 바로 붕어빵을 손안에 담았다. 가장 따뜻한 것을 골라 쭉 찢어 호, 하고 김을 불어 식힌 뒤 도윤의 입에 넣어 줬다.

"어때요?"

생각보다 달지 않고, 은은한 팥의 단맛에 밀가루가 살짝 탄 고소한 향기가 맛있었다.

"맛있어."

도윤의 맛있다는 말이 기쁜지 하연의 얼굴에 웃음이 퍼져 나갔다.

"잘됐어요. 전 붕어빵을 보면 왠지 기분이 들떠요. 그립기도 하고. 내가 좋아하는 걸 당신이 좋아하니, 마음이 이상하네."
"기분이 이상해?"
"응……."

하연이 입술을 달싹였다. 그녀답지 않게 말을 많이 고르다가 겨우 이야기를 시작했다.

"어렸을 때 겨울이면 아빠가 늘 집에 돌아오시는 길에 호떡이며, 붕어빵을 사다 주셨어요. 그래서 으레 아빠 퇴근 시간이면 현관 앞에서 괜히 아빠 오나 안 오나 문을 열어 보기도 하고. 그래서 그런지 붕어빵만 보면 아빠 생각이 나요."

하나밖에 없는 외동딸을 보려 손에 한가득 붕어빵을 들고 오던 아버지의 마음. 그 마음을 떠올리는 하연의 눈빛이 촉촉해졌다.
하연은 아버지에 대한 이야기를 잘 입에 담지 않았다. 그녀의 아버지는 그녀가 학생 때 집을 나갔다. 하연이 도윤에게 했던 아버지에 관한 이야기, 그가 다시 집으로 돌아와 사채를 갚아 달라 한 것은 거짓말이었다 했다. 사실은 10년 넘게 그와 연락이 닿지 않고 있었다고.

가끔 그녀의 마음의 틈을 통해 엿보면, 결코 도윤처럼 아버지를 원망하는 것이 아닌데도 아버지가 보고 싶다든지, 찾아야겠다든지 하는 말을 입에 담지 않았다. 그런데 거의 처음으로 아버지에 대한 이야기를 하연이 먼저 꺼냈다.

"아기를 가져서인가. 이상하네. 눈물이 나요."

하연의 고운 눈꼬리에 눈물방울이 맺혔다. 당장이라도 떨어질 것 같은 물방울을 보고 도윤이 인상을 찌푸렸다.

"아버지…… 보고 싶어?"
"아니에요. 이제 와서 뭘요. 헤어진 지 오래인데."
"우리 한번 찾아볼까?"

그녀의 아버지는 결혼식은 물론 참석하지 않으셨고, 하연이 결혼한 것을 알고 계시는 건지조차 알 수 없었다. 도윤의 질문에 하연은 잠시 아무 말 없이 도윤을 바라보다가 고개를 끄덕였다.

"그래 볼까요?"
"그러자. 그러니까 그만 울고 지금은 붕어빵 먹어."

도윤은 그녀가 우는 것이 무서워 붕어빵 하나를 내밀어 그녀의 입가에 댔다. 그러자 하연이 배시시 웃으며 붕어의 머리 부분을 한 입 베어 물었다.

"사장님."

"……."

"사장님? 어떻게 할까요? 붕어빵 사 가시겠습니까?"

자신을 부르는 것도 모르고 7년 전, 하연이 임신했던 때의 기억에 젖어 있던 도윤을 운전기사, 준형이 다시 현실 세계로 불러왔다. 도윤이 입을 열었다.

"붕어빵이라."

가끔 간식을 집에 사 간 적은 있어도, 붕어빵을 가져간 적은 없었다. 건우가 붕어빵을 먹어 봤던가. 짧은 생각 끝에 도윤이 입을 열었다.

"그래요. 들렀다 가죠."

"네. 잠시 저 옆 주차장에 차를 세우겠습니다."

주차를 하고 차에서 내려 붕어빵 트럭에 갔다. 2개 1,000원. 세월이 지났어도 붕어빵 가격에는 변화가 거의 없었다. 다만, 예전에 하연과 붕어빵을 샀을 때는 붕어빵 종류가 하나밖에 없었는데, 이번엔 크림 붕어빵과 팥 붕어빵이라고 적혀 있는 간판이 보였다. 이 집 특색인가.

준형이 그 간판을 가리키며 입을 열었다.

"뭘로 하시겠습니까?"

"음……. 둘 다 조금씩 사 가죠."

"그럼 팥이랑 크림 붕어빵 4개씩 사 가시겠습니까?"

집에 있는 식구들이 하나씩 맛을 보려면 그래야 할 것 같아 도윤이 고개를 끄덕이자 준형이 가게 주인을 향해 고개를 들이밀었다.

"팥이랑 크림 붕어빵 각각 4개 든 봉지 하나랑 팥 두 개, 크림 두 개 든 거 하나 주세요."

"네에."

그렇게 주문을 한 준형은 도윤을 향해 웃어 보였다.

"저도 마누라에게 좀 사다 주려고요."

"잘하셨습니다."

준형은 도윤과도 아주 오랫동안 아는 사이였다. 그는 도윤의 이모, 연진의 운전기사를 20년 이상 했기 때문에 도윤이 아직 학생일 적 여러 번 차를 태워 주기도 했다.

도윤이 연진의 뒤를 이어 회사 사장직을 물려받고 나서는 도윤의 기사 역할을 하고 있었다.

처음 만났을 때, 준형은 아직 신혼부부였다. 하지만 세월은 덧없이 흘렀다. 어느새 그는 50대의 장년이 되었다. 아이가 다 커서 독립해, 이제는 부부끼리 오붓하게 생활을 즐긴다는 그가 부인에게 주고 싶어 붕어빵을 사는 모습이 퍽 좋아 보였다.

가게 주인이 봉지 두 개를 내밀며 입을 열었다.

"6,000원입니다."

"아."

도윤이 지갑을 꺼냈다. 지갑을 열어 머니 클립에 꽂힌 5만 원짜리 한 장을 집었다. 그 모습을 물끄러미 보던 가게 주인이 불만스러운 표정으로 입술을 실룩거렸다.

아, 잔돈. 적은 돈을 들고 다닐 일이 없는 도윤이 어쩌나 하고 지갑을 뒤지는 사이, 준형이 먼저 6천 원을 주인에게 내밀었다.

"여기요."

"네, 감사합니다."

그러고는 받아 든 붕어빵 봉지를 들고 준형이 먼저 걸어갔다.

“김 기사님, 제가 내야 했던 건데, 월요일에 드리겠습니다.”

“아유, 사장님. 신경 쓰지 마십시오.”

“아닙니다. 확실히 해야죠.”

그가 사람 좋은 웃음을 터뜨렸다.

“제가 사장님께 뭐라도 해 드릴 수 있다는 게 얼마나 재밌습니까? 평생 챙겨 주지 않으셨습니까? 오늘 마누라에게 자랑해야겠네요. 사장님 붕어빵 사 드렸다고. 마누라는 그거 가지고 뭘 생색이냐며 화를 내겠지만.”

그 말에 겨우 물러선 도윤이 고개를 끄덕였다.

“그럼…… 잘 먹겠습니다. 감사합니다.”

“맛있어야 할 텐데요. 우리 아들은 붕어빵을 좋아해서 어렸을 때 자주 사다 줬거든요. 그때 먹고 오랜만이네요.”

싱글싱글 웃는 준형의 얼굴을 도윤이 가만히 바라보았다. 어디서 많이 들어 봤던 이야기다. 하연의 아버지와 비슷한……. 지금 하연의 아버지도 그 정도의 나이일까.

그가 붕어빵 봉지를 도윤에게 건넸다. 두 품에 안은 봉지가 뜨겁게 느껴질 정도로 아직 온기를 머금고 있었다.

❋ ❋ ❋

성수동 집 앞에서 내린 도윤은 계단을 올라 정원으로 향했다. 도윤과 하연이 여름 내내 손질했던 정원은 어느새 스산한 겨울을 맞이해 풍성한 잎을 다 떨어뜨렸다.

서늘하게 부는 바람이 앙상한 나뭇가지를 흔들었다. 그래도 춥지 않았다. 큰 창문으로 집 안에서 노란 불빛이 흘러나와 도윤의 마음을 덥혔다.

현관문을 열고 들어가는 순간, 가벼운 발걸음 소리가 들린다.

탁탁탁탁.

빠른 소리가 계단을 타고 내려와 곧장 도윤에게로 향했다.

"아빠아아아아!"

이제 7살이 된 도윤의 외동아들, 건우였다. 건우는 무엇을 하고 있었는지 바지만 입은 채 후다닥 뛰어와 현관에서 아직 채 신발도 벗지 않은 도윤에게 달려들었다.

"다녀오셔써요?"

"응. 건우도 잘 있었어?"

"네!"

우렁찬 아들의 소리에 도윤은 미소를 지었다. 어렸을 때 가만히 놔두어도 있는 듯 없는 듯했던 도윤과 달리 건우는 씩씩하고 밝고 활발했다. 하연을 닮아서인가. 말도 종알종알 어찌나 잘하는지 몰랐다. 그래도 까만 눈동자만큼은 도윤을 쏙 빼닮았다.

도윤은 자신의 품에 쏙 안긴 건우를 한 번 꽉 끌어안아 주었다. 아이에게서 나는 고소한 냄새에 집에 돌아왔음을 실감했다. 겨울바람에 차가워진 뺨을 아이의 발갛게 달아오른 뺨에 대자, 건우가 까르르 웃었다.

"아빠, 수염 났나 봐요. 간지러워요."

"그래? 미안. 깎을게."

"네. 앗, 이건 뭐예요?"

품 안에서 바르작거리던 건우가 도윤이 들고 있던 종이봉투에 눈길을 줬다.

"이거, 선물."

도윤이 건우의 품에 안겨 주자, 아이가 눈을 빛내며 안을 들여다보았다.

"우아, 선물이다."

"뭔지 알아?"

"네! 붕어빵이요. 텔레비전에서 봤어요."

"먹어 본 적은 없지?"

"없어요."

건우가 고개를 절레절레 흔든다. 도윤의 집이 있는 쪽은 큰 주택들이 많은 곳이라 인도도 잘 꾸며져 있지 않고, 포장마차나 길거리 음식은 파는 곳이 거의 없다시피 했다.

"저, 지금 먹어도 돼요? 맛있어 보여요."

"어……."

도윤은 집 안쪽을 들여다봤다. 부엌 쪽에서 향긋한 된장찌개 냄새가 나는 것으로 보아, 곧 식사 시간이었다.

건우는 출산 예정일을 다 채우지 못하고 태어난 이른둥이였다. 혹시 성장하는 데 문제가 있을까 봐 온갖 맛있는 것을 다 해다 먹였더니, 이제는 오히려 또래 아이들보다 키가 한 뼘 더 컸고, 볼살도 포동포동했다. 식사 전에 간식을 먹이면 하연이가 화낼 텐데.

"밥 먹고 먹자, 건우야."

그렇게 말하자 건우의 입꼬리가 축 처진다. 조금 전까지 반짝반짝 빛나던 건우의 눈동자에도 총기가 없어졌다.

긴 속눈썹을 느리게 깜빡, 깜빡거리면서 두 손을 꽉 모으고 건우는 도윤을 올려다봤다.

"지금 먹으면…… 안 돼요오?"

건우의 필살기였다. 실룩실룩 입술을 삐죽거리면 도윤은 도저히 참을 수가 없었다. 회사에서는 아무리 어려운 문제도 단호하게 결정 내리는 입술에서 신음처럼 허락이 흘러나왔다.

"하나만 먹는 거야."

"네엣!"

"엄마한테는 비밀이다."

비밀이라는 말에 크게 소리 지르던 건우는 입을 두 손으로 꼭 막고는 고개를 아래위로 끄덕였다.

"네."

아주 작게 말하고는 봉지 안에서 붕어빵 하나를 꺼내 함박웃음을 지었다.

"그렇게 좋아?"

"좋아요."

도윤은 손을 뻗어 동그랗고 작은 머리를 쓸어내렸다. 아빠가 자신의 머리를 만지든 말든, 건우는 크게 한입 붕어빵을 베어 물었다.

"맛있다."

입에 넣자마자 건우는 오물오물 먹으면서 좋아했다. 그 순간, 부엌에서 하연이 나왔다.

"자기 왔어요?"

앞치마에 손을 쓱쓱 닦으며 걸어 나오는 하연을 보고 도윤은 살짝 미소를 지었다. 오늘 온종일 그렇게도 그리워하던 얼굴을 보자 어쩔 수 없이 웃음이 나왔다.

그러나 하연은 현관에 우두커니 서 있는 도윤과 건우를 보고 무언가 이상한 듯 고개를 갸웃거렸다.

"현관에서 다들 뭐 해?"

"응?"

"건우야, 엄마가 옷 갈아입고 오랬잖아. 위에는 빨가벗고 뭐 하고 있어."

그리고 그 순간, 하연은 건우가 자신 몰래 숨어 붕어빵을 먹고 있었다는 사실을 깨달았다.

건우도 그것을 알았는지 조금 전까지 소중하게 베어 물던 붕어빵을 서둘러 입 안 가득 넣었다. 볼이 잔뜩 부풀어 마치 겨울 준비를 하는 햄스터처럼 울룩불룩했다. 그런 건우의 모습을 보고 하연이 고개를 기울였다.

"우리 건우, 뭐 먹니?"

"아므꺼또 아뉘에여."

제대로 말을 못 하고 건우가 우물거리자, 도윤이 결국 솔직하게 자백을 했다.

"내가 붕어빵 사 왔거든. 밥 먹기 전에 먹이면 안 되는 거 아는데, 따뜻할 때 먹게 해 주고 싶어서."

"아, 붕어빵 사 왔어요? 우리 건우 그래서 엄마 몰래 붕어빵 먹고 있는 거였어요?"

건우가 눈을 깜빡이며 아빠에게 도움을 청한다. 붉은 입술이 오물거리면서 빠르게 붕어빵을 먹었다.

"아아빠아."

"괜찮아."

도윤이 빵빵하게 부풀어 오른 건우의 뺨을 토닥였다.

"엄마가 그렇게 화내진 않을 거야. 그지?"

그 말에 하연이 입술을 삐죽였다.

"아니, 왜 우리 부자는 내가 나쁜 사람인 것처럼 몰아갈까? 건우야, 오늘 저녁에 엄마가 건우 좋아하는 차돌박이 말이 해 놨는데, 이렇게 붕어빵 먹으면 고기 못 먹잖아."

건우의 눈망울이 그렁그렁한 것을 보며 하연은 결국 웃음을 터트렸다.

"하나만 먹고 밥 먹기야? 괜찮아. 천천히 먹어. 잠시만."

그리고 얼른 부엌에 들어간 하연이 하얀 우유를 유리컵에 담아 들고 와 건우의 손에 쥐여 주었다.

"붕어빵은 우유랑 먹어야지. 체하겠다. 천천히 먹어."

"네!"

건우는 다시 오물오물 붕어빵을 먹기 시작했다. 쪼그려 앉아 건우를 바라보던 하연이 도윤에게로 고개를 들어 올렸다.

"어디서 붕어빵을 사 왔어요?"

"집에 오는 길에. 공장 근처에 있더라고."

"아, 오늘 화성 공장 견학 간다고 했죠."

하연이 끙차, 자리에서 일어나더니 도윤에게 다가왔다. 두 팔을 살짝 뻗는 그녀의 몸을 도윤이 끌어안았다. 포근하고 다정한 하연의 품에 고개를 기댄다. 도윤이 하연을 안는 것은 매일 집에 돌아오면 하는 습관과도 같은 일이었다.

"고생했어요, 오늘도."

"고생은."

그녀를 품에 안은 채 도윤은 가만히 눈을 감았다. 하연의 어깨에서부터 단단히 굳은 견갑골을 거쳐 오목한 허리까지 손바닥을 쓸었다.

"오늘 어땠어?"

"괜찮았어요. 내일 인터뷰 준비 좀 하고."

"저녁은 내가 와서 해도 되는데."

"내가 일찍 왔잖아요."

둘 다 일을 하고 아이까지 있는지라, 아이를 봐 주시는 이모님이나 가사 도우미는 썼지만, 음식만큼은 도윤과 하연이 돌아가면서 했다.

하연은 어렸을 때부터 어머니가 해 준 음식을 먹고 자랐다 했다. 어렸을 때는 어머니가 전업주부여서 집에서 음식을 늘 해 줬고, 크고 나서도 어머니가 반찬 가게를 해서 늘 어머니의 음식을 먹을 수 있었다. 그래서 하연도 건우에게 어머니의 손맛이라는 것을 보여 주고 싶어 했다.

그에 반해, 도윤은 반대의 이유로 가정의 맛을 만들고 싶어 했다. 그는 늘 집에서 일하시는 분들의 음식을 먹고 자랐다.

텔레비전에서, 주변 친구들이 하는 "엄마 음식 먹고 싶다.", "우리 집 밥 먹고 싶다."라는 의미가 완벽히 이해되지 않았다. 그들이 단순히 엄마 밥이 맛있어서 하는 말은 아니었다. 음식을 통해서 가족을 떠올리는 그들이 어떨 때는 부러웠다.

도윤은 건우가 자신처럼 자라지 않길 바랐다. 부모님의 사랑을 가득 받은 밝고 활발한 아이가 되기를.

회사를 물려받을 차기 경영자가 아닌, 그냥 한 사람의 행복한 어른으로 자라나기를 원했다. 그래서 음식만큼은 도윤과 하연이 번갈아 해 주고 있었다.

시간이 많은 주말에는 빵을 좋아하는 하연을 위해 도윤이 빵을 구웠다. 셋이 같이 아이를 위한 원 데이 쿠킹 클래스에 가기도 했고, 인터넷 동영상을 통해 음식을 배우기도 했다.

오늘은 하연이 한 저녁 식사를 먹는 날. 하연을 품에 안은 채, 도윤은 오늘 하루 자신을 가득 채웠던 긴장을 풀었다.

"많이 힘들었나 보다."

하연이 고개를 숙여 도윤의 어깨에 기댄 채 그의 반듯한 얼굴을 바라보았다.

"이렇게 오래 안고 있는 거 보니."

"아냐. 그렇게 힘들지는 않았어. 그냥 네가 보고 싶었어."

그 말에 하연의 입술이 삐죽, 올라갔다. 결혼한 지 7년인데도 도윤의 다정한 사랑 고백에는 아직도 쑥스러워했다.

"애가 보잖아요."

"건우는 붕어빵 먹느라 못 봐. 그리고 신경도 안 쓸걸. 뽀뽀 정도는."

그러곤 어깨에 기댄 하연의 얼굴을 들어 입을 맞췄다. 쪽, 부드러운 입술이 맞닿는 소리에 붕어빵을 다 먹은 건우가 깡충 뛰었다.

"엄마 아빠, 뭐 해? 뽀뽀해? 건우도!"

"거 봐요."

하연이 말하면서 배시시 웃자, 도윤이 끌어안았던 그녀를 겨우 놓아주고 몸을 숙여 건우의 몸을 들어 올렸다.

"건우도 해 줘야지."

그리고 보드라운 뺨에 뽀뽀를 쪽, 해 줬다. 그러자 우유 거품이 묻은 건우의 입술이 빙그레 웃으며 호선을 그렸다.

❋ ❋ ❋

"건우, 금방 자네."

자기 전, 동화책 몇 줄을 읽어 주기도 전에 건우는 입을 반쯤 벌리고 꿈나라로 가 버렸다.

9시도 되기 전인데 뭐가 그렇게 졸린지. 도윤이 건우를 재우고 안방으로 돌아오자, 침대맡에 앉아 책을 읽고 있던 하연이 눈썹을 추켜세웠다.

"벌써?"

"응. 오늘 유치원에서 모래 놀이를 했나 봐. 건우 그거 좋아하잖아."

얼마나 뛰어놀았을지 쉬이 상상이 되었다. 도윤이 침대 위로 올라와 하연의 곁으로 다가갔다. 그가 옆에 눕자마자, 읽던 책을 옆으로 내려놓고 하연이 도윤의 품으로 파고들었다.

"내일, 인터뷰예요."

그러고는 깊은 한숨을 쉬었다. 하연의 말에 도윤이 살짝 인상을 찌푸렸다.

"아, 벌써 내일이야?"

"응. 근데 너무 긴장이 되네."

내일은 하연이 재단을 위한 인터뷰에 나서는 날이었다. 출산을 한 뒤, 하연은 원래 다녔던 회사인 PQ케미컬로 돌아가지 않았다.

"하고 싶은 일을 했으면 좋겠어."

하연이 집안 사정으로 바이올린을 그만두었던 것도, 그녀가 하고 싶은 일을 생각하지 않고 대기업에 취업한 것도 알고 있던 도윤의 제안이었다.

보통 경영자의 부인은 서포트 위주로 한다. 하지만 도윤은 하연에게 맞는 일을 하는 것이 중요하다고 여겼다. 처음에는 망설였던 하연도 끈질긴 설득에 음악 교육 대학원을 다니기로 했다.

어렸을 때부터 바이올린을 했던 하연은 계속해서 음악을 하지 못한 것을 마음에 걸려 했다. 대학원을 졸업하고는 한마음 음악 재단을 설립했다.

재단에서는 어린아이들을 위한 무료 음악 교육과 영재인데 집안 사정이 여의치 않아 꿈을 마음대로 펼칠 수 없는 학생들을 보조했다. 처음에는 도윤의 사비를 기부해 운영했지만, 요즘은 기업에서 후원을 받아 꽤 재단의 규모가 커지고 있었다.

내일은 한마음 음악 재단을 홍보하기 위한 인터뷰가 예정되어 있었다. 태어나서 처음 하는 인터뷰였다. 하연은 여러모로 언론의 관심을 받기 좋은 위치였다.

잘생긴 재벌가의 외아들과 결혼한 신데렐라. 같은 학교 선후배 사이였고, 직장에서도 상사와 부하의 사이에서 피어난 로맨스. 그런 도윤과 하연의 이야기는 노출을 싫어하는 본인들의 의지와 상관없이 여성 잡지나 가십 연예 프로그램에 떠돌았다.

인터뷰 요청도 오래전부터 많이 받았지만, 쑥스러움에 모두 거부했다. 그래서 하연이 직접 언론과 이야기를 하는 것은 처음이었다.

"괜히 하자고 했나 봐."

하연은 한숨을 쉬며 도윤의 어깨에 얼굴을 비볐다.

"왜? 잘할 텐데."

"내가 나가면 자기랑의 관계가 다시 주목될 텐데, 저런 이상한 여자가 차도윤 사장 부인이라고 다들 욕하면 어떻게 해."

"그럴 리가 있어? 이렇게 예쁜데."

도윤이 낯간지러운 말을 내뱉고는 하연의 코끝에 제 코를 비볐다. 달큼한 그의 숨 내음에 하연은 마음이 살짝 누그러들었다.

"예쁘긴……. 자기 눈에만 그렇지."

"내 눈에 예쁘면 된 거 아냐?"

"내가 말이라도 잘못해서 회사에 누가 되면 어쩌나 걱정이 많아요."

그 말에 도윤이 인상을 살짝 찌푸렸다.

"회사? PQ?"

하연이 고개를 끄덕였다. 한마음 음악 재단 이사장의 자격으로 나가는 것이었지만, 하연이 도윤의 부인이라는 사실을 잊을 사람은 없었다. 인터뷰어도 그럴 것이고, 읽는 이들 역시 그럴 터.

도윤이 하연의 머리를 쓸어내렸다.

"회사는 신경 쓰지 마. 아이들을 위한 거잖아. 재단만 신경 써."

"응……. 그렇지."

한마음 음악 재단은 두 가지 주요 사업을 진행하고 있었다. 첫 번째는 영재들을 위한 엘리트 음악 교육. 두 번째는 음악에 관심이 없어도 일반 아이들이 음악을 취미로 배우게 하는 사업.

전자는 이미 음악을 배우는 학생들에게 많은 홍보가 되어 참여하는 인원이 늘고 있는데, 두 번째는 아직 잘 알려지지 않아 학생 모집에 곤란을 겪고 있었다.

이러한 인터뷰는 돈이 들지 않고, 재단을 홍보할 수 있다는 장점이 있었다. 이 기회에 기부금이 늘 가능성도 있었고.

"그래도, 우리 가족이 사람들 입에 오르락내리락할 텐데. 내가 결정한 거지만 후회가 되네."

"괜찮아. 잘될 거야. 좋은 일이니까."

도윤의 괜찮다는 말은 하연의 마음을 늘 가라앉혔다.

"그렇겠죠?"
"응."
도윤이 고개를 돌려 하연의 뺨에 제 뺨을 댔다. 다정한 행동에 하연이 미소를 짓고 그에게 파고들었다. 그러고 있다가 문득, 하연이 입을 열었다.
"피부과라도 오늘 다녀올 걸 그랬나?"
"왜?"
"저녁을 짜게 먹었나. 얼굴이 부은 것 같아요. 사진에는 더 붓게 나올 텐데."
하연이 걱정하며 도윤의 눈동자에 비친 제 모습을 빤히 쳐다보았다. 미간이 잔뜩 찌푸린 하연을 보고 도윤이 한쪽 입꼬리를 끌어올려 웃었다.
"얼굴이 부었나? 잘 모르겠는데."
"이렇게 볼살이 통통하잖아."
"그럼…… 운동해서 부기를 빼자. 한참 땀 흘리면 좋아질 거야."
"……운동? 지금부터 운동을……."
갑자기 웨이트 트레이닝이라도 하라는 소리인가. 아니면 춥지만 운동장이라도 달리고 오라는 소리인지.
도윤의 말을 이해하지 못하던 하연은 곧 그의 움직임에 의도를 눈치챘다. 그녀의 머리카락을 부드럽게 쓸어내리던 손가락이 천천히 떨어져, 하연의 고운 목선을 훑고 지나간다. 그의 손가락은 오목한 쇄골을 꾹 누른 뒤, 그 아래 봉긋한 가슴 쪽으로 떨어졌다.
"음……."
"격렬한 운동을 하면, 피부에 좋다잖아."
"하지만."

저항하는 하연의 입을 도윤이 자신의 뜨거운 입술로 가로막았다. 거칠게 안을 파고들고, 열기를 담은 혀가 하연의 안으로 흘러 들어왔다.

"흡……."

짜릿한 느낌. 결혼한 지 꽤 되었지만, 하연은 그와 거의 매일 밤을 뜨겁게 보냈다. 그렇게 매일 닿는 그의 몸인데도 제 살과는 달리 단단한 그의 육체에 몸이 비벼질 때면, 하연은 늘 짜릿함을 느꼈다.

달콤하고 달달했다. 자신의 고른 치열을 훑던 그의 혀는 다시 부드러운 입술을 마치 사탕을 핥듯이 몇 번이고 탐했다. 민감한 점막이 자극되며 하연의 숨이 가빠졌다.

"하, 하아."

"이 부분 경락 마사지 하면 당신이 걱정하는 부기도 사라지겠지."

그렇게 말하며 도윤은 손가락을 더 떨어뜨려 쇄골을 꾹꾹 눌렀다. 오늘 데스크 앞에 계속 앉아 인터뷰 내용을 체크하느라 꽉 뭉친 근육이 풀리며 뻐근한 감각에 하연의 입에서는 앓는 소리가 튀어나왔다.

"음."

"기분 좋아?"

키스와 그의 농밀한 마사지로 하연의 여린 눈가는 붉게 물들었다. 숨을 헐떡거리며 고개를 끄덕였다.

"그럼 여기는?"

도윤이 짓궂게 말하며 옷을 끌어 내렸다. 흥분 때문인지 아니면 마찰에 의해서인지 분홍빛으로 물들기 시작한 곳을 그가 괴롭혔다.

"하아."

끈질긴 손길에 하연의 입에서는 달뜬 소리가 흘러나왔다. 처음 그와 몸을 겹쳤을 때만 해도 도윤은 하연이 부서지기라도 할까 봐 조심스레 몸을 탐했다. 그러나 오랜 세월 함께하면서 점점 그는 대담해지고 집요해졌다. 자신의 욕망을 솔직하게 드러냈다.

"자기야."

그가 붉은 입술 사이로 더 진한 붉은색의 혀를 내밀었다. 할짝, 하는 소리에 하연의 발가락이 쭈뼛 선다.

"왜?"

진한 도윤의 목소리에 하연이 입술을 떨었다. 무슨 말을 하려고 했는가. 자신의 몸 위에서 낮게 몸을 낮추고 마치 표범이 사냥하기 직전처럼 눈을 빛내고 있는 모습에 모든 것을 잊었다. 분명 내일 뭐가 있었던 것 같은데, 그의 숨소리에 잊어버렸다.

"후우……."

"내일 사진 찍어야 하니까 흔적 남기면 안…… 돼요."

혹시 깊게 자신을 빨아들일까 걱정되어 덧붙인 하연의 말. 그러나 그 이야기는 사실상의 허락이라는 것을 알아들은 도윤이 웃었다.

"알았어."

그리고 그는 한 꺼풀 한 꺼풀 자신의 옷을 벗어 던졌다. 셔츠를 벗으니 그 아래 숨겨 놓았던 단단한 도윤의 근육이 드러났다.

경영자는 몸이 중요하다. 그게 도윤의 신념 중 하나였다. 회사를 운영하다 보면 일이 과적되어 체력이 바닥을 칠 때도 많았다. 그런 일을 막기 위해 도윤은 평소에도 운동으로 몸을 다졌다.

아무리 그렇다고는 해도 그는 군살 하나 없는 근육이 드러난 몸매를 하고 있다. 밝은 조명 속에 드러난 완벽한 몸매에 하연은 마른침을 삼켰다. 그가 옷을 벗을 때면 언제나 하연의 몸에는 긴장이 흘렀다. 쑥스럽기도 하고.

하연은 부드러운 자신의 몸과는 너무 다른 조각 같은 근육을 만져 보고 싶어 바닥에 축 떨어져 있던 손을 들었다. 갈라진 복근을 훑어 내린다. 천천히 흘러가던 손길은 그의 장골까지 닿았다. 그는 서두르지 않고 하연의 손길을 기다렸다.

“음…….”

자신도 모르게 신음을 내며 그를 욕망했다. 시작한 것은 도윤이었으나 결국 조바심이 난 것은 하연이었다. 자신도 모르게 손가락을 굽혀, 그의 바지를 끌어 내렸다.

늘 이런 식이었다. 처음 자극하는 것은 도윤이었지만, 결국은 하연 역시 그를 원했다.

어쩌면 당연하지. 사랑하니까. 너무나도 그를 사랑하니까. 손바닥을 그의 몸에 가만히 댄다. 그 아래 뜨겁게 펄떡이는 혈관이 느껴진다. 자신만큼이나 그도 자신을 원하고 있었다.

하연은 한참을 그의 매끄러운 근육을 만졌다. 도윤은 그저 가만히 하연을 바라보다가 그녀의 손가락이 단단한 몸을 간지럽히자 결국 참지 못하고 하연의 위로 올라왔다. 뻐근하고 무거운 감각이 허벅지 위에 찾아왔다.

“앗.”

“부기 빼려면…… 땀도 내고 마사지도 해야 하니 서둘러야겠네. 늦게 자면 안 되니까.”

“급할 건 없는데.”

하연의 시선이 벽에 걸린 시계에 닿았다. 이제 고작 9시를 넘긴 시간이다. 평소에 도윤과 하연은 12시나 되어야 잠에 들었다.

"급해. 부기 빼려면 3시간 가지고는 부족하지."

"부족하다고요?"

도윤의 말에 하연은 놀라 눈을 깜빡였다. 무슨 일을 하려고 하는 건가. 아무리 매일 밤 뜨거운 도윤이었어도 3시간은 너무 길다.

그가 비쭉 웃으며 하연의 다리를 열었다. 뜨거워진 곳에 차갑게 식은 공기가 닿았다. 놀라 도망가려는 그녀의 허벅지를 쓸어내리며 도윤이 조용히 말했다.

"응. 오늘 밤은 시간이 충분하니까."

그리고 그가 손가락으로 하연을 쓰다듬었다. 그럴 때마다 자연스럽게 허리가 공중으로 떠올랐다.

"하아."

"하연아."

그가 몸을 숙여 신음을 내지른 하연의 입술을 머금었다. 살짝 입술을 맛본 뒤 놓아주며 속삭였다.

"사랑해."

그의 말에 하연은 파르르, 쾌감에 몸을 떨면서도 고개를 끄덕였다.

"나……도."

"이렇게 닿아 있으니 더 좋아. 미칠 것 같아. 네가 좋아하는 모습을 보니, 정말……."

도윤이 고개를 숙여 하연의 귓가에 더 진하고 원색적인 말을 속삭였다.

"하……."

차마 다시 머릿속에 떠올리기도 힘든 그의 야릇한 말에 하연이 얼굴을 붉히자, 도윤이 반듯한 입술을 비틀어 웃었다.

"이렇게 단정한 얼굴로 어떻게 그런 말을 하지?"

하지만 아직 놀라긴 일렀다. 그 단정한 입술이 더 아래로 내려가 그가 내뱉은 말보다도 더 야릇한 일을 하기 시작했다. 그의 행동에 하연은 숨을 들이켜며 도윤의 단단한 어깨를 쥐었다.

밤이 더욱더 깊어만 가고 있었다.

❋ ❋ ❋

"힘들어."

땀에 젖어 축 늘어진 하연의 몸을 도윤이 수건으로 닦았다. 내일 찍을 기사 사진에 잘 나오고 싶다는 말을 잘못한 탓에 이 모양 이 꼴이었다.

하연의 남편, 도윤은 밖에서는 욕망이란 것은 전혀 모른다는 담담한 표정을 하고 있지만, 하연과 둘이 되고 나면 강하고 뜨겁게 달아오르곤 했다. 손끝 하나 움직일 수 없을 정도로 강하게 그의 사랑을 받아들인 하연은 흐린 눈빛으로 자신의 몸을 닦아 주는 도윤을 바라보았다.

"나빴어……."

하연은 그렇게 말하며 입술을 삐죽거렸다. 매일 운동을 하는 도윤과 달리 하연은 별 운동을 하지 않았다. 그런데도 출산 후에도 출산 전 체중을 유지 중이다. 그 이유는 아무래도 도윤이 밤마다 괴롭혀서인 것 같다. 그런 생각을 하며 하연이 그를 원망하자, 도윤은 하연의 몸을 다 닦아 준 뒤 그녀의 옆에 다시 누웠다.

"내일 인터뷰인데 막 눈 밑 꺼져 있고 그러면 어떻게 해요?"

"예쁠 거야. 지금도 너무 아름다우니까."

"믿을 수가 있어야지……."

하연은 눈을 흘기고는 피곤함에 그의 어깨에 얼굴을 기댔다. 도윤이 한 팔로 그녀를 끌어안으며 속삭였다.

"그렇게 걱정돼?"

"조금."

"내일 나도 같이 갈까? 재단 사무실에서 진행하지?"

"응, 그렇긴 그런데……. 아니에요. 자기도 바쁘고, 내가 해 봐야지."

마음 단단히 먹자.

하연은 재단의 교육을 받고 있는 아이들을 떠올렸다. 평소에 음악에 관심이 없던 아이들이 처음으로 악기를 배우고 가지고 놀면서 즐거워하는 그 해맑은 표정을 떠올리니 두렵던 마음이 천천히 가라앉았다.

"괜찮아, 힘낼게요."

다부지게 말을 하고 하연은 입술을 굳게 다물었다. 할 수 있다. 앞으로 활동해 나가면서 헤쳐 나가야 하는 일들이 많은데, 이 정도로 움츠러들면 안 돼.

* * *

한마음 음악 재단의 사무실. 깔끔하게 꾸며져 있는 하얀색 방의 한쪽에 하연과 기자가 마주 앉았다. 방 안은 재단의 직원들과 카메라맨으로 오랜만에 북적였다.

"안녕하세요, 신하연 이사장님. 저는 문익일보 김세선이라고 합니다. 이렇게 만나 뵙게 되어 영광입니다."

기자의 말에 하연이 고개를 저었다. 맑은 푸른색의 원피스를 입고 머리를 간결하게 틀어 올린 하연의 모습이 카메라에 담겼다. 플래시가 반짝일 때마다 긴장한 하연의 어깨가 파르르 떨렸다.

정신 차려. 마음을 단단히 먹고 하연이 부드럽게 미소 지었다.

"아닙니다. 여기까지 와 주셔서 감사합니다. 재단 관련 인터뷰를 진행해 주시는 것도 감사하고요."

"아휴, 저희는 아주 오래전부터 신 이사장님을 만나려고 접촉했는걸요. 저희가 감사드려야죠."

기자가 너스레를 떨며 수첩을 들어 올렸다.

"저는 문화부 기자거든요. 날카로운 질문은 없으니 너무 긴장 마시고 편안하게 응해 주시면 됩니다."

긴장한 게 드러났나 보다. 하연은 어색하게 웃으며 고개를 끄덕였다.

"네, 감사합니다."

"첫 번째로 제가 가장 개인적으로 궁금한 질문인데……. 왜 갑자기 취재에 응하시게 된 건가요?"

오늘 인터뷰를 하는 문익일보를 비롯해 많은 언론사들이 하연에게 관심을 가지고 있었다. 그녀가 재단의 이사장직에 오르고 나서 끝도 없는 취재 요청이 이어졌다.

그동안 거절한 것은 그들이 재단 자체보다는 재벌가의 사모님이 무슨 일을 하는지 관심을 가지고 있었기 때문이다. 하지만 하연은 이제 그런 관심조차도 이용해야겠다는 생각이 들었다.

"저희 재단에서는 집안 사정이 어려운 영재들에게도 프로 음악가가 될 수 있도록 프로그램을 짜고 있지만, 현재 음악을 전공할 생각이 없는 아이들에게도 음악을 다양하게 체험할 수 있도록 체험 과정을 다양하게 준비 중입니다. 오늘의 인터뷰를 통해, 많은 아이들이 이런 과정이 있다는 걸 알게 되었으면 합니다."

하연은 차분차분, 오늘을 위해 준비했던 내용을 설명해 나갔다. 처음에는 긴장에 파르르 떨던 입술도 재단의 프로그램을 설명하다 보니 차분하게 가라앉기 시작했다.

어떤 아이들이 지원받을 수 있는지, 어떠한 효과가 기대되는지 등에 대해 차분히 설명을 하자, 어느새 약속한 시간이 거의 다 지나 있었다. 재단의 직원이 시계를 흘깃 쳐다보았다. 기자는 초조해졌는지 말이 빨라졌다.

"이러한 재단 운용에 대해서 굉장히 우호적인 시선이 있는 반면에, 재벌의 탈세를 눈 가리기 하는 것이 아니냐는 지적도 있습니다. 이에 대해 이사장님은 어떻게 생각하시는지요?"

오늘 처음으로 나온 비판적인 질문에 재단 직원이 놀라 눈썹을 추켜세웠다. 하지만 예상했던 질문이었다. 그래서 하연은 괜찮다는 눈빛을 보내고는 말을 이었다.

"저희 한마음 음악 재단은 결코 눈 가리기용으로 하는 게 아닌, 정말로 아이들을 위해서 꾸려지고 있는 곳입니다. 물론, 기부를 하시면 절세에 큰 도움이 되기도 합니다. 따라서 혹시 관심 있으신 분들은 적극적으로 기부를 하시는 것도 좋을 것 같습니다. 좋은 일도 하고, 절세도 할 수 있게 되니까요."

"오늘은 그만……."

직원이 날카로워지는 질문 내용을 끊으려 들어왔다. 그 순간, 기자가 말을 이었다.

"그럼 PQ의 차도윤 사장님의 경우, 재단과 연결 고리가 없는 겁니까?"

"PQ그룹 차원에서, 그리고 차도윤 사장님 개인적인 차원에서 재단에 많은 돈을 후원하고 계십니다. 하지만 재단 운용은 철저히 재단에서 결정하고 있습니다. 사이트에서 비용 처리와 회의 내용 등을 언제든, 누구든 보실 수 있게 공개해 놓았습니다."

자극적인 질문에 넘어가지 않고, 하연이 부드럽게 넘겼다. 결국 직원이 들어와 이야기를 끊었다.

"이제 시간이 돼서 인터뷰는 종료하도록 하죠."

그 순간, 자신의 사무실 안이 얼핏 눈에 들어왔다. 불투명한 유리창 너머였지만, 실루엣만 보더라도 그가 누군지 알 수 있었다. 큰 키에 곧은 등, 긴 다리. 사랑하는 남편, 도윤이었다.

어쩐 일일까. 어제 도윤이 한 말이 얼핏 떠올랐다.

"내가 가 줄까? 걱정되면."

그렇게 말했던 남자가 정말 와 줬다. 차도윤이…….

그가 도착한 것은 하연만이 깨달은 모양이었다. 하연의 시선을 눈치채지 못한 기자는 여전히 다급하게 입을 열었다.

"질문 두 가지만 추가로 하겠습니다. 부탁드릴게요."

하연이 곤란해하는 직원에게 괜찮다고 고개를 끄덕였다.

"뭘까요?"

"왜 하필 음악을 선택하셨죠? 아까 유소년기에 음악을 들었을 때의 장점에 대해 연구 결과를 들려주셨는데, 그런 이유 말고, 왜 음악 교육 관련 재단을 설립하신 건지 알려 주실 수 있을까요?"

기자의 질문에 하연은 입을 다물었다. 왜일까? 왜 음악이었을까? 가만히 그녀의 질문을 반추하다가 하연은 어렵사리 입술을 열었다.

"전 고등학생 때, 집안이 어려워졌습니다. 아버지가 하던 사업이 망해서."

생각지도 못한 솔직한 이야기에 기자가 놀랐는지 바삐 움직이던 그녀의 펜이 멈췄다.

"원래 바이올린 전공이었는데 도저히 어려운 집안 형편으로는 계속할 수 없어서 손을 놓아야 했습니다."

하연이 한숨을 얕게 쉬었다.

"그러나 대학에 들어와 다시 취미로 음악을 시작할 수 있었어요. 하지만 제가 취미 음악을 계속할 수 있었던 건 제가 집안이 망하기 전에 음악을 배운 덕분이기도 합니다. 만약 어렸을 때 음악을 배우지 못했다면, 어려웠을 수도 있었죠. 전 성장기 때, 가장 힘들 때 음악과 함께였기 때문에 고통스러운 시간을 버틸 수 있었습니다."

기자가 하연의 말에 고개를 끄덕였다.

"그런 경험을…… 다른 아이들에게도 느끼게 해 주고 싶었습니다."

"그러시군요. 솔직한 답변 감사합니다."

하연은 고개를 흔들었다. 그녀의 집안이 망한 것이 기사화되면, 더욱더 신데렐라 이야기가 부각될지도 모르지만……. 솔직하게 말하고 싶었다.

"마지막 질문입니다. 문화면이라 드리는 질문인데요. 이사장님이 가장 좋아하는 곡은 뭔가요?"

하연이 미소를 지었다. 별로 어렵지 않은 질문이 마지막이라 좋았다. 하연의 마음속, 늘 흐르는 곡은 정해져 있었다.

"바흐의 샤콘느입니다. 전 평소에는 담담한 곡을 좋아해서 그런 제 취향에서는 너무 극적인 곡이긴 하지만, 제가 사랑하는 사람이 처음으로 연주해 준 곡이거든요."

그때, 자신의 사무실에서 도윤이 걸어 나와 비스듬히 벽에 기대선 모습이 보였다. 회사에서 급히 왔는지, 단단하게 정장을 입은 모습이었다.

"그 연주 이후, 제가 가장 좋아하는 곡은 그 곡이에요."

하연은 도윤의 모습을 보고 마음 한구석이 뻐근해져 왔다. 당장 그에게 다가가기 위해 자리에서 일어났다.

"와 주셔서 감사합니다. 전 다음 일정이 있어서 가 봐야 할 것 같습니다."

그리고 하연이 생긋 웃었다.

* * *

그 인터뷰 뒤, 너무 긴장을 했던 탓인지 하연은 도윤에게 그대로 걸어갔다. 혹시 누구에게 보일까 봐 사무실로 들어가 그의 품에 안겼다.

"왔어요?"

"응. 어제 너무 긴장하길래 걱정돼서 와 봤지."

"잘했는지 모르겠어요."

하연은 얼굴을 붉히며 남편의 가슴에 고개를 묻었다.

"내가 들었는데, 아주 잘하던데."

"PQ에 대한 질문도 날아왔는데, 제 의도가 그대로 기사에 잘 나갈지…… 걱정이에요."

그렇게 하연은 중얼거렸다.

하지만 하연의 걱정이 무색하게 사흘 뒤 신문에 실린 재단의 이야기는 대부분 호의적이었다. 특히, 하연이 아주 전문적으로 재단

전체를 지도하고 있는 모습과 재단의 활약상이 인상적이었다는 기자의 코멘트가 첨부되어 있었다.

"정말 잘됐네요, 이사장님."

"그러게요."

직원들과 기사의 내용을 확인하고는 안도의 한숨을 쉬었다. 도윤에 관련한 이야기가 크게 다뤄져 조금 아쉬웠지만, 그 정도는 감안하고 있던 사항이었다.

"다 여러분이 잘 준비해 준 덕이죠."

"아니에요. 이사장님께서 그렇게 말을 잘하시는 줄은 처음 알았어요. 학생 때 이야기를 듣고는 눈물이 주륵 나올 뻔했다니까요."

"에고, 지연 씨는. 무슨 그렇게 과장을 해요. 울기는 왜 울어. 그 정도는 아니었잖아요."

하연이 엄살을 떠는 직원에게 찡긋 웃어 보였다. 기사가 나간 당일인데도 불구하고 재단에서 운영하는 프로그램의 신청자는 배 이상 급증했고, 다른 기업들과 개인들에게서조차 기부 문의가 들어왔다.

"정말 다행이야."

하루 일과를 끝내고 하연이 회사를 나서기 직전. 유치원에서 집으로 돌아왔다는 건우에게서 전화가 왔다.

-엄마아.

"응, 건우야, 무슨 일이야?"

-얼마 전에 아빠가 붕어빵 사다 주셨잖아요.

"응, 그랬지."

가방을 챙기며 아들의 전화를 받았다.

-저 오늘도 붕어빵 먹으면 안 돼요?

"왜, 먹고 싶어?"

-네!

며칠 전, 도윤이 붕어빵을 사 왔다. 바삭하고 폭신한 식감이 맛있어, 세 가족은 그 많은 붕어빵을 금세 다 먹어 치웠다.

-아빠는 전화가 안 되어서요.

도윤은 오늘 회의가 있는 날이었다.

"그래, 알았어. 오늘은 엄마가 사 가지고 갈게. 금방 갈 테니까 이모님 말 잘 듣고 있어야 돼."

-네!

건우와의 전화를 끊고, 하연은 피식 웃었다. 붕어빵, 붕어빵이 어딨더라. 기억을 찬찬히 더듬었다. 그러고 보니 회사에서 조금 떨어진 역에 붕어빵 트럭이 세워진 것을 본 적이 있었다. 그러나 그 주변은 차를 대기 어려운데.

하연은 서둘러 지하 주차장에서 자신을 기다리고 있는 운전기사에게 전화를 넣었다. 몇 번의 통화 연결음이 울리자, 기사가 전화를 받았다.

-앗, 이사장님. 전 지금 지하 주차장에 있습니다.

"아, 김 기사님 죄송해요. 저, 오늘은 저 혼자 집에 가 보려고요."

-집에 혼자…… 대중교통을 타고 가시려고요?

"네. 지하철을 오랜만에 타 보려고 해요."

-어디 들렀다 가시는 거면 제가 모시겠습니다.

"아니에요. 저, 오늘은 혼자 가고 싶어서요. 괜찮아요. 먼저 집에 들어가 보세요."

-정말 그래도 괜찮으시겠어요?

"그럼요."

-알겠습니다. 혹시 무슨 일 있으시면 바로 연락 주세요.

불안한 듯 김 기사는 몇 번이고 하연에게 당부했다.

너무 걱정이 많으셔서 탈이라니까. 괜찮다고 웃으며 전화를 끊고 나서는, 하연은 가벼운 발걸음으로 역 쪽으로 향했다.

붕어빵 사는 것도 오랜만이다. 도윤이 사 온 날, 식은 붕어빵을 데워 먹긴 했지만, 역시 붕어빵은 만든 자리에서 먹는 게 제맛인데.

“사서 오늘 하나 몰래 먹어야지.”

하연은 장난꾸러기처럼 그렇게 중얼거렸다. 지난번, 퇴근길에 두 손 가득 붕어빵을 사 온 도윤을 보고 왠지 그리운 느낌이 들었다. 건우를 임신했을 때 둘이 길을 가다가 붕어빵을 사서 서로의 입에 넣어 주던 추억도 떠올랐고, 어렸을 때 붕어빵을 사다 주던 아버지 생각도 들었다.

바람이 차갑게 분다. 다 말라 바닥에 떨어진 낙엽들이 뱅글뱅글 겨울바람에 돈다. 날이 이렇게 추운데……. 아버지는 잘 계신 걸까.

하연은 문득 아버지가 떠올랐다. 결혼하고 나서 도윤은 몇 번인가 하연의 아버지를 찾으려 했다. 그러나 일용직을 하더라는 소문의 지푸라기만 잡힐 뿐, 어디에서도 아버지의 흔적을 찾을 수는 없었다. 잘 계시겠지. 그렇게 믿고 사는 수밖에 없었다.

생각을 갈무리하며 역 쪽으로 걸어가는데, 저 멀리 몸을 수그린 한 남자가 역 앞에 서 있었다. 모자를 쓴 남자는 힐끗힐끗, 회사 쪽을 바라보다가 또 역을 바라보다가를 반복했다.

“뭘 찾으시나?”

자세히 얼굴이 보이지는 않았지만, 얼핏 봐도 70은 가까운 외모의 할아버지였다. 도와 드려야겠다. 이 주변은 길이 복잡해, 처음

오는 사람은 쉬이 길을 잃었다. 하연도 처음에 몇 번 지하철로 출퇴근을 할 적에는 헷갈린 적이 있었다. 하연이 그쪽으로 종종걸음으로 다가갔다.

"저기……."

그에게 말을 걸려는 순간, 몸을 숙였던 남자가 하연의 목소리에 퍼뜩 몸을 펴며 소리를 질렀다.

"어!"

깜짝 놀라 뒤로 물러서던 하연은 멍하니 남자의 얼굴을 보았다. 소리에 놀란 것이 아니었다. 까만 모자 밑에 숨긴 그 얼굴을 보고 숨을 쉴 수가 없었다.

아주 오래전에 마지막으로 봤던 얼굴. 동그란 코 모양이 하연과 똑 닮은 사람. 20년 전에 집을 나간 아버지, 남수였다.

"아빠!"

정말 신기한 일이었다. 아버지와 헤어진 것은 20년 전. 강산이 변해도 두 번은 변할 정도로 오래된 일이었다. 하지만 보고 퍼뜩 입에서 아빠라는 단어가 튀어나왔다. 학생 때 그를 부르던 그 말투 그대로. 그 말에 자신을 바라보며 바들바들 떨던 아버지, 남수가 입을 열었다.

"하연아."

그 목소리는 그 어깨만큼이나 흔들리고 있었다. 마지막으로 봤던 아버지는 거대했다. 그러나 근육으로 단단했던 몸은 어느새 세월의 탓인지, 아니면 제대로 밥을 챙겨 드시지 못한 건지 많이 줄어들어 있었다. 아버지가 이렇게 작았나, 싶을 정도로.

"아빠……."

"미, 미안하다. 저, 신문에서 널 봐서……. 여기서 일한다길래.

오면 안 되는 건데, 나도 모르게…….”

남수의 말이 이리저리 흔들렸다. 오늘 아침 발행된 신문에서 하연의 얼굴을 보고 오신 걸까. 하연은 한참을 남수를 바라보다가 겨우 입을 열었다.

“잘 오셨어요.”

너무 오랜만이라 무슨 말을 해야 할지 몰랐다. 남수도 입술을 달싹이며 힘든 말을 이었다.

“많이 컸구나.”

30대가 되어, 누군가에게 많이 컸다는 이야기를 들을 줄은 몰랐다. 그의 말에 하연이 그저 미소 짓자, 남수가 씁쓸하게 웃었다.

“결혼했더구나. 난 네가 결혼한 줄도 몰랐어.”

“모시고 싶었는데, 어디 계신지를 몰라서……. 죄송해요.”

안 그래도 도윤은 하연의 아버지를 모시지 못하는 것에 대해 결혼식 때 많이 미안해했다. 할 수만 있었다면 초대하고 싶었다.

남수는 고개를 도리도리 흔들었다.

“내가 사라진 건데, 네가 미안할 게 뭐가 있어. 내가 미안하지. 그……. 얼마 전에…… 빚을 다 갚았다. 주변 사람들에게 빌린 거라 빚을 다 갚아야만 했어. 그래서 너랑 엄마에게 너무 많은 고생을 시켰다. 고생이 많았지? 바이올린도 그만뒀다며?”

“……네.”

다시 만나는 데 꼬박 20년이 걸렸다. 고등학교 때 헤어진 아버지는 많이 늙었다. 햇볕에 타 까맣게 변해 주름이 자글자글했다. 남수는 어색하게 고개를 숙이고 있었다. 죄인이라도 된 양. 그렇게 한참을 바닥만 바라보다가 말을 이었다.

“하연아, 손 한 번만 잡아 봐도 될까.”

하연은 남수의 질문에 대답하지 않았다. 손을 뻗어 그냥 그의 손을 감싸 쥐었다. 고운 하연의 손과는 달리 거친 아버지의 손. 남수는 움찔, 어깨를 떨다가 곧 떨리는 음성으로 말을 이었다.

"고등학생이었던 네가 벌써 결혼을 하고……. 삐뚤게 자라지 않고 잘 커 줘서 고맙다. 아버지가 미안해."

그리고 남수는 안 그래도 깊게 숙이고 있던 고개를 더 아래쪽으로 내렸다. 마치 사죄라도 하는 듯.

얼마나 지났을까. 하연의 하얀 손등 위로 뜨거운 물이 뚝뚝 떨어져 내렸다.

"흐흐흐……."

남자의 흐느끼는 소리에 주변 사람들이 놀라 바라본다. 그러나 다른 이들의 시선이 전혀 신경 쓰이지 않을 정도로 아버지의 눈물이 가슴에 박혔다.

지금까지 아버지가 그리웠는지도 몰랐다. 먹고 사느라 바쁘기도 했고, 아버지를 원하는 마음을 가지면 어머니에게 죄일 것 같아 그라는 존재를 뇌리에서 지웠다.

그리고 원망하는 마음도 있었던 것 같다. 사업이 망했어도, 빚을 같이 갚아 나가도 세 가족이 함께 헤쳐 나가면 좋았을 텐데. 같이 고생하더라도 함께해 주셨으면 좋았을 텐데. 그런 마음이 있었나 보다. 매정하게 집을 나간 아버지를 이해하기 힘들었다.

하지만 그랬던 하연도 나이가 들었다. 아이가 생겼다. 그러고 나서 다 생각해 보니 아버지가 가족을 괴롭히지 않고 본인이 다 책임지려는 행동이었다는 것이 이해가 갔다.

얼마나 고생을 하신 걸까. 일용직으로 빚을 다 갚으려면 정말 고생이 이만저만이 아니었을 텐데.

"돈은…… 이제 필요 없으세요? 어디 사세요?"

하연의 걱정 섞인 말에 눈물을 뚝뚝 흘리던 남수는 펄쩍 뛰며 얼굴을 훔쳤다.

"아냐. 빚도 다 갚았고. 나도 이제 그, 먹고 살 만큼은 번다. 자그마하게 방도 얻고 살아."

"정말요?"

"그럼. 그……."

남수는 한참을 입술을 달싹이다가 어려운 말을 내뱉었다.

"엄마는 잘 있니?"

"네. 잘 계세요."

그 말에 걱정하던 남수의 얼굴에 미소가 번진다.

"아프지는 않아?"

"건강하세요. 아버지가 집을 나가신 뒤에 반찬 가게를 열었는데 아직도 정정하게 하세요. 이제 그만둬도 된다는데도 그렇게 고집이 세셔서."

"그렇구나."

남수는 다행이라는 듯 고개를 끄덕이다가 다시 말을 이었다.

"아이가 있다고 들었어."

"네. 7살이에요."

세월이 언제 이렇게 빠르게 지난 것일까. 도윤과 결혼한 게 어제 일 같은데 벌써 아이가 7살이 되다니. 하긴. 아버지와 헤어진 것도 마치 어제 일 같았다. 그 말에 남수가 하연의 손을 잡고 있던 두 손을 놓고 본인의 주머니에 손을 집어넣었다.

"좋은 집에 시집갔더구나. 이제 와서 손주 보겠다고 하는 염치없는 부탁은 안 할게. 저……. 좋은 집 아이는 뭘 입는지 몰라서."

그리고 남수는 갈색 봉투 하나를 내밀었다. 하연이 이게 뭔가 가만히 내려다보니까 남수가 다시 한번 봉투를 흔들며 얼른 받으라고 재촉을 했다.

“이걸로 아기 옷이라도 하나 사 입혀라. 아빠가 미안해. 해 줄 게 없어서. 아기 낳을 때도 못 가 보고.”

“받을 수 없어요.”

“아냐, 이 정도는 해 줄 수 있어.”

“그럼, 아버지가 직접 사 주세요.”

그 말에 남수가 축축이 젖은 눈을 끔뻑였다. 그럴 때마다 깊은 주름을 타고 눈물이 흘러내렸다.

“지금 집으로 가셔서 손주 얼굴 보세요. 여기서 가까워요. 택시 타면 10분이면 가니까. 들렀다 가시고 저녁도 드시고.”

지금 아버지를 놓치면, 어쩌면 마지막이 될지도 몰랐다. 또 나타나지 않으실 것 같아 하연은 마음이 급했다.

“아냐……. 민폐다.”

“아니에요. 저, 아들 이름이 건우인데요. 건우는 할머니는 있어도, 할아버지가 없다고……. 왜 자기는 할아버지가 없냐고 묻더라고요.”

도윤의 아버지, 차서형 회장은 건우가 태어나고 얼마 지나지 않아 세상을 떠났다. 그래서 건우는 할아버지란 존재가 기억에 없었다.

“왔다 가셔요. 손자에게 할아버지 얼굴 보여 주세요. 저에게 그 정도는 해 주세요, 아빠.”

따뜻한 밥 한 끼는 차릴 수 있도록. 아빠 품을 꽉 한 번 안아 볼 기회를 주세요. 그렇게 간절히 매달리는 하연의 말에 아버지는 다시 한번 눈물을 보였다. 거친 피부에 눈물이 온통 번졌다. 그들이 놓친 세월만큼이나 눈물방울이 많이도 바닥으로 뚝뚝 떨어졌다.

❋ ❋ ❋

“이 집이에요. 들어오세요.”

“아이고, 집이 아주 궁궐이네.”

“네. 넓고 따뜻해서 좋아요.”

택시를 바로 잡아 억지로 남수를 밀어 넣다시피 하고 집으로 향했다. 성수동 집에 도착해서는, 계단을 밟고 올라서며 남수의 손을 끌었다. 날이 좋았으면 좋을 텐데. 아직 봄이 오기 전이라 거친 바람이 나무를 흔들었다.

남수는 불안한 듯 고개를 이리저리 돌렸다.

“신랑은 집에 있니?”

오늘은 금요일이라 도윤이 늦는 날이었다. 강남 사옥에서 주재하는 회의가 밤까지 이어지는 경우가 많았다.

“아직 퇴근하려면 한, 두 시간은 더 있어야 해요. 건우는 와 있을 거예요.”

그 말에 남수는 적지 않게 안심하는 표정이었다.

“아이가 날 보면 놀라지 않을까? 괜한 일을 하는 것 같구나.”

“아니에요.”

분명히 건우는 신나 하겠지. 안 그래도 어제 자기는 왜 할머니만 있고 할아버지는 없냐며 툴툴거렸다.

“외할아버지는 먼 곳에 여행 가셨다고 말해 놨어요. 돌아오셨다 하면 기뻐할 거예요.”

"그럴까."

걱정하며 발걸음이 자꾸만 뒤처지는 남수의 등을 밀고 하연은 집으로 들어갔다. 현관문이 달칵, 열리는 소리에 안에서 발걸음 소리가 쿵쾅거렸다. 아이의 즐거운 비명이 들렸다.

"누구 왔다!"

"어머, 건우야. 뛰지 마."

건우가 우당탕탕 뛰는 소리와, 건우가 유치원을 마치고 돌아오면 그를 봐 주시는 도우미분이 쫓아 나오는 소리에 정신이 없었다. 엄청난 속도로 뛰어온 건우는 얼굴을 빨갛게 붉힌 채 고개를 올려 하연을 발견하고 소리를 질렀다.

"엄마다!"

"건우, 잘 있었어? 오늘 유치원 잘 갔다 왔어?"

"네!"

"이모님 말 잘 듣고?"

"네!"

"정말?"

"정말이에요!"

대답도 잘하고 웃기도 잘하는 건우를 남수는 뚫어져라 바라보았다. 그제야 자신을 향한 강렬한 시선을 눈치채고 건우는 눈을 돌려 남수에게로 눈을 맞췄다. 건우는 처음 보는 사람이 신기한 듯 한참을 올려다보며 물었다.

"근데 엄마, 이 할아버지는 누구세요?"

하연이 몸을 숙여 건우의 눈높이에 맞췄다.

"건우야."

아이의 작은 어깨에 손을 얹었다.

"엄마가 엄마 아버지, 그러니까 외할아버지는 멀리 여행 가셨다고 했잖아. 기억나?"

"네! 엄청 멀리 여행 가셔서 돌아오시려면 시간이 많이 많이 걸린다고 하셨어요."

하연이 건우를 살짝 들어 남수 앞에 내려놓았다. 저절로, 건우의 시선이 위로 향했다.

"이분이 건우 외할아버지셔."

그 말에 건우의 입이 반쯤 벌어졌다.

"정말이요?"

"응."

"그럼 엄마의 아빠예요?"

건우의 질문에 남수가 고개를 끄덕였다.

"그렇지. 엄마의 아빠지."

"와……. 그럼 할아버지! 드디어 오셨군요!"

건우가 팔짝 뛰어 남수의 품에 안겼다. 고사리 같은 두 손이 남수의 가슴을 꽉 끌어당겼다.

"건우도 이제 할아버지 있는 거예요?"

그 질문에 하연이 대신 대답했다.

"그럼. 이제 건우도 할아버지 볼 수 있어."

"와아."

처음 안는 손자의 감각이 낯선지 남수의 손이 어쩔 줄 몰라 허공을 휘저었다. 할아버지가 그러든 말든 간에 건우는 좋아서 싱글벙글해서는 여전히 남수의 품에 얼굴을 문대며 종알거렸다.

"건우는요, 할아버지 오래오래 기다렸어요. 엄마가 할아버지는 아주 멀리 가셨다고 했거든요. 어디 가신지는 비밀이라고 했어요.

아주 중요한 일을 하셨다고. 할아버지는 피부가 까맣게 타셨네. 따뜻한 나라에 가셨나 봐요. 저는 지난겨울 엄마랑 아빠랑 괌에 갔어요. 거기는 햇볕이 강해서 오래 밖에 있으면 피부가 탄다고 그랬어요. 할아버지도 그러셨어요?"

할아버지를 만나면 하고 싶었던 말이라도 어디 적어 둔 것일까. 처음 아버지를 만났을 때 말문이 막혔던 하연과 달리, 건우는 말에 끊김이 없었다.

종알종알 말도 잘하지. 건우의 말에 남수는 당황한 듯 망설였다가 겨우 입을 열었다.

"으응. 햇볕이 강한 곳에 있었어. 그런데 그……. 할아버지가 선물을 못 사 왔네. 갑자기 오는 바람에."

갑자기 찾아와 미안하다는 남수의 말에 건우는 고개를 저었다.

"할아버지가 선물이에요. 저희 유치원 태랑이는 늘 할아버지가 데리러 오셔서 부러웠거든요. 집에 가는 길에 태랑이네 할아버지는 늘 아이스크림도 사 주세요. 할아버지도 유치원에 건우 데리러 와 주실래요?"

그 말에 남수는 한참 대답을 못 했다. 입술을 달싹이며 그저 작은 아이의 얼굴만 바라보았다. 남수가 답이 없자 건우의 눈꼬리가 축 처졌다.

"못 오세요? 또 멀리 여행 가시는 거예요?"

그 슬픈 목소리에 남수가 다시 고개를 저었다. 결심한 듯한 굳은 입술로 속삭였다.

"아냐, 그래. 뭐든 해 주마. 유치원에 데리러 갈게."

"와, 신난다. 그럼 아이스크림도 사 주실래요?"

"그래야지."

이때가 기회다, 하고 건우가 아버지에게 어디까지 조를지 몰라 하연이 건우를 말렸다.

"건우야, 할아버지 힘드시니 이제 놓아 드리자."

"이따 자고 가시는 거죠?"

건우의 말에 남수가 놀라 몸이 굳었다.

"아니, 할아버지는…… 건우 아빠가 오기 전에……."

아버지가 말을 웅얼거리는 순간, 뒤의 현관문이 달칵 열렸다. 밖에서 찬바람이 불어오고 그 바람에 머리가 흐트러진 남자 하나가 등장했다. 도윤이었다.

그가 앞으로 쏟아져 내린 머리를 큰 손으로 쓸어 올리고는 앞을 보았다. 거실에서 옹기종기 서 있는 하연과 건우, 아기 봐 주시는 이모님에, 캣 타워를 바지런히 왔다 갔다 하는 아롱이, 다롱이까지 보던 도윤의 시선이 남수에 닿았다.

"아빠 왔다!"

할아버지의 품에 안겨 있던 건우가 얼른 아빠로 옮겨 갔다. 구김 하나 없는 정장 바지에 달라붙어서는 대롱대롱 매달린 건우를 도윤이 가볍게 들었다.

"응, 아빠 왔어. 근데……."

낯선 얼굴에 놀랐는지, 도윤이 살짝 인상을 찌푸리고 남수 쪽으로 몸을 돌렸다.

"누구시죠?"

"아, 저는……."

남수는 화들짝 놀라 하연과 도윤을 번갈아 보았다.

"아닙니다. 잠깐 저……."

하연이 입을 열었다.

"아버지세요."

"응?"

"우리 아빠요."

건우를 안고 있던 도윤이 놀라 입을 열었다.

"장인어른?"

"네. 네. 인터뷰에 나온 걸 보고 회사로 오셨대요."

방긋 웃으며 도윤에게 다가오는 하연과 달리, 남수의 낯빛은 어둡게 변했다. 손을 앞으로 내밀어 여러 번 저었다.

"아니야, 아니야. 그, 아닙니다."

그는 구김 하나 지지 않은 도윤의 정장을 바라보았다. 퇴근 후였는데도 놀라울 정도로 완벽한 모습이었다. 자신과 비교되는 모습에 어쩔 줄 몰라 그의 눈동자가 이리저리 흔들렸다.

"민폐 끼치려고 온 게 아닌……."

……데. 그렇게 말하려는 남수의 손을 도윤이 덥석 잡았다.

"장인어른, 주무시고 가시죠."

"어……."

그 말에 놀란 것은 남수뿐만이 아니었다. 도윤은 낯을 매우 가렸다. 어른은 특히나 어려워했다. 하연의 어머니를 만나고 나서도 한참을 조심스럽게 대했다.

그러나 오늘은 달랐다. 건우를 살짝 내리고는 아버지를 붙드는 낯선 도윤의 모습에 하연이 눈을 깜박였다.

남수는 놀라 고개를 흔들었다.

"아냐, 민폐지. 아니에요. 이제 와서 무슨……."

"주무시고 가세요. 저녁도 드시고요. 제가 준비하겠습니다. 그렇게 하세요."

도윤의 강력한 한마디에 결국 그도 고개를 끄덕일 수밖에 없었다.

＊ ＊ ＊

저녁은 도윤이 준비했다. 그동안 하연은 오랜만에 아버지의 곁에 앉아 이야기를 나눴다. 처음에는 못 올 곳에 온 듯 불편해 보이던 남수도 곧 편히 소파에 앉아 건우를 안고 있었다.

건우는 처음 본 할아버지가 신기한 듯, 여러 가지 질문을 쏟아냈다. 그러다가 곧 그것도 싫증 났는지 할아버지를 끌고 캣 타워 쪽으로 가 아롱이와 다롱이를 소개했다.

"우리 아롱이랑 다롱이예요. 아롱이는 여자구요, 다롱이는 남자예요. 근데 사실은 건우보다 아롱이 다롱이가 나이가 더 많아서 형이랑 누나라고 불러야 해요."

"그래?"

"근데 형이랑 누나라고 불러도 아롱이랑 다롱이는 못 알아들으니까 그냥 반말해요. 헤헤."

까만 고양이 두 마리가 캣 타워에서 낯선 이를 가만히 바라보다가, 아롱이가 먼저 툭 튀어나와 건우의 머리 위로 올라갔다.

자주 있는 일이었다. 아롱이는 건우의 어깨 위에 몸을 기댄 뒤, 혀를 내밀어 피부를 할짝 핥았다. 가슬가슬한 아롱이의 혓바닥이 간지러운지 건우가 까르르 웃었다.

"아, 하지 마아. 아롱이 하지 말래두우."

그렇게 노는 사이, 어느새 도윤이 거실로 머리를 들이밀었다.

"밥 다 됐어요. 어서 오세요."

그 짧은 시간에 무엇을 그리 많이 차렸는지, 평소에 저녁은 간단하게 먹는 편인데 오늘은 상다리가 휘어지게 음식이 되어 있었다.

"와, 오늘 누구 생일이야? 건우가 제일 좋아하는 육전이다."

까르르 웃으면서 건우가 자리에 제일 먼저 뛰어가 앉았다. 그러고는 손을 팔랑팔랑 흔들었다.

"할아버지, 할아버지. 얼른 오세요. 건우 옆자리에 앉으세요."

그 말에 남수가 건우의 옆으로 걸어갔다.

❋ ❋ ❋

아버지의 이부자리를 봐 드리는 것은 얼마 만이던가. 아니, 처음인 것 같다. 아버지를 보살펴 드리기보다, 한창 부모님의 보살핌을 받을 나이에 하연과 아버지는 떨어졌으니까.

손님방에 아버지를 모셨다. 의자에 앉은 남수가 침대를 정리하는 하연을 물끄러미 바라보았다.

"우리 하연이, 정말 어른이 다 됐구나."

그 말에 하연이 웃었다. 어른인가. 30대 후반이 되고, 일도 하고, 아이가 내년이면 학교에 가는데도 하연은 자신이 완전한 어른이라는 생각이 안 들었다.

특히, 이렇게 아버지를 보고 있노라니 더욱 그랬다. 어린아이처럼 눈물이 나올 것만 같았다. 그래서 더욱 억지로 웃었다. 그런 하연을 보고 남수가 말을 이었다.

"남편이 아주 좋은 사람이더구나."

"네."

"요즘 남자들은 그런가? 요리도 아주 잘하고."

"정말 다정하죠. 좋은 사람이에요."

그리고 멋졌다. 결혼할 때만 해도 그 때문에 가슴 아픈 순간이 없지 않았지만, 그의 단단한 갑옷 속 마음을 확인하고 나서부터 그는 그녀에게 행복만 주었다. 하연의 얼굴에 떠오른 미소를 보고 남수가 읊조리듯 말했다.

"그래, 정말 다행이야. 결혼식장은…… 혼자 들어갔니?"

"네."

그 말에 남수가 다시 고개를 떨어뜨렸다.

"아버지가 되어 가지고 우리 하연이한테 해 준 게 없구나. 바이올린도 그만뒀다고 하고……."

"……."

"미안하다."

"그런 말 마세요……."

결국 겨우 미소를 유지하고 있던 하연의 입꼬리가 파르르 떨렸다.

"그런 말 마세요……."

말끝도 천천히 흐려졌다.

"이제라도 만나 얼마나 좋아요. 솔직히 전 아버지도 다 잊고 이기적으로 살다가……. 사실 결혼하고 아이 낳고 나니 아버지가 그리워졌어요. 아무것도 아니던 평범한 일상이 얼마나 많은 아버지의 희생에 의해 이루어졌는지……."

터질 것 같은 울음을 겨우 삼키며 말을 이었다.

"보고 싶은데, 아무리 찾아도 아버지의 흔적을 찾을 수가 없고. 이제 포기해야 하나 했어요. 근데 이렇게 건강하게 만나 뵈니 얼마나 좋아요."

하연은 손을 뻗어 아버지의 손을 꽉 잡았다.

"이제 연락하고 살아요. 안 된다는 말은 마세요, 아버지. 제가 그러고 싶어요."

그 말에 남수는 한참 고개를 수그리고 있다가 고개를 끄덕였다. 오랜만에 잡은 아버지의 손은 거칠었지만 참 따뜻했다.

❋ ❋ ❋

하연은 바다를 좋아했다. 처음 갔던 바다는 서해였다. 아마 중학교 소풍으로 갔던 것 같다. 갯벌의 냄새를 가득 품은 짠 내 나는 그 향기까지 하연은 좋아했다. 그러나 그 많은 바다 중에서 동해 바다는 더욱 각별했다. 처음 갔던 것이 도윤과 함께라서 더욱 그랬다.

결혼 전 일이었다. 이모님을 만나기 위해 하연은 강릉에 방문했다. 아침부터 밤까지 집에서 자신의 옆에 붙어 있던 것이 안쓰러웠던지, 연진은 바다 구경이라도 아니면 저녁이라도 먹고 오라고 하연의 등을 떠밀었다.

그래서 도윤과 처음 바다를 보러 갔다. 늘 보던 서해와는 달리 동해 바다는 파랗기만 했다. 파도가 칠 때마다 하얗게 부서지는 공기 방울이 눈이 아릴 정도로 선명했다. 그 모습이 신기해서 도윤의 옆에 서서 한참을 바라보았다.

걸으며 그의 손 한 번 잡기도 힘들었고, 그에게 좋아한다 마음을 말하기도 어려웠다. 그저 거센 바닷바람에 흔들리는 그의 머리카락을 훔쳐보며 도윤과 함께 있음을 감사하는 수밖에.

"서늘하지 않아?"

춥다고 말하며 은근슬쩍 그의 손을 잡을까? 하연은 손가락을 움찔거리다가 결국 용기를 내지 못하고 고개를 저었다.

"아, 아뇨. 시원해요."

결혼도 하기 전, 마음을 숨기고 있을 시절. 그때는 모든 게 어렵던 때였다. 도윤의 말에 혹시 그를 쳐다보고 있던 시선이 들킬까, 어서 눈을 떨어뜨렸다.

그런 추억이 있는 동해에 다시 왔다. 오늘은 도윤과 하연, 단둘이었다. 도윤의 가족은 늘 셋이 함께 다녔지만, 오늘은 건우가 없었다.

"외할머니 집에서 하루 더 자고 할머니랑 내려가면 안 돼?"

내일은 강릉에서 가족끼리 다 같이 모여 방학 맞이 홈 파티를 하기로 했다. 세상에서 외할머니를 엄마 아빠 다음으로 제일 좋아하는 건우의 말에 결국 그러라 하고, 먼저 도윤과 하연만 강릉으로 내려왔다.

도착하자마자 이모님의 산소에 가서 성묘를 하고, 그다음에는 바다로 향했다. 오늘은 날이 맑아 하늘빛이 바다색만큼이나 파랗고 아름다웠다. 여름방학 직전이라 해변에는 사람이 많았지만, 불어오는 바람이 상쾌했다.

하연은 밀짚모자가 날아갈까 꾹 눌러쓰며 입을 열었다.

"오늘 날이 좋네."

"그러게."

강릉 안목 해변. 보통 카페 거리라고 불리는 곳에 왔다. 전에 갔던 해변은 사람이 거의 없을 정도로 유명하지 않은 곳이었는데 이곳은 서울 가로수길이라고 해도 놀라지 않을 정도로 사람도 많고, 카페도 많았다.

"어디 가지? 뭔가 데이트 같아."

후후, 웃으며 하연은 도윤에게 바싹 다가섰다. 그러자 도윤이 눈을 느른하게 뜨며 하연의 손을 잡았다. 얇은 손가락 사이로 마디마디 단단한 손가락이 파고들었다. 그가 손을 꽉 움켜쥐었다.

"데이트 아냐?"

"아……. 그런가? 하긴, 결혼해서도 데이트할 수 있는 거죠."

"사랑하는 사람들이 같이 있으면, 데이트인 거지."

도윤의 말에 하연은 자신도 모르게 방긋 웃었다. 그의 특징은 이렇게 간지러운 말도 아무렇지 않은 듯 스르륵 한다는 것이다. 예전에 어떻게 이 마음을 참고 살았나 싶을 정도로. 누구 남편인지, 참 잘생겼다.

바다에 반사된 햇살이 도윤의 눈동자에 닿아 반짝거렸다. 살짝 흐트러진 앞머리도 어찌나 멋스러운지. 그런데 잘생긴 것만큼이나 말도 잘한다.

"그럼, 이제 어디로 갈까요?"

"바다 좀 걷다가 카페 갈까?"

"그래요!"

둘은 손을 꼭 잡고 바다를 거닐었다. 그냥 아무 생각 없이 걷기만 해도 좋았다. 다른 사람들이 해변에서 모래성을 쌓는 것도 구경하고, 비둘기인지 갈매기인지 모를 하얀 새들이 낮게 비행하는 것도 바라보았다.

한참 걷다 보니 해변의 곱지 않은 모래가 가끔 운동화 속으로 들어와 신발 안을 굴러다녔다.

"안에 모래가 들어갔네. 간지러워."

"어느 쪽?"

"오른쪽이요."

"잠시만 기다려."

도윤이 몸을 숙여 하연의 오른쪽 운동화 끈을 풀었다. 그리고 그녀를 올려다보며 말했다.

"발 쭉 뻗어 봐."

"내가 할 수 있는데."

이제는 건우도 7살이라 신발 신겨 주는 것은 안 해 주는데, 그가 이렇게 무릎을 꿇고 직접 해 주니 무언가 쑥스러워 하연은 얼굴을 붉혔다.

"내가 해 주고 싶어서 그래."

"이제 건우 신발도 우리가 안 신겨 주잖아요."

도윤은 하연의 발에서 신발을 벗겨 주고는 안을 탈탈 털었다. 생각보다 많은 모래가 밖으로 스르르 빠져나왔다. 다시 신발을 신겨 주고는 운동화 끈을 묶으며 도윤이 말했다.

"건우는 이제 내가 해 줄 수 없을 때가 많겠지만, 당신 신발은 내가 늘 묶어 줄 수 있으니까."

"회사 가면…… 당신이 해 줄 수 없잖아."

그가 신발 끈을 다 묶고는 볼록하게 나온 하연의 복숭아뼈를 만지며 웃었다. 그의 손가락이 발목에 닿아 간지러웠다.

"그럼 나 없을 때는 끈 없는 신발만 신고 다녀."

"그게 뭐야……."

핀잔을 주면서도 하연의 입꼬리는 내려갈 줄 몰랐다. 도윤이 일어서자 하연은 얼른 그의 팔짱을 꼈다.

"당신 때문에 나 자꾸만 버릇 나빠져요."

"아니, 하연이 넌 좀 더 나빠져도 돼."

그가 바람결에 날리는 하연의 머리카락을 정리해 준 뒤 그녀의 뺨을 잡았다. 그리고 하연이 깊게 눌러쓰고 있는 밀짚모자를 벗겨 가리고는 그녀의 입술을 살짝 맛봤다.

부딪친 건지 아닌지 알 수 없을 정도로 순식간에 뜨거운 입술이 스쳐 지나갔다. 그러나 쫀득한 질감은 그대로 입술에 남았다.

"자…… 자기야."

"……왜?"

"밖인데."

"아무도 못 봤어."

도윤이 짓궂게 웃고는 하연의 빨갛게 달아오른 뺨을 쓸어내렸다.

"그리고 난 보여 줘도 되는데."

"아이, 참."

하연은 그를 살짝 밀어 내고는 앞으로 걸었다. 좋으면서도 괜히 입술을 삐죽대면서 투덜댔다.

"내 남편이 이런 성격이었는지 예전엔 몰랐지."

서늘하게 서서 늘 가만히 창밖을 바라보던 그 남자는 지금 자신의 손을 혹시나 놓칠까 꽉 움켜쥐고 있다.

사이좋은 부부는 한참 바다를 걷다가, 잠시 피곤해져 벤치에 앉았다. 음료수라도 사 먹을까 싶어 핸드백을 열어 본 하연은, 안이 텅 빈 것을 보고 놀라 눈을 깜빡였다.

"어……."

“왜?”

“지갑이 없네.”

핸드백에 넣어 둔 지갑이 없었다. 어디 간 걸까.

“아까 차에서 고속도로 통행료 낼 때 꺼낸 걸까…….”

“떨어뜨린 거야?”

“아뇨. 차에 놓고 왔나? 확인하러 잠깐 다녀올게요.”

“내가 다녀올게.”

도윤이 자리에서 일어섰다.

“그래도.”

“내가 더 금방 다녀와. 오늘 많이 걸었잖아. 앉아서 좀 쉬어.”

그러곤 도윤은 몸을 숙여 하연의 입술을 다시 한번 훔쳤다. 살짝 스치는 감각에 하연의 몸이 파르르 떨렸다. 그 떨리는 감촉이 식기도 전에 그는 금세 달려 나갔다. 멍하니 그의 반듯한 뒷모습을 보던 하연은 자신도 모르게 낮은 소리로 후후 웃었다.

“오늘 정말 데이트 같다.”

결혼하기 전에는 그저 가짜 연인이었고, 결혼하고 그와 서로 마음을 확인하고 나서는 금세 임신을 확인해서 이렇게 알콩달콩 둘만이 보내는 시간이 적었다. 물론 지금도 너무 행복하지만, 결이 또 다른 행복이랄까.

그가 뛰어간 자리를 돌아보다, 다시 바다를 바라보다가. 너무 예쁜 바다의 빛깔이 눈에 박혔다.

“건우한테도 보여 주고 싶다.”

헤어진 지 얼마나 됐다고 아들 생각에 하연은 바다 사진을 찍으려 핸드폰을 들었다. 건우가 강릉에 오고 나서 또 와도 되지만 그날의 바다와 오늘의 바다는 다를 수 있으니까.

찰칵.

몇 장 사진을 찍는 순간, 하연의 위에 긴 그림자가 드리웠다. 도윤이 왔나 싶어 하연이 환히 웃으며 고개를 들어 올렸다. 한 남자가 거기 서 있었다. 남자는 고개를 숙인 채 하연을 바라보았다.

"저……."

낮은 목소리. 그러나 그는 도윤이 아니었다. 30대로 보이는 남자는 낯선 얼굴이었다.

"네?"

무슨 일일까. 갑작스러운 일에 놀라 하연이 눈을 크게 떴다. 남자가 곤란하다는 듯 말을 이었다.

"죄송한데, 제가 핸드폰을 잃어버려서요."

"아……."

"혹시 정말 죄송한데, 전화 한 통만 빌려도 될까요?"

남자가 미안한 듯 살짝 미간을 찌푸리고 중얼거렸다.

핸드폰을 잃어버리다니. 정말 난감하겠다. 하연 역시 핸드폰 없이 못 살 정도로 온종일 손에 핸드폰을 쥐고 있었다. 사진도 찍고, 건우와 전화도 하고. 갑자기 잃어버린다면 곤란하겠지.

"그러세요."

하연은 선뜻 핸드폰을 내밀었다. 남자가 고개를 꾸벅하고는 전화를 빌렸다. 전화를 건 남자는 곧 입을 열었다.

"아, 죄송한데. 저 그 핸드폰 주인인데요. 아……. 아, 거기 남아 있었다고요? 아, 네네. 감사합니다. 곧 가겠습니다."

그가 전화를 끊고는 하연에게 두 손으로 핸드폰을 건넸다.

"어휴, 정말 감사합니다. 핸드폰을 원래 있던 카페에 두고 왔다네요."

"아, 찾으셨어요?"

"네."

"다행이네요."

하연은 핸드폰을 받아 가방에 넣었다. 그런데 금방 카페로 달려갈 줄 알았던 남자는 가만히 서서 그런 하연의 모습을 바라보고만 있었다.

뭐 더 필요한 게 있나? 하연이 고개를 들어 그를 올려다보았다. 하연과 눈이 마주치자마자 그가 말을 이었다.

"저……. 너무 감사해서 그런데요. 제가 핸드폰을 놓고 온 카페가 되게 유명한 커피 맛집이거든요. 가서 커피 한잔 대접해도 될까요?"

"네?"

고작 전화 한 통 쓰게 해 준 게 다인데. 하연은 고개를 저었다.

"아뇨, 괜찮아요. 그 카페에서 있다 오신 거 아니에요?"

굳이 다시 커피를 마실 필요까지야. 그러자 그가 말을 이었다.

"제가 너무 감사해서 그래요."

"아니에요. 별것 아닌데요."

"그래도……."

남자는 자리를 뜨지 않고 끈질겼다.

참, 필요 이상으로 친절한 사람이네. 하긴, 요즘 세상이 각박해져서 전화 한 통도 제대로 빌려주지 않는 일도 있을 것이다.

"정말 괜찮아요."

도윤이 이제 슬슬 올 때가 되지 않았나 싶어 하연은 뒤를 돌아보았다. 마침 저 멀리서 도윤이 걸어오는 모습이 보였다. 하연은 자리에서 일어나 그 남자에게 고개를 푹 숙였다.

"저 가 봐야겠네요. 핸드폰 잘 찾으세요."

그리고 몸을 돌려 도윤에게로 달려갔다.

❋ ❋ ❋

“그거 헌팅이야.”

“네?”

낮에 데이트를 하고 나서 도윤과 하연은 강릉 별장으로 돌아왔다. 침실은 별장 관리인이 매일 깔끔하게 정리해 놓아 바로 쉴 수 있도록 준비되어 있었다.

침실에서 이야기를 나누고 있는데 도윤이 아까 말을 시켰던 사람이 누구냐고 물었다. 자초지종을 설명한 하연에게 도윤이 말했다.

“오늘 낮에 남자가 말 건 거, 그거 헌팅이라구.”

“에이, 아니에요.”

남자는 30대로는 보였어도 하연보다 몇 살은 어려 보였다.

“나보다 나이도 어리고……. 핸드폰 빌려준 게 고마워서 그렇겠지.”

“굳이 그 정도로 커피 사 주겠다고 하는 게 수상하잖아.”

도윤이 넥타이를 끄르며 낮게 중얼거렸다. 미간이 잔뜩 찌푸려진 그의 표정에 하연은 픽, 웃었다.

“뭐야……. 혹시 질투하는 거예요?”

불퉁한 목소리가 그러했다. 하연이 방글방글 웃으며 고개를 들이밀고 도윤의 얼굴을 바라보았다. 그러자 그가 한쪽 눈썹을 쓱 끌어올리고는 입을 열었다.

“어.”

“진짜?”

"질투하지."

그가 몸을 휙 돌려, 하연의 팔을 부드럽게 끌어당겼다. 뱅그르르 그녀의 몸이 돌아 도윤의 품 안에 갇혔다.

"당연한 거 아냐? 너한테 누가 헌팅을 하는데."

"질투하는 거였구나."

하연은 이상하게 기분이 좋았다.

도윤은 질투라는 단어에 민감했다. 의처증이 있던 아버지 때문에 거의 강박처럼 도윤은 그 자신을 제어했다.

자신이 질투로 하연을 옭아맬까 봐 결혼하고는 그녀를 놓아주려고 했고, 하연이 죽을지도 모른다는 오해 때문에 다시 둘이 재결합하고 나서도 절대로 질투하거나 그녀의 행동을 속박하려 하지 않았다. 그가, 도윤이 아버지처럼 될 리 없는데도.

그런 폭력적이고 이기적인 사람과 도윤은 조금도 닮지 않았다. 하지만 그는 오히려 자신의 감정을 꾹 눌러 담았다.

결혼을 하고 한참이 지난 지금에서야 그가 질투를 한다고 말해 주다니. 어쩐지 이제 마음의 문이 열린 것 같아 하연은 기분이 좋았다.

하연이 배시시 웃자, 도윤의 미간 주름이 더욱 깊어졌다.

"왜 웃어?"

"좋아서."

"뭐가 좋아?"

"자기가…… 질투하는 게 좋아서. 날 정말 사랑하는 것 같잖아."

그 말에 도윤이 입꼬리를 비틀었다.

"같은 게 아니고 사랑하니까."

"그래서 좋아요."

그리고 다시 하연은 활짝 웃었다. 그 모습에 도윤이 웃음이 섞인 한숨을 길게 내뱉었다.

"당할 수가 없군."

그렇게 중얼거리는데, 대충 침대 위에 던져 놓은 하연의 핸드폰이 빤짝였다.

삐롱.

메시지가 도착하는 소리에, 하연이 도윤의 몸을 밀어 내고, 침대로 뛰어들었다.

"건우가 연락했나 보다."

아까 저녁에 할머니 핸드폰을 이용해서 계속 사진을 보내 왔던 건우였다.

"어디 보자."

사진을 보려고 핸드폰을 만지는데, 예상과는 달리 화면에 뜬 메시지는 낯선 사람의 것이었다.

"어?"

뒤에서 도윤이 다가왔다. 하연이 핸드폰을 보며 중얼거렸다.

"어……. 정말 헌팅이었나 봐."

"왜?"

"이거 봐요."

하연이 내민 핸드폰에는 문자 메시지 하나가 떠 있었다.

[안녕하세요. 오늘 낮에 핸드폰 빌린 남자입니다. 혹시 내일도 강릉에 계시면 밥 한 끼 하시겠습니까? 아니면, 서울에 사시면 서울도 좋구요. 제가 너무 고마워서 그래요.]

아니, 핸드폰을 찾아 준 것도 아니고 전화 한 통 빌려준 것으로 이렇게 연락하기엔……. 아무리 둔한 하연이 보더라도 너무 과했다.

"진짜 헌팅이었나 봐."

하연은 길거리에서 헌팅을 당한 건 처음이었다. 대학 때 누가 말을 건 적 있었던 것도 같은데 기억이 희미했다.

"헌팅이래두."

"몰랐죠. 아, 헌팅이구나."

신기했다. 이 나이 먹고 처음으로 헌팅을 당하다니. 하연이 말을 반복하자 도윤이 머리를 비스듬히 기울였다.

"신하연 씨. 왠지 좋아하시는 것 같은데."

도윤의 비꼬는 소리에 하연이 고개를 흔들었다.

"좋아하긴요. 그냥 신기해서 그렇지."

"좋아하는데?"

"선배는 몰라서 그래요. 온갖 여자애들이 다 좋아했으니까! 헌팅도 엄청 당해 봤겠지."

툭, 어릴 적 그를 부르던 호칭이 튀어나왔다.

"나는 처음이라 신기해서 그래. 신기해서."

"누가 봐도 헌팅이었어."

"헌팅 자주 당해 보셨나 봐요. 완전 잘 아시네."

하연이 비꼬는 말에 도윤이 눈을 가늘게 뜨고 침대 위에 흐트러져 있던 하연의 위로 올라왔다.

"많이 당했든, 어쨌든 무슨 상관이야. 난 너밖에 없는데."

아니라고는 말 안 하는 거 봐. 하연이 입술을 삐죽거리자, 도윤이 몸을 숙여 그녀의 입술을 덮쳤다. 촉촉한 혀가 두 입술 사이를 가르고 들어왔다.

도윤이 손으로 하연의 턱을 끌어 내렸다. 많이 벌어진 입술 사이로 그가 파고들었다. 날카로운 콧날이 하연의 뺨에 짓눌릴 정도로 그는 거칠었다. 안을 쑤시듯 헤치는 그 때문에 놀라 하연의 발가락이 삐죽 섰다.

"흡!"

손에 힘이 풀려 들고 있던 핸드폰이 툭, 시트 위로 떨어졌다. 혀가 얼마나 안을 헤집는지 숨이 헐떡일 정도였다. 하연은 온몸에 긴장이 되어 한 손으로 시트를 꽉 움켜쥐었다.

"꼭 말해야 알아?"

도윤의 말에 하연이 좋아서 쓱 올라가는 입술을 겨우 꾹 눌렀다. 미치겠어. 질투를 하며 자신에게 키스를 퍼붓는 그가 좋았다. 나밖에 없다고 속삭이는 그의 입술이 좋았다.

하연의 위로 올라온 그는 곧 그녀의 입술 위에 맺힌 타액까지 맛보고는 천천히 떨어졌다.

"하, 하아……."

불같이 타오르는 것 같은 그녀의 입술을 그가 손끝으로 쓸었다.

"너밖에 없으니까 걱정 안 해도 돼."

그의 작렬하는 시선이 하연의 얼굴에 오롯이 쏟아진다.

"걱정 안 했어. 당신도 걱정 안 해도 되는데."

"알아."

그의 손가락이 하연의 이마를 쓸었다. 봉긋한 이마를 스치는 손끝이 간지럽다. 천천히 콧날을 따라 입술을 지나 그 아래로 흘러갔다. 부드러운 살갗을 그의 손톱이 긁었다. 도윤의 행동이 너무 자극적이라 하연은 마른침을 꼴깍 삼켰다.

"알지만."

속삭이며 도윤이 몸을 숙여 하연의 가슴팍에 뜨거운 숨을 불어넣었다.

"알아도 가끔은……."

질투가 나. 그는 말을 뱉어 내고는 하연을 빨아들였다. 연한 살이 녹아내릴 것만 같았다. 그가 지나간 자리마다 붉은 자국이 깊이 남았다.

"하읏."

"하연아."

멍하니 그가 주는 쾌감 속에서 하연은 몸을 떨었다. 하연은 도윤이 부르는 자신의 이름이 좋았다. 특이할 것 없는 평범한 이름이었지만 그의 혀끝에서는 뭐라도 된 듯 특별한 감각이 되었다.

"하, 도윤…… 씨."

"하연아."

서로의 이름을 울부짖으며 몸에 매달렸다. 자신의 몸과는 다른 도윤의 딱딱한 몸이 매혹적이었다.

그의 입술이 천천히 아래로 내려갔다. 오늘은 이 집에 아무도 없다. 그가 하연의 옷을 벗기려고 했지만, 목 뒤쪽에 묶은 리본 때문에 여의치가 않았다.

도윤은 입술로 부드럽게 하연의 어깨를 쓸고는 천천히 그녀의 몸을 돌렸다. 하연은 엎드린 채 숨을 헐떡였다. 도윤이 등 뒤에 있어 무슨 일을 하는지 전혀 보이지 않았다.

섬세한 손길이 리본을 풀고, 드러난 등을 쓸어내린다. 오목한 견갑골 뒤를 지나 척추뼈를 하나하나 아로새겼다. 별것 아닌 감각에도 어깨가 파들파들 떨렸다. 그의 손길이 어디로 갈지 몰라 두려우면서도 기대됐다.

"흔적을 남기고 싶어."

그리고 뜨거운 입술이 피부에 닿았다. 그것이 무엇인지 깨닫기가 무섭게 몸이 달아올랐다.

추웁. 원색적인 소리가 둘뿐인 집 안을 울린다.

"으……."

하연의 입에서도 앓는 소리가 흘러 나갔다. 그가 닿는 모든 부분이 기분 좋았다. 하연이 아랫입술을 짓씹으며 신음을 참자, 도윤이 속삭였다.

"우리뿐이야."

이곳에는 우리뿐. 하연은 그에게 등을 돌린 채 모든 것을 도윤에게 맡겼다.

"그러니까 참지 않아도 돼."

그리고 뜨거운 도윤의 몸이 닿고, 날카로운 쾌감이 하연의 온몸을 스치고 지나갔다.

"도윤 씨……!"

하연의 입에서 결국 높은 신음이 터져 나왔다. 달뜬 숨을 헐떡이는 사이사이에 야한 소리가 샜다. 그러나 멈출 필요는 없었다. 이곳에는 둘뿐이니까.

하연과 도윤, 둘만이 있는 미친 듯한 밤이 깊어 가고 있었다. 서로를 갈구하는 밤이.

❋ ❋ ❋

"오빠아."

"왜?"

"시호 더운데 부채 부쳐 주라."

"그로까? 우리 시호 부채 부쳐 줄까?"

유치원 방학 기념. 일가족이 강릉 별장에 내려왔다. 하연과 도윤 그리고 건우 가족은 물론이고, 하연의 부모님과 우진의 가족까지 모두 다 모였다.

할머니가 좋다고 강릉에 할머니와 내려온 건우는 내려오고 나서도 하연을 속상하게 했다. 우진의 딸인 시호에게 딱 달라붙어 엄마는 본체만체였다.

"시호, 너무 예쁘다. 더워? 시호야. 이로케 부채질해 주니까 좋아?"

"응, 좋아."

파닥파닥, 시호에게 부채질해 주는 건우를 보며 하연이 쓴웃음을 지었다.

"이제 다 컸나 봐요."

"아이니까. 지금 한창 애들끼리 잘 놀 때잖아."

건우는 저보다 두 살 어린 시호에게 찰싹 붙어서 덥다고 부채질을 해 주고, 음료를 떠다 주고, 시호 삼매경이었다. 그 모습이 더없이 귀여웠지만, 너무 빨리 제 손을 떠난 것 같아 하연은 조금 섭섭하기도 했다.

그래도 평화로운 시간이었다. 오늘은 날도 덥지 않아 그늘 아래만 들어가 있으면 산에서 불어오는 바람이 제법 시원했다.

"참 평화로운 곳이구만."

별장의 정원을 구경하던 하연의 아버지, 남수가 와서 도윤에게 말을 걸었다. 도윤이 입을 열었다.

"언제든 필요하실 때 쓰세요. 저희도 잘 오질 못해서요."

"아냐, 내가 올 일이 뭐가 있다고. 사위에게 더 폐를 끼치면 안 되지."

"폐라뇨."

"폐지. 그 많은 것을 해 줬으니."

도윤은 얼마 전 집 근처에 하연 아버지의 집을 마련해 드렸다. 남수는 한사코 거부했다. 그러나 도윤의 고집은 질기고 질겼다.

"전 하연이에게 빚이 많습니다."

도윤은 아버지께 솔직히 모든 것을 털어놓았다.

"하연이는 저에게 모든 것을 줬습니다. 전 하연이에게 해 준 게 아무것도 없어요. 아버님을 모실 수 있게 된다면 정말 저에게 한 조각……. 그녀에게 빚을 갚을 수 있는 방법이 될 것 같습니다."

"나 같은 게 곁에 있어서 하연이에게 폐가 안 될는지 몰라."

하연의 아버지는 시대의 흐름에 발맞추지 못해 사업 실패는 했지만, 주변 사람들에게 폐를 끼치지 않기 위해 파산하지 않고 모든 빚을 다 청산한 사람이었다. 도윤은 그 마음이 폐라고 생각하지 않았다.

"아버님은 대단하신 분이세요. 그 오랜 시간 가족을 위해 희생하셨으니 이제 편히 지내셔도 됩니다."

"미안하네."

그 말에 도윤이 고개를 저었다.

"미안하단 말씀 하지 마세요. 하연이를 낳아 주셔서 감사합니다.

너무 인사가 늦었습니다. 하연이와 결혼하게 해 주셔서 감사합니다. 하연이를 사랑으로 키워 주셔서 감사합니다. 감사드릴 일밖에 없어요."

그 말에 결국 아버지는 고집을 꺾었다. 하연의 근처에 머물러 달라는 도윤의 염원을 차마 끝까지는 거절하지 못했다.

그게 한 달 전쯤이던가. 빚도 다 갚고 거주지도 안정된 아버지의 모습은 좋아 보였다. 하연의 어머니와 만나는 것도 이번이 세 번째.

두 분 사이에는 오랜 세월의 골이 있었지만, 어쩐지 잘될 것 같아 보였다. 아버지야 어디를 가도 늘 몰래 어머니에게 시선을 보내고 있었고, 어머니도 아버지를 만나러 올 때마다 평소 하지 않는 화장을 곱게 하고 오는 것으로 보아…….

"다 잘된 것 같아."

하연이 그렇게 말하며 벤치에 앉았다. 아버지와 이야기를 마친 도윤도 하연을 쫓아 그녀의 옆에 앉으며 입을 열었다.

"뭐가?"

"그냥, 모든 게요. 평화롭구나…… 싶어서."

그러나 하연이 말을 내뱉자마자 얼마 지나지 않아 툭, 평화가 깨졌다.

"이거 놔아!"

"오빠는 바보야!"

"시호가 더 바보야!"

조금 전까지 어쩔 줄을 몰라 하며 서로 좋다고 붙어 있던 건우와 시호는 서로의 머리를 잡아당기며 싸우고 있었다. 할머니의 중재에 조금 물러났지만 둘이 서로 눈에 힘을 주고 씩씩거렸다.

"건우 빼구요."

"건우 때문에 당신이 섭섭한가 봐."

"그런가."

내년에 학교에 가는 건우는 이제 부쩍 엄마, 아빠와 떨어져서도 잘 지냈다.

"그런가 봐요. 그래도 뭐, 자연스레 커 가는 과정이니까. 내가 받아들여야겠죠."

벤치에 앉은 하연은 고개를 도윤의 어깨 위에 댔다. 하연의 머리카락이 부드럽게 늘어졌다. 까르륵, 까르륵, 아이들이 뛰노는 소리. 어른들이 도란도란 중얼거리는 소리. 부드러운 바람이 나뭇가지를 스치고 가는 소리.

도윤이 문득 입을 열었다.

"좋다."

"뭐가요?"

"하연이 너랑 있으니 좋아. 참 행복해. 늘 이대로만 있을 수 있으면 얼마나 좋을까."

그가 그렇게 중얼거리자 하연이 고개를 들어 그의 얼굴을 바라보았다. 도윤의 입꼬리에는 살짝 미소가 떠 있었다. 따뜻한 그의 미소에 하연이 속삭였다.

"근데…… 늘 이대로만 있는 건 어려울 것 같아요."

"응?"

"조금 변화가 있을지도 몰라요."

하연의 말에 그가 고개를 돌려 그녀를 바라보았다. 무슨 말이냐는 그의 눈빛에 하연이 더 낮은 소리로 속삭였다.

"비밀이니까, 소리 지르지 않겠다고 약속해요."

"뭔데?"

"빨리 약속부터 해요."

"약속할게."

하연은 그의 말에 자신이 들고 있던 핸드백에 손을 넣어 주머니를 열었다. 그리고 그 안에서 사진 한 장을 꺼냈다. 까맣고 하얀 음영이 그려진 사진, 초음파 사진이었다.

도윤에게 내밀자 그가 가만히 그 사진을 내려다봤다. 이미 건우의 아빠인 그에게는 익숙한 그림이었다.

"아기가 생겼어요."

하연이 그렇게 말했다가 생긋 웃고 말을 이었다.

"그것도 쌍둥이요."

"뭐?"

"쉬이. 아직 다른 사람들에겐 비밀이에요. 소리 안 지르기로 했잖아요."

"왜 말 안 했어? 병원 다녀온 거야?"

도윤의 말에 하연이 사진을 그에게 넘기며 중얼거렸다.

"초기이기도 하고……. 혹시 잘못될 수도 있어서요. 나도 이제 적은 나이가 아니잖아요. 자기가 기대하다가 혹시 실망할까 봐."

그녀의 말에 도윤이 하연을 보드랍게 끌어안았다. 그의 행동에 하연이 웃으며 물었다.

"좋아요?"

"좋아. 너무너무 좋다. 근데…… 네가 힘들까 봐 걱정이야. 혼자 병원 다녀오느라 힘들었지?"

"아뇨, 힘들긴요. 비밀 지키는 게 힘들었죠."

그렇게 말하고는 하연이 몸을 떼고 사진을 보여 줬다.

"귀엽죠? 여기에 한 명, 여기에 또 한 명이에요."

한참을 사진을 바라보다가 하연이 속삭였다.

"이제 다섯 가족이 되는 거네요. 아니, 더 많죠."

그리고 사랑하는 사람들을 바라보았다. 정원에서 자유롭게 휴식을 즐기는 가족들의 모습이 아름다웠다.

하연의 시선을 따라 도윤의 시선도 움직였다. 아이들이 비눗방울을 불어 대며 뛰놀고 있었다. 너무 아름다운 풍경이라 문득 하연이 속삭였다.

"이모님도, 어머님도 지금 이 장면을 보실 수 있었으면 좋았을 텐데."

"보고 계실 거야."

"이모님이 돌아가실 때, 5명은 낳아 드린다고 했는데……. 아직 목표치에 부족하네요."

연진이 세상을 뜬 날, 하연은 도윤을 혼자 두지 않겠다고 그녀에게 약속했다. 행복하게 만들겠다고, 꼭 외롭지 않게 하겠다고.

하연이 눈을 내리깔며 속삭였다.

"그래도 이 정도면 외롭지 않죠?"

그 말에 도윤이 씁쓸하게 웃었다.

"하연아, 난 너만 있으면 외롭지 않아."

네가 내 전부거든. 네가 내게 찾아와 준 그 순간, 난 행복해졌어. 네가 있다는 것만으로도 나는 완벽해졌어.

하연은 더 물을 필요가 없었다. 도윤의 표정에 이미 가슴을 꽉 벅차오르게 하는 행복이 들어 있었다.

"사랑해, 하연아."

그 말에 하연이 웃었다. 그런 그들의 옆, 벤치 옆에 삐죽삐죽 핀

마리골드의 꽃잎이 여름 바람에 흔들려 나부꼈다.
마리골드의 꽃말. '반드시 찾아올 행복.'
그 행복이 여름과 함께 도윤과 하연 앞에 찾아왔다.

〈아파도 하고 싶은〉 완결

외전 1. 불순한 첫사랑

오랜만의 외출이었다. 하연은 곱게 옷을 차려입고 화장도 예쁘게 했다. 거울 속에 비친 제 모습이 마음에 들어 빙그레 웃었다.

그렇게 꾸미는 데 손을 오래 대는 모습을 보고는 도윤이 입술을 비틀며 하연의 목선에 입을 댔다.

"너무 예쁘게 하고 가는 거 아니야?"

뜨거운 숨결이 하연의 귓가를 스쳤다.

"나 두고 가면서."

도윤이 달뜬 입술로 하연의 귓불을 오물오물 물었다. 그때마다 붉은 화염이 목을 타고 내려가 가슴까지 부풀게 했다.

두 손으로 귀걸이를 하던 하연이 눈을 가늘게 뜨고 가는 숨을 내뱉었다.

"그만해요."

"뭘?"

"그렇게…… 나 자극하는 거."

거울 속에 비치는 도윤의 표정은 당장이라도 하연의 입술을 뺏을 듯했다.

얼마 전에도 하연이 아침에 화장하고 있노라니 말끔하게 슈트를 입은 도윤이 다가와 이렇게 말을 걸었다.

"회사 보내기 싫다."

처음에는 귓가에서부터 속삭이다가 살짝, 그녀의 목선을 훑고 그다음에는…… 더 농밀하게.

결국, 화장대 위에서 그의 반듯한 슈트가 다 흐트러질 때까지 뜨거운 아침을 보냈다. 그날의 기억이 생생하게 기억나 하연은 눈을 느리게 깜박이며 속눈썹을 떨었다.

"30분 뒤 약속이라 가 봐야 하니까 더 하면 안 돼요."

"내가 뭘 했는데?"

도윤이 장난꾸러기처럼 웃으며 하연의 쇄골을 혀를 내밀어 핥았다. 가슬가슬한 혀의 감촉에 신음이 흘러 나갈 것 같아 하연이 입술을 잘근 깨물었다.

"자기야……."

하연이 항의로 눈을 흘기자, 도윤은 더 신이 나 코끝을 하연의 턱 밑에 문질렀다. 마치 강아지처럼 얼굴을 문대는 그의 행동 때문에 하연은 숨이 멎을 것만 같았다. 아랫배에 열기가 뭉근히 맺힌다.

"으응."

오늘 건우는 집을 비웠다. 하지만 하연은 습관처럼 소리를 참기 위해 입술을 깨물었다. 조금 전 곱게 바른 코랄 빛의 립스틱이 이리저리 번졌다.

"립스틱, 다 지워졌잖아요."

하연의 핀잔에 도윤이 고개를 들어 번진 입술을 보았다.

"그렇네."

"그러니까 이제 그만해요. 오늘 지각하면 안 된단 말이야. 희진이랑 오랜만에 둘이 보는 건데……."

하연의 투정에 도윤이 그녀의 얼굴을 물끄러미 바라보고 픽 웃었다.

"하연이 네가 너무 예쁘니까 나도 모르게."

그가 손을 뻗어 번진 립스틱을 문질렀다.

"근데 지워진 김에 키스만 하자."

"……."

"키스뿐이야. 그것뿐."

도윤이 낮게 속삭였다.

"다른 건 안 할게."

눈앞에서 키스를 갈구하는 그의 얼굴이 너무나 색정적이었다.

"정말이야."

반듯한 얼굴이 너무나도 매력적이라서 하연은 자신도 모르게 입술이 반쯤 벌어졌다. 부드러운 속살이 언뜻 비치자, 도윤이 한쪽 입술을 끌어올려 웃었다. 마치 승리의 웃음 같은 미소를 짓고는 하연의 입술을 거칠게 삼켰다.

"흡."

뜨겁고 강한 그의 움직임 때문에 순식간에 하연은 그에게로 빨려 들어갔다.

키스만 한다고 했는데, 그것으로 끝날 리가 없었다. 차도윤은 하연을 녹여 버렸다. 머리부터 발끝까지. 언제나 그렇듯 하연은 오늘도 그에게 젖어 들어갔다.

❋ ❋ ❋

희진과 오늘 만나기로 한 곳은 하연의 집 근처였다.

"어! 하연아, 여기야."

"미안, 희진아. 좀 늦었지."

"아냐, 나도 지금 왔어."

하연이 약속 장소에 도착하자, 안에서 기다리고 있던 희진이 손을 흔들었다.

"정말 미안해."

하연이 붉어진 얼굴을 머리카락으로 숨기며 속삭였다. 몇 번이고 사과하는 하연에게 희진이 웃어 보였다.

"정말 괜찮대도. 5분 늦었는데 뭘 그래."

"그래도. 오랜만인데 늦어서."

"그래, 정말 오랜만이긴 하지?"

"응. 반갑다, 희진아."

희진의 앞에 앉아 하연이 환히 웃었다. 대학 다닐 때 가장 친한 친구였던 희진. 같은 학부기도 했거니와 동아리도 같은 관현악 동아리여서 사이가 좋았다.

하지만 졸업하고 희진은 바로 미국 유학을 떠났다. 그러고 나서 10여 년. 미국에서 취업하고 잘 살다가 한국 지사로 파견되게 되어 오랜만에 한국으로 돌아왔다.

"가끔 보긴 했지만, 이렇게 서울에 살게 되니 너무 반가워."

"그러게. 난 하연이 네 결혼식도 못 가 보고."

"미국이었으니 어쩔 수 없지."

대학 졸업 후 처음 보는 것은 아니었지만, 그래도 한 8년 만이던가. 결혼하고 나서는 처음이었다.

한 달 전에 희진이 서울로 들어오자마자, 동아리 사람들끼리 모여 술을 마시기도 했지만, 그날 밤에 일이 있었던 하연은 참여하지 못했다.

"임신했다며?"

희진의 질문에 하연이 웃으며 고개를 끄덕였다.

"응, 쌍둥이."

"좋겠네. 도윤 오빠랑 여전히 사이좋은가 봐."

희진의 농담에 하연은 얼굴을 붉혔다. 사이가 좋으니 오늘도 지각하게 됐지.

그렇게 말은 하지 못하고 하연은 그냥 웃기만 했다.

"뭐, 그렇지……."

"참 신기하다니까. 졸업하자마자 미국 가서 그런지, 네 소식도 드문드문 듣고 그래서…… 갑자기 너랑 도윤 오빠랑 결혼한다고 했을 때 얼마나 놀랐는지 몰라."

"그랬어?"

하긴. 놀란 것은 희진만이 아니었다. 도윤과 하연을 아는 모든 사람이 놀랐다. 심지어 하연 자신까지도.

"응. 소식 듣고 놀라서 까무러쳤지. 오래 알고 지낸 사이인데 어떻게 갑자기 결혼하게 된 거야. 사귄 기간도 짧다며."

"아, 그게……."

결혼하게 됐을 때 수도 없이 많이 이야기했지만 몇 년이 지나 다시 이야기하려니 영 쑥스러워 하연의 입이 바싹 말랐다.

"그냥 어쩌다가. 우선 음식 시킬까? 먹으면서 이야기하자."

"그래! 뭐 먹을래? 내가 다 쏠게."

"에이, 온 건 넌데 희진이 네가 왜 쏴. 내가 사야지."

"그럴까? 그럼 부잣집 마나님 덕 좀 봐야지."

희진이 웃으며 손을 들어 직원을 불렀다.

"여기, 메뉴판 좀 주세요!"

❋ ❋ ❋

희진은 와인, 임신한 하연은 포도 주스를 시켰다. 술을 못 마시지만, 하연의 기분은 알코올을 섭취한 것처럼 붕 떠올랐다. 오랜만의 친구를 만나서인지도 모르겠다. 마치 대학생 때처럼 즐겁게 대화를 했다.

희진 역시 신난 듯 종알거렸다.

"아, 그래서. 내가 미국에서 일만 하다 들어오니 친구들 다 결혼하고 안 놀아 주는 거 있지."

"에이, 희진아. 그런 소리 말고 나랑 앞으로 잘 놀아 줘. 알았지?"

"너나 놀아 줘, 너나. 나 오랜만에 서울 와서 아는 사람 하나도 없단 말이야."

그렇게 말하며 희진이 와인 잔을 흔들었다. 보랏빛 액체가 뱅글뱅글 도는 것을 물끄러미 바라보던 희진이 문득 다시 고개를 들었다.

"야, 그래서 그런데. 아까 도윤 오빠랑 결혼한 이야기 좀 해 줘. 어떻게 연애 시작한 거야? 난 하나도 못 들었잖아."

"어?"

"너 도윤 오빠랑 사이 별로 안 좋았던 거로 기억하는데. 뭐, 너만 그랬냐마는. 도윤 오빠가 동아리 여자애 중에서 사이좋았던 사람이 없었지."

"으음……. 그랬지."

"근데 어떻게 사이가 좋아진 거야? 역시 같이 회사 다니다가?"

"그러기도 했고. 연주회 연습하면서 같이 보기도 했고."

"아, 그랬구나."

희진답지 않게 궁금해하는 모습이 신기해 하연은 그녀를 가만히 바라보았다. 와인 잔을 들고 있는 희진의 손가락에는 반지가 없었다.

"희진이 너는 어때? 결혼……은 안 했고."

"응."

"연애는? 해?"

"그게……."

희진이 말을 하다가 입술을 우물거렸다.

"안 해. 미국에서 살 때 짧게 만난 남자들 있었는데 잘 안됐고, 지금은……."

한숨을 쉬면서 잔을 휘적휘적했다.

"지금은 있잖아. 아, 하연아. 비밀로 해 줄 수 있어?"

"뭘?"

"지금부터 하는 이야기."

얼마나 은밀한 이야기인지 희진이 몸을 숙이고 속삭였다. 들을 사람도 없는데 목소리를 낮추는 모습에 하연이 고개를 끄덕였다.

"당연하지. 비밀로 해 줄게. 무슨 이야기를 하려고 그래."

"사실은 그……. 한 달 전쯤에 우리 동아리 애들끼리 만났잖아."

그 모임은 하연이 일이 있어 참석하지 못한 모임이었다. 희진이 말을 이었다.

"그때 동기들이랑 선후배 몇 명 오고 그랬거든."

"응. 그런데?"

"그날 술을 많이 마셨어."

"응."

"그런데……. 아, 이 이야기 도윤 오빠한테도 하면 안 돼."

재차 희진이 당부하자 하연은 웃으며 고개를 끄덕였다.

"알았다니까. 빨리 말해 봐."

"그래서 저기……. 그날 너무 술을 많이 마셨는데, 그날……."

늘 화통하고 말을 잘하는 희진이 계속 웅얼거리자 답답해진 하연이 그녀를 재촉했다.

"아, 무슨 일이야."

"부장이랑 잤어."

"……뭐?"

생각지도 못한 희진의 말에 하연이 눈을 깜빡였다. 지금 뭐라고 한 거지. 희진과 부장이 잤다? 관현악 동아리의 부장? 그 말은.

"준혁 오빠 말하는 거야?"

"어."

준혁은 하연이 대학에 들어갔을 때 관현악 동아리의 부장이었던 선배였다. 도윤과 동기인, 다정하면서도 엄격한 양날의 검 같은 남자였다. 그건 그런데, 준혁 선배랑 희진이가 잤다고?

"어, 어쩌다가?"

"아, 몰라. 술 마시고 다른 사람들은 다 다음날 일 있대서 가고 부장이랑 둘이 술을 마셨거든."

"응."

"그런데 내가 우리 집 야경 예쁘다고 부장한테 구경하러 가겠냐고 한 거야."

"야경을?"

"……어."

"왜?"

"아, 몰라 미쳤나 봐. 그때 그냥…… 그렇게 말하고 싶었어."

그러니까. 준혁이 희진을 먼저 꾄 것도 아니고 희진이 먼저 준혁에게 다가갔다는 이야기다. 당황한 하연이 입을 열었다.

"너…… 부장 좋아했어?"

"아니."

"근데 왜?"

"아니, 안 좋아했어. 분명히 예전에는 그랬거든. 근데, 너 요즘 부장 봤어?"

하연은 고개를 끄덕였다. 아주 최근은 아니어도 두 달 전, 우진의 셋째 딸 돌잔치에서 만났었다. 준혁은 좋게 말하면 강직한 스타일의 남자였고, 나쁘게 말하면…… 너무 모범생이었다.

지금은 영화 번역 일을 하고 있다고 했다. 취미는 영화와 음악. 그러나 그 외에는 사생활이 없다고 해도 좋을 정도였다. 늘 단정하게 머리를 고정하고, 셔츠를 목 끝까지 단단히 단추를 끼어 입는 선배. 그게 이준혁이었다.

"응. 최근에 돌잔치에서 봤어."

하연의 말에 희진이 고개를 끄덕였다.

"부장……. 여전하더라."

"응. 근데……. 그 부장이랑?"

잤다는 거야? 준혁은 대학 때도 동아리 일에 제일 전념해서, 졸업반이 되면 보통 동아리에 나오지 않는데도 졸업반이 되고 나서도 부장 일을 도맡아 했다. 그런 고지식한 선배랑 희진이 잤다는 건가. 들어도 믿기지 않았다.

"응. 그래, 잤어. 하……. 어쩌다 보니 그렇게 됐어."

손바닥으로 희진이 이마를 짚으며 속삭였다. 그런 희진에게 하연이 물었다.

"그럼 지금은 부장이 좋아졌다는 거야?"

"아니, 그런 건 아닌데. 아, 모르겠어. 사실 부장이랑……. 아니, 그래서 내가 하연이 너한테 물어본 거야."

희진의 말이 횡설수설했다. 얼마나 당황했는지 그녀의 뺨까지 붉어졌다.

"도윤 오빠랑 어떻게 잘됐는지, 궁금해서……. 예전부터 좋아했던 거야? 아니면, 아, 도대체 어떻게 된 거야. 네 이야기 듣고 참고하고 싶어서 그래."

"어, 그게……."

"기왕 이렇게 된 거 대학 때 이야기부터 들려줘. 내 기억에 너 도윤 오빠 싫어했던 거로 아는데, 맞지?"

"……그건 아닌데."

"그럼……?"

결국, 긴급 상황이라는 희진의 재촉에 어쩔 수 없이 하연은 입을 열었다. 뜨겁고 차가웠던 자신의 첫사랑 이야기를.

그를 처음 눈에 담았던 것은 대학교 1학년, 관현악 동아리에 들어온 지 몇 달도 채 되지 않았을 무렵의 일이었다.

＊ ＊ ＊

"신하연, 오늘 시간 있어?"

도윤은 늘 그렇게 하연에게 말을 걸었다.

오케스트라 연습이 끝나자마자, 악기를 채 내려놓기도 전 앞에 앉은 남자는 등을 돌려 하연에게 말을 걸었다.

오뚝한 콧날, 날카로운 눈매, 붉은 입술. 완벽한 외모에 서늘한 태도로 동아리 여자애들의 관심을 한몸에 받는 도윤이었다. 그러니까, 그렇게 멋진 선배가 하연에게 시간이 있냐고 물으면, 응당 하연의 마음이 떨릴 만도 한데…….

하연은 그의 질문에 한숨이 나오는 것을 겨우 삼켰다. 악기를 정리하던 손을 멈추고 흘러내린 머리를 쓸어 올렸다. 그의 곧은 눈빛과 하연의 눈동자가 부딪쳤다. 마른침을 꼴깍 삼키고 신중하게 고개를 끄덕였다.

"아, 네. 시간 있어요."

하연의 답에 도윤이 눈썹을 추어올렸다.

"그럼, 좀 쉬다가 한 20분 뒤에 동아리실로 와."

말을 내뱉은 그는 자신의 가방을 챙겨 먼저 연습실을 나섰다. 다른 선후배들에게 까닥, 눈인사만 하고 도윤이 자리를 뜨자마자 옆자리 앉아 있던 희진이 몸을 숙여 하연에게 물었다.

"도윤 선배가 너 불렀어?"

"어."

"왜 또?"

지겹다는 희진의 말투에 하연은 쓴웃음을 지었다.

그러게. 매일같이 반복되는 지겨운 일이었다. 처음도 아니고, 두 번째도 아니고, 몇 번을 이렇게 단체 연습이나 바이올린 파트 연습 이후에 불렸는지 셀 수조차 없었다.

차도윤은 바이올린 파트장이었다. 바이올린 팀 연습 이후나 전체 연습 이후에 그는 가끔 바이올린 파트의 후배들을 불러 그날 연습에서 부족했던 부분을 지적해 주곤 했다.

개인의 연주가 뚜렷하게 오케스트라 전체 소리에 영향을 줄 정도로 문제가 있을 때만 따로 불러냈는데, 이상하게도 도윤은 하연을 자주 불렀다. 하연만 그렇게 생각하는 게 아니라, 상관없는 희진의 눈에도 그렇게 보일 정도로.

내 연주에 그렇게 문제가 많나. 하연이 한숨처럼 말을 뱉어 냈다.

"어. 또 부르네."

"아, 웬일이야. 난 오늘 너 연주 하는 거 들어도 이상한 거 하나도 모르겠던데. 또 뭔 지적질을 하려고."

"그래?"

희진의 눈에도 연주가 이상하지 않았다니. 근데 도윤 선배는 도대체 왜 맨날 나를 부르는 걸까.

도윤은 아주 어렸을 때부터 바이올린을 해 왔다고 했다. 그래서인지, 아니면 역시 좋은 집안이라 엄청난 레슨을 받은 것인지 전공자 뺨칠 정도로 완벽한 연주를 한다.

그리고 지금 이야기를 나누는 희진 역시, 예고를 다니다가 바이올린을 포기하고 대학에 입학한 케이스라 연주의 수준이 높았다.

하지만 다른 사람들에 비교해도 자신의 연주가 모자랄까?

자신의 바이올린에 자신감이 없는 편인 하연이었지만 아무리 들어도 자신의 연주가 뚜렷하게 다른 이들에 비교해 부족하다는 생각이 들지는 않았다. 왜 유난히 하연만 많이 혼내느냐며 친구인 희진조차 고개를 갸웃할 정도니까.

희진이 이상하다는 듯 말을 이었다.

"응. 오늘도 하연이 네 연주가 뭐가 나빴는지 모르겠는데. 내가 바로 옆에서 들었잖아."

"근데 왜 부르실까."

"왜 또 그러나 몰라."

맨날 그렇게 예민해서는. 중얼거리던 희진이 눈을 빛내며 소리를 낮췄다.

"호옥시 말이야."

다른 사람이 혹시 둘의 대화를 엿듣는 게 아닐까 싶어 희진이 눈을 데굴데굴 굴리며 주변을 살펴보았다.

"도윤 오빠가 너 좋아하는 거 아냐?"

"말도 안 되는 소리 마."

"아니면 왜 그래. 둘이 얼굴 보고 싶어서 따로 부르는 거 아니냐고."

희진의 말도 안 되는 억측에 하연은 한숨을 쉬었다.

"좋아하면 밥을 사 주겠지, 바이올린 연습을 시키겠어?"

"그건 그래. 하지만 도윤 오빠 성격이 좀 별나잖아."

"아무리 도윤 선배라도 그건 아니야. 절대 아냐."

하연이 가방의 지퍼를 쓱 닫으며 고개를 흔들었다.

도윤은 평소에도 무엇을 생각하는지 잘 알 수가 없었다. 얼굴에 표정이 잘 드러나지 않는 편이었다.

싫어하는 것도, 좋아하는 것도 잘 모르겠다. 하지만 확실한 건 선배가 날 좋아해서 부르는 게 아니라는 건 알아. 그렇게 생각하며 하연은 동아리실로 향했다.

✻ ✻ ✻

도윤이 악보를 책상 위에 차르륵, 펼치는 것을 보고 하연은 쓴웃음을 지었다. 날 좋아해서 이렇게 따로 부르는 거라고? 그럴 리가 없지.

악보 위에 빨간색 볼펜으로 체크가 된 것을 그가 굽어보았다. 하연이 틀린 부분을 체크해 놓은 것이다. 중간에 그가 특히 크게 동그라미를 해 놓은 곳은 하연도 연주하면서도 위화감을 느낀 곳이었다. 이런 것만 봐도 정말 바이올린 때문에 자신을 부르는 게 틀림없었다.

"오늘 연주 어땠어?"

도윤의 질문에 하연이 잠시 망설였다. 솔직하게 말할까. 뭐라고 말하는 게 정답일까. 결국, 뭐라고 말해도 혼날 것 같아서 그냥 느낀 대로 입을 열었다.

"나쁘지 않았던 것 같은데요."

"그래?"

정말 그렇게 생각하느냐는 도윤의 말투에 하연의 인상이 찌푸려들었다.

"네."

"그래, 평소에 비하면 괜찮았던 것 같아. 그런데…… 이 부분에서 계속 속도가 빨라지던데."

안 그래도 하연이 신경 쓰고 있던 부분을 도윤이 짚었다.

"이상하게 음이 툭툭 끊길 정도로 속도가 빨라. 첫 번째 연습 때도 그렇고, 두 번째 연습 때도."

그렇게 티가 났나. 아주 살짝 위화감이 있었을 뿐인데. 하연이 조심스럽게 입을 열었다.

"네. 저……. 약간 손목이 불편해서요."

"지금 다시 한번 해 봐."

그의 말에 고개를 끄덕이고, 하연은 케이스 안에서 바이올린을 꺼내 지적받은 부분을 다시 켰다. 주의해서 조심스럽게 연주를 했다.

잘한다고 인정받고 싶다. 처음 들어왔을 때부터 그는 유난히 하연에게 냉정했다. 그런 그에게 "이제는 많이 좋아졌네."라고 듣고 싶었다.

그러나 도윤의 날카로운 시선이 하연을 스쳐 지나갈 때마다, 오히려 활이 불안하게 떨렸다. 평소에 신경 쓰고 있던 자세도 조금씩 무너져 내렸다.

"거기까지."

도윤의 말에 하연의 활이 멈췄다. 그가 가만히 그녀를 바라보다가 입술을 비틀며 입을 열었다.

"다운업 보잉을 할 때 업다운 보잉보다 조금 더 불안정해. 네가 손목이 불편하다고 한 이유가 연주할 때 오른쪽 어깨를 특히 내미는 것 때문에 생기는 것 같은데."

"……."

"그 부분 주의해서 다시 한번 연주해 봐."

"네."

여름방학 초에 시작되는 연주회가 코앞이었다. 그때는 1학년 신입생들도 같이 무대에 선다. 그래서 열심히 연습하는 게 좋다고 말하기는 했지만.

"다시. 거기서 아티큘레이션이 부자연스러워."

"네."

"다시."

"……네."

아무리 그래도 1시간 동안 개인 연습을 시키는 것은 너무하지 않나. 인내심이 강한 하연조차 불만을 품을 정도로 연습은 끝도 없이 이어졌다.

그 이후로도 한참을 "다시"라고 말하며 차도윤은 하연을 연습시켰다. 그래서 학교를 나설 때쯤엔 발끝이 무거울 정도로 온몸에 힘이 빠졌다.

"날 싫어하는 게 틀림없어."

아니면 이렇게 날 괴롭힐 리가 없다. 내가 뭘 했다고. 하연은 집에 가서 침대 위에 몸을 던지며 중얼거렸다. 그의 날카로운 눈빛 아래서 아주 오랫동안 연주를 한 통에 몸에 하나도 힘이 없었다.

"주말에 동아리 엠티니까 그 전에 리포트도 써야 하는데."

지금 같아서는 그걸 쓸 힘이 남아 있을까……. 주말에 동아리 엠티까지 다 할 수 있을까.

멍하니 그렇게 생각하며 하연은 천장을 바라보았다. 도윤 선배는 오지 않겠지? 그는 지난번 신입생 환영 엠티에도 오지 않았다. 방학에 있는 연습 엠티가 아니면, 1박 2일 엠티는 참가하지 않는다고 했으니까.

다행이야. 그 재수 없는 인간이 오면 모처럼의 재밌는 엠티 자리도 즐겁지 않을 터였다.

노곤한 손을 떨어뜨리며 하연은 눈을 감았다. 피곤한 탓인지 금세 잠이 들었다. 꿈속에서 또다시 그 무서운 차도윤이 나타나서 입술을 비틀며 외쳤다.

"다시."

"다시."

끝도 없는 '다시'의 연속에 꿈속에서조차 하연은 숨이 막혀 왔다.

※ ※ ※

그렇게 기다리고 기다리던 주말이 돌아왔다. 하성 대학교 관현악 동아리의 엠티 자리.

이번 엠티의 목적은 그냥 '단합'이었다. 좋은 말로 단합 대회지 나쁜 말로는 그냥 먹고 마시러 가는 자리. 그래서 그런지 평소 엠티 참석자보다 사람 수가 월등히 많아 결국 엠티 목적지까지 단체 버스를 빌려서 가기로 했다.

아침 9시. 사당역 집합. 그리고 버스로 다 같이 엠티 목적지인 양양까지 가는 일정. 평소 약속 시각에 늦는 하연이 아닌데, 전날 리포트를 다 쓰고 가려고 새벽에 자서 깜빡 늦잠을 자고 말았다.

"어떻게 해."

벌써 9시 20분이었다. 사당역 계단을 올라가는 하연의 발걸음이 급했다. 핸드폰은 연신 윙윙 울려 대고 있었다.

[하연아, 선배들까지 다 왔어.]

[너만 오면 돼.]

[어디까지 왔어?]

친구들의 간절한 메시지에 하연은 숨이 턱 끝에 차오를 때까지 달리고 달려, 버스로 향했다.

"왜 하필 이런 날 늦잠을 자서는."

오늘은 졸업한 선배도 몇 명 온다고 했다. 얼굴을 제대로 익히기도 전에 들어온 지 얼마 되지도 않은 1학년이 지각을 하다니.

"하연아! 여기야!"

걱정되었는지 희진이 버스에 대롱대롱 매달린 채 손을 흔들고 있었다. 하연은 온 힘을 다해 달려갔다.

"미안해."

"아니, 난 괜찮은데, 그래도 생각보단 빨리 왔네."

"응. 미친 듯이 달렸, 하아, 거든."

거친 숨이 튀어나오고, 초여름이라 그런지 땀이 또르르 그녀의 하얀 목선을 따라 흘러내렸다.

희진이 손을 까닥였다.

"네가 마지막이야. 얼른 타."

"응!"

희진의 뒤를 따라 버스를 탔다. 늦게 왔다는 죄책감에 하연이 고개를 푹 숙이고 들어가자, 안에서 와글와글 떠들고 있던 사람들의 눈이 하연에게 쏠렸다.

"와, 하연이 왔네."

"웬일이야, 지각 안 하는 애가."

"이런 중요한 날 지각을 다 하고, 하하."

주변의 소리에 하연은 입 안이 바싹 말랐다.

"죄송합니다."

인사를 꾸벅하는 하연에게 부장이 뒤쪽으로 손짓을 해 보였다.

"괜찮아. 그럴 수도 있지. 오늘 사람 많아서 자리 하나밖에 안 남앉어. 뒤쪽 가서 얼른 앉아. 출발하게."

"네."

하연은 안으로 들어가며 자리를 찾았다. 오늘 정말 모든 사람이 다 왔는지, 45인승 버스에는 빈자리가 없었다. 딱 한 자리 빼고는.

천천히 걸어가던 하연의 발걸음이 빈자리 옆에 멈췄다.

"늦었네."

나지막한 목소리가 울려 퍼진다. 자신의 옆자리의 주인은……. 오늘 엠티에 올 리가 없다고 생각한 남자, 차도윤이었다.

심드렁하게 고개를 돌리고 밖을 바라보던 도윤이 하연의 인기척에 고개를 돌렸다. 평소와 다를 바 없이 담담한 표정이었지만 그의 눈꼬리는 날카로웠다.

여자애들이 난리 칠 정도로 잘생긴 외모였지만 하연은 다시 보고 싶지 않았던 남자. 차도윤.

하연은 한숨이 나올 것 같은 것을 간신히 참았다. 가방을 쥔 손에서 식은땀이 흘렀다. 설마 양양까지 가는 내내 같이 가야 하나.

"안녕하세요, 선배. 저……."

다른 자리는 정말 없는 걸까. 하연은 고개를 쭉 뻗어 버스 안을 꼼꼼히 훑어보았지만 딱 봐도 비어 있는 자리는 없었다.

자리를 바꿔 달라고 하고 싶어도, 도윤 앞에서 그랬다가 그를 꺼리는 것이 티가 너무 날까 봐 걱정되기도 했고, 지각한 주제에 1학년이 건방지다고 생각할까 봐 망설여졌다.

어쩌면 나를 싫어하는 도윤 선배가 자리를 옮길지도 몰라. 그런 허튼 희망을 품은 채 하연이 입을 열었다.

"여기 앉아도 될까요?"

그러나 하연의 말에 도윤은 고개를 쓱 창밖으로 돌리며 중얼거렸다.

"어차피 여기밖에 자리 없잖아."

된다는 의미인가? 하연이 앉기를 기다리는 것 같은 운전기사님의 초조한 기색이 느껴졌다.

더 고민할 여유가 없었다. 하연은 서둘러 자리에 앉았다. 그런 그녀를 앞자리에 앉은 다른 동기 여자애들이 부럽다는 듯 바라보았다.

"하연이는 좋겠다."

"나도 도윤 오빠 옆에 앉고 싶은데."

그렇게 앉고 싶었으면 왜 여기를 비워 놓은 거지? 그냥 여기 앉지. 하연이 고개를 갸웃거리며 생각하다 어색한 마음에 입을 열었다.

"저……. 늦어서 죄송해요."

도윤이 고개를 흔들었다.

"나도 너 오기 직전에 왔어. 올 생각 없다가, 우진이 성화로 늦게 출발하는 바람에."

"아……."

가장 늦게 타서 남은 자리에 앉았고, 그래서 다른 여자애들이 이쪽으로 못 온 거구나. 그제야 왜 여자애들에게 인기 있는 그의 옆자리가 비었는지 알았다.

다른 애들은 부럽다는 듯 하연을 바라보지만, 오직 사정을 잘 아는 희진만이 하연의 하얗게 질린 얼굴을 보고 입술을 삐죽거리면서 웃었다.

잘 견뎌 보라고 재밌어하는 눈빛에 하연이 쓰게 미소 지었다.

＊＊＊

왜 하필이면 이번 엠티 장소는 양양일까. 강원도 동해에 있는 양양은 서울에서 꽤 거리가 멀었다.

지난 신입생 엠티 때만 해도 가까운 강촌이었는데, 이번에는 부장이 무슨 기분이었는지 동해 바다가 보고 싶다며 멀고 먼 양양으로 목적지를 정했다. 그래서 가는 몇 시간 동안 꼼짝없이 도윤의 옆에 하연은 갇혔다. 어색하기 그지없었다.

어렵고 어려운 선배. 늘 혼만 내는 파트장, 차도윤과 나란히 옆에 앉아 가려니 숨이 막혔다.

조금만 힘을 풀면 도윤의 허벅지와 다리가 닿을 것만 같아서 정신을 차리고 정자세로 가려니 허리까지 좀이 쑤셨다. 차라리 선배가 잠이라도 들면 좋겠는데.

그러나 그런 하연의 바람과는 달리 밖을 바라보는 도윤은 말도 없이 가만히 있었다. 결국, 가라앉은 분위기에 숨이 막혀 입을 연 것은 하연이었다.

"평소 이런 엠티 잘 안 가시지 않나요?"

"우진이가 오래서. 너무 끈질기길래 거절을 못 했어. 집에까지 찾아올 기세길래."

아차, 아까 이미 그가 이야기했는데. 괜한 소리를 했다.

"아, 그러셨군요."

다시 한번 침묵이 찾아왔다.

아, 괜히 말 시켰어. 아예 말을 안 시켰으면 선배도 계속 창밖만 보고 있을 텐데, 말을 시키는 바람에 그가 하연을 바라보고 있었다. 말을 더 해야 할 분위기였다.

뭐라고 말하지? 아, 연습 이야기할까. 아니, 괜히 또 혼나고 싶지 않아. 하연이 넌 내가 그렇게 자주 알려 줬는데 왜 실력이 늘지 않느냐고 선배에게 핀잔이라도 들으면 어떡해.

신경을 너무 쓴 나머지 오늘 아무것도 먹지 않은 하연의 위가 욱신욱신 쑤셔 왔다. 눈썹 사이에는 깊은 주름이 잡혔다.

그런 모습을 보고 도윤이 읊조리듯 말했다.

"하필이면 내 옆자리라 안됐네."

"네?"

"너 나 불편하잖아."

그 말에 하연이 숨을 들이켰다.

헉, 눈치챘나. 그가 불편해서 멀리 앉고 싶은 마음을. 그러나 본인에게 '그렇다'고는 말할 수 없는 노릇이라 하연이 어색하게 고개를 흔들었다.

"아, 아니에요. 저……. 오실 줄 몰랐는데 계셔서 놀랐어요."

"흠."

"정말이에요."

"그래, 그런 걸로 해."

도윤이 선선하게 입을 열었다. 영 이해하지 못하는 모습이었지만. 하긴, 도윤도 눈치채지 못할 리가 없다. 하연이 그의 앞에서는 어쩔 줄 몰라 하는 것을.

바이올린이랑 함께할 때는 혹시 지적당할까 봐 무서워서 오들오들 떨었고, 그게 아니면 그와 무슨 이야기를 해야 할지 몰라 당황했으니까.

그렇게 한없이 어색한 두 명을 싣고 버스는 양양의 푸른 바다를 향해 달려갔다.

＊ ＊ ＊

이럴 거면 양양까지 도대체 왜 왔는가. 그냥 학교 앞에 모텔 잡고 놀지. 버스가 숙소에 도착하자마자 우르르 내린 동아리 사람들은 잠깐 바닷가 구경을 하고는 곧 방으로 들어와 소주병을 땄다.

"마시려고 동아리를 하는 건지, 동아리를 하려고 마시는 건지 모르겠어."

어떤 4학년의 말에 다들 "아, 둘 다 하면 좋지."라고 하며 서로 서로 또 술을 부었다.

학생들이 묵을 만한 넓기만 한 허름한 펜션에 소주 술잔 같은 게 제대로 갖춰져 있을 리가 없었다. 대충 물 잔에 투명한 소주를 콸콸 쏟아붓고 들이마셨다. 밤이 깊어지기도 전, 사람들의 얼굴은 발갛게 달아올랐다.

"캬, 내가 그래서 말이야. 지난번에 소개팅 한 여자애한테 차이고 나서……."

술에 취한 선배들의 목소리도 같이 커졌다. 잡담하며 술을 마시다가, 산책하러 나간 사람이나 자러 올라간 사람들 때문에 인원이 반 정도로 줄어들자, 갑자기 1학년인 동재가 소리쳤다.

"선배님!"

"응?"

술을 따르던 부장이 고개를 돌려 그를 바라보았다.

"저희 게임 해요!"

"오, 그래, 하자. 무슨 게임 할래?"

"진실 게임이요?"

"엥? 진실 게임?"

"네네. 해요, 해요."

소주병을 돌려 그 소주병이 가리키는 사람에게 질문을 하나 하고, 대답하기 힘들면 소주를 마시는 그런 진실 게임.

"갑자기 무슨 진실 게임이야……."

유치하게.

하연이 그렇게 말하자, 옆자리에 앉아 있던 희진이 쿡 허벅지를 찔렀다.

"동재 쟤 유진이 좋아하잖아. 마음 떠보고 싶은 거지."

"아……."

1학년이 동아리에 들어온 지도 벌써 몇 달이 지났다. 관현악 동아리는 연습도 잦고, 그 잦은 연습만큼 끝나고 술자리도 많았다. 2, 3학년 사이에서도 동아리 CC가 많았고, 빠른 1학년 중에는 벌써 사귀는 이들도 있었다.

하연은 그런 이들과 달리 별로 연애에 관심이 없었다. 학교생활하고, 아르바이트하고, 동아리 연습을 따라가기도 급급한데. 동아리 안에서 연애했다가는 도윤 선배가 또 날 어떻게 보겠어.

'연주도 제대로 못 하면서 동아리 안에서 연애를 해?'

그렇게 생각하겠지.

차도윤을 떠올리니 또 하연의 위장이 욱신 쑤셨다. 술자리가 시작되고 나서는 다행히 도윤은 자리 간 것인지 보이지 않았다. 하기 싫어하는 하연을 희진이 재촉해 결국 진실 게임은 10명 남짓의 인원으로 시작했다.

"처음은 내가 돌릴게."

부장이 소주병을 뱅글뱅글 돌렸다. 얼마나 세게 돌렸는지 한동안 쉼 없이 돌아가던 초록색 병이 천천히 멈췄다. 병의 입구가 향한 곳은 하연이었다.
"왜 나야……."
제일 하기 싫어했는데. 그 모습을 보고 다들 재밌어서 손뼉을 쳤다. 어차피 자신만 아니면 된다는 분위기였다.
"와, 첫 타자 하연이네."
"누가 물을까?"
"내가 질문할래."
평소 자기 이야기를 잘 하지 않는 하연이었던지라 그녀에게 시선이 쏠렸다. 그래도 하연은 별로 겁날 게 없었다. 비밀이 없으니까. 다만 사람들의 시선이 제게 쏠리는 게 불편할 뿐이었다.
2학년 남자 선배가 손을 들고 질문했다.
"하연이 너, 좋아하는 사람 있어?"
"없어요."
담담하게 답이 나왔다.
"없어? 동아리에도?"
"네. 진짜 없어요."
너무나도 단호한 하연의 대답에 실망한 듯 질문을 던진 2학년 선배가 입술을 삐죽였다.
"에이……. 거짓말 아냐? 이쯤 되면 다들 연애할 때 됐는데."
그 말에 희진이 껴들었다.
"하연이 좋아하는 사람 없어요. 제가 알아요."
"그래?"
"동아리에 싫어하는 사람은 있어도."
그렇게 말하고 희진이 삐죽 웃었다.
"야!"

왜 그런 말을 하냐는 하연의 말에 희진이 "앗, 비밀인가." 하면서 입을 막았다. 그러자 질문을 처음 했던 선배가 궁금한 듯 물었다.

"누구? 누가 싫어?"

"그런 거 아니에요."

"그럼? 싫은 거 아니면 뭔데."

"좀 어렵고 그런 거지……. 하여튼 아니에요."

대충 여기서 마무리 짓고 가고 싶은데, 술을 마셔서 그런지 다들 끈질겼다. 왁자지껄 시끄러웠다.

"혹시 나 아냐? 나인 거지? 하연이가 왠지 날 멀리한다 했어."

"진실 게임이잖아. 말해야 해. 안 하면 벌칙이다."

"그래, 누군지 말해 줘어. 하연이 네가 우리 동아리에서 싫어하는 사람이 누군데?"

그렇게 다들 소란스러운 그때, 다 같이 몰려 있던 거실 방문이 드르륵 열렸다. 순간 들려온 이질적인 소리에 모두의 시선이 그쪽으로 향했다. 그곳에는 한 남자가 서 있었다. 지금 가장 보고 싶지 않은 남자. 차도윤이.

도윤 선배 자러 간 줄만 알았는데. 생각지도 못한 남자의 등장에 놀라 하연은 눈을 느리게 깜빡였다.

하필이면 지금 등장하다니. 하연이 멍하니 도윤을 바라보자, 하연을 바라보던 사람들도 그녀의 시선을 좇아 문간에 서 있던 도윤에게 향했다.

"어, 도윤이 왔네. 안 잤어? 이리 와, 너도 껴."

그는 여전히 문 쪽에 비스듬히 서서 한창 들떠 있는 사람들을 바라보았다. 표정이 없는 얼굴은 진의를 판단하기가 힘들었다.

혹시 사람들이 떠들던 소리를 들은 것은 아닐까. '동아리에서 가장 싫은 사람이 누구냐'는 질문은 취기에 목소리가 엄청 컸던 탓에 밖에 있던 도윤의 귀에도 들렸을지 모른다.

하연의 심장이 덜컹거렸다. 두근두근 자신의 심장이 빠르게 뛰는 소리가 귓가에 울렸다. 지금 하던 이야기가 만약 들렸다면 도윤은 하연이 '싫어하는 상대'가 자신인 것을 알아챘을 것이다.

양양까지 오던 버스 안에서 그가 했던 말이 문득 떠올랐다. 그의 자리 옆에 서서 망설이던 하연에게 도윤이 중얼거렸다.

"하필이면 내 옆자리라 안됐네."

"네?"

"너 나 불편하잖아."

아니라고는 했지만, 그는 믿는 말투가 아니었다. 하지만 불편하다고 생각하는 것과 콕 집어 싫어한다고 말하는 것은 전혀 다르다. 바이올린 파트장인 그와 하연은 보기 싫어도 계속 얼굴을 마주쳐야 하는 상대였다.

이제 와서 바이올린을 포기하고 관현악 동아리를 나갈 생각이 전혀 없는 하연으로서는 그와 사이가 비틀리면 곤란하기 그지없었다.

절대 안 돼. 선배가 제발 듣지 못했기를. 그리고 다들 그만 물어보기를. 아니, 도윤 선배가 그냥 자러 가기를. 제발, 제발. 하연은 간절히 속으로 빌었다.

"도윤이 이리 와서 앉아. 우리 재밌는 거 하고 있어."

그러나 하연의 바람과 달리 다른 선배가 손을 뻗어 도윤을 데려왔다. 어리둥절해하며 그가 진실 게임 자리에 꼈다. 뭘 하는지도 모르고 자리에 앉은 도윤은 살짝 인상을 찌푸렸다.

"뭐 하는데?"

"진실 게임."

"아, 뭐 그런 유치한 걸 해."

다행히 하연의 이야기를 듣지는 못한 모양이었다. 짜증을 내며 도윤이 자리에서 일어서려 했다.

그래, 선배, 지금 자러 가요. 얼른 가세요. 훠이, 훠이. 그렇게 하연이 염원하는 순간, 일어서려는 도윤을 부장이 막았다.

"야, 해, 해. 지금 하연이한테 재밌는 거 물어보고 있었어."

그 말에 일어서려던 도윤이 멈칫했다. 그의 눈에 스쳐 지나간 호기심을 읽었는지 다른 사람이 툭 튀어나왔다.

"하연이가 우리 동아리에 싫어하는 사람이 있대."

"……."

그 말에 방으로 돌아간다고 우기던 도윤이 입을 다물었다. 그러자 그를 끌어당긴 부장이 다시 한번 하연을 추궁했다.

"그래서 그게 누구야?"

하연에게 또다시 시선이 쏠렸다. 도윤의 눈동자도 하연을 향했다. 결국, 모든 게 드러났다. 도윤 선배도 다 들었다. 죽고 싶다. 당장 이곳에서 사라지고 싶어…….

하연은 이 일을 일으킨 당사자인 희진을 노려보았다. 희진도 도윤이 이 자리에 껴들지는 몰랐던 모양인지 아무에게도 보이지 않게 하연에게 '미안'이라고 속삭였다.

그녀가 사과해도 어쨌거나 이미 늦은 일. 굳이 원인을 찾자면 도윤을 거북해하는 티를 낸 자신의 잘못이었다. 하연은 한숨같이 말을 토해 냈다.

“싫어하는 사람이라뇨. 정말 없어요.”

“거짓말 마.”

하연의 힘이 빠진 말에도 이미 희진의 말에 힘을 받은 모두는 그녀를 재촉했다. 끈질겼다.

“누군데?”

“정말 없어요.”

“그래, 그럼 우리 동아리에서 제일 싫은 사람은?”

하연은 도윤이 앉은 오른쪽은 쳐다볼 엄두도 나지 않았다. 그래도 오른쪽 뺨을 콕콕 찌르는 도윤의 시선이 무서울 정도로 느껴졌다. 서둘러 고개를 저었다.

“아무도 없어요.”

“그럼 제일 불편한 사람은.”

질문을 계속하는 선배에게 꽥, 소리라도 지르고 싶었다.

‘이 자리에 있으니까 그만 해요! 눈치가 없어도 이렇게 없을 수가!’

아니면 눈치가 있어서 이렇게 괴롭히는 건가. 하지만 그렇게 소리를 크게 질렀다가는 더 큰 먹잇감을 던져 주는 꼴인 것을 알아서 그냥 눈앞에 가득 채운 소주를 벌컥 들이켰다.

소주가 썼다. 술을 원래부터 잘 마시지도 않고, 소주는 마셔 본 적도 없는 하연에겐 너무 독했지만 그래도 얼굴에 꽂히는 도윤의 날카로운 눈빛보다는 나았다.

다시 한번 소주병이 돌아간다. 그 이후 소주병은 여러 사람을 가리켰다. 이 게임을 시작한 동재를 가리켜서 그의 유진을 향한 사랑도 드러났고, 그 이후에 별별 웃긴 질문이 난무했다. 물론, 하연에게도 몇 번인가 소주병이 돌아왔다. 그럴 때마다 모두가 하는 질문은 다 똑같았다.

"네가 싫어하는 동아리 사람이 누구야?"

없다는 말을 믿어 줄 리도 없고, 다른 사람을 말할 수는 없다. 그렇다고 도윤을 말할 수는 더더욱 없었다.

그럴 때마다 하연은 꼴깍꼴깍 소주를 잘만 마셨다. 물론, 도윤이 앉은 쪽은 목에 담이 걸린 것처럼 바라볼 수가 없었다. 그렇게 밤이 깊어 갈 무렵, 소주병이 다시 한번 돌았다.

제발 나만 아니어라. 나만 아니어라.

그렇게 돌던 소주병은 하연을 지나 도윤 앞에 멎었다.

"앗, 차도윤이다."

하연은 안도의 한숨을 쉬었다. 자신이 걸리는 것보다는 낫다. 사람들의 이번 먹잇감은 도윤이었다. 다들 크게 웃으며 도윤을 향했다.

"대박. 차도윤, 너 여자 친구 숨겨 놨지. 너 같은 놈이 여자 친구 없다는 건 말이 안 돼."

"정말 없어."

"그럼 좋아하는 사람은……?"

도윤이 눈썹을 찌푸리며 말했다.

"질문은 한 회당 한 개 아니야?"

"아까 질문 아니었어. 그건 그냥 우리의 짐작이지."

짓궂은 동기의 질문에 도윤이 입술을 일그러뜨렸다.

"좋아하는 사람 없어."

"칫, 재미없어."

대화가 끝나자마자 도윤이 소주병을 돌렸다. 그러나 마치 운명처럼 다시 한번 소주병은 도윤을 가리켰다. 도윤이 눈썹을 위로 추어 올렸다. 그런 도윤에게 부장이 재차 물었다.

“우리 동아리에서 가장 좋아하는 여자가 누구야?”

“그런 거 없어. 다음.”

선배는 좋아하는 사람이 없구나. 그의 말에 하연이 고개를 끄덕였다. 없을 만했다. 차도윤은 다른 사람에게 관심 따위 없어 보인다. 감정이란 게 있는지 궁금했다.

누구를 좋아하는 그의 표정을 상상조차 하기 힘들었다. 누군가에게 사랑을 고백하고, 누군가에게 따뜻하게 굴고 그러는 차도윤은 풍부한 하연의 상상력으로도 역부족이었다.

좋아하는 사람도, 사귀는 사람도 없다는 그의 단호한 대답에 시시하다는 듯 실망한 사람들 속에서 도윤이 소주병을 다시 한번 돌렸다. 그리고 이번에도 소주병이 도윤을 향했다.

“뭐야, 이게.”

마치 누군가 조절이라도 하는 것처럼 10명도 넘는 사람 사이에서 다시 한번 자신을 가리킨 소주병을 바라보며 도윤이 인상을 찌푸렸다.

“네가 자꾸 없다, 없다 하니 소주병도 짜증 났나 보다.”

친구의 핀잔에 도윤이 눈을 흘겼다. 그런 도윤의 반응에도 아랑곳하지 않고 다른 이가 물었다.

“그럼 도윤이 너는 싫어하는 사람도 없어?”

그 말에 도윤의 시선이 스르륵 미끄러진다. 그를 바라보고 있던 하연을 도윤이 물끄러미 바라보았다. 눈이 마주쳤다. 그의 까맣고 속을 알 수 없는 눈동자가 하연의 속을 다 꿰뚫어 볼 듯 바라보았다.

왜 나를 보지. 내가 싫다는 건가. 하연은 이상하게 입 안이 바싹 말랐다.

"난……."

도윤이 말을 길게 늘였다. 아마도 짧은 시간이었겠지만 숨이 막혔다.

"특별히 없어. 누구랑은 달리 싫은 사람은 딱히."

여전히 도윤이 하연을 바라보고 있었다. 하연은 숨조차 쉴 수가 없었다. 그가 말하는 '누구'는 하연을 뜻하는 게 틀림없었다.

하연도, 주변 사람들도, 다 눈치챌 정도로 명백한 그의 말. 그 숨 막히는 공기 속에서 하연은 손을 뻗어 누구도 시키지도 않았는데 제 앞에 있던 소주잔을 들어 꼴깍 삼켰다.

❋ ❋ ❋

"아이고, 취한다."

진실 게임은 도저히 끝날 기미가 없었다. 이미 술에 취해 정신없는 사람들은 별별 질문을 다 던졌다.

연애 관련 질문을 넘어서서, 태어나서 한 제일 창피한 짓은 뭐냐, 화장실 몇 분까지 참아 봤냐 하는 쓸데없는 이야기들까지. 그 와중에 자신이 싫어하는 사람에 대한 질문을 계속 받은 하연은 연거푸 소주를 마셨다.

결국, 소주 한 병을 다 비워 버렸다. 더는 버틸 수 없어, 속이 좋지 않다고 하며 하연은 붙잡는 희진을 뿌리치고 밖으로 나왔다.

"취한다, 취해."

초여름의 강원도 양양. 밖으로 나오자마자 시원한 바닷바람이 얼굴을 스쳤다. 서울의 건조한 바람과는 다른 습하고 짭짤한 바람에 하연의 긴 생머리가 하늘하늘 흔들렸다.

"오늘 진실 게임은 완전 꽝이야."

겨우 탈출해 한참 취한 발걸음으로 바닷가로 향했다. 여름의 바닷가. 저 멀리서 어떤 사람들이 즐겁게 폭죽놀이를 하고 있었다.

재밌나 보네. 그렇게 바라보던 하연의 취한 발목을 모래가 자꾸만 잡았다. 너무 많이 마셔서인지 더 걷기가 힘들었다.

"조금만 쉬었다 갈까."

하연은 옷이 더럽혀지는 것도 신경 쓰지 않고 모래사장에 털썩 주저앉았다.

"갈아입을 옷은 있으니까."

그렇게 중얼거리며 실없이 웃었다. 술에 취해서 그런지 웃음이 헤펐다. 밤이 깊긴 했지만, 오늘은 보름달이 휘영청 떠서 12시가 지났는데도 밝았다.

멍하니 바다를 바라보는데 자신의 위에 길게 그림자가 늘어졌다. 밝던 시야가 순식간에 어두워졌다.

"뭐지."

하연은 고개를 들어 올려 위를 올려다보았다. 그곳에 도윤이 있었다. 속을 여전히 알기 힘든 까만 눈동자가 하연을 향했다.

"선배."

도윤의 뒤편의 가로등이 빛을 뿜어내, 그의 얼굴에 까만 그림자가 졌다. 그래서 그가 어떠한 표정으로 자신을 바라보고 있는지 하연은 알 수 없었다.

도윤이 나지막하게 물었다.

"여기서 뭐 해?"

그의 질문에 하연이 술에 젖은 입술을 움직였다.

"좀 취해서, 바닷바람 좀 쐬려고요."

울렁거렸다. 하연이 술을 처음 마신 것은 대학교에 입학해 간 오리엔테이션이 처음이었는데, 그때도 지금처럼 많이 먹진 않았다.

하연의 말에 도윤이 잠시 침묵을 지키다가 입을 열었다.

"……그래, 많이 마시더라."

"죄송합니다."

하연의 사과에 그의 어깨가 살짝 흔들렸다. 도윤이 허리를 펴고 그녀에게서 한 걸음 더 멀어졌다.

"언제 들어갈 거지?"

"저……. 조금 더 있다가요."

그러니까 먼저 들어가세요. 그렇게 말할까 말까 하다가 그렇게까지 말하면 그를 어렵다고 생각하는 것을 다시 한번 강조하는 게 될까 봐 하연은 그저 구부린 무릎 위에 얼굴을 얹었다. 머리카락이 스르륵 하연의 볼 위로 쏟아져 내렸다.

날이 좋았다. 그래서……. 혼자 있고 싶었다.

늦은 밤의 바닷가는 기분이 좋았다. 아직 더워지기 전이라 선선한 날씨도 그랬고, 철썩철썩 몰아치는 파도 소리도 술에 뜨거워진 피를 식혀 줬다. 가만히 여기서 술이 식을 때까지 있고 싶은데.

그러나 홀로 되고 싶은 하연의 마음과는 달리 도윤은 멀어지지 않았다. 오히려 그는 뒤에서 걸어와 하연에게서 몇 발짝 떨어진 곳에 털썩 앉았다.

남자가 앉으면서 모래사장의 모래가 후드득 주변으로 튀었다.

하연은 고개를 돌려 그를 바라보았다.

"피…… 필요하신 거 있으세요?"

질문에 도윤이 그녀를 바라보았다. 옆에 앉고 나서야 그의 표정이 보였다. 미간의 주름이 깊었다. 그는 인상을 찌푸리고 하연을 바라보고 있었다.

혹시 혼나는 건가. 그를 싫어해서……. 그를 어려워해서 혼날지도 모른다. 아니면 바이올린 이야기라도 하며 지적당하는 건가. 술에 취해 멍한 머리가 잘 돌아가지 않았다.

하연이 흐린 눈으로 그를 바라보자 도윤이 고개를 돌려 바닷가를 바라보았다. 하연의 질문에 한참 답하지 않던 도윤은 손을 뻗어 바다를 가리켰다.

"너……. 작년에 우리 학교 학생이 술 마시고 바다에 빠져서 죽은 거 알아?"

하연은 고개를 흔들었다. 작년에는 아직 고등학교 3학년 입시생이었으니까 작년에 있던 사고를 하연이 알았을 리가 없다. 그런 사고가 있었다고 신문에서 본 것도 같지만 확실치 않았다.

도윤이 말을 이었다.

"술 마시고 혼자 산책하다가 실족해서 죽었다던데."

그리고 그는 손을 툭 떨어뜨렸다. 그게 뭐 어쨌단 말인가. 엄청나게 퍼마신 술로 흐려진 하연의 머리로는 그가 무슨 말을 하는 건지 이해할 수가 없었다. 왜 갑자기 작년에 취해서 죽은 사람 이야기를 할까.

하연이 눈을 끔벅이며 그를 바라보았다. 그의 긴 속눈썹이 달빛에 긴 그림자를 드리우고 있었다.

한참 도윤을 바라보다가 그의 비틀린 입술 끝을 보고 나서야 하연은 그의 말을 이해했다.

'술에 취해 이렇게 바닷가를 혼자 거닐면 위험해.'

그렇게 말해 주고 싶었던 걸까. 그래서 들어가지 않고 옆에 앉아 준 것일까. 그냥 그럼 그렇게 말해 주면 되는데. 하연이 술기운에 등 떠밀려 용기를 내 물었다.

"걱정해 주시는 거예요?"

당돌한 말투에 도윤이 눈을 살짝 찌푸렸다.

"너 두고 갔다가 죽으면 내가 찜찜하잖아."

하연은 알 듯 말 듯한 도윤의 말에 입술을 꾹 닫았다. 역시 어려운 사람이었다. 다른 선배들은 연습 때는 엄하더라도 평소에는 다정한데 도윤은 달랐다. 늘 딱딱했다.

"감사합니다."

우선 그렇게 말하는 게 맞겠지. 하연은 억지 감사 인사를 하고 다시 바닷가로 눈을 돌렸다. 찰랑찰랑 평온한 바다 위, 저 멀리 오징어 배로 보이는 불빛들이 흔들린다. 반짝거리는 불빛들이 아름답다.

그 모습을 보며 가만히 있다가 하연은 문득 입을 열었다.

"선배는 왜 제가 싫으세요?"

평소였으면 결코 하지 못했을 말. 그러나 소주 한 병을 오롯이 다 비운 하연은 거침이 없었다.

"뭐?"

생각지도 못한 하연의 질문에 도윤이 되물었다.

"다른 사람 중에서도 절 특히 미워하시길래 궁금해서요."

도윤이 하연을 바라보았다. 그의 칠흑같이 까만 눈동자가 하연의 입술로 향했다. 하연은 괜히 쑥스러워 입술을 오물거렸다.

도윤이 그녀의 얼굴을 가만히 쳐다보다가 입을 열었다.

"내가 언제 너를 미워했지?"

모르는 척하는 걸까. 그러나 하연의 귀에 닿은 그의 목소리에는 정말 의문이 담겨 있었다.

"갑자기 무슨 소리야, 그게?"

아니라는 건가. 하지만 그렇다기엔 너무 마음에 짚이는 게 많았다. 도윤은 특별히 실수가 없어도 하연을 따로 불러내서 연습을 시키고, 지적도 다른 사람에게 하는 것보다 유난히 엄했다. 관심이 있다기엔 너무 엄격했다.

"제 바이올린만 마음에 들어 하지 않으시고……."

물론 자신이 정말 다른 이들보다 부족했을 수도 있지만, 자신의 눈에만 아니라 주변 사람들도 유난히 도윤이 하연에게 철저해 보였다고 했다.

하연의 중얼거리는 말에 도윤이 입을 열었다.

"아아."

도윤이 손바닥으로 바람 때문에 앞으로 흐트러진 머리카락을 쓸어 올렸다. 동그란 이마가 달빛에 드러났다.

"그건 내가 널 미워한 게 아니고……. 아, 그런 거였군."

도윤의 생각이 길었다. 입을 다물고 한참을 생각하던 그는 다시 입을 열었다.

"오케스트라를 하다 보니 둘로 나뉘어. 하나는 동아리 활동을 즐기고 싶어서 하는 사람. 그리고 또 하나는 정말 악기 연주를 하고 싶어서 들어온 사람. 넌 후자로 보였어……. 그래, 내 눈에는."

그의 말이 맞았다. 관현악 동아리는 물론 아주 즐거웠다. 따뜻한 선배들과 재밌는 동기들. 대학 생활의 즐거움 99%는 동아리 속에 있었다. 동아리에서 놀다가 학과 친구들이랑 어울리면 지루하게 느껴질 정도였다.

그러나 그 이상으로 하연은 바이올린이 좋았다. 집안이 망해서 배우지 못한 바이올린을 마음껏 켤 수 있는 것도, 바이올린 이야기를 실컷 하는 것도 즐거웠다.

"더 열심히 잘하고 싶어 하는 것 같아 지적했는데, 그게 널 미워하는 거로 보였나?"

의외인 도윤의 말에 하연이 눈을 깜빡였다. 그런 거였구나. 도윤 선배는 내가 미워서 그런 게 아니었어.

그냥 하연이 더 바이올린을 잘하고 싶어 하는 것을 알고 그대로 지적한 것뿐이었다. 다른 사람들보다 더 나아지고 싶어 하는 것을 알아서. 물론 그 방법은 불퉁하고 무서웠다.

하연은 조금 전 그의 말을 떠올렸다.

"너……. 작년에 우리 학교 학생이 술 마시고 바다에 빠져서 죽은 거 알아?"

"……."

"술 마시고 그냥 혼자 산책하다가 실족해서 죽었다던데."

하연이 혼자 술을 마시고 바닷가를 거닐다가 사고라도 당할까 봐 옆을 지키면서도 그렇게 솔직하게 말하지 못하는 남자. 그게 차도윤이었다.

모든 말이 딱딱하고 서툴렀다. 평소에 다른 친구들을 대하는 모습도 투덜거리며 냉담했지만, 그 말에는 애정이 숨어 있었다.

그랬구나. 그런 거였어. 하연이 차마 뭐라 말해야 할지 몰라 입술만 달싹이자 그가 말을 이었다.

"아니었다면, 미안하군. 쓸데없는 짓이었네."

사과라고 보기엔 딱딱한 말투였지만, 그 무서운 차도윤이 '미안하다'라는 말을 하는 것 자체가 놀라웠다.

그렇게 생각하니……. 단체 연습이나 파트 연습이 끝나고 매번 도윤은 하연을 불러 그날의 연습에 대해 지적했다. 도윤의 말투가 유난히도 날카로워 그가 자신을 싫어한다 생각했지만, 그게 아니라 바이올린을 알려 준 거로 생각하면…….

그도 바쁠 텐데 일부러 시간을 빼 준 것은 고마운 일이었다. 확실히 도윤이 그렇게 지적을 해 주고 나서 하연의 연주는 많이 좋아졌다. 물론 그에게 혼나고 싶지 않아 남들의 두 배, 세 배 연습한 것도 한 원인이었지만.

"정말 절 안 싫어하시나요?"

하연의 말에 도윤이 되물었다.

"내가 왜?"

"……."

"내가 신하연 널 왜 싫어하지? 넌 지각도 하지 않고 연습도 성실히 하는데."

그것도 그렇다. 그냥 눈에 거슬려서 싫어하는 게 아닐까 생각을 했지만, 하연은 딱히 잘못한 것도 없었다. 그래서 더 억울하기도 했지만.

그의 말에 하연의 눈꼬리가 부드럽게 휘었다. 이유도 없이 누군가에게 미움받는 게 가슴 답답했는데, 그가 그렇게 말해 주니 참 좋았다. 자기도 모르게 웃은 하연을 보고 도윤이 서둘러 말을 이었다.

"그렇다고 좋아한다는 말은 아냐. 그런……. 그런 의미가 아니라."

"그렇게 생각 안 해요. 걱정 마세요."

선배가 날 좋아할 리가. 그렇게 말하면서도 하연의 잇새에선 웃음이 샜다. 그냥 싫어하지 않는다는 것을 알기만 해도 좋았다.

내가 싫어서 지적한 게 아니라 바이올린 때문이었어. 그렇게 생각하니 조금 전까지 무겁게 내려앉은 마음마저 둥실 떠올랐다.

그때 저 멀리서 사람들의 웅성거리는 소리가 들려왔다.

"하연아, 하연아, 어디 갔어?"

바람을 쐬러 나갔다는 하연이 돌아오지 않자, 걱정한 누군가가 나와 그녀를 찾는 소리였다.

"가야겠어요."

하연이 자리에서 일어나 바지를 털었다. 그리고 여전히 모래사장에 앉아 있는 그를 바라보았다. 둥실 떠오른 보름달 아래 앉아 있는 남자는 마치 그림과 같았다.

느른한 눈꼬리에 긴 속눈썹, 날카로운 콧날에 반듯한 입술. 그러나 조금 더 자세히 바라보니 도윤의 얼굴이 살짝 붉게 달아올라 있었다.

어쩌면, 아주 어쩌면. 내가 선배 앞에서 긴장하는 만큼 그도 긴장하는지 모른다. 내가 사람을 대하는 것을 어려워하는 만큼, 이렇게 완벽한 남자도 다른 사람을 대할 때 쑥스러운지도 모른다.

"선배. 가요."

하연은 손을 뻗어 그에게 내밀었다. 도윤이 그녀의 손을 가만히 바라보았다.

"나도 혼자 일어설……."

수 있어. 그렇게 말하려던 도윤은 한숨을 픽, 쉬었다. 그러고는 손을 뻗었다. 하연의 작은 손 위에 그의 큰 손이 얹어졌다. 그의 손은 크고 딱딱했다. 남자의 손이었다.

손과 손이 얽힌다. 도윤의 손은 하연의 손보다 조금 더 두껍고,

조금 더 단단하고, 그리고 조금 더 짙었다.

술에 취해 몸이 뜨거운지 그와 닿아서 뜨거운 건지 알 수 없었다. 손에 힘을 주었다. 그리고 하연은 손을 끌어당겨 도윤을 일으켰다.

그는 얼핏 보면 마른 듯했지만 근육질이었다. 생각과는 다르게 꽤 무거워서 도윤을 잡아당기던 하연의 몸이 중심을 잃었다. 앞으로 그녀의 여린 몸이 기울어지자, 몸을 일으킨 도윤이 그녀를 감싸 안았다.

"조심해."

단단한 가슴에 하연의 어깨가 부딪쳤다. 헉, 혹시 지금…… 그의 품에 안긴 건가. 의도치 않게 하연은 마치 빨려들 듯 도윤의 품에 안겼다. 도윤이 비틀거린 그녀를 제대로 곧추세운 뒤에 입술을 일그러트렸다.

"누가 누굴 일으켜 세운다고……. 이렇게 취했으면서."

심장이 터질 것 같았다. 숨을 들이켠 채 그의 얼굴을 넋 놓고 바라보던 하연은 중얼거리는 도윤을 얼른 밀어 냈다.

"죄송합니다."

"죄송할 일은 아니지만."

그가 다시 한숨을 내쉬고는 말을 이었다.

"들어가. 혼자 또 비틀거리지 말고."

그렇게 말하는 그의 말끝이 다정하게 느껴진 것은 착각이었을까. 하연은 자신도 모르게 살짝 미소를 지었다.

＊ ＊ ＊

양양에서 서울로 돌아가는 버스.

어떻게 된 일인지 올 때와 같은 위치에 앉으라고 부장이 명령했고, 그래서 꼼짝없이 다시 하연은 도윤의 옆에 앉았다. 먼저 도윤이 타고, 하연이 그 옆에 다가가자 그가 물끄러미 하연을 올려다보았다.

올 때는 그렇게 싫었는데, 하연은 오늘은 그렇게까지 불편하지 않았다. 어제 늦게까지 술을 마시고 놀아서 부은 얼굴이 조금 신경 쓰였지만.

하연은 어제와 달리 은은한 미소를 띤 얼굴로 그에게 말을 걸었다.

"또 같이 가게 됐네요."

"……어."

도윤은 그렇게 말하고는 고개를 창밖으로 돌렸다. 평소 같으면 단답식의 답변이 마음에 걸릴 만도 했지만, 오늘은 그렇지 않았다. 쑥스러운가? 그렇게 생각하니 싫지 않았다.

하연은 가만히 그의 옆자리에 몸을 싣고는 버스의 흔들림에 몸을 맡겼다.

도윤은 가만히 밖을 바라보다가 입을 열었다.

"넌…… 바이올리니스트 중에 좋아하는 사람 있어?"

생각지도 못한 질문에 하연이 살짝 고개를 들었다. 도윤은 여전히 하연을 향하지 않고 바닥을 바라본 채 말을 이었다.

"자주 듣는 오케스트라나."

"아……."

혹시 어색해하는 하연을 배려해서 잡담을 시작하려는 걸까. 차도윤과 잡담이라니. 잘 어울리지 않는 조합이었다. 하연이 뭐라 말할지 고민하며 잠시 입술을 달싹였다.

"에드리안 무터요."
"체코의?"
하연이 고개를 끄덕였다.
"선율이 섬세해서…… 들을 때마다 놀라워요. 아직 공연에 가 본 적은 없지만, 한번 가 보고 싶어요."
다행히 자신이 좋아하는 이야기가 나오니 굳어 있던 하연의 입술도 슬슬 풀렸다.
"선배는 어떤 연주자가 좋으세요?"
"나도 에드리안 무터 좋아해."
"아, 정말요?"
"응. 지난번에 나온 모차르트 바이올린 협주곡 5번 좋았지."
"네. 저도 들었는데, 제가 알던 그 협주곡 5번이 맞나 싶더라고요. 그 외에는 좋아하는 분 없으세요?"
하연의 질문에 도윤이 살짝 고개를 기울였다.
"그 외? 조르주 얀센 정도?"
"조르주 얀센이요?"
"응."
웬만한 바이올린 연주자를 다 아는 하연의 뇌리에도 잘 떠오르지 않는 이름이었다. 누구더라. 조르주 얀센. 얀센…….
"어디서 들어 보긴 했는데."
어디지, 어디지. 하다가 겨우 기억해 냈다.
"아, 혹시 '얀센 상'의 그 얀센이요?"
"응."
조르주 얀센은 1970년대에 작고한 네덜란드의 바이올리니스트였다. 그 시대 최고의 바이올리니스트라 지금도 '얀센 상'이라는 훌륭한 바이올리니스트에게 해마다 주는 상이 있을 정도였지만, 하연이 태어나기도 전에 죽었기 때문에 연주를 들은 적은 없었다.

"왜 좋아하세요?"

그 깐깐한 도윤이 좋아한다니 어떤 연주를 하는 사람인지 궁금했다. 하연의 질문에 그가 입을 열었다.

"연주가 거칠고 역동적이야. 섬세한 연주가 아니고 감정이 너무 깊게 실린 연주라서 듣다 보면 피곤해지기도 하지만, 그조차도 매력적이야. 다른 연주자들과는 다른 매력이 있지."

"들어 보고 싶네요."

"들어 본 적 없어?"

"네."

웬만한 음반 매장의 클래식 코너는 다 훑어본 편인 하연이었지만, 그의 음반을 파는 것을 본 적은 없었다. 있었다면 호기심에서라도 한번 사 봤을 텐데.

"다음에 빌려줘?"

"그래도 될까요?"

"LP판이지만 괜찮다면."

"아……."

LP였구나. 하연은 턴테이블이 없었다. 새로운 음반을 들을 생각에 신이 났던 하연의 입술이 멈추자 도윤이 말을 덧붙였다.

"조르주 얀센은 CD가 생기기 전에 죽었고, 그의 하나 남은 아들은 이상하게도 CD를 싫어해서 CD를 만드는 것에 반대하는 바람에 지금도 LP만 나오고 있어."

"그렇군요."

아쉬운 일이다. LP판을 빌려 봤자 소용없겠네. 어디서 들을 수 있을 만한 곳도 생각나지 않았다.

"그럼 괜찮습니다. 저, 턴테이블이 없어서요."

"그래?"

"네. 다음에 기회 있으면 들어 볼게요."

하연은 그렇게 말을 하고는 웃어 보였다. 자잘한 이야기를 하는 동안, 버스는 서울로 빠르게 달려갔다.

흔들린다. 몸이 이리저리 흔들려서 하연의 졸린 눈이 반쯤 떠졌다. 여기가 어디지…….

흐린 눈으로 주변을 바라보니 아직 버스 안이었다.

어제 술을 많이 마셔서 아직도 취기가 빠지지 않은 건지 버스 안에서 깜빡 졸은 모양이었다. 그런데…….

몸에 힘이 풀려 머리는 누군가의 어깨 위에 올라가 있고, 부드러운 하연의 허벅지는 단단한 누군가의 다리에 툭툭 닿고 있었다.

누구지? 내 옆에 앉은 사람이 누구던가. 이 사람……. 단단해, 몸이. 누구더라. 아는 사람 같아. 따뜻하고 뜨거운……. 도윤 선배.

"어."

옆에 앉은 남자가 누군지 깨닫자마자 하연의 눈앞을 뿌옇게 흐리던 졸음이 순간 확 달아났다. 하연은 긴장에 침을 꼴깍 삼키고 반쯤 떴던 눈을 꼭 감았다. 아무리 어제 선배랑 이야기하고 그가 자신을 싫어하지 않는 것을 확인했다지만 이건 너무 뻔뻔한 일 아닌가.

그뿐이 아니었다. 분명 아까 버스를 탈 때는 에어컨이 틀어져 차내가 싸늘하다고 생각했는데, 반팔만 입은 하연은 더는 춥지 않았다. 어깨 위에 무언가가 둘러져 있다.

눈을 살짝 떠서 하연은 아래를 내려다보았다. 옆에 있는 도윤이 눈치채지 못하게 확인하자, 그곳에는 도윤의 짙은 녹색 셔츠가 얹어져 있다. 오들오들 떨며 자는 자신이 불쌍해서 그가 둘러 준 게 틀림없었다.

미치겠다. 아주 뻔뻔의 끝을 달리네, 신하연. 역시 술은 마시는 게 아니다. 어제 잔뜩 소주를 마시고 그의 품에 안긴 것도 모자라 이렇게 염치도 없이 어깨에 머리까지 대고 자고 있다니. 창피해서 이대로 사라지고 싶다.

"후……."

자는 척하려던 것도 까먹고 하연은 한숨을 길게 쉬었다. 그 소리에 도윤이 살짝 중얼거렸다.

"깼나……."

그의 말에도 하연은 여전히 눈을 꼭 감고 있었다. 지금 눈을 뜨면 도저히 창피해서 뭐라 해야 할지 알 수가 없었다.

하연이 숨을 들이켠 채 잠든 척을 하자 도윤은 가만히 어깨를 기울여 하연이 더 편안하게 머리를 대고 잘 수 있도록 했다. 하연은 자신도 모르게 그가 덮어 준 셔츠를 꼭 잡고 다시 한번 까무룩 잠이 들었다.

어제 양양의 바닷가에 입고 간 옷인 걸까. 차도윤의 셔츠에서는 바닷바람의 향이 났다. 서늘하고 차가운, 그러나 기분 좋은 냄새가.

＊ ＊ ＊

그로부터 일주일 뒤. 단체 연습이 있는 날이라 그날도 동아리 방에는 사람이 많았다.

다 같이 연주하는 연습실로 이동하기 전에 와글와글 떠드는 사이로 도윤이 모습을 드러냈다. 도윤의 손에는 무언가 짐들이 들려 있었다.

"그게 뭐야?"

애들과 모여서 악보를 보며 떠들던 우진이 악보를 내려놓고 고개를 삐쭉 내밀어 도윤을 향해 물었다. 그 대화에 한쪽에서 짐을 정리하고 있던 하연의 고개도 비뚜름히 기울었다.

도윤의 손에 들려 있는 짐은 웬만한 크기가 아니었다. 커다란 갈색의 박스가 꽤 무거워 보였다.

"별거 아냐."

도윤의 심드렁한 대답에 우진은 더 궁금한 듯 캐물었다.

"뭔데, 뭔데?"

우진이 자리에서 일어나 도윤에게 다가가 그가 들고 있는 박스를 뒤졌다.

"이게 뭐지?"

귀찮다는 듯 도윤이 입을 열었다.

"턴테이블."

"웬 턴테이블?"

"나 집에서 안 쓰니까, 혹시 들을 사람 있을까 해서 동방에 가져와 봤어."

"오, 레코드 듣게?"

"응. 레코드도 몇 장 가져왔고."

도윤의 말에 당장 관심을 가지는 동아리 사람들이 그의 주변에 몰려들었다.

"요즘 세상에 턴테이블이라니. 도윤이 신기한 거 가져왔네."라고 신기해서 떠드는 이들도 있었고, "나 듣고 싶은 노래 있었는데. 와,

이 레코드 희귀한 거잖아."라면서 좋아하는 이들도 있었다.

도윤은 LP용 턴테이블을 동아리 방의 한구석에 설치하고는 담담하게 레코드를 꽂았다. 그리고 뒤를 돌아보며 말했다.

"연습실이나 가자."

그러고는 아무렇지도 않은 듯, 동방을 나섰다. 그가 방을 나서고, 하연은 그가 들고 온 것이 무엇인지 궁금해 턴테이블이 놓인 곳으로 걸어갔다.

턴테이블이라니. 갑자기 무슨 일일까. 하연은 손을 뻗어 도윤이 두고 간 레코드를 구경했다. 그중 한 장에서 익숙하지만 낯선 이름이 보였다.

Georges Janssen. 조르주 얀센.

이건…… 혹시? 문득 양양에서 돌아오면서 그와 나눈 별것 아닌 대화가 하연의 머리에 떠올랐다.

"선배는 어떤 연주자가 좋으세요?"

"조르주 얀센 정도? 연주가 거칠고 역동적이야. 섬세한 연주가 아니고 감정이 너무 깊게 실린 연주라서 듣다 보면 피곤해지기도 하지만, 그조차도 매력적이야. 다른 연주자들과는 다른 매력이 있지."

그 말에 하연이 아무 생각 없이 답했었다.

"들어 보고 싶네요."

"들어 본 적 없어?"

"네."

"다음에 빌려줘?"

“그래도 될까요?”

“LP판이지만 괜찮다면.”

“그럼 괜찮습니다. 저, 턴테이블이 없어서요.”

“그래?”

“네. 다음에 기회 있으면 들어 볼게요.”

그런 대화를 나눴었다. 턴테이블이 없어서 그가 추천해 준 ‘조르주 얀센’의 연주를 들을 수 없다고 했지.

“혹시 선배가…….”

그 대화 때문에 가져온 건가. 나랑 한 이야기 때문에? 하연은 멍하니 조르주 얀센의 레코드판을 든 채 중얼거렸다.

“에이 설마, 나 때문에 이 큰 걸 들고 왔겠어.”

고개를 흔들고 아니라고 생각도 해 보았지만…… 아무리 생각해도 그 외에는 생각나지 않았다.

“하연아, 연습실 안 가? 곧 시작한다.”

뒤에서 성준이 부르는 소리에 하연이 고개를 돌렸다.

“응, 가야지.”

하연은 레코드판을 내려놓고 성준을 좇아 연습실 쪽으로 걸어갔다. 그리고 연습실에 들어가 이미 자리를 잡은 도윤을 바라보았다. 그는 아무렇지도 않은 듯, 바이올린 케이스에서 바이올린을 꺼내고 악보를 정렬하고 있다.

도윤의 시선은 오늘 한 번도 하연에게 향하지 않았다. 늘 그렇듯이. 턴테이블을 설치할 때도 하연 때문이라고 언급하지 않았고, 하연을 바라보지도 않았다.

하연은 그런 그의 뒷자리로 걸어가 자리에 앉았다. 그리고 바이올린을 케이스에서 꺼낸 뒤 잠시 망설였다. 아까 턴테이블과 LP판. 설마 나 때문은 아니겠지만…….

설마 자신과의 대화 때문에 가져온 것은 아니겠지만 혹시라도 그가 그런 것이면 고맙다는 인사를 해야 했다.

꼿꼿이 앉은 그의 등을 바라보았다. 떡 벌어진 등, 각진 어깨가 눈에 들어왔다. 저 어깨에 얼굴을 기대고 잤었지. 그렇게 생각하던 하연은 고개를 저었다.

갑자기 무슨 생각을 하는 거야. 묻기나 하자.

“저, 도윤 선배.”

하연의 부름에 도윤이 바지런히 움직이던 손을 멈췄다. 고개를 반쯤 돌려 그가 하연을 바라보았다.

“오늘 턴테이블 가져오신 거 말이에요.”

“…….”

“저 때문에 가져오신 거예요?”

하연의 질문에 도윤은 아무 말이 없었다. 말없이 손끝으로 바이올린의 현을 조절했다.

착각이었나? 괜히 물었나?

‘얘 왜 이래, 그냥 집에 정말 안 쓰는 게 있어서 가져왔는데.’ 그렇게 생각하면 어쩌나, 하연이 괜한 짓을 했다고 후회하며 입술을 씹을 때쯤 그가 입을 열었다.

“겸사겸사.”

“…….”

“듣고 더 좋은 연주를 할 수 있게 될지 모르잖아.”

설마 설마 했지만 진짜로 그럴 줄은 몰랐던 하연이 놀라 입술을 벙긋거렸다. 정말 나 때문이었어. 그러자 그런 그녀의 기색을 눈치채고 도윤이 미간을 찌푸렸다.

“너 때문만은 아니야. 애들 다 들으라고 가져온 거니 이상한 생각 마.”

“이상한 생각……?”

“고맙다거나 그런 거. 말 꺼내지도 마.”

그리고 도윤은 듣기 싫다는 듯 바이올린을 턱에 괴었다. 얼핏 엿보이는 그의 목덜미와 귓가가 은은한 핑크빛으로 물들어 있었다.

❋ ❋ ❋

그다음 날. 하연은 늦게까지 동아리 방에서 홀로 남아 연습을 했다. 손가락이 얼얼해질 정도로 연습을 하고는 한숨을 길게 쉬었다.

밤 11시. 그만해야겠다. 가려고 준비를 하던 하연의 눈에 문득 벽 쪽에 놓인 갈색 턴테이블이 보였다.

“너 때문만은 아니야.”

선배는 그렇게 말했지만, 왠지 나 때문에 들고 와 준 것 같다는 생각이 들어.

하연은 가만히 그 턴테이블을 바라보다 천천히 다가갔다. 조르주 얀센의 레코드를 조심스럽게 꺼내 턴테이블 위에 올려놓고 바늘을 올려놓은 뒤 플레이시켰다.

CD와는 달리 치직거리는 소리 뒤에 연주가 흘러나온다. 하연은 동아리 방의 소파에 몸을 기대고 가만히 그 연주를 들었다.

"선배가 조르주 얀센의 연주를 뭐라고 그랬더라."

'거칠고 역동적인 연주'랬나. 확실히 곱지 않고 험했다. 지금이라도 당장 현이 끊어질 것 같은 부분도 있었다. 하연은 선율에 몸을 맡긴 채 연주를 들었다.

"도윤 선배는 본인 같은 연주를 좋아하는구나."

조르주 얀센의 연주는 거칠었다. 하지만 그 사이사이에 섬세함이 스며들어 있었다. 강과 약을 확실하게 주어 마음을 울렸다. 마치 도윤 선배처럼.

다정하지 않은 말투. 가끔은 무서울 정도로 사람을 몰아세운다. 하지만……. 다른 이의 마음을 헤아려 주는 사람이었다. 방법을 몰라서 서투를 뿐 그는 주변을 돌아보았다. 그 투박한 상냥함이 가슴을 울린다. 이 선율처럼.

하연은 손을 올려 제 심장 위에 놓았다. 이상했다. 혼자 앉아 바이올린의 연주를 듣는 것뿐인데, 심장 박동이 빠르게 뛰었다. 마치 그의 단단한 손을 쥐었을 때처럼. 마치 그의 너른 어깨에 고개를 대고 눈을 감았을 때처럼.

그렇게 하연은 턴테이블이 다 돌아갈 때까지 한 남자를 떠올리며 태어나 처음 느낀 감정을 곱씹었다.

이게 뭘까. 이 불안한 설렘은……. 어쩌면 이것은…….

❋ ❋ ❋

처음 느끼는 사랑. 그것은 두려움이었다. 그렇게 무섭고 같이 있기 싫던 도윤과 함께할 때마다 하연의 심장이 미친 듯 뛰었다. 그를 바라볼 수조차 없었다.

그를 싫어했던 것이 마치 거짓말이었던 것처럼 좋아하는 마음은 깊어져만 갔다. 아니, 싫어했던 만큼 그를 좋아하게 된다. 하연은 갑작스러운 자신의 변화가 놀라웠다.

“미친 것 같아.”

롤러코스터를 타는 것 같은 짜릿한 감각이었다. 가끔 그가 바이올린을 지도해 주다가 손끝이라도 닿을 때면 전기 충격을 받은 것처럼 온몸에 짜르르한 감각이 스쳐 지나갔다.

늘 화장도 안 하고 수수하게 하고 다녔던 하연이었는데, 친구에게 추천받아 비비 크림도 사서 발랐다. 하연은 어울리지 않게 손톱을 다듬기도 하고, 마스카라를 발라 길어진 속눈썹을 느리게 깜빡이며 거울 앞에서 시간을 보내기도 했다.

대학교 1학년, 그렇게 하연에게 늦은 봄이 왔다.

“나 다녀올게, 엄마.”

“조심히 다녀와.”

거울에 자신의 얼굴이 비치는 모습을 마지막으로 확인하고 집을 나서는 하연에게 어머니가 손을 흔들어 보였다.

오늘은 연습을 위한 여름 합숙이 시작되는 날이었다. 아침부터 저녁까지 쉴 새 없이 연습하고, 밤에는 술을 마시고. 이런 걸 반복하는 일주일간의 합숙. 아주 피치 못할 사정이 있는 멤버들을 제외하면 전원 참석해야 하는 여름 합숙. 그러니까 오늘은…….

그도 온다. 도윤 선배도.

“차도윤!”

약속 장소에 도착하자 비스듬히 서 있는 도윤이 눈에 들어와 하연은 저도 모르게 발걸음을 멈췄다. 우진이 도윤에게 들러붙으며 귀찮게 하고 있었다.

참 이상한 일이었다. 그를 싫어했을 땐 도윤의 그림자만 봐도 무섭고, 두려워서 발이 움직이지 않았는데 이제는 가슴이 떨려서 쉬이 발걸음을 움직일 수 없었다.

"농구공 안 까먹고 가져왔지? 어? 하연이도 왔네? 어서 와."

도윤에게 말을 시키던 우진이 하연을 발견하고 고개를 돌렸다. 우진의 인사에 하연도 입을 열었다.

"안녕하세요."

우진에게 고개를 숙이고는 도윤에게도 까닥, 인사를 하자 그가 눈을 가늘게 떴다.

말 한마디 없는 인사. 늘 그렇듯 서늘한 행동이었지만, 아무렇지 않은 도윤의 모습에도 하연의 심장은 쿵쾅거렸다.

진정해, 정신 차려. 숨을 들이쉬고 하연이 용기를 내 입을 열었다.

"도윤 선배도 안녕하세요."

"……어."

"야, 후배에게 좀 더 따뜻하게 대하라고 이 형님이 했냐, 안 했냐."

우진의 핀잔에 도윤이 눈을 가늘게 뜨고 흘겨보았다. 늘 있는 모습에 하연의 입꼬리에 미소가 걸렸다.

"하연아, 미안하다. 도윤이 성격 알지? 쌀쌀맞은 거. 아, 이래 놓고 여자애들한테 인기 많으니 더 얄미워. 새끼."

그렇게 우진이 사과하며 도윤의 머리카락을 흐트러뜨렸다.

우진의 말대로였다. 쌀쌀맞아서인지, 아니면 훤칠하고 단정한 외모 때문인지, 다른 사람들보다 엄격하고 사람과 벽을 두는데도 그는 늘 인기가 많았다. 남녀노소 가리지 않고.

우진 역시 얄밉다면서도 도윤에게 달라붙어 그를 괴롭히면서 좋아하는 모습을 보니…….

도윤을 바라보는 게 비단 하연만은 아니었다. 저 멀리, 하연과 동기인 채선과 희영이 소곤거리며 도윤을 바라보고 있었다.

소문에 의하면 채선은 도윤 선배를 좋아한다고 했다. 굳이 소문으로 들을 필요 있나, 뭐. 첼로를 연주하는 채선은 바이올린 파트가 아니라서 도윤과 마주치는 일이 적을 텐데도, 개인적으로 도윤에게 연락하거나 책을 빌려 달라고 한다거나 하는 일이 잦았다. 쉬는 시간이 생기면 그에게 쪼르르 달려가 물어보는 경우도 왕왕 있었고.

도윤은 벽을 세우는 타입이긴 했지만, 누군가를 싸늘하게 내치지는 않았으므로 후배가 다가오면 그냥 내버려 두었다.

아니, 그냥 내버려 두는 게 아닐지도 몰라. 어쩌면 도윤도 채선에게 마음이 있을지도.

채선은 조용하고 담담한 하연과는 다르게 발랄하고 귀여운 여자애였다. 차분한 도윤과 발랄한 채선은 썩 잘 어울린다. 둘이 걸어가는 것을 뒤에서 바라볼 때면, 호리호리한 채선과 보기 좋은 체격의 도윤은 마치 커플처럼도 보였다.

만약에 채선이 고백하면, 도윤 선배는 좋다고 할까? 그래서 사귀거나 할까…….

그런 생각이 들자 순간 하연의 눈앞이 뱅글 돌았다. 여자에게 사랑을 고백하거나 따뜻하게 말하는 도윤은 풍부한 하연의 상상력으로도 쉬이 상상하기 힘들었지만, 생각하는 것만으로도 가슴이 저렸다.

그렇다고 그가 자신과 어떻게 잘될지도 모르겠다는 생각을 하기에 하연은 현실적이었다. 반짝거리는 도윤을 평범한 자신과 선을 잇기에는.

처음 누군가를 좋아하게 되었다. 사랑하게 되었다. 그래서 하연은 지금 도윤을 어쩌고 하는 것보다 자신의 심장을 짓누르는 이 감정에 대처하는 데 필사적이었다.

"하연아, 안 타?"

멍하니 생각을 하고 있노라니 동아리 멤버들이 다 차에 올라타 멀뚱히 서 있는 하연을 재촉했다. 하연 역시 엉뚱한 상상을 하느라 붉어진 뺨을 머리카락으로 가리며 차에 올라탔다.

버스에 올라타자 다들 이미 자리에 앉아 있고 제일 앞자리 하나가 남아 있었다. 남은 자리의 옆자리는 부장. 저도 모르게 눈으로 좇은 도윤의 옆자리에는 채선이 앉아 있었다. 오늘은 행운이 하연의 편은 아닌 모양이었다.

＊＊＊

여름 합숙을 기다리던 1학년들의 부푼 마음은 첫날 연습으로 박살이 났다.

"힘들어도 너무 힘들어."

고등학교 때 전공으로 바이올린을 했던 희진의 입에서조차 그렇게 한숨이 나올 정도로 연습은 고됐다. 아침 9시부터 시작된 연습은 저녁 7시나 되어서 끝이 났다.

"동아리 활동을 이렇게까지 해야 하나? 예고 다닐 때보다 더 힘든 것 같아."

"그러게."

하연은 연주하다가 희진의 말에 바이올린을 내려놓고 한숨을 쉬며 악보를 뒤적였다.

"힘들다……. 진짜 진이 쭉 빠져."
"야, 하연아. 이제 우리도 술 마시러 가자."
이미 팀 연습은 끝이 났고, 식사한 뒤 개인적으로 연습을 하는 정비 시간이었다. 그러나 다른 사람들은 삼삼오오 술을 마시러 갔고, 희진과 하연만 남아 정신없이 연습했다.
"너 먼저 가."
하연은 희진의 등을 떠밀었다. 해도 해도 연습은 부족했다. 오늘 하루 종일 연습을 하며 도윤이 연주를 하는 모습을 보았다. 하연도 혼자 연습을 많이 해 왔다고 생각했는데, 연주회를 위해 갈고닦은 도윤의 연주는 제 것과는 수준이 달랐다.
하얗고 단단한 손가락이 활을 쥐고 재빠르게 움직인다. 유연한 손목이 움직일 때마다 찬란한 소리가 났다. 좇아가고 싶다. 그 소리를 좇아가고 싶어서 하연은 홀로 남았다.
몇 번이고, 몇 번이고 연습한다. 특히나 도입부 부분이 마음에 들지 않아 그 부분만 수십 번 연습했다. 그러다 보니 어깨가 뭉쳤다.
"아오……. 평소 체력 좀 길러 놓을 것을."
너무 무리한 모양인지, 어깨부터 손끝까지 찌릿거렸다. 하연은 잠시 바이올린을 내려놓고 어깨를 돌리며 시계를 봤다. 10시가 가까워져 있었다. 희진이 가고도 두 시간이나 혼자 연습을 했다. 5시쯤 간단히 간식을 먹은 게 다라서 배도 고팠고, 내일도 아침 9시부터 연습이었다.
하연은 자리에서 일어나 대충 정리를 하고, 연습실로 배정된 건물 문을 닫고 나왔다.
오케스트라 합숙 때는 독채 펜션을 빌려 다 같이 먹고 자고 연습을 했다. 이번에는 건물이 두 개나 있어 한쪽은 연습용, 한쪽은 생활하는 용도로 쓰기로 했다. 그 건물들 사이에는 오솔길이 하나 있었다.

어둠이 깊게 내려앉은 밤. 여름이었지만 산속이라 그런지 차가운 바람이 조심히 걷는 하연의 머리카락을 흐트러뜨렸다. 그렇게 걸어가는데, 저 멀리서 누군가의 목소리가 들려왔다.

"오빠."

누구지? 다들 나와서 노는 건가?

하연은 발걸음을 돌려 그쪽으로 향했다. 가로등이 비치지 않는 어두운 건물 뒤편에 서 있는 두 사람이 눈에 들어왔다. 어둠 속에서 희미한 달빛에 보이는 뒷모습. 훤칠한 키에 곧은 등, 너른 어깨. 익숙한 그림자였다. 도윤 선배다.

쿵, 쿵.

그곳에 서 있는 것이 도윤이라는 것을 알고 하연의 심장이 뛰었다. 매일 보는 남자인데도 불구하고 그를 발견할 때마다 심장 박동이 빨라지고 손끝이 차가워진다. 그에게 지적을 받을 때면 화가 났던 때가 어제 같은데.

그리고 도윤 선배와 함께 있는 사람은……. 채선이었다. 하연의 동기이자 그를 좋아하는 채선. 그녀가 손을 뻗어 도윤의 팔뚝을 잡았다.

"도윤 오빠."

"왜?"

"제가 오빠 왜 불렀는지는 오빠도 짐작하시죠?"

그 말에 도윤이 손을 들어 흐트러진 머리카락을 쓸어 올렸다. 저절로 채선의 손이 그에게서 떨어졌다.

"모르겠는데."

일렁거리는 채선의 목소리와 달리, 도윤의 목소리는 바닥으로 착 가라앉았다.

"저 오빠…… 좋아해요."

채선의 고백. 그 소리에 하연의 심장이 쿵, 하고 바닥으로 떨어졌다. 설마 우연히 이런 장면을 목격할 줄은 몰랐다.

들어서는 안 돼. 그런 마음에 하연이 주먹을 쥐는 그때. 도윤의 차가운 목소리가 허공에 울려 퍼졌다.

"그래서?"

'그래서?'라니. 자신을 좋아한다는 사람에게 할 말은 아니었다. 그 딱딱한 말에 당황한 것은 하연만은 아니었는지, 당황한 채선이 그에게 한 발짝 더 다가갔다.

"오빠 여자 친구 없으시잖아요. 저랑 사귀어요, 오빠. 네?"

"미안해. 그건 안 되겠는데."

"왜요? 제가 싫으세요?"

"그런 눈으로 널 본 적이 없어."

딱딱하다 못해 다소 냉정하게까지 들리는 도윤의 말에 하연의 심장이 돌처럼 굳었다. 그러나 채선은 하연과는 달리 용기가 있었다. 저에게는 없는 용감함이 놀라웠다.

"이제부터 보시면 되잖아요. 사귀면서 절 알아 가시면."

"미안해. 네 문제가 아니라, 내 문제야. 누구와도 사귈 생각이 없어."

단호한 도윤의 말에 채선이 중얼거렸다.

"혹시 소문처럼 남자가 좋다거나……. 그런 건가요?"

동아리와 학과 내에는 여자를 멀리하는 그에 관해 그런 소문이 있었다. 여자에게 그렇게 인기가 많은데도 여자와 손도 잡지 않는다는 건, 그렇고 그런 것 아니냐는 이야기였다.

그런 이야기를 들을 때마다 하연은 아닐 거라고 생각했다. 도윤이 사람과의 사이에 벽을 쌓는 것은 비단 여자뿐만은 아니었다. 딱히 남자에게 관심이 있는 것 같지도 않았다.

다소 민감한 주제였지만, 채선의 질문에 도윤은 피식 웃었다. 그 웃음이 차가웠다.

"아니. 난 앞으로도 어떤 여자도, 어떤 남자도 사귈 생각 없어. 이 정도면 네 질문에 대답이 됐어?"

우연히 보게 된 그 고백. 그것이 하연의 운명을 바꿨다.

＊ ＊ ＊

아주 오래전 이야기들. 그 이야기들을 희진의 앞에서 꺼내 놓았다. 어떻게 그를 사랑하게 되었고, 어떻게 의도치 않게 실연했는지. 하연의 이야기가 끝나자, 희진이 눈을 동그랗게 뜨며 물었다.

"……그래서? 그다음에는?"

"그게 끝이었지 뭐."

하연이 씁쓸하게 웃었다. 도윤과 결혼한 지금에도 그날의 기억은 모든 것이 뚜렷했다. 그날 밤 불던 바람의 향기, 흩날리던 도윤의 머리카락과 찌릿하게 가슴 한쪽을 파고들던 실연의 아픔까지.

"왜 끝이야. 너도 고백해 보지."

희진의 말에 하연이 쓴웃음을 지었다.

"희진이 너는 그날 이후 어땠는지 기억 안 나?"

"뭐?"

"도윤 선배가 얼마나 채선이를 멀리했는지."

채선이 그에게 고백하고 차인 뒤 모든 것은 원점으로 돌아갈 거라고 생각했는데, 그게 아니었다. 도윤은 채선에게 거리를 두었다. 누가 봐도 명백하게 벽을 세우고 그녀를 멀리했다.

선후배 사이였던 때엔 그 정도는 아니었는데 이제는 누가 봐도 뚜렷하게 채선을 멀리했다.

"그리고 그해 가을 채선이가 오케스트라를 나갔지."

자세한 이야기는 듣지 못했지만, 도윤의 냉대를 버틸 수가 없어 나간 것처럼 보였다. 사람의 마음은 칼로 무언가를 베듯 손쉽게 잘라 낼 수 없다. 좋아하는 남자에게 고백을 거절당하고 매일 보기는 쉽지 않았으리라.

"아, 그랬던가?"

희진이 기억이 나지 않는다는 듯, 눈썹을 찌푸리고 하연을 바라보았다. 하연이 눈앞에 주스 잔을 들어 홀짝, 들이켜며 쓰게 웃었다.

"응, 그랬어."

다른 사람들은 기억하지 못할 수도 있다. 하지만, 하연은 그 모든 것을 다 보고 기억했다. 도윤에 관한 것은 무엇이든 다.

"그래서 고백 못 하겠더라. 도저히……."

"에이그. 그때 고백했으면 잘될 수도 있었는데."

"아닐걸?"

희진의 말에 하연은 고개를 저었다. 하연은 몇 번인가 도윤에게 물어본 적이 있다.

"언제부터 날 좋아했어요?"

“기억이 나지 않아. 언젠가 내 눈이 널 좇고 있었어.”

도윤의 대답은 늘 기억이 나지 않는다는 것뿐. 확실한 것은 하연이 아직 대학생일 때는 아니었을 것이다.

“그때 고백했으면 채선이에게 했던 것처럼 나에게 벽을 세우고 멀리하고, 결과적으로 결혼도 못 했겠지.”

“그랬구나…….”

“그 이후에 회사 들어와서는 내가 먼저 들이댔고.”

계약 결혼이었다는 이야기는 지금도 비밀이었다. 굳이 다른 이에게 해서 좋을 게 없었다.

“어쩌다가 선배가 휩쓸려서 나랑 결혼한 거지.”

하연의 말에 희진이 눈썹을 찡그렸다.

“에이, 그럴 리가. 도윤 오빠가 누구한테 그냥 휩쓸리고 그럴 사람이냐?”

그건 그랬다.

“뭐……. 하여튼 그랬어.”

하연이 다시 한번 포도 주스를 홀짝이고는 다시 고개를 들이밀었다.

“이제 내 이야기 그만하고, 희진이 네 이야기나 해 봐.”

“뭐?”

“부장이랑 잤다며.”

“아? 어.”

“그다음에 어떻게 됐어?”

하연의 질문에 희진이 한숨을 쉬었다.

“그냥…… 아무렇지 않은 것처럼 쿨하게 굴었지.”

"부장이?"
그 고지식해 보이는 남자가 후배와 하룻밤을 자고 그럴 거라 생각지도 못해서 하연이 놀라 되물었다. 그러자 희진이 고개를 저었다.
"내가. 그냥 하룻밤 실수니까 그런 거로 알아요. 그렇게 넘어가자 했어."
"네가……? 왜, 부장 싫어? 네가 부장 집으로 불러들였다며. 하룻밤 실수였어?"
하연의 질문에 희진이 한숨을 내뱉었다.
"몰라."
"왜 몰라……."
"몰라, 나도. 아, 술이나 마실래. 넌 주스 더 마셔."
하연의 잔에 희진이 주스를 따라 주고는 제 잔에는 넘칠 정도로 찰랑찰랑 와인을 부었다. 말 못 할 일이 많았나 보다. 궁금한데……. 하연이 그녀의 안색을 살피자, 희진이 정말 이야기하기 싫다는 듯 하연의 핸드폰을 가리키며 말을 돌렸다.
"그러고 보니 도윤 오빠 있잖아."
희진이 다시 도윤에게로 화살을 돌렸다.
"도윤 오빠는 지금 뭐 해?"
"집에 있어."
"부르자. 오빠 얼굴도 보고 싶네. 갑자기."
희진의 말에 하연이 웃음을 머금었다.
희진이 그럴 리가……. 희진은 바이올린 파트여서 엄격했던 파트장이었던 도윤을 그렇게 좋아한 편이 아니었다. 더는 준혁의 이야기를 하기 싫어하는 것을 느끼고는 하연이 웃었다.
"네가 보고 싶다고?"

"어. 얼른 불러. 아이 때문에 안 되나?"
하연은 고개를 저었다. 오늘 건우는 집을 비웠다.
"없어. 오늘 우진 오빠네 놀러 갔거든."
"우진 오빠네?"
"응, 건우랑 우진 오빠네 첫째 딸이랑 사이좋아. 두 살 차이라."
"아아, 그럼 잘됐네. 도윤 오빠 얼굴 좀 보자."
부장 이야기를 피하려고 그러는 게 확실했지만, 어차피 도윤이 오늘 하연을 데리러 온다고 했었다. 겸사겸사 연락해 볼까.
"알았어. 그럼 전화해 볼게."
하연은 핸드폰을 들고, 그리운 그에게 전화를 걸었다.

❋ ❋ ❋

지금 희진이랑 술 마시고 있는데 자기도 올래요?
늦은 밤 울린 하연의 전화에 도윤은 두말없이 옷을 입고 차를 몰고 나갔다. 도윤이 레스토랑에 들어서자, 발갛게 얼굴을 붉힌 두 여자가 손을 흔들었다.
"여기, 여기."
하연은 오랜만의 친구를 만나 기쁜지 흥분된 모양이었고,
"오빠, 오랜만이에요!"
희진은…… 아무래도 와인을 너무 마신 모양이었다. 희진의 앞에 이미 와인 병이 두 개나 놓여 있었다. 임신한 하연이 마셨을 리는 없으니 저걸 다 희진이 마셨겠지.
왠지 오늘 밤이 길어질 것 같다는 위험한 생각에 자리에 앉자마자 도윤은 메시지를 보냈다. 도윤이 고개를 숙여 핸드폰을 만지자

희진이 고개를 쑥 들이밀고 물었다.

"어디에 연락해요? 와이프가 여기 있는데, 여기에 집중해야지."

"집중하고 있어."

도윤은 메시지를 보내자마자, 핸드폰을 테이블 위에 올려놓고 하연을 바라보았다. 도윤은 언제나 하연뿐이었다. 말하지 않아도, 지금도 바로 옆에 앉아 제 몸에 살짝 기대는 부인이 사랑스러워 어쩔 줄을 몰랐다.

하지만, 흥미 본위로 자신을 바라보는 후배 앞에서 그런 모습을 드러낼 정도로 서툴지는 않았다. 도윤은 아무렇지 않은 듯 자세를 고치고 입을 열었다.

"희진이 오랜만이네."

"네, 오빠도요. 잘 지내셨죠? 우리 하연이까지 뺏어 가 놓고."

희진의 투정에 도윤이 웃음이 섞인 말투로 입을 열었다.

"하연이를 누가 누구한테서 뺏어."

"나한테서. 우리 솔로들에게서!"

그렇게 말하는 희진이 눈을 얇게 떴다. 그 모습을 보고 도윤이 한숨을 쉬었다. 술이 단단히 취했군. 연락하기를 잘했어. 얼굴이 벌겋게 변해서는 말도 안 되는 이야기를 하는 희진의 말투가 이미 흔들리고 있었다.

하연이 자리에서 일어섰다.

"나 화장실 좀 다녀올게. 희진이가 너무 취해서 혼자 놓아두면 안 될 것 같아서 못 가고 있었어요."

"응, 그래."

자리를 떠나는 하연이 걱정되어 도윤은 그녀가 화장실로 가는 모습을 눈으로 좇았다. 그 모습을 보고는 앞으로 몸을 수그린 희진이 도윤에게 속삭였다.

"오빠."

"응?"

"아까 하연이랑 오빠 이야기 좀 했는데요."

"어."

여전히 도윤의 시선은 화장실로 향한 상태였다.

"도윤 오빠, 우리가 1학년 때부터 하연이 좋아했죠? 사실은 그랬던 거죠?"

그게 무슨 소리인가. 그제야 도윤의 시선이 희진을 향했다.

"하연이는 그럴 리 절대 없다고 그랬지만, 전 오빠가 1학년 때부터 하연이 좋아한 거 알고 있었어요."

"……."

"일부러 그래서 연습 때 하연이만 찾고."

"……."

"하연이만 꾸짖고."

"……."

"하연이만 보고 있었죠?"

어느샌가, 아까까지 술기운이 섞여 있던 희진의 목소리가 말짱해져 있었다. 아직 머리카락이 흐트러져 있었지만, 그조차도 금방 정리하고는 빙긋이 웃는 입술이 드러났다.

"좋아했던 거 맞죠? 신입생 때부터 노렸잖아."

그 말에 도윤은 긍정도, 부정도 하지 못했다. 아주 오래된 일. 이미 도윤과 하연은 결혼까지 한 사이에 거짓말할 필요는 없었다. 하지만 쉬이 대답할 수 없는 이유는…….

그 당시 자신의 감정을 도윤조차 정확히 알 수가 없었다. 그녀를 처음 만났을 때부터 일렁이던 그 감정. 그게 사랑인지 도윤조차 몰랐었으니까.

❋ ❋ ❋

이상하게도 도윤은 하연이 눈엣가시처럼 거슬렸다. 언제부터였을까. 기억도 나지 않는다.

그녀가 동아리에 들어오기로 했던 오디션 때부터인가. 신입생에게 동아리 홍보하러 가는 곳에서 관현악 동아리를 구경 온 하연을 봤을 때부터였을 수도 있다.

도저히 알 수가 없었다. 도윤의 안에서 언제부터 그녀에 대한 관심이 시작되었는지.

이미 그녀가 동아리에 들어왔을 때부터 도윤은 하연이 거슬렸다. 이상하게 수많은 악기들이 함께하는 오케스트라 연주 속에서 유난히 그녀가 만드는 선율이 귀에 꽂혔다.

그래서 자주 그녀를 불러냈다. 그러면서도 바보같이 자신의 마음을 눈치채지 못했다. 하연은 유하게 말하면 도윤을 멀리했고, 나쁘게 말하면 그를 싫어했다. 도윤과 둘이 있는 것은 물론, 다 같이 있을 때 지도받는 것조차도.

하연이 자신을 싫어하는 티를 너무 내서 가끔 눈치채는 다른 동기들이 있을 정도였다. 잘된 일이었다. 나와 가까이 지내서 그녀에게 좋을 일이 없다. 그렇게 도윤은 생각했다.

그렇게 별 기억도 없는 학창 시절이 지나갔다. 그리고 도윤의 졸업이 다가왔다.

졸업식 날, 도윤은 친구들과 대충 졸업 사진을 친구들과 찍고선 동아리 방에 들렀다. 제 물건을 가져가려고 가방을 열어 자질구레한 물건을 담았다. 그러는데, 사람이 없는 동아리 방문이 열리는 소리가 들렸다.

달칵. 고개를 들어 바라보니, 하연이 서 있었다. 도윤이 안에 있던 것을 몰랐는지 눈이 동그랗게 변한 채 그를 바라보다가 고개를 꾸벅 숙였다. 그러고는 들어오지도 않고 가만히 문가에 서서 도윤을 바라보았다.

하연은 늘 그랬다. 도윤이 마치 잡아먹기라도 할 것처럼 무서워했다.

"들어와. 볼일 있었던 거 아니야?"

"아……. 아뇨."

하연이 말을 삼켰다. 한참 망설이는 그녀를 보고 도윤은 결국 고개를 돌려 버렸다. 짐을 다 싸고 나가려고 하는데, 동상처럼 우두커니 서 있던 하연이 입을 열었다.

"선배."

"……."

"턴테이블은 안 가져가세요?"

"뭐?"

턴테이블이 갑자기 여기서 왜 나오지. 순간 그녀가 무슨 이야기를 하고 싶은지 몰라 도윤은 하연을 바라보았다. 빤히 그를 보던 하연은 큰 눈을 느리게 감았다가 뜨고 두 손을 꽉 움켜쥐었다. 관절이 툭툭 튀어나올 정도로 강하게 꽉.

화장기가 없는 입술을 잘근잘근 깨무는 그녀를 보고 도윤은 눈썹을 추어올렸다.

"턴테이블이라니 무슨 말이야?"

"저거."

하연의 시선 끝에는 언젠가 도윤이 가져다 놓았던 턴테이블이 있었다. 기억조차 나지 않을 정도로 오래전에 자신이 학교에 갖다 놓은 물건이었다.

"그건 동아리에 놓고 가."

"그렇군요."

하연이 도윤의 대답에 고개를 끄덕였다. 그리고 다시 고개를 숙였다. 대화가 끝난 것인가. 그럼 이제 나가면 되는데, 도윤은 어쩐지 발이 움직이지 않았다.

위잉, 위잉. 오래된 환풍기가 돌아가며 내는 소리만이 동아리 방 안에 울려 퍼진다. 도윤은 말없이 하연의 모습을 바라보았다. 처음 그녀를 만났을 땐, 갓 고등학교를 졸업했을 때였다. 앳된 모습에 젖살이 채 빠지지 않아 볼이 통통했었다.

몇 년이 지나고, 그녀도 이제 1년 뒤면 졸업을 하게 된다. 흘려듣기로는 취업 준비를 하고 있다고 했다. 그래서인지 오늘도 단정한 정장 차림으로 학교에 왔다. 그 모습을 보니, 자신이 알던 그 어린 신하연도 어느새 어른이 된 것 같아 도윤은 기분이 이상했다.

이게 마지막으로 보게 되는 것이려나. 졸업하고 동아리 활동을 하는 선배들도 있었지만, 도윤이 그럴지, 아니 그 이전에 하연이 동아리 활동을 4학년 때도 할지는 알 수 없었다. 대부분은 3학년을 끝으로 자취를 감췄다.

지금까지는 매일매일 보려면 볼 수 있었다. 동아리 방에 오면, 연습실에 가면, 그곳에는 늘 신하연이 있었다. 하지만……. 이제는 더 이상 없다. 만날 수 없다.

그렇게 생각하니 감각이 이상하게 뒤틀렸다. 툭 떨어져 있던 도윤의 손이 올라온다. 바닥을 바라보는 하연의 뺨을 향해 손이 움직인다. 닿아 보고 싶다. 이유는 모르지만, 한 번 저 뺨의 감촉을…….

그 순간. 하연이 입을 열었다.

"턴테이블……. 예전에 제가 1학년일 때 선배가 설치해 주셨잖아요."

"……."

"그때 저, 덕분에 잘 들었습니다. 레코드도 늘 가져다 주셔서. 조르주 얀센 레코드라든지요."

"아……."

아주 예전에 그런 대화를 했었다. 조르주 얀센의 레코드를 도윤이 추천했지만, 하연이 턴테이블이 없다고 해서……. 그래, 동아리방에 가져다 두었다.

하연 때문이라고 말하지 않았다. 그녀가 고맙다고 이야기하긴 했지만, 그뿐이었다. 하지만 그 오래전 일을 하연은 이야기하고 있었다. 별 큰일도 아닌데.

"매일매일, 잘 들었어요. 선배에게 말씀드리고 싶었는데 기회가 없어서."

"그거……."

도윤이 입을 열자 하연이 서둘러 고개를 흔들었다.

"물론 저 때문에 가져다 두신 게 아닌 건 알아요. 하지만 감사하다는 이야기를 꼭 다시 드리고 싶어서. 조르주 얀센, 정말 좋았어요."

그렇게 눈을 내리깔고 이야기를 했다.

"그리고 지금까지 바이올린 가르쳐 주신 것도 너무 감사했고요."

신하연은 착했다. 그래서 자신을 그렇게나 어려워했으면서도 일부러 이렇게 감사 인사를 하고 있었다.

웃어야 할까, 울어야 할까. 그녀의 대학 시절에 보잘것없는 턴테이블로 작은 흔적이나마 남겼으니 만족해야 하는 건지, 아니면 그 감사 인사를 하면서도 몇 걸음 멀찍이 떨어져 무서워하는 그녀를 보고 화를 내야 하는 것인지. 도윤은 알 수가 없었다.

한참 그녀를 바라보았다.

“그래, 그랬다면 다행이네.”

“네. 선배는 PQ케미컬로 취업하신다면서요?”

“응, 그렇게 됐어.”

“저…… 저기.”

하연이 다시 한번 어려운 듯 입술을 달싹였다.

“저, 이번에 PQ케미컬 인턴을 하게 되었어요.”

“그래?”

“네.”

그녀가 PQ로 들어온다니. 물론 인턴이니 정식 취업을 할지 안 할지는 모르지만……. 하연이 얼굴을 발갛게 익힌 채 한참 말을 망설였다. 무슨 말을 하려는 건가. 뭐 들어가서 잘 부탁드린다는 말을 하려는 건가.

그녀답지는 않은 말이었지만, 다른 말이 예상되지 않았다. 하연이 겨우 입을 열었다.

“선배 때문에 PQ에 들어가는 건 아니에요. 그것만은 알아주셨으면 해서요.”

“하.”

평소 흔들림 없는 도윤의 입에서 한숨처럼 헛웃음이 나왔다. 너 때문에 회사에 들어가는 건 아니니 착각하지 말라는 건가.

"……알았어. 착각하지 않도록 하지."

도윤은 가능한 한 담담하게 말을 내뱉었다. 조금 전 턴테이블에 대한 감사 때문에 잠시 흐트러졌던 마음이 다시 단단히 굳었다.

그는 짐을 챙겨 하연을 스쳐 지나갔다. 동아리 방문을 열고 나가려던 순간, 몹시 짓궂은 생각이 들었다. 신하연은 제 머릿속에 들어와 늘 헤집어 놓고, 정작 자신은 저렇게 멀리한다. 그런 그녀의 마음에 파문을 일으키고 싶었다.

"저 턴테이블 말이야."

도윤이 턱 끝으로 자신의 턴테이블을 가리켰다.

"너 때문에 가져온 거야."

"네?"

"신하연, 너를 위한 거였다고. 그러니까 그거, 네 거야."

"……제 거요?"

하연의 질문에 도윤은 고개를 까닥했다. 자신이 왜 그런 말을 했는지 알 수 없었다. 무언가 비틀린 기분에 입에서 툭 말이 새어나갔다. 그러고는 도윤은 그녀가 왜냐고 묻기 전에 몸을 돌려 나갔다.

'왜 저를 위해 가져오신 건데요?'

그렇게 하연이 묻는다면, 답할 수가 없었다. 그 답을 그 자신조차 알지 못했으니까. 아까, 부지불식간에 하연의 뺨을 훑을 뻔했던 손으로 문을 닫았다.

안녕, 신하연. 다시 못 볼지도 모르겠지만, 잘 있어.

그렇게 인사는 하지 않았다.

어쩌면, 마지막이 아닐지도 몰라서. 어쩌면, 마지막으로 하고 싶지 않아서.

* * *

그리고 1년 뒤. 시간은 부질없이도 흘러갔다. 도윤은 PQ케미컬에 들어와 폭풍 같은 1년을 보냈다.

기업 오너의 조카. 보는 사람도 많았고, 그를 차기 경영자로 키우고 싶어 하는 이모의 바람에 따라 고속 승진을 계속하고 있어 질투하는 이 역시 많았다.

그래서 한 번도 동아리 모임에 나가지 않았다. 끈질기게 오라는 우진과 부장의 설득이 있었지만.

우선은 일에만 집중했다. 그렇게 1년. 회사에 적응되었을 무렵.

"이사님."

새로 비서 일을 맡아 주기로 한 하 비서의 말에 도윤이 눈을 가늘게 떴다. 도윤은 다음 달에 이사로 발령이 나게 되어 있었다. 하지만 아직 이사직으로 올라가지 않았기에, 누군가 그렇게 자신을 부르는 것을 꺼렸다.

도윤의 반응에 하 비서가 어색한 듯 웃었다.

"죄송합니다."

"아닙니다."

그와 일한 지 얼마 되지 않아 자신을 어려워하는 하 비서에게 괜한 인상을 줄 필요는 없었다. 도윤은 부드럽게 입을 열었다.

"무슨 일이죠?"

"저, 지난번에 말씀하셨던 건 말인데."

지난번에 말했던 건. 그것이 무엇인지 도윤이 되새기는 듯하자 그의 표정을 보고 하 비서가 조심스럽게 말을 이었다.

"인턴이었던 신하연 씨……."

신하연. 그 단어에 도윤이 읽던 서류를 탁 덮었다.

오랜만에 듣는 이름이었다. 신하연은 1년 전, 몇 달인가 PQ케미컬에서 인턴 생활을 하고 학교로 돌아갔다.

인턴 생활을 할 때도 회사 내에서 한 번도 마주친 적 없었고, 그 이후에 도윤은 동아리에 나가지 않았으니 1년간 만난 적이 없다.

다만, 우진으로부터 하연이 PQ케미컬 정기 공채에 지원했다는 이야기를 들은 게 전부였다. 그래서 혹시 들려오는 이야기가 있거든 알아봐 달라고 하 비서에게 말한 참이었다.

하 비서가 웃으며 입을 열었다.

"이번에 정기 공채에서 합격해서 3월부터 저희 PQ케미컬에서 일하게 됐습니다."

그 말에 평소 감정을 드러내지 않던 도윤조차 입꼬리가 살짝 비틀렸다.

"어떻게 하라고 할까요?"

"……."

"이사실로 발령을 낸다든지……. 이사님 쪽으로 배치하라 할까요?"

도윤은 그의 말에 잘근 입술을 씹었다. 단순한 선후배 사이였을 때도 벌벌 떨던 그녀가 도윤을 직접 상사로 두면 어떻게 될까. 상상만 해도 쓴웃음이 나오는 상황이었다.

"내버려 두세요."

"그럼……."

그녀는 날 싫어하니까. 그리고 나도…… 신하연에 대해 아무 감정도 품어서는 안 되는 거니까. 그녀를 보면 느껴지는 것은 일렁이는 충동뿐.

왜 그녀가 회사에 들어오는 것을 신경 썼는지 모르겠다. 별 의도는 없었다. 그저…… 후배니까. 동아리 후배니까 마음이 쓰이는 거다. 다른 후배였어도 똑같이 했을 것이다.

"네. 그냥 관여하지 말고 내버려 두죠."

한번 밀려들어 왔다가 사라지는 감정이었다. 굳이 더 헤집을 필요는 없다. 자신을 싫어하는 그녀가 어쩌다가 우리 회사로 왔는지 모르겠지만, 그게 맞는 답이었다.

"그럼, 그렇게 하겠습니다."

"……그런데."

"네."

"혹시 신하연 씨가 회사에서 어려움을 겪는 일이 있거나 하면 보고하도록 하세요."

"네, 그렇게 하겠습니다."

"그녀가 알지는 못하게."

"물론입니다."

하 비서의 대답에 도윤이 고개를 까닥했다.

❋ ❋ ❋

그렇게 오래전 일을 도윤은 반추했다. 하연을 생각만 해도 가슴이 뜨끔하던 그 시절의 생각을.

"오빠, 내 이야기 듣고 있어요?"

갑자기 던져진 질문에 도윤은 다시 현실로 돌아왔다. 눈앞에는 여전히 술을 마신 희진이 앉아 있었다.

참 재밌는 일이었다. 사랑이란 피하려고 해도 피할 수 없는 폭풍 같은 것이었다. 아무리 도망 다니려고 해도 신하연이라는 바람은 도윤을 늘 휘저었다.

언제부터 하연을 사랑했을까. 그 문제는 도윤에게는 여전히 어려웠다. 처음 그녀를 만났을 때였을지도 모르고, 회사에 그녀가 들어왔을 때일지도 모른다.

어쩌면, 하연이 자신을 끌어당겨 처음 입술을 맞췄을 때일지도. 하지만 확실한 것은…….

"도윤 오빠, 정신 차려요. 또 다른 생각 하네."

하연의 생각에 흐려진 도윤의 눈앞에서 와인 잔을 돌리면서 희진이 웃었다.

"하연이 이야기를 하니까 꿀 먹은 벙어리가 되었네. 정말 사랑하는 거 맞아요?"

아무리 질문해도 답하지 않는 도윤이 답답한지 희진이 던진 질문에 도윤이 입꼬리를 끌어 올렸다.

"사랑해."

그녀를 언제부터 좋아했느냐는 건 어려운 문제였지만, 그녀를 지금 사랑하냐. 이것은 도윤에게는 너무 쉬웠다.

"사랑해서 어쩔 수 없을 만큼 사랑하고 있어."

도윤의 입에서 자연스럽게, 스르륵 말이 흘러나왔다.

"앞으로도 계속, 신하연을 사랑할 거고."

오히려 그의 자연스러운 사랑 고백에 놀란 것은 희진이었다. 그럴만도 했다. 결혼 후 도윤을 만난 사람들은 그가 얼마나 하연을 사랑하는지 다 보았지만, 희진은 졸업하고 거의 처음 본 모습이었다. 그 차갑고 딱딱하던 도윤의 변화에 희진이 당황해 얼굴을 붉혔다.

"사랑이……. 연애가 좋긴 좋은가 봐요. 도윤 오빠가 그런 말을 할 줄은 몰랐네요."

그 말에 도윤이 하연이 마시던 포도 주스를 홀짝, 들이켰다.

“어, 좋아.”

사랑이 정말 좋았다. 아니, 신하연이 좋았다. 그녀와 있으면 추운 겨울도 따뜻했고, 더운 여름도 시원하게 느껴졌다. 아득하기만 했던 이 세상에 한 줄기 빛이 되어 주었다. 정말 좋았다. 뭐라고 표현할 수 없을 정도로. 그동안 떨어져 살았던 날들이 마치 거짓말처럼 느껴졌다.

“좋으니까 너도 더 망설이지 말고 해.”

그렇게 말을 내뱉고는 피식 웃으며 도윤이 자리에서 일어났다. 화장실에서 하연이 나오고 있었다. 갑작스러운 도윤의 움직임에 희진이 놀라 눈을 깜박였다.

“오빠 어디 가요?”

“집에.”

“왜요? 더 있다 가죠. 지금 왔는데.”

“다음에. 오늘은 너무 늦었어. 준혁이 올 거니 걔랑 더 마셔.”

툭, 아무렇지도 않게 도윤이 희진에게 폭탄을 던졌다.

“네? 부장이요?”

생각지도 못한 말에 놀라 안 그래도 큰 희진의 눈이 두 배는 더 커졌다. 술이 다 깬 듯, 빨갛게 달아오른 얼굴이 하얗게 질렸다. 희진이 파들파들 입술을 떨며 물었다.

“왜요?”

“왜긴. 너 요즘 준혁이랑 연애한다며. 내가 여기 도착했을 때 메시지 보냈어. 희진이 좀 집에 바래다주라고.”

“누, 누가 우리 연애한다 그래요? 준혁 오빠를 왜 불러요.”

희진의 모습을 보고 도윤이 결국 웃고 말았다. 아니라고는 말 못

하고 입술을 삐끔거리는 모습이 신선했다. 누군가를 좋아하는 마음은 숨길 수 없다. 아무리 누르고 감추려 해도 감출 수 없는 것이 그런 마음이다.

그래서 희진도 하연에 대한 내 마음을 알아챈 것일까. 내가 알기도 전에. 하연이가 알기도 전에. 어쩌면 우리가 정답을 알기 전에 다른 이들은 다 눈치채고 있었을지도 모른다.

도윤이 웃었다.

“누가 그러긴. 우진이가 그러던데, 너희 술자리에서 서로 눈빛 보내고 난리 났다고.”

“누가 눈빛을 보내요. 아, 아니에요.”

희진은 펄쩍 뛰며 아니라고 했다.

이야기해 줄까, 말까. 도윤은 망설였다. 부장인 준혁은 대학생 때부터 희진을 좋아했다. 그러나 희진은 신입생 때부터 사귀던 남자 친구가 있었다.

그런데도 준혁은 희진을 좋아해서 남들은 다 동아리 은퇴하는 4학년 때도 동아리에 남아 뱅글뱅글 희진의 곁을 맴돌았다.

희진이 남자 친구와 헤어졌다는 이야기를 들었을 땐, 이미 그녀가 미국으로 유학을 가 버리고 난 뒤였고. 희진이 돌아왔다는 이야기에 술자리를 꾸린 것도 준혁이었다. 도윤과 하연은 나가지 못했지만.

이 모든 사실을 희진은 알까? 우리에게는 이렇게 확연히 보이는 사실이지만 당사자들에게는 보이지 않을는지도.

그때, 하연의 손이 도윤의 팔을 잡았다.

“무슨 이야기 하고 있어요? 왜 서 있어?”

도윤이 하연의 허리를 끌어안았다. 도윤의 품 안으로 부드러운 몸이 감싸진다.

"아무것도 아냐. 이제 우리 집에 간다고 했어."

"왜? 이제 왔는데."

"아, 그게."

도윤이 말을 하기가 무섭게, 딸랑, 하는 벨 소리와 함께 레스토랑에 준혁이 나타났다. 도윤의 연락을 받자마자 달려왔는지 숨이 턱 끝까지 차오른 채였다.

"어, 준혁 오빠 왔네."

하연의 말에 희진이 놀라 들썩였다.

"버, 벌써?"

그렇게 말하며 희진은 서둘러 가방 안의 손거울을 꺼냈다. 마음이 없다면서, 준혁이 나타난 것을 보자마자 희진은 조금 전까지 반쯤 벌리고 있던 입술 위에 곱게 립글로스를 얹었다.

"희진아, 술 많이 마셨어?"

차오르는 숨을 겨우 집어삼키며 준혁이 하는 소리에 희진이 고개를 살포시 저었다.

"아, 아뇨."

시선이 서로에게 꽂혀 불타오르는 것을 보고 도윤은 웃으며 하연을 이끌고 집으로 향했다. 굳이 준혁이 희진을 좋아했다는 말은 안 해도 될 것 같았다. 둘의 모습을 보니. 이미 준혁과 희진은 하연네 부부 따윈 안중에도 없었다.

* * *

"그 둘이 그렇게 될 줄 누가 알았겠어요."

술도 안 마셨으면서, 하연은 준혁과 희진의 모습을 본 게 신이 났는지 종알거렸다. 그 모습이 귀엽다. 몇 살이 되어도 여러 가지 그녀의 모습은 도윤에게 신선하게 다가왔다.

"왜, 신기해?"

"응. 신기하죠, 그럼."

현관에서 구두를 벗고 들어간 하연이 소파에 앉으며 한숨을 쉬었다. 머리카락이 부드럽게 흘러내렸다. 도윤이 그녀의 앞으로 다가가 손끝으로 그 갈색 머리를 휘저었다.

"뭐가 그렇게 신기해."

"그냥…… 이제 와서 커플이 탄생한다니 재밌고."

"잘될 것 같지?"

"응. 둘 얼굴에 막 티가 나던데요."

그렇게 말하며 하연은 도윤의 큰 손바닥에 얼굴을 기댔다. 부드러운 뺨의 감촉. 도윤은 단단한 손가락으로 하연의 관자놀이를 쓸어내렸다. 피부에 닿는 살결이 매끄럽다.

"사랑하면 다 티가 나나 봐."

"그러게요."

"다른 사람에게는 보였을까? 내 마음. 예전부터 하연이 널 사랑했던 거……."

"글쎄요."

하연이 여전히 도윤의 손바닥에 뺨을 댄 채 눈을 느리게 감았다 떴다. 긴 속눈썹이 흔들렸다.

"그랬을 수도. 그런데 지금은……."

하연이 말을 하다가 고개를 돌려 입술을 도윤의 손바닥에 댔다. 부드럽게 손바닥에 키스하자, 저릿한 감각이 도윤의 손목을 타고 온몸을 맴돌았다.

"나도 알겠어요. 자기가 날 사랑하는 거."

투명한 하연의 눈동자에 도윤의 모습이 떠올랐다. 오롯이 비친 도윤은 그녀가 소중해서 미치겠다는 듯, 하연을 온몸으로 원하고 있었다. 더 이상 사랑을 숨길 필요가 없었다.

도윤은 1년 365일 24시간, 자신의 사랑을 고스란히 드러냈다. 이미 지나쳐 온 시간이 너무 많아서 주저하기엔 시간이 아까웠다.

예전엔 그렇게도 어려웠다. 어렸을 때의 상처라는 비겁한 변명으로 제 감정에게서, 하연에게서 도망쳤다. 하지만 이제는…….

닿을 수 없었던 그녀의 뺨이, 전할 수 없었던 그녀의 마음이, 겹칠 수 없었던 그녀의 몸이 제 손안에 들어와 있다.

"사랑해."

도윤의 고백에 하연이 웃었다.

"알아요."

그러고는 하연이 도윤의 손목을 끌어당겼다. 도윤이 하연에게 바싹 다가가 뜨거운 숨을 불어넣었다. 그 간지러운 숨을 참지 못하고 하연이 웃었다.

"나도 사랑해요."

그녀의 고백이 끝나자마자, 도윤은 하연의 입술을 집어삼켰다. 말캉한 것이 순식간에 도윤의 입술에 점령당했다.

"흡."

부드러운 입술 안에 있는 촉촉한 혀를 쫓아 도윤은 더 더 안으로 들어갔다. 손끝으로는 그녀의 몸을 헤집었다.

"으음."

달콤한 그녀의 신음에 귀가 녹아내릴 것만 같았다. 부드러운 살이 도윤의 몸 아래 짓눌렸다.

"자기야……. 여기는 거실인데."

"아무도 없잖아."

건우는 오늘 집을 비웠고, 일하는 사람도 없다. 오직 둘뿐이었다.

"아무도 없어. 너와 나 둘뿐."

"하지만."

하지만 여기는 거실이고, 또 창문도 훤히 열려 있는데. 바깥에 흩날리는 나무의 이파리들이 보일 정도로 달이 밝은 밤이었다. 그러나 도윤의 눈빛은 거칠고 급했다. 2층의 침실로 올라갈 틈도 없었다.

"널 원해."

"……."

"하연아, 널 원하고 있어."

어렸을 때는 하지 못했던 말들. 일렁거리던 짜증들이 사실은 그녀를 향한 마음이었다는 것을. 그녀를 가질 수 없는 처지의 자신이 미워 생긴 분노의 마음이었단 것을 언제쯤 알아챘을까.

"신하연을 가지고 싶어."

"으음……."

도윤의 손이 아래로 향했다. 오목한 복숭아뼈를 훑고 올라가 종아리를 지나 무릎 뒤 연한 살을 훑는다. 그럴 때마다 투명한 하연의 피부는 붉게 달아올랐다.

"그, 그럼 씻고 와서……."

"안 돼."

"……왜요?"

"키스 마저 하고, 그러고 나서 씻으러 가자."

그러고는 도윤이 고개를 숙였다. 부드러운 입술이 다리를 훑고 올라갔다. 스타킹 위로 닿는데도 불구하고 예민한 감각에 하연은 움찔거리며 발끝을 움츠렸다.

"씻겨 줄게."

씻겨 준다는 말에 하연이 눈을 가늘게 떴다. 그와 목욕을 하면 제대로 씻을 수 있을 리가 없었다. 같이 욕조에 들어가면 자신의 몸을 탐색하는 그의 마디마디 단단한 손 때문에 늘 그 끝은 격렬한 정사로 마무리됐다.

하연이 고개를 흔들었다.

"으응."

그러나 도윤이 하연을 그대로 놓아줄 리 없었다.

"하연아."

"……."

"널 지금 당장 원하는데. 안 되겠어?"

도윤의 말에 하연은 입술을 잘근잘근 깨물었다. 립스틱은 이미 지워졌지만, 흥분에 달아오른 입술은 붉게 물들어 있었다.

"나쁜 남자."

"……."

"내가 당신한테 어떻게 안 된다고 해요. 그런 눈빛으로 바라보는데."

도윤이 하연의 허리를 감싸 쥐자, 하연이 살짝 고개를 들어 올리며 숨을 거칠게 뱉었다.

"그런 눈빛이 뭔데?"

"몰라……. 야한 눈빛."

그러면서 하연은 다리를 뻗어 도윤의 허벅지를 쓸었다. 단단한 근육이 느껴지는 허벅지 위에 발바닥의 여린 살이 비벼졌다.

"그렇게 바라보면서 나한테 안 되냐고 물어보면, 내가 감히 어떻게 안 된다고 말해……."

달콤함이 섞인 하연의 말에 도윤은 더 이상 버틸 수가 없었다. 모든 말을 잊고 그저 짐승처럼 그녀에게 달려들었다.

도윤의 입술이 하연을 통째로 집어삼켰다.

"자기……."

하연 역시 말을 더 못 하고 헐떡이기만 했다. 그녀의 단추를 하나씩 풀어내고 도윤 역시 입고 있던 셔츠를 벗었다. 조각 같은 도윤의 상반신이 드러나자, 하연이 마른침을 삼켰다. 그녀가 자신을 원하는 것이 느껴져 도윤의 입술에 미소가 걸렸다.

"말해 봐."

"뭘요?"

"날 원한다고."

너만을 원하는 나처럼, 너도 날 원한다고. 이미 하연이 자신을 사랑하고 원한다는 것은 도윤 역시 잘 알고 있었다. 하지만 또 확인하고 싶었다.

하연이 거친 숨을 쉬던 입술을 움직였다.

"원해요."

이미 단단하게 달아오른 도윤의 몸이 더욱 딱딱해졌다. 그대로 하연에게 달려들었다.

"읏."

하연의 높은 신음이 거실에 울려 퍼졌다.

도윤은 거칠고 빨랐다. 그러면서도 하연을 배려한 동작에 그녀는 정신이 몽롱해졌다. 오늘 분명 희진과 술 한 잔도 하지 않았건만,

만취한 것처럼 뇌리가 흐려졌다. 술이 아니라 도윤에 취해 그에게 매달렸다.

하연의 손톱이 도윤의 등에 박혀 들었지만, 그 사실에 신경 쓰는 사람은 없었다. 그 아픔을 느끼지도 못하고 도윤은 내달렸다.

"신하연, 하연아."

하연과 결혼한 지 몇 년, 건우라는 귀여운 아들이 생겼고, 하연의 배 속에는 쌍둥이가 자라 이미 안정기에 접어들었지만, 하연은 도윤에게 아내나, 아이들의 엄마라기보다는 늘 신하연이었다.

처음 만났을 때만큼이나, 아니 그 이상으로 그녀를 원했다. 입술과 입술이 맞닿을 때마다 부드러운 속살이 얽혔다. 진한 키스가 계속되었다. 숨이 턱 끝까지 차오를 정도로 흥분한 두 사람이 서로에게 매달렸다.

"미치겠다."

도윤의 짙고 낮은 목소리에 하연 역시 긴 속눈썹을 떨었다. 그의 존재가 하연에게 각인될 때마다 하연 역시 그를 원한다고 외쳤다.

"도윤 씨, 자기야, 응, 거기."

그 목소리를 들을 때마다 심장이 터질 것처럼 부풀어 오르고, 불안정한 그네를 탄 것처럼 가슴이 일렁였다.

너였다. 너밖에는 없었다. 날 이렇게 일렁이게 만드는 사람. 오직 너뿐이었다.

신하연 너뿐.

몇 번을 해도 짜릿하고 뾰족한 쾌감을 선사하는 키스로 밤이 물들여졌다. 그렇게 만지고 싶었던 하연이 제 옆에 있었다.

아주 오랜 시간 함께했지만, 그녀의 소중함을 한시도 잊지 못했다. 그저 멀리서 바라봐야만 했던 세월을 반추한 오늘 같은 날은 더더욱 그랬다.

그렇게 헤어지지 않아서 다행이야. 너와 지금 함께여서 다행이야. 신하연, 네가 있어서……. 정말.

"사랑해."

속삭이며 도윤은 단단한 몸을 그녀의 안에 묻었다. 그 쾌감에 하연의 발끝이 녹아내렸다.

* * *

노곤한 몸을 따뜻한 욕조에 누이자 등에 단단한 남편의 가슴이 닿았다.

거친 밤이 끝나고, 자신을 씻겨 주겠다던 도윤은 하연을 그대로 들고 가 뜨거운 물이 담겨져 있는 욕조에 내려놓았다. 가득 찬 물 위에는 마른 꽃들이 흩뿌려졌다.

물에 천천히 몸을 불려 아름다운 꽃잎을 드러내자, 하연이 멍하니 흔들리는 꽃들을 보다가 뒤에 앉아 있는 도윤에게 속삭였다.

"이런 건 어디서 배웠어요?"

"응?"

"욕조에 꽃 띄우는 거."

연애란 것은 누구와도 해 본 적 없는 사람이었다. 여자에게도 관심이 없는 사람이었고. 그런데 결혼 이후 도윤은 하연에게 세상을 안겨 주었다. 단단하고 고집 있게 다문 입술은 평소 회사에서는 그렇게 엄격하다지만 집에서는 오직 사랑만 속삭였다.

"그냥…… 영화에서 봤어."

"그런데 어떻게 해 볼 생각을 했어요?"

손으로 휘이 휘이 물을 젓자, 분홍 꽃잎들이 일렁였다.

"네가 좋아할 것 같아서 알아봤지."

"자기는…… 내가 아는 사람 중에 정말 최고의 로맨티시스트예요."

사소한 것부터 큰 것까지, 하연의 마음을 파고들 줄 아는 남자였다. 그 말에 도윤이 이상하다는 듯 눈을 찌푸렸다.

"내가 로맨티시스트야?"

도윤의 질문에 하연이 그를 빤히 바라보았다. 고개를 숙이고 자신을 내려다보는 그의 시선이 따뜻했다. 예전에는 날이 서고 예민하던 그였다. 늘 혼자 있으려 했다. 그랬던 그가 이렇게 부드럽고 따스해졌다.

사랑을 받아서. 사랑을 하고 싶어서. 그리고 하연에게 받은 사랑을 그 이상으로 돌려주었다. 그가 결혼 이후에 얼마나 다정한지, 하연에게만 집중하는지 굳이 설명하지 않아도 알 수 있을 정도였다.

하연이 웃었다.

"로맨티시스트지, 그럼."

"난 연애 같은 거 안 좋아하는데. 난 그냥……."

그가 뜨거운 입술로 하연의 관자놀이를 쓸었다.

"하연이 너만 좋아하는 거야."

"……."

"네가 기뻐해 줬으면 좋겠어서, 너를 행복하게 해 주고 싶어서 필사적인 거지. 사랑 따위 네가 없으면 할 일도 없었어, 애초에 연애 따위 관심 없었는데. 그냥 너 때문에 하는 거지. 너를 위해서 사는 거고."

그는 모른다. 그의 말이 얼마나 다정하고 로맨틱한지. 도윤의 말에 하연의 입에서 웃음이 샜다.

"그러니까 자기가 로맨티시스트라고 하는 거예요."

"……그런가."

"응. 당신은 정말 로맨틱한 남편이고, 사랑스러운 아빠야. 당신은 아직도 눈치채지 못했어요?"

그 말에 도윤이 웃었다. 욕실을 낮게 울리는 웃음소리가 듣기 좋았다. 도윤이 물기로 젖은 하연의 입술을 살짝 머금었다가 놓아줬다.

"고마워, 하연아. 날 로맨틱하게 만들어 줘서."

"……."

"딱딱한 내 심장을 이렇게 뜨겁게 데워 줘서."

"……."

"늘 함께 있어 줘서."

"……."

"사랑해."

그 말에 하연은 미소를 머금고 그의 가슴에 얼굴을 기댔다. 두근두근 뛰는 도윤의 심장 소리가 듣기 좋았다.

"사랑해요."

바보 같은 내 첫사랑. 그래도 완벽한 내 첫사랑. 당신을 사랑해요.

몇 번이고 말해도 좋은 말을 다시 한번 입에 올리며 하연은 눈을 감았다.

뜨겁고도 다정한 밤이었다.

외전 2. 보내지 못한 편지

오랜만의 휴일이었다. 아이들은 앞마당에서 물놀이를 하다가 툇마루에서 서로 고개를 맞대고 깊게 잠들었다. 땀인지 물방울인지 모를 것이 맺힌 건우의 이마를 쓸어 주다가, 하연은 자리에서 일어났다.

그녀가 움직이자, 바로 곁의 문지방에 앉아 미소를 띤 채 가족을 바라보던 도윤이 질문을 던졌다.

"어디가?"

"서재 좀 정리하게요."

도윤이 손을 뻗어 가녀린 하연의 손목을 그러쥐었다.

"좀 쉬어. 내가 나중에 할게."

"아니에요. 주말에 볼 책도 고르고 싶고, 내가 하고 싶어서 그래."

하연의 강력한 주장에 도윤은 그제야 손목을 놓아주었다.

"애들 좀 봐줘요. 혹시 안 깨나."

그렇게 말하고는 하연은 서재로 향했다. 단독주택 1층의 가장 안쪽에 있는 서재는 부부의 작업실이자 휴식 공간이었다.

창밖의 아름다운 정원이 훤히 보이는 곳에 앉아서 책을 즐기기 좋은 소파를 두었고, 그 주변에는 도윤과 하연이 오랫동안 모은 장서들이 꽂혀 있었다.

먼지 하나 없이 깔끔해서 청소할 곳은 따로 없었다. 하지만, 손이 닿는 곳에 있는 책만 읽게 되어 책장 가장 높은 곳에 꽂힌 책들에는 영 손이 가지 않았기에 오늘은 휴일을 맞아 책 정리를 하기로 마음먹었다.

"어디부터 할까. 이쪽에는 뭐가 있나."

가장 왼쪽 위, 소파 가까운 데 있는 책장에는 책등에 글씨가 없는 책들이 주르륵 꽂혀 있었다. 하연에게는 낯선 책들이었다.

"이런 책들도 있었구나."

손을 뻗어 책을 꺼내 보니, 온통 영문판 서적들이었다. 휴일에 마음 편히 읽을 책을 찾던 하연은 금세 흥미를 잃고 다시 책을 꽂았다.

"다른 거, 다른 거."

속삭이며 그 아래 칸을 보는데, 가죽 장정의 책이 보였다. 일반적인 출간 서적으로는 보이지 않아 쓱 빼 보았다. 묵직한 무게감에 놀라 바라보다가, 그것이 책이 아님을 눈치챘다.

"다이어리? 일기장?"

도윤이 일기를 적던가? 다른 사람의 것인가. 중간을 열어 보자, 어지러운 글자들이 보였다.

[더블린, 아일랜드.]

[더블린 한인 마트에서 목격 정보가 있음.]

[보통 여성보다 마른 체격. 건강 상태는 괜찮은가?]

일기라고 보기에는 어지러이 쓰인 메모들이 눈에 들어왔다. 더블린? 그곳은 하연이 도윤과 헤어져 있을 때 있던 곳인데. 한 장 더 종이를 넘기자, 반듯한 도윤의 글씨가 보였다.

[보고 싶은 하연에게.]

나에게 쓴 편지인가? 그 글씨에 놀라 수첩을 꽉 잡고 안을 들여다본 순간.

"여기서 뭐 해?"

"어맛!"

갑자기 귓가에서 들린 소리에 하연이 비틀거렸다. 중심을 잃어 사다리에서 넘어질 뻔한 하연을 남자가 가볍게 끌어안았다.

"조심해야지."

"깜짝 놀랐잖아요. 갑자기 뒤에서 나타나서."

수첩에 너무 집중했는지, 그가 들어오는지도 몰랐다.

"뭐 나쁜 짓이라도 했어?"

"아, 아뇨."

했나? 지금 자신이 본 것은 일기는 아니었지만, 도윤이 혼자 써 둔 메모였다. 그가 하연의 손에 들린 수첩을 보고 한쪽 눈썹을 끌어 올렸다.

"그거."

"지금 발견했어요. 아직 안 봤어요."

변명처럼 말하자, 그가 한쪽 입꼬리를 끌어 올려 웃었다.

"그럼 다시 꽂아 둬."

"근데."

"응?"

"여기 자기가 나한테 쓴 편지가 있던데."

그 말에 도윤의 눈이 가늘어졌다.

"안에 안 봤다며."

"다른 데는 안 봤어요. 딱 그곳만……. '하연에게'라고 쓰여 있길래. 나한테 쓴 편지 아니에요? 난 근데 받은 적이 없는데."

하연의 말에 남자가 그녀를 사다리 아래로 번쩍 들어 내려주고는 쓴웃음을 지었다.

"보낸 적이 없으니까."

"……왜요?"

"그건, 내가 널 찾아 헤맬 때 쓴 편지야. 하연이 네가 아일랜드에 있을 때."

그가 하연에게 이혼하자 하고, 하연이 참을 수 없어 한국을 떠났을 때의 일이었다.

"너와 다시 만날 수 있을까, 없을까도 몰랐고 네가 어딨는지도 알지 못한 상태에서 보낼 수 있을 리가 없지."

"그 이후에라도 보여 주죠."

"보여 줄 필요 없는, 유치한 글이야. 너에게 말할 기회가 없을 것 같아서 그래서……."

남겼다.

도윤의 말꼬리가 흔치 않게 흐려졌다. 말하기가 힘든 듯, 흔들리는 그의 입술을 보자 더욱 호기심이 생겼다.

무슨 내용이 담겼을까. 그가 그렇게까지 말하니 더 보고 싶었다. 그 당시 그는 무엇을 생각하고 있었을까.

도윤과 하연이 처음 만난 뒤 가장 오랫동안 떨어져 있던 시기였다. 무엇보다 아픈 시기였다. 도윤은 이모님을 잃었고, 하연은 도윤을 잃었던 시기.

"보면 안 돼요?"

오랜 시간이 지났지만, 하연은 여전히 그에 대해서 알고 싶었다. 자신이 놓친 것이 없도록 하나하나 더 자세히 도윤에 대해 알고 싶었다.

"창피해."

"그래도 보고 싶은데."

하연이 입술을 오물거렸다. 도윤이 눈을 가늘게 뜨고 그런 그녀의 얼굴을 내려다보았다.

"……네가 보고 싶으면 봐야지."

어쩔 수 없다는 듯 한숨처럼 말했다.

"근데 창피하니까, 나 없는 데서 봐. 도저히 당신이 읽는 것을 내 두 눈으로는 못 보겠어."

"그럴게요."

그때, 타이밍 좋게 마루에서 아이 소리가 들렸다. 웅얼거리는 소리가 마침 일어난 듯했다.

"건우 일어났나. 내가 나가 볼게."

"응, 고마워요."

도윤이 다시 한번 수첩을 바라보았다가, 눈썹을 추어올렸다.

"읽고 너무 놀리지 않기야."

그렇게 말하면 더 보고 싶어지는걸. 더 놀리고 싶어지고.

하연은 올라가는 입꼬리를 겨우 꾹 참으며 속삭였다.

"알았어요. 안 놀릴게. 약속할게요."

그는 커다란 손으로 그런 하연의 뺨을 한번 쓸어 주고는 밖으로 나갔다. 도윤이 문을 닫고 나가 사라지고 나자, 하연은 들고 있던 수첩을 가지고 소파에 앉았다.

"이게 웬만한 소설보다 재밌겠는걸."

도윤에게 허락을 받았음에도 불구하고, 누군가의 비밀을, 그것도 사랑하는 남편의 비밀을 본다는 사실에 왠지 모르게 심장이 두근거렸다.

첫 번째 장부터 한 장 한 장 넘겨 보았다. 언제부터 쓴 것일까. 첫 번째 종이에 도윤답지 않게 거친 글씨가 적혀 있었다.

[하연이 아프다.]

[병의 원인은? 암? 진행 속도?]

[진단한 병원은?]

어지러운 글씨들이 쓰여 있었다. 그때, 도윤은 하연이 아파서 외국으로 도피 생활을 간 거라고 생각했었다. 그런 그의 오해가 가득 담긴 글씨에 하연의 인상이 찌푸려졌다.

"이모님이 암으로 돌아가시고 얼마 지나지 않아서인데……. 내가 아프다고 하니 얼마나 마음이 힘들었을까."

그 고통이 고스란히 드러난 듯, 그의 상념이 적힌 메모는 어지러웠다. 종이를 한 장씩, 한 장씩 넘겼다.

[출국 정보. 서울→더블린.]

[왜 하필 아일랜드일까?]

그가 자신을 좇았던 기록이 고스란히 담겨 있었다. 그러다가 드디어 아까 눈에 들어왔던, 도윤이 자신에게 쓴 편지까지 종잇장이 넘어갔다.

조금 전까지의 거친 필체와는 달리 한껏 가라앉아 있는 글씨를 보고 하연의 눈이 멈췄다. 그의 편지. 아주 오래전에 썼지만 하연에게 닿지 못한 편지였다.

종이에는 드문드문 얼룩덜룩한 자국이 찍혀 있었다.

"설마, 운 것은 아니겠지?"

그가 우는 것이 상상이 되지 않았지만, 그래도 눈물 자국 같아 보였다. 더욱 편지 내용이 궁금했다. 서둘러 글을 읽어 내려갔다.

❋ ❋ ❋

-보고 싶은 하연에게.

하연아.

서울에는 어제, 비가 왔어. 1시간 뒤면 인천 공항으로 향해야 하는데, 어젯밤 내내 내리던 비는 그치지도 않고 창문을 두들기네.

나는 밤새 거실에 앉아 깜깜한 정원의 빗소리를 멍하니 들었어. 하연이 네가 가끔 이렇게 앉아 정원을 바라보곤 했지. 별 특별할 것도 없는데도 그냥 좋다고. 이 집이 좋고 직접 가꾼 정원이 좋아서 바라보는 것만으로도 행복하다고 너는 그랬지.

나는…….

나는 그런 너를 보는 게 좋았다. 네가 자리에 앉아 밖을 바라보고 있노라면 그 옆에 바싹 다가앉아, 너를 따라 정원을 보는 척하며 네 옆모습을 훔쳐보았어.

정원을 구경하느라 몹시 매서운 늦가을 바람을 쐬어서 콧물을 훌쩍이는 네 옆에 뜨거운 라떼가 가득 담긴 컵을 내려놓으면, 너는 귀엽게 웃으며 꾸벅 고개를 숙였지.

차가운 커피보다는 뜨거운 라떼를 좋아한다면서도 막상 뜨거운 음료를 삼킬 수 없어 후후 부는 모습도 어쩌나 귀여운지.

너에게 들키지 않으려 애쓰면서도 1분 1초도 너를 보지 않은 적이 없었다.

사랑해서는 안 된다고 생각하면서도, 네 모습을 좇는 내 눈까지는 멈출 수가 없었다.

사랑을 하는 법을 배우지 못한 나인데도 너는 어찌나 사랑스러운 사람인지, 그런 나조차 사랑하지 않고서는 배길 수가 없었다.

결혼을 하고, 그 사람의 평소 생활을 보면 있던 환상도 깨진다는데, 나는 환상이 깨지기는커녕 신하연이라는 사람에게 더 젖어 들어갔어.

잠잘 때 가끔 중얼거리며 내 품을 파고들 때면 심장이 터질 것 같았고, 자다 깼는데 너의 귀여운 얼굴이 시야 가득 채울 때면 나답지 않게 발을 구르고 싶을 정도로 행복해졌다.

행복이 무엇인지, 네 곁에 있을 때 처음 배웠다.

별거 아닌 일상이 얼마나 행복한지, 믿을 수 없을 정도였어.

올 한 해는 내게 잊을 수 없을 정도로 반짝이는 시기였어.

하연아.

신하연.

사실 그렇게 특이한 이름도 아니건만, 이 세 글자만 불러도 난 금세 행복해지고 불행해졌다.

너는 그 오랜 시간 왜 나를 멀리했는지 질투가 나고, 왜 나는 그냥 순수하게 사랑하지 못하는지, 질투로 얼룩진 사랑을 하는지 화가 났다.

그래서 어리석은 선택을 했다. 그래서는 안 되는 거였는데.

네가 이혼하지 말자 했을 때, 그럼 조금만 더 우리에게 기회를 주자고 했어야 했어.

아픈 네가, 죽어 간다는 네가 어떤 마음으로 그런 말을 했는지 헤아리지도 못하고 나는 이기적으로 그저 너에게 더 좋은 선택이라고 내 마음대로 판단을 하고 너를 보냈다.

나 아니고 다른 사람을 만나면 더 행복해질 거라고 내 마음대로…….

최악의 선택이었다.

그게 아니었다면, 지금 너는 내 곁에 있었을 텐데.

지금 이 거실에 앉아, 네가 좋아하는 정원에 비가 오는 것을 보며 라떼가 가득 담긴 컵을 들고 후후 불면서 웃었을 텐데.

이 집을 나갈 때, 너는 내게 "안녕히." 있으라고 했지.

네가 없는 삶은 결코 안녕하지 못할 텐데, 그렇게 말하는 네가 잔인하다고 생각했다.

내가 너를 거부한 것인데도 불구하고.

그런 벌을 지금 받는 것일까.

나는 아이가 된 것처럼 매일 울고 있어. 네가 혹시나 이 세상에서 사라질까 봐 두렵고, 하연이 네가 지금 혹시 아플까 봐 무섭다.

너 대신 내가 죽을 수 있다면 얼마나 좋을까.

왜 하필 네가 아픈 걸까.

나쁜 짓을 저지른 것은 나인데, 왜 하연이 네가 힘든 건지 알 수가 없다.

너처럼 착하고 아름다운 사람이 어디 있다고.

신을 믿어 본 적 없었어. 신이 있다면 죄 없는 우리 어머니를 그렇게 가혹하게 거두실 리 없다고 생각했다.

하지만 이렇게 되니 무기력하게 나는 매일 밤 신을 찾는다.

하느님. 하연이를 살려 주세요.

저를 데려가세요.

내가 죽으면 이제 세상에 슬퍼할 사람이 하나도 없는데, 하연이는 달라. 그녀가 세상을 뜨면 가슴 아파할 사람이 너무 많습니다. 하연이를 앗아 가지 마세요.

그렇게 매일 밤 바보같이 울다가 또 너를 찾고, 네가 없는, 이제는 네 향기마저도 아득히 사라진 침대 위에서 눈을 감을 수 없는 밤을 보낸다.

너에게 그런 잔인한 말을 해서는 안 되는 거였어.

이혼하지 말자고 네가 그렇게 애원하는 게, 나는 네가 나를 배려해서라고 오해했어. 하지만 시간이 지나고 보니, 네가 이곳을 좋아했다는 생각이 들어.

혼자 외국에 있는 것보다는 이곳이 나았을 텐데.

너를 밀어 내는 것보다, 너를 사랑한다고 고백했어야 하는 거였어.

누군가를 사랑할 수 있게 해 줘서.

그 상대가 너라서.

얼마나 감사하고 고마운지 말했어야 했다.

너를 사랑한다고.

너를 사랑해서 어쩔 수가 없다고.

너를 향한 사랑이 나를 구원했다고, 그렇게 말했어야 했다.

미안해. 하연아, 네게 상처를 줘서.

3시간 전, 전화가 왔어.

이제는 전화가 울릴 때마다 천국과 지옥을 같이 경험한다. 네가 혹시 어떻게 되었다는 소식일까 봐 울렁거리고, 혹여나 네가 내게 건 전화일까 봐 기대한다.

아까 온 전화는 네가 있는 곳을 찾았다는 소식이었어. 네가 더블린에서도 한참 떨어진 곳에 있다고.

다소 말랐지만, 보기에는 건강해 보인다는 말이었어.

기회가 있을까?

너에게 사랑한다고 다시 고백할 기회가.

너를 다시 안을 수 있는 기회가.

그 기회가 나에게 다시 한번 주어진다면…….

데리러 갈게.

조금만 기다려.

아주 조금이면 돼.

＊ ＊ ＊

편지는 그곳에서 멈춰져 있었다. 평소 감정 표현이 서툰 그가 얼마나 감정을 담았는지, 글자 하나하나가 꾹꾹 눌러써 있었다. 눈물 자국이 번져 있는 종이 위에, 하연이 떨어뜨린 눈물이 겹쳐졌다. 절절한 사랑 편지였다.

그가 자신이 아파서, 시한부일까 봐 걱정한 것은 알았지만, 매일 밤 울면서 기다린 줄은 몰랐다. 신을 믿지 않는 그가, 신을 찾으며 울부짖을 정도로 저를 소중하게 여겼던 줄은.

그의 고통이 그대로 담겨 있는 편지가 아파서, 슬퍼서 눈물이 나오고, 그의 사랑이 그대로 담겨 있는 편지가 기뻐서 또 눈물이 흘렀다.

그 수첩을 그대로 들고 거실로 걸어 나갔다. 그러자 거실에 앉아, 어느샌가 일어나서 정원에서 뛰어노는 아이들을 바라보는 도윤이 보였다.

편지 안에서의 모습과 마찬가지로, 정원을 바라보는 그의 등. 그러나 쓸쓸하고 아프기만 했던 편지 안의 모습과는 달리, 아이들을 바라보는 남자의 등은 긴장이 풀어져 있었다.

하연은 급히 그에게로 달려가, 도윤의 등을 꽉 끌어안았다. 두 팔 가득, 단단한 남자의 몸이 안긴다.

“자기야.”

“왔어?”

그가 고개를 돌리고 하연을 바라보았다. 하연은 말도 못 하고 그의 어깨에 얼굴을 묻었다. 눈물이 자꾸 배어 나왔다. 얼마나 그가 당시 괴로웠을지, 외로웠을지 알 것 같아서.

“……흡.”

“신하연. 뭐야, 우는 거야?”

“…….”

그의 질문에도 하연은 대답하지 못했다. 자꾸만 울음이 터져 나왔다. 앞을 보고 있던 도윤이 몸을 돌려 하연을 보았다.

“하연아, 왜 울어.”

그가 눈물로 얼룩진 하연의 얼굴을 들어 바라보았다. 다정한 목소리로 하연을 다독였다. 도윤의 눈에 자신의 얼굴이 이상하게 흐트러져 보일 것 같은데도 울음을 참지 못하고 하연은 입술을 실룩였다.

“왜 울어……. 마음 아프게.”

“…….”

“내가 읽지 말라 그랬잖아. 유치하고 못 쓴 글이야. 네가 언젠가 읽을 줄 알았으면, 더 근사하게 썼을 텐데.”

“…….”

"그때는 눌러 둔 감정을 토로할 곳이 없어서, 바보 같은 글을 썼어. 버렸어야 하는 건데. 어디다 뒀는지도 모르고 네 눈에 띄게 했네."

도윤의 말에 하연이 고개를 저었다.

"바보 같지 않아요."

유려한 문장은 아니었지만, 소중한 편지였다. 그가 겪었을 고통이 그대로 느껴졌다. 도윤이 품었을 하연에 대한 애끓는 애정도.

"바보 같지…… 않아."

왜 자꾸 눈물이 나오는 걸까. 하연이 자꾸 울자, 도윤이 곤란한 듯 조금 찌푸린 표정으로 하연의 뺨을 감싸 안았다.

"미안해, 하연아."

"뭐가 미안해요?"

"그냥. 네가 울어서. 나 때문인 것 같아서."

"아냐, 그런 거 아니에요. 정말 아니야."

그런데도 불구하고 한참을 그녀는 도윤의 너른 품에 안겨 울었다. 왜 눈물이 나오는지도 몰랐다.

다정하고 상냥한 남자가 평생 지고 왔을 그 상처의 무게가 아파서 우는 건지, 아니면 그가 자신을 얼마나 사랑하는지 알아서 감동 때문에 우는 건지 정말 무엇 때문인지…….

한참 그렇게 우는 하연을 꽉 끌어안은 도윤이 그녀의 등을 쓸어내려 줬다. 부드러운 손길이 여러 번 닿자 흔들리던 하연의 등이 그제야 잦아들었다. 하연을 꽉 안은 채 도윤이 그녀의 귓가에 속삭였다.

"울지 마. 하연아. 네가 울면 내가 너무 아파."

"……."

"그 편지 적었을 때, 다시 너를 만나게 되면……. 우리가 함께할 수 있는 기회가 있게 되면. 널 꼭 행복하게 해 주겠다고. 네가 이 집을 떠날 때처럼 슬픈 표정은 짓게 하지 않겠다고 맹세했어. 널 위해 뭐든지 하겠다고."

"……흐윽."

"근데 이렇게 울면 어떻게 해. 내가 울린 거라고 생각하니 가슴이 아파, 하연아."

하연은 눈물이 잔뜩 고인 채 그를 올려다보았다. 자신을 바라보는 그의 눈은 우수에 차 있었다. 큰 눈동자에 울어서 엉망이 된 그녀의 얼굴이 비쳤다.

"어떻게 하면 울지 않을래? 내가 어떻게 해 줄까?"

"꼭 안아 주세요."

"그거면 돼?"

하연이 고개를 끄덕였다.

그가 하연의 몸을 꽉 끌어안았다. 다부진 남자의 팔이 하연의 몸을 강하게 끌어안자, 갑갑하면서도 그 조여짐이 안락했다.

"사랑해, 하연아."

"……."

"사랑해, 신하연."

"나도 사랑해요."

그렇게 그의 품에 안겨, 어깨에 고개를 기대고 속삭였다. 그러자 그가 너털웃음을 지었다.

"그런 글 보고 우는 사람이 어딨어."

"……눈물이 나왔는걸요."

"큰일이다. 우리 하연이도 마음이 여려서. 막 웃고 놀렸어야지. 오해한 주제에 남자가 혼자 울면서 집에서 그런 글을 썼다고."

"당신이 날 좋아해서 쓴 글인데 어떻게 놀려요."

그 마음이 얼마나 소중하고 큰 것인데. 도윤이 다시 한번 쓰게 웃었다.

"그런가."

"그래요. 난 저거 가보로 간직할 거야. 우리 애들한테도 읽어 주고, 손자 손녀 태어나면 읽어 주고……."

"안 돼, 혼자 비밀로만 알고 있어."

"어떻게 그래요."

"나 창피해서 죽는 꼴 보고 싶어?"

아니나 다를까, 평소 하얀 편인 그의 얼굴이 약간 발그레하게 달아올라 있었다.

"죽일 수는 없지. 그럼 당분간은 비밀로 할게요."

그래도 언젠가 애들에게는 보여 줘야지. 그렇게 속삭이는 하연의 턱을 들었다.

"안 돼. 우리끼리 비밀로 해."

"……생각해 볼게요."

"하연이 너."

그렇게 말하고 도윤은 눈물로 젖어 있던 하연의 입술에 입술을 겹쳤다. 뜨거운 입술이 맞붙었다.

바로 근처에 애들이 있다. 지금은 마당에서 신나게 뛰어다니고 있지만, 창가 근처에만 와도 보일 터였다. 부둥켜안고 있는 것은 둘째 치고, 입을 맞추는 장면을 보면…….

"애들이 봐요."

입술과 입술이 떨어지자, 하연이 급하게 말했다.

"보라지."

"아이, 참."

"부모님이 사이좋은 것을 보면 아이들 교육에도 좋댔어."

이건 사이좋은 것을 좀 넘어선 것 같은데. 그러나 그렇게 항의를 하기 전, 그가 다시 한번 입술을 댔다. 이번에는 부드러운 입술을 가르고 그의 혀가 들어왔다.

"으음……."

부드럽고 짜릿하면서도, 여전히 마음이 달았다.

"빨리, 애들에게 안 보여 준다 약속해."

하연이 말이 없자 다시 한번 입술을 맞췄다. 쪽, 쪽, 쪽. 근사한 키스가 이어졌다. 이러다가는 정신이 또 흐트러지겠다. 얼른 하연이 입을 열었다.

"알았어요. 약속할게요."

"좋아."

그러고는 한참 그의 품에 안겨 있었다. 그렇게 안겨 있다가 문득, 하연이 입을 열었다.

"자기야."

"응?"

"날 위해서 뭐든 해 주겠다는 약속 아직도 유효해요?"

"당연하지."

"그럼……."

하연은 불쑥 욕심을 냈다.

"나, 편지 하나 써 줘요."

사실 오늘 받은 편지가 도윤에게서 받은 첫 번째 편지였다. 가끔 짧은 메시지가 적혀진 카드는 받았어도, 그는 글을 잘 쓰지 못한다며 편지를 적어 준 적이 없었다.

"응?"

하연의 말에 도윤이 끄덕였다.

"그럴게."

"진짜요?"

"응, 네가 원한다면 뭐든 해 줘야지. 하연이 네가 행복하다면."

그의 말에 하연의 얼굴에 웃음이 번졌다. 이번에 올 편지에는 눈물 대신, 행복과 사랑만이 묻을 예정이었다.

외전 3. 제주도의 붉은 밤

햇살이 좋은 어느 여름날. 하연은 테라스에 있는 의자에 기대서 한가롭게 잡지를 읽었다. 이른 아침이라 아직 아이들은 깊은 잠에 빠져 있었다.

하연은 이 새벽 시간의 고요를 사랑했다. 홀로, 때로는 도윤과 함께 보내는 30분 정도의 짧은 휴식이었다. 오늘도 바로 옆자리에 도윤이 앉아 있었다. 그 역시 다리를 반쯤 꼰 채, 신문을 읽고 있다.

살랑살랑 바람이 불어 그의 앞머리를 흩뜨려 놓았다. 날카로운 콧날이 밝은 햇살에 드러난다.

그는 신문을 넘기며 입술을 끌어 올렸다. 사그락, 사그락 종이를 넘기는 소리가 좋았다.

한참 남편의 얼굴을 바라보던 하연은, 그가 고개를 살짝 들자 쑥스러워져 다시 잡지로 시선을 돌렸다. 인테리어 잡지에는 잘 꾸민 집들의 사진이 보기 좋게 실려 있었다.

'요즘 유행은 맥시멀리즘이구나. 이렇게 인테리어 하는 게 인기인가. 나는 별로인데.'

쓸데없는 생각을 하면서 잡지를 넘기던 그 순간, 하연의 입에서 탄성이 튀어나왔다.

"와, 예쁘다."

제주 전통 가옥에 대한 기사였다. 커다란 사진에 찍혀 있는 고즈넉한 집이 눈에 들어왔다.

현무암으로 쌓아 올린 벽에 위에는 초가지붕을 얹었다. 야트막한 돌담이 정원을 나누고 있고, 대문 대신 '정낭'이라고 하여 나무 기둥 세 개를 얹어 놓은 모습을 보고 절로 하연의 잇새로 말이 샜다.

"너무 좋네."

고요를 깨뜨린 그녀의 목소리에 도윤이 고개를 빼서 자신의 부인을 바라보았다. 시선에도 사진에서 눈을 떼지 못하는 하연을 보고 도윤이 웃었다.

"뭐가 그렇게 예쁘길래 그래?"

"제주 전통 가옥 특집 기사 보고, 나도 모르게. 안은 현대식으로 많이 고쳤는데, 참 좋네요. 지붕도 나지막한 게 아늑하고 소박한 매력이 있어서 예쁘다."

흐응, 하면서 남자는 하연이 들여다보는 잡지를 바라보았다.

"요즘은 제주도에서 현대적인 것보다 전통 가옥이 인기인가 보지?"

"여기 책에도 그렇게 나와 있네요. 한 달 살기용 숙소도 그런 곳이 많고, 호텔도 있다고. 안은 다 현대적으로 고쳐서 편리하고 쓰임이 좋대요."

하연과 도윤은 정원이 딸린 단독주택에서 살고 있었다. 단독주택에서 살다 보면, 사람을 써도 신경 쓸 일이 많았다. 하지만 그렇게 집을 신경 쓰는 것조차 지금은 하연의 취미가 되었다.

가족이 사는 집을 꾸미는 것이 좋았다. 그러다 보니 다른 주택에도 관심이 자연스레 많아졌다.

예전엔 없던 취미였지만 요즈음에는 인테리어 잡지나 일일 강좌도 자주 들으러 다녔다. 집중하려 저도 모르게 미간을 찌푸리고 기사를 읽었다.

[제주 전통 가옥의 가장 큰 특징은 주변 땅과의 경계선을 현무암으로 된 돌담으로 구분 짓는다는 것이다. 개방적인 구조는……]

"하연아."

"음……?"

기사를 읽으며 대충 대답하는 그녀를 보고 도윤이 입꼬리를 비틀어 웃었다. 제게 관심이 쏠리지 않는 것이 서운한 모양인지.

"그렇게 좋아?"

"응……. 예쁘네요. 무엇보다 특이해. 이렇게 자세히 본 적이 없어요. 대충 사진으로 본 적은 있지만. 난 제주도 가 본 적이 없잖아."

"그래?"

그렇게 말하는 그녀의 관심을 잡아 보려 그의 손가락이 하연의 머리카락을 쓸어내렸다. 관자놀이에도 남자의 손가락이 스쳤다. 하지만 여전히 기사에 집중한 그녀를 보고 결국 포기한 듯, 도윤이 다시 한번 웃었다.

"하연아. 그렇게 좋으면…… 다음 주말에 갈까?"

"음?"

갑자기 무슨 말이지. 하연이 고개를 들어 그를 바라보자, 도윤이 어깨를 으쓱했다.

"제주도 말야. 다음 주말에 가자. 마침 나도 일정이 비어 있고, 당신만 괜찮으면 제주로 여행을 가는 건 어때."

"어, 정말요?"

제주도라니. 그에게 말한 것처럼 사실 하연은 제주도를 가 본 적이 없었다. 가족 여행은 해외가 많았다. 보통 국내에서 휴가를 떠날 때는 별장이 있는 강릉으로 간 경우가 많았다. 그래서 제주는 가려면 언제든지 갈 수 있었지만, 연이 없었다.

특별히 가 보고 싶다는 생각도 한 적 없다. 하지만 지금 이 사진을 보니 마음이 달라졌다. 잡지의 매끄러운 종이가 손가락 사이로 미끄러졌다.

"가고 싶긴 한데. 그런데 다음 주는 건우가 안 될걸요. 이랑이랑 아랑이도."

이랑이랑 아랑이는 요즈음 주말에 발레를 배웠고, 건우는 미술을 시작했다.

"더 잘됐어. 어머님에게 맡기든지, 아니면 우진이네 맡기고 가자."

"우리 둘이 가자는 말이에요?"

도윤이 뭐 그렇게 놀라냐는 듯, 웃었다.

"응, 우리 둘이. 둘이 가는 건 싫어?"

"싫을 리가요……. 그렇지만."

둘이 여행을 가는 것은 쌍둥이가 태어난 이후 처음이었다. 이제 쌍둥이 이랑이, 아랑이도 엄마가 없어 울 나이는 아니었다. 그래도 아이들을 놓고 간 적이 없어 마음이 켕겼다.

"그래도 될까……."

애들을 걱정해 길게 늘어지는 하연의 말에 도윤이 단호하게 눈썹을 비틀었다.

"돼. 그리고 우리 다음 주에 결혼기념일이니까. 딱 좋잖아."

"……."

"둘이서 맛있는 것도 먹고, 당신이 좋아하는 집도 보고, 그리고……."

그의 손가락이 하연의 관자놀이에서 천천히 떨어져 가느다란 목선을 스쳤다. 그리고 움푹 패인 쇄골을 살살 긁었다. 차도윤은 이제 하연에 대해 모르는 것이 없었다.

어디를 만지면 좋아하는지, 어디를 스치면 들뜨는지. 그의 손가락이 쇄골을 아로새기자, 조금 전까지 잡지에 쏠려 있던 그녀의 신경이 옆에 앉은 남자에게로 향했다.

도윤의 얼굴에는 장난스러운 표정이 떠 있다. 그녀를 유혹하는 표정. 붉은 아랫입술을 그가 살짝 깨물고 있었다. 그 모습이 색정적이었다. 자신도 모르게 입 안이 바싹 마른다.

"그리고 밤에 우리끼리 지내."

"……."

"우리 단둘이."

조금 전까지 아이들만 놓고 가도 될까 걱정하던 하연의 귓가에 그가 악마처럼 속삭였다. 그가 밤에 무슨 일을 하자는지는 명백했다.

"응? 그러자. 하연아."

도윤은 그녀의 귓불을 살짝 입술로 물었다 놓았다. 그 감각이 찌르르 온몸을 스쳤다. 다른 사람도 아니고 차도윤이다. 자신이 평생 사랑한, 매력이 넘치는 그의 말에 저항할 수 있을 리 없었다. 하연의 고개가 툭, 떨어졌다.

* * *

제주의 여름은 눈이 시릴 정도로 찬란했다. 갑자기 떠나온 여행이었지만, 모든 것이 순조로웠다. 건우와 이랑, 아랑은 오랜만에 우진 삼촌네 집에서 잔다며 신나 했다.

공항으로 향하는 엄마 아빠에게 대충 인사만 하고 떠나 버렸고, 마침 도윤도 회사에 바쁜 일이 없어 2박 3일 일정을 꽉 채워서 제주에서 보내기로 했다.

그렇게 도착한 제주의 날씨는 환상적이었다.

"서울보다 하늘이 넓어."

한숨처럼 하연의 입에서 감탄이 나왔다. 둘은 빨간색의 차를 빌려 숙소로 향하는 중이었다.

공항에서 한 시간 떨어진 애월읍에 있는 숙소까지 가는 길은 해안 도로라 눈에 거슬릴 게 없었다. 파란 하늘과 그보다 더 푸르른 바다. 그리고 가끔 그림자를 드리우는 하얀 구름 정도만이 눈에 들어왔다.

"너무 예뻐서 그림 같아요. 누가 잘 그린 유화 같아."

하연의 들뜬 목소리에 도윤은 미소를 지었다.

"그렇게 좋아?"

차를 능숙하게 운전하는 남자가 저를 바라보며 물었다. 바다를 바라보던 하연의 시선이 그에게로 향했다. 쨍한 제주의 햇살 아래 드러난 도윤은 더욱 눈부셨다.

도윤을 만난 지 얼마나 됐을까. 이제는 두 손으로 세어도 손가락이 모자랄 정도로 긴 세월이 지났다. 하지만 하연은 여전히 그를 보면 심장이 뛰었다. 오랜만의 둘의 시간이어서 그런가.

하연은 어느새 세 아이의 엄마가 되었다. 첫째 건우, 그리고 쌍둥이 자매인 이랑과 아랑. 세 명을 키우고 이사장을 맡고 있는 한마음 음악 재단을 일을 하면서 바쁜 남편과 단둘만의 시간을 즐길 여유는 없었다. 둘만의 여행은 진짜 오랜만이었고. 그래서 그런지 가슴이 쿵쿵 뛰었다.

차가 빠르게 달릴 때마다 내리쬐는 햇볕이 그의 얼굴에 그림자를 만들었다. 날카로운 콧날과 단정한 입술. 세월이 지나면서 퇴색되기는커녕 얼굴에는 멋을 더해 갔다.

하연이 그의 질문에도 답하지 않고 도윤의 얼굴에 반해 가만히 바라만 보고 있자, 이상하다는 듯, 남자가 눈썹을 추어올렸다.

“무슨 생각을 그렇게 해? 뭐 보는 거야?”

그제야 정신을 차리고 하연이 고개를 서둘러 흔들었다.

“아, 아녜요. 좋아서…….”

그 말에 그가 또 웃었다. 그가 웃을 때마다 주책없이 심장이 뛰었다. 남편이 웃는다고 이렇게 두근거려 하는 유부녀는 없을 거야. 정신 차려. 하지만 그냥 남편이 아닌걸. 어쩔 수 없는 일이었다. 차도윤이니까. 완벽한 내 남편 차도윤. 달리는 차 안에서 그를 몰래 바라보며 하연은 다시 웃었다.

❋ ❋ ❋

도윤이 예약해 놓은 숙소는 너무나도 근사한 곳이었다. 평소에

여행 갔을 때처럼 호텔을 잡을 줄 알았는데. 그가 구한 곳은 바다가 내려다보이는 제주의 전통 가옥이었다.

잡지에서 본 집보다도 훌륭했다. 야생화가 피어 한들거리는 정원을 돌담이 끌어안고 있고, 별채와 본채 두 동으로 나누어진 낮은 집은 잘 수리되어 전통의 미를 그대로 살렸음에도 불구하고 편리했다.

"정말 너무 좋다."

집에 들어와 짐을 내려놓자마자, 하연의 입에서 또 탄성이 터졌다. 그냥 훌쩍 떠나온 여행이라 이리 완벽할 줄은 몰랐다. 방 이리저리를 돌아다니면서 오랜만에 아이처럼 탄성을 지르는 하연을 도윤이 뒤에서 끌어안았다.

"헛."

갑작스러운 남자의 스킨십에 하연이 놀라 굳자, 그가 가슬가슬한 턱을 하연의 목에 비볐다.

"너무 귀엽잖아, 신하연. 아이처럼 방방 뛰고."

도윤의 목소리가 귓가를 간지럽혔다.

"……귀엽긴요. 여기 숙소가 그냥 너무 좋다고 한 건데."

그가 작은 소리로 "그게 귀엽다는 거야."라고 속삭였다. 이런 게 귀여울 리가. 하긴, 도윤은 하연이 뭘 해도 좋아했다. 오늘도 예외는 아니었다. 도윤이 말을 이었다.

"이렇게 제주를 좋아할 줄 알았으면 빨리 올걸 그랬어. 네가 제주도가 처음이라니 의외야. 나도 일할 때 말고는 온 적이 없지만. 아까 차에서도 얼마나 좋으면 정신없이 보더니."

"지금이라도 왔잖아요. 그리고……."

아까 차에서는 바다를 봐서 정신이 빠진 게 아니었다. 제주 바다를 본 게 아니라 그의 얼굴을 본 거였는데.

남편 얼굴을 보며 헤실거렸다는 이야기를 하기 쑥스러워 잠시 하연은 입술을 달싹이다가, 솔직하게 말을 내뱉었다.

"아까는 자기 보느라 넋이 빠진 거예요."

"응? 나를 봤다고?"

"오랜만에 자기랑 둘이 있으니 왠지 예전 생각나서……. 그래서 눈을 못 떼겠더라고요."

그를 짝사랑하던 때. 도윤과 하연의 마음이 연결되지 않던 때로 돌아간 것만 같았다. 아이들이 없으니, 결혼하기 전 시절이 떠올랐다.

"그때 생각도 나고 그러니까 뭔가 그렇더라고요."

"갑자기 옛날 생각을 했어? 그때랑 비슷하긴 했는데."

도윤의 말에 하연이 고개를 끄덕였다.

"응, 변하긴 했어."

도윤은 많이 변했다. 손가락을 뻗어 자신에게 바싹 붙어 있는 남자의 얼굴을 아로새긴다.

"예전에도 멋있었는데 나이가 드니 더 멋있어진 것 같아. 오늘도 보면서 얼마나 설레던지."

한없이 불안하고 날카로웠던 남자의 얼굴은 이제 여유가 넘치고 한결 부드러워졌다.

"바보 같죠?"

그렇게 덧붙이는 하연의 얼굴을 남자가 돌렸다.

"……하연아, 넌 정말 옛날이나 지금이나 똑같아."

무슨 소리를 하는 건가 싶어 가만히 그를 보았다.

"날 미치게 하는 방법을 너무 잘 알아."

그러고는 그녀의 몸을 돌려 두 뺨을 감싸 안고 몸을 숙였다. 뜨거운 입술이 파고들었다.

"밤까지 기다리려고 했는데, 너 때문에 참을 수가 없어."

무엇을 참을 수 없다는 말인지, 남자의 목소리는 입술만큼이나 뜨거웠다.

"앗……."

아직 대낮이었다. 쨍쨍한 햇빛이 바다에 반사되어 창 안으로 쏟아져 들어왔다. 실내에 있는데도 눈이 부실 정도였다.

그런데도 도윤은 서슴없이 하연의 입술을 훑었다. 망설임 없이 보드라운 입술과 입술이 달라붙었다. 하연의 입술 사이로 나오는 숨결을 그가 빨아들였다.

"흡."

도윤의 손이 하연을 강하게 끌어안았다. 갑작스러운 행동에 하연의 몸이 그에게 쏠려 큰 품으로 빨려 들어갔다. 그의 행동은 급하고도 격했다.

'뜨겁고 기분 좋아.'

오늘 도윤은 외출할 때 정장을 입는 평소와 달리 하얀 드레스 셔츠를 입고 있었다. 얇은 셔츠 너머로 운동을 하루도 게을리하지 않은 근육이 하연의 몸에 닿았다.

그녀를 꽉 끌어안은 채, 도윤은 하연의 입술을 헤집었다. 능숙하게 하연이 기분 좋은 곳을 그가 집중 공략했다. 낮이라 밝았다. 그래서 더욱 쑥스러움이 가중되는데도 불구하고.

"흐응……."

그가 야들야들한 살을 쿡쿡 쑤셔 결국 하연에게서 높은 콧소리가 흘러나왔다. 그 소리에 흥분이라도 했는지, 도윤이 그녀를 옥죄

듯 강하게 끌어안았다.

"흡."

익숙해서 더 좋은 그의 입술에 정신이 흐트러졌다.

'좋아. 좋아서 미칠 것 같아.'

하연은 그가 두꺼운 두 팔로 자신을 안아 줄 때가 가장 좋았다. 그의 몸은 말랑말랑한 제 몸과는 달랐다. 어디를 만져도 단단해서 기분이 좋았다.

이렇게 도윤이 자신을 꽉 움켜쥘 때면 갑갑하다기보다는…….

'조금 더, 조금 더 닿고 싶어. 그가 더 파고들어 줬으면.'

그런 욕망이 불쑥 튀어 올랐다. 하연은 천천히 팔을 들어 그의 목을 끌어안았다.

갑작스러운 키스에 놀란 마음조차 다 잊을 정도의 쾌감이었다. 입술을 겹치며 하연의 다리 사이로 도윤의 허벅지가 밀려 들어오는 그 순간.

똑똑.

노크하는 소리가 울렸다.

'누구지?'

갑작스러운 불청객에 놀라 퍼뜩 하연이 도윤을 밀어 냈다. 단단한 열기가 순식간에 멀어졌다.

"하아……. 하아……."

뜨겁고도 거친 숨이 샜다. 누가 본 건 아닐까, 걱정이 되어 현관문 쪽으로 고개를 돌렸다.

"누가 왔나 봐요."

"그럴 리가. 절대 방해하지 말라고 했는데."

도윤은 갑작스럽게 방해받은 것에 불퉁하게 대답했다. 그럴 리가 없다고 했지만, 분명히 노크 소리가 났다. 열기에 흐려진 귓가에 뚜렷하게 들렸을 정도로.

하연만이 들은 것은 아니었다. 도윤 역시 소리가 난 쪽으로 눈을 돌렸다.

"어디서 난 거지?"

똑똑.

그의 말에 대답이라도 하듯 다시 한번 소리가 울렸다. 소리가 난 쪽을 바라보자 창가에 하얀 새가 앉아 있었다.

똑똑.

새가 노란 부리로 창문을 두드렸다. 심심한 건지, 아니면 유리창 속에 제 모습이 비쳤는지.

똑똑.

다시 한번 새가 부리로 창문을 쪼았다.

"새였네요."

누가 자신들의 키스를 보고 노크한 줄 알고 펄쩍 뛰었는데, 그 상대가 새였다고 생각하니 빙그레 하연의 입에서 웃음이 나왔다. 도윤은 눈썹을 찌푸렸다.

"방해꾼이네."

"귀여운 방해꾼이잖아요."

그러나 도윤의 목소리에는 불만이 섞여 있었다.

"귀엽지 않아, 난 지금 네가 급한데."

그가 몸을 숙여 하연의 입술을 손가락으로 닦았다. 타액으로 젖은 입술이 반짝이며 빛났다.

"도착한 지 얼마 되지도 않았는데."

하연이 살짝 반항해 보았다. 노크한 것은 다행히 하얀 새여서 누군가에게 들킨 것은 아니었지만, 아직 밝았다. 이런 밝은 곳에서 그와 닿는 것은 쑥스러웠다. 아직까지도 시간이 허락하면 매일 밤 짙은 스킨십을 하는 부부였지만, 어디까지나 아이들이 자는 깊은 밤이나 새벽에나 가능한 일이었다. 그것에 익숙해져서 그런지, 대낮에 그와 살을 맞대는 것은 어딘가 부끄러웠다.

"나중에……. 밤에 해요."

"누가 본다고."

"……하지만."

이런 건 창피한데. 얼굴을 붉히는 하연을 보고 그의 눈꼬리가 부드러운 호선을 그렸다.

"새가 볼까 봐 무서워?"

"누가 오면 어떻게 해요. 저렇게 창이 큰데."

"아무도 안 올 거야. 누구도 오지 말라고 했거든. 우리 단둘이 보내고 싶어서 운전기사도 없이 지내겠다고 했고. 그러니까……."

그가 손가락으로 하연의 머리카락을 쓸어 내리며 속삭였다.

"제발, 하연아."

도윤은 비겁했다. 그가 자신의 이름을 달콤하게 부르면 하연이 거부할 수 없다는 것을 알면서 일부러 눈에 장난기 섞인 미소를 띠고 저렇게 자신의 이름을 입술에 올렸다.

하연이 눈을 내리깔며 "밤에도 할 수 있는데."라고 중얼거리자 도윤은 그런 하연까지 사랑스러운지 또 웃었다. 그가 웃을 때마다 가슴이 철렁였다.

"집에서는 애들 때문에 이럴 시간이 없잖아."

도윤의 눈에 일렁이는 욕망이 보였다.

"왜 내가 아이들을 두고 제주도까지 둘이 오자고 한 건데?"

"왜 그런 건데요?"

대답을 알 것 같으면서도 물었다. 그가 그런 그녀의 속마음을 알겠다는 듯 입꼬리를 말아 올리고 비뚜름히 미소 지었다.

"아침부터 밤까지……. 신하연을 독점하고 싶어서."

"나를 독점하고 싶어서?"

그렇다면 굳이 제주도까지 올 필요가 없었다. 대학교 1학년, 그를 만난 그 순간부터 지금까지 신하연은 오롯이 차도윤의 것이었다. 도윤이 자신을 사랑하지 않았을 때에도, 도윤이 자신을 밀어 냈을 때에도. 하연의 몸과 마음은 모두 그의 손아귀 안에 있었다. 단 한 번도 벗어난 적 없었다.

하연의 질문에 도윤이 답했다.

"평소 우리 아이들의 엄마인 신하연도 좋지만, 오늘은 결혼기념일이잖아. 제주도에서만큼은 건우의 엄마도, 이랑이 엄마도 아랑이 엄마도 아닌, 오직 나만의 신하연이었으면 해."

그의 촉촉한 입술이 하연의 이마에 닿았다. 살짝 눌렀다 떼는 지극히 가벼운 접촉이었지만, 아까의 격렬한 키스 때문에 아직 열기가 남아 있던 하연은 몸을 부르르 떨었다. 도윤이 그녀의 살결이 붉어지는 것을 보고 작게 웃으며 말을 이었다.

"여기서부터."

천천히 그의 입술이 떨어진다. 높은 콧대를 지나 하연의 입술을 스치고 턱을 들어 올려 목선을 훑는다. 그의 입술은 자극적이었다. 오물거릴 때마다, 스쳐 지나갈 때마다 붉게 달아오른다. 끈적이는 입술에 건조한 살결이 달라붙었다가 떨어진다.

"여기."

도윤은 말하면서 멈추지 않았다. 쇄골을 지나 봉긋한 가슴 위를 지나 그녀의 어깨, 팔, 손등을 입술로 훑었다.
"여기까지……."
"흐읏……."
살짝 접촉하는 것뿐인데도 다리가 풀릴 정도로 하연의 정신이 아득해졌다.
"내가 다 가지고 싶어서 왔어."
"도윤 씨."
"그러니까 거부하면 안 돼."
"……."
"거부하면 가만두지 않을 거야."
이번 주말을 기다리느라 나는 아주 오래 참았거든. 도망가게 만들지 않을 거야.
남자가 귓가에 바싹 입술을 대고 속삭였다. 그의 입술이 귓바퀴에 닿을 때마다 발끝이 곱았다. 결국 하연은 고개를 끄덕이고 그의 목에 팔을 감았다. 격렬한 키스에 하연은 그렇게 자신을 놓아 버렸다.
이번에 제주도 여행 가면 무엇을 할까? 제주도 관광을 즐기고 전통 가옥을 구경하고 맛있는 것도 먹고. 맛있는 곳이 정말 많다던데, 살찌면 어떻게 하지? 하고 걱정할 정도였다.
그러나 그런 그녀의 생각과는 다른, 시작부터 격렬한 여행이 되었다.

＊ ＊ ＊

차도윤이 얼마나 사랑꾼인지, 이제는 대한민국에 모르는 사람이 없을 정도였다. 그 소문의 시작은 회사였다.

사장님이 대학 때부터 알고 지냈던, 아마도 첫사랑이었던 부인을 너무 사랑해서 껌뻑 죽는다고 사장 비서실에서부터 소문이 퍼져 나갔다.

누가 그 소문을 냈는지는 몰라도 어디를 가든 하연의 모습을 도윤이 좇는다며, 사장님도 참 누구 못지않은 애처가라고 사내에서는 즐거운 가십이 되었다.

그러다가, 그런 사내 이야기를 여성 잡지에서 발췌해 써서, 하연을 '재벌 황태자가 사랑한 신데렐라'라는 제목으로 다루기도 했다. 하연을 마구잡이로 다루는 것에 도윤이 언론사에 화를 냈기에, "역시 사장님은 사모님에게 사족을 못 쓴다."라고 또 퍼졌다.

"정말 도윤 오빠가 그래? 잘 상상이 안 된다니까."

대학 시절, 늘 냉철한 선배였던 그가 그렇게 애처가가 되었다고 기사가 나니 대학 친구들은 종종 물어왔다. 그런 대학 친구들에게는 "응, 잘해 줘."라고 했지만…….

아마 이런 장면은 상상하지 못했겠지. 상상했더라도 이 정도일 줄은.

오후 내내 하연과 도윤은 침대에서 몸을 겹쳤다. 대낮부터 창피한 것도 모르고 뜨거운 숨을 연신 내뱉으며 서로의 몸을 탐했다.

"자기야, 으응."

소리 높여 울어서 목소리가 다 쉴 때까지 도윤은 하연을 몰아세웠다. 그의 손아귀에서 벗어날 수가 없었다.

뜨거운 낮이 지나자, 하연의 몸에는 힘이 쭉 빠졌다. 도윤과 함께 있는 것은 행복했지만, 가끔 그의 넘치는 체력을 쫓아갈 수가 없었다.

"오늘 저녁에……. 결혼기념일……. 디너 하러 나가 봐야 하는데."

그렇게 말하면서도 하연은 손가락 하나 까닥할 힘이 없었다. 말하는 것조차 힘에 부쳤다.

"괜찮아. 여유 있게 다니면 돼."

"자기가 날 너무 몰아세우니까."

하연은 눈을 얇게 뜨고 얄밉다는 듯 남자를 바라보았다. 그러자 도윤이 피식 웃었다.

"미안."

사과하는 남자의 입꼬리가 짓궂게 비틀렸다.

"반성 안 하고 있죠."

"아니. 반성하지."

반성은 하지만……. 그의 손은 다시 부드러운 하연의 몸을 스쳤다. 아까부터 그가 들었다 놓았다 한 바람에 예민해진 살결이 다시 달아올랐다.

"그래도 다시 하겠지만, 반성은 할게."

그의 말에 하연의 입술이 불퉁하게 튀어나왔다.

"자기야."

"화났어? 미안해. 근데 다 하연이 네가 너무 사랑스러워서야."

그래서 참을 수가 없어. 집에서도 얼마나 참는 줄 알아? 하루 종일 네 생각뿐이야. 도윤이 그렇게 말하는데, 하연이 어떻게 계속 화를 낼 수 있겠는가. 결국 그녀의 얼굴에도 웃음이 폈다.

"이번엔 용서해 줄게요. 그런데……. 어떻게 하지? 저녁은?"

이번에 빌린 숙소는 바닷가 앞 언덕에 서 있어 풍경이 아름다웠다. 일반 단독주택이라 하기에는 넓은 부지에 아름다운 정원이 꾸며져 있었지만, 오는 길에 주변에 별 식당은 보이지 않았다. 꽤 멀리 가야 할 터였다.

"나가기엔 너무 피곤한데……."

배달도 안 되겠지. 이렇게 하루 종일 뒹굴 줄 알았으면 아예 먹을 거리를 사 가지고 오는 건데. 그렇게 걱정하는 하연의 머리를 도윤이 만지작거렸다.

"걱정하지 마. 내가 준비해 둘 테니까. 제대로."

"제대로?"

뭘 하려고 그러는 걸까.

"응, 그러니까 하연이 넌 좀 더 쉬어."

도윤이 피곤한 하연의 눈을 쓸어 주었다. 다정한 손길에 지친 몸은 까무룩 잠이 들었다.

❋ ❋ ❋

차도윤이란 남자가 '제대로' 준비한다는 것이 얼마나 무서운 것인지 나중에야 알았다. 침대에서 나온 하연은 도윤을 찾아 밖으로 나갔다.

아름다운 정원에는 어스름하게 노을이 깔렸다. 흔들리는 이름 모를 꽃들 가운데 가만히 서 있는 남자가 보였다. 왜 저기에 있지?

"자기야."

그에게 다가서려던 하연은 문득 발걸음을 멈췄다. 바닷가가 내려다보이는 정원에 하얀색 테이블보를 펼친 탁자가 놓여 있고, 그 뒤에 요리사인 듯한 남자가 고기를 조리하고 있었다.

아까까지만 해도 아무것도 없던 정원에는 작게 빛나는 조명이 놓여 마치 별을 수놓은 것같이 반짝였다.

"이게 다 무슨 일이야?"

소박하던 정원의 변신에 하연이 놀랐다. 그러자 도윤이 살짝 웃었다.

"무슨 일이긴. 내가 그랬잖아. 우리 결혼기념일. 제대로 준비하겠다고."

"하지만……."

이렇게 화려하게 준비할 줄이야. 마치 리조트의 식당이라도 온 듯 아름다운 분위기에 숨이 막혔다. 도윤이 놀라 멈춰 선 그녀의 손을 잡아 끌어당겼다.

"하연아. 나와 결혼해 줘서 고마워."

다정한 말이 정원에 울려 퍼졌다. 어슴푸레한 노을빛이 그의 얼굴을 비췄다. 조각처럼 깎아 놓은 얼굴에 길게 그림자가 졌다.

"응."

그들이 묵는 제주 전통 가옥의 정원에 마치 근사한 프렌치 레스토랑을 통째로 옮겨 놓은 느낌이었다. 요리사 외에도 뒤에서 식사를 준비해 주는 사람들이 있었다. 둘만이 즐기기에는 너무 아까운 느낌이었다.

"우리 둘만 먹는 거예요?"

"당연하지."

우리 둘 말고 또 누가 있냐고, 무슨 말을 하냐는 듯, 도윤이 웃었다. 하연이 바닷바람에 흔들리는 머리카락을 쓸어올렸다. 놀라서, 기뻐서 발갛게 달아오른 뺨이 노을에 드러났다.

"난 또 무슨 레스토랑인 줄 알았어. 너무 훌륭해서요."

자세히 보니, 정원 가운데 드문드문 촛불이 켜져 있었다. 점점 어둠이 찾아올수록 영롱한 빛을 발했다. 저런 것까지 다 준비한 걸까.

"이걸 아까……. 나 자는 사이에 한 거예요?"

"응."

"갑자기?"

너무 격렬했던 한낮의 그와의 시간 때문에 하연의 몸에 힘이 빠지고, 다리가 풀렸었다.

"나가기엔 너무 피곤한데……."

그렇게 자신이 말해서 준비하느라 고생한 건 아닐까.

하지만 그는 바람 때문에 앞으로 쏟아진 머리카락을 쓸어 올리며 고개를 저었다.

"갑자기는 아니고."

"그럼?"

"서울에서 준비했지. 네가 좋아할 것 같아서."

그의 눈동자가 가만히 하연을 바라보았다.

"서울에서 예약할 때 이곳 사진을 보니 정원이 아름답더라. 너 밖에서 식사하는 거 좋아하잖아. 다른 사람들 사이에서 먹는 것보다는 이게 좋을 것 같아서. 우리 둘뿐인 게 좋잖아. 그래서 준비했어."

매해, 결혼기념일은 둘에게 특별한 날이었다. 사랑의 완성, 연애의 완성이 결혼이라고 하는 사람들이 많았지만……. 도윤과 하연은 달랐다. 사랑의 시작이 결혼이었다. 그와 결혼하자고 하지 않았더라면 도윤과 하연의 인연은 시작하지 못했을 수도 있었다.

그저 그를 짝사랑하는 미련한 후배로 남아, 도윤이 다른 여자와 결혼하는 것을 바라봤어야 했겠지.

그런 것을 생각만 해도 아찔해졌다. 평생 사랑했던 도윤을 손에 넣을 수 있었던 건, 역시 결혼이 있었기 때문이다. 결혼이란 그래서 모든 사람들에게 중요하겠지만, 특히나 하연에게는 커다란 의미였다.

도윤 역시 그 마음은 같은 걸까. 매번 결혼기념일을 화려하게 축하했다. 재작년에는 가족끼리 다 같이 지중해 크루즈를 탔었고, 작년에는 하연이 바빠 서울의 호텔 스위트룸에서 둘이서 보냈다.

올해는 그래서 그가 준비한 선물이 둘만의 2박 3일 제주도 여행인 줄 알았다. 그런데 그 이상이 기다렸을 줄이야.

"여기 묵는 것만으로도 너무 좋은데, 이런 것까지 준비했을 줄은 몰랐어요."

제주에 가 보고 싶다고 한 것도 고작 2주 전인데 이렇게 완벽하게 준비하다니. 기뻐서 활짝 웃는 하연의 표정을 따라 도윤이 웃었다.

"네가 좋아하니 좋아. 앉자. 배고프지?"

그가 손을 뻗어 하연의 손을 잡았다. 크고 단단한 손이 작고 여린 그녀의 손을 이끌었다. 그의 손끝이 하연의 손가락 사이에 얽혀 들었다.

도윤이 빼 준 의자에 앉자, 저 멀리 일렁이는 바다의 풍경이 더 눈에 잘 들어왔다. 바다 앞에 있는 선인장 군락지도 특이하고, 까만 현무암들에 부딪혀 산산이 쪼개지는 파도도 눈부셨다.

"너무 좋다."

"그래?"

"응. 완벽해요."

남편이 예약한, 둘만의 결혼기념일 디너.

자리에 앉자마자, 제주 옥돔으로 만든 애피타이저가 나왔다. 서빙해 주는 직원이 오늘 아침에 낚시로 잡은 것이라는 설명을 했다. 보기만 해도 신선해 보인다.

하연이 고개를 끄덕이고 입에 넣자, 향긋한 허브와 함께 부서지는 흰 살 생선의 맛이 근사했다.

"맛있다."

"정말이네."

"여기 있는 당근도 맛있어요. 제주 당근이 그렇게 유명하다는데."

"그러게, 우리가 평소 먹던 당근보다 단 느낌이야."

그렇게 광활한 자연의 풍광 속에서 둘은 음식을 즐겼다. 식사도 맛있고, 풍경도 멋있고, 무엇보다 눈앞에 있는 남자가 근사했다. 그가 우아하게 포크를 움직이는 것을 보고 하연이 입을 열었다.

"그때 생각나요."

"언제?"

"결혼 전에……. 당신이 내게 프러포즈 했을 때."

계약 결혼이었다. 이모님이 돌아가시면 끝날, 슬픈 이유의 계약 결혼. 당연히 그가 프러포즈할 거라 생각하지도 못했는데, 그는 프렌치 레스토랑의 예쁜 정원에서 커다란 다이아몬드 반지를 선물했다.

"결혼이라는 것은 내 인생에 절대 있어서는 안 될 일이었어."

있어서는 안 될 일.

도윤은 씁쓸하게 미소를 지으며 말을 이었다.

"이모가 아니었다면 흉내도 내지 않았을 거야. 없어도 될 일이었어."

"……."

"하지만 다른 사람들에게는 다르잖아. 너는…… 아마 달랐겠지."

그가 하연의 손가락을 놓아주었다. 스르륵, 손가락이 빠져나간다.

"평범하게 연애하고, 평범하게 결혼하고, 평범하게 사랑하고 싶었겠지. 그런 평범함은 너에게 줄 수 없어. 그런 감정은 너에게 줄 수 없지만. 이렇게라도 감사를 표하고 싶었어. 내 억지에 같이 참여해 줘서 고마워."

그렇게 말했었다.

"이거, 줬을 때 말이에요."

결혼 내내 자신의 왼손 네 번째 손가락을 지켰던 반지를 그에게 비췄다. 이제 거의 뉘엿뉘엿 져 가는 태양 아래서도 그 반지는 찬란하게 빛났다.

"아."

"그때도 이렇게 야외에서 식사하고 그랬잖아요."

오래전 일이기는 했지만, 그 기억은 뚜렷하게 하연의 뇌리에 새겨져 있었다.

그사이 많은 일이 있었다. 그와 결혼하고, 이모님이 돌아가시고, 아이도 셋이나 가졌다. 그때만 해도 눈앞의 도윤과 입술만 닿아도 좋다고 발을 동동 구를 정도였는데……. 많은 것이 변했다.

하긴, 지금도 입술이 닿으면 발을 동동 구를 정도로 좋지만, 모든 것이 불안했던 그때와 달리 이제는 서로의 마음을 잘 알았다.

"기억해."

도윤이 스파클링 와인을 홀짝, 하고는 입을 열었다.

"그때 당신이 울어서 놀랐지."

"그날은……. 너무 좋아서, 너무 고마워서 눈물이 났어요."

그가 자신이 운 것을 기억한다니 쑥스러워져 고개를 숙였다.

"지금도 너무 고맙지만."

"하연이 네가 왜 고마워?"

그가 테이블 너머에서 손을 뻗어 반지가 끼워진 하연의 왼손을 잡았다.

"고마운 건 나지."

"왜요?"

난 그날 아무것도 안 했는데. 그저 바보같이 앉아서 그가 끼워 준 반지를 보며 엉엉 울기나 했다. 지금 생각하면 얼굴이 빨개질 정도로 창피한 기억이었다. 오늘도 앉아서 그가 해 준 것을 보며 감동만 받고 있다.

"네가 내게 다가와 줘서."

도윤이 눈동자를 빛내며 속삭였다.

"네가 나를 사랑해 줘서."

"……."

"네가 내게 결혼하자 해 줘서……. 나는 다시 태어났으니까."

남자의 목소리가 다정했다.

"그러니까 고맙지."

그의 말에 바보같이, 또 눈물이 날 것 같았다.

도윤은 늘 차가웠다. 태어나서 30여 년간, 슬픔을 가지고 살아야 했던 남자. 어머니를 잃은 상처와 아버지의 학대 아래 그는 단단한 갑옷을 썼었다.

그런 그가 하연 덕에 다시 태어났다 했다. 어딘지 모르게 냉기가 돌았던 대학 시절과 달리 이제는 그 따사로움이 얼굴에도 드러났다. 웃음이 헤퍼졌고, 늘 날카롭던 눈꼬리도 부드러워졌다.

하지만……. 그건 자신이 한 일이 아니었다. 하연은 그렇게 생각했다.

"내가 뭘 했다고. 다 자기가 했죠. 그 알을 깨고 나온 것도 도윤 씨고, 나를 받아들여 준 것도 도윤 씨고."

그는 말없이 웃었다. 달그락달그락, 식기가 부딪치는 소리, 쏴아- 하고 파도가 부서지는 소리, 어디서 들려오는 새소리. 그 소리 사이사이로 남자의 웃음소리가 울렸다. 그의 얼굴에 떠오른 미소를 보고 문득 하연은 묻고 싶어졌다.

"도윤 씨, 행복해요?"

"응, 행복해."

남자의 말이 스스럼없이 나왔다.

"나도 행복해. 너무너무 행복해요, 도윤 씨."

다시 울컥, 울음이 나올 것 같았다. 주책이야, 정말. 도윤이 이렇게 제게 마음을 드러낼 때마다 예전 생각이 나 감정적이게 되었다. 지금 울면 도윤이 걱정할 것이 뻔한데.

일부러 활짝 웃어 보이며 하연이 어깨를 으쓱했다.

"근데, 이렇게 거한 선물을 준비하면 어떻게 해요. 이렇게 멋진 식사를 준비하다니."

내 선물이 초라하잖아.

매해 돌아오는 도윤의 생일과 결혼기념일에 무엇을 선물할지 큰 고민거리였다. 많은 것을 고민하고 준비해도 늘 하연이 준비한 것 이상을 도윤이 선물했다. 하연이 아무것도 준비하지 않아도 그는 좋아하겠지만, 역시 그런 건 싫었다.

'나도 도윤 씨를 놀라게 해 주고 싶어.'

그가 준비한 선물보다 더 좋은 선물을 주고 싶어. 그렇기에 올해도 한 달은 머리를 싸매고 특이한 선물을 하려 노력했는데, 이런 식사 자리를 만들 줄은 몰랐다. 아무래도 또 자신의 패배로 돌아갈 것 같았다.

하연의 말에 그가 눈썹을 찡긋했다.

"식사는 선물 아닌데."

"선물이죠. 당신과 이렇게 보내는 시간 자체가 내게는 큰 선물이야."

그 말에 도윤의 한쪽 입꼬리가 올라갔다.

단정하던 입술이 비틀리자 하연의 가슴이 두근, 뛰었다. 장난스럽게 웃는 그의 얼굴은 평소의 반듯한 얼굴과 달라 더욱 매력적이기도 했지만, 무엇보다 저렇게 미소 지을 때는 뭔가 꿍꿍이가 있을 때였다.

뭘까. 왜 저렇게 웃는 걸까? 하고 불안해졌다. 그러자 그가 비뚜름한 입술을 열었다.

"식사 말고 선물을 준비했어."

"뭐요?"

뭘 더 준비했을까. 그가 그렇게 말할 정도면 평범한 것은 아닐 터였다. 하연은 고개를 숙여 남자의 손을 바라보았다. 그러나 하연의 생각과 달리 그의 손에는 아무것도 없었다.

"뭔데요? 궁금해. 불안하게 하지 말고 알려 줘요."

"뒤돌아 봐."

그의 말에 의자에 앉은 채 몸을 반쯤 돌려 뒤를 보았다. 그러나 돌아본 곳엔, 고즈넉하게 노을이 내려앉은 가옥만이 있었을 뿐, 선물은 없었다.

"뭘 말하는 거예요?"

아, 혹시 집 안에 있어서 가지고 와야 하나? 아니면 다른 사람이 들고 나타나려나? 그런가 싶어 하연이 고개를 쭉 빼고 집 쪽을 바라봤지만 아무것도 없었다.

"안에 있어요?"

"아니."

"그럼?"

"저게 선물이야."

그가 손끝으로 집을 가리켰다.

"저 집이."

"……내 선물?"

그들이 와 있는 곳은 수백 평은 족히 될 만한 잘 꾸며진 별장이었다. 당연히 렌트 했을 줄 알았는데.

"응. 이미 계약금도 냈고, 네가 허락만 하면 네 거야."

"그러니까 지금……."

제주도의 이 집이 내 거라는 말?

"그러니까 자기가 하는 말은, 지금 눈앞에 있는 집을 샀다는 거예요? 내 이름으로?"

"응, 그렇네."

놀란 하연과는 다르게 도윤의 목소리는 선선했다.

"네 거야. '신하연' 이름이 될 거야."

자다 일어나서 그런지 머리가 잘 돌지 않았다.

"왜 집을 선물로……."

갑작스러운 결정이었다.

"우리는 지금 강릉 별장 하나만 있잖아."

강릉 별장은 이모님에게로부터 물려받았다. 도윤과 하연의 결혼식은 그곳에서 치렀다.

결혼 직후, 이모님이 돌아가신 뒤엔 그녀의 추억을 그대로 남겨 놓고, 강릉 별장에 자주 내려가 가족끼리 오붓한 시간을 보냈다.

"응. 그래도 강릉으로도 충분하잖아요."

"그렇긴 하지. 하지만, 하연이 너……."

도윤의 손길이 하연의 턱을 쓸어 내렸다.

"이모가 남기고 간 꽃들, 나무들, 가구들……. 손대고 싶지 않아서 그대로 두고 있잖아."

"응."

"네가 자유롭게 꾸미고 그런 공간도 필요하지 않나 싶어서."

"서울 집이 있는데."

서울 집도 충분히 넓고 크다.

"거기는 생활공간이고……. 여기는 가족 별장으로 휴식을 취할 때 쓰면 좋잖아."

그런 공간이 있으면 좋겠지만, 이곳은 너무 분에 넘치는데. 하연의 망설임에 도윤이 눈썹을 추어올렸다.

"싫어? 여기가 마음에 들지 않으면 다른 곳으로 하자."

"싫을 리가 없잖아요."

아름다운 곳이었다. 그와 함께 이곳에 처음 들어섰을 때부터 이 집이 마음에 꼭 들었다. 외형과 틀은 옛것을 고집하고 있으면서도 안은 생활하기 편안하게 꾸며져 있었다.

안방에서는 눈이 부시도록 파란 제주 애월의 바다가 내려다보이고, 거실에서는 한라산이 보였다.

굽이굽이 세워진 검은 돌담이며 야생화로 잘 꾸며진 정원, 그 사이사이에 놓인 소담한 조형물들. 모든 것이 마음에 들었다. 그래서 안 그래도, 도윤에게 "가끔 제주에 왔으면 좋겠어요."라고 말했던 차였다.

올 때마다 이 집에 묵어도 좋겠다. 건우랑 이랑이, 아랑이랑도 한번 오고 싶다. 엄마 아빠랑도 오고. 그런 생각이 하연의 머리에 자연스럽게 떠올랐다. 그러니 이 집이 자신의 것이 된다는데 마음에 들지 않았을 리가 없다. 다만…….

"너무 큰 선물을 받아서 어떻게 대답해야 할지."

거절하기에는 그가 얼마나 열심히 알아봤을지, 뻔히 눈에 그려졌다.

차도윤은 바쁜 남자였다. 현재 PQ케미컬 사장직을 맡고 있어 아침부터 저녁까지 눈코 뜰 새 없는 일정이었다. 그래서 대부분의 일정을 사장 비서실에서 관리했지만, 가정사만큼은 예외였다.

도윤은 아무리 바빠도 가족 행사를 우선시했고, 특히 하연에게 주는 선물은 그 자신이 골랐다. 아마 이 집도 여러 곳 중에 노심초사해서 그가 고른 선물일 터.

그 마음이 고맙고 감사해서 받고 싶지만, 또 한편 너무 큰 선물이라 망설여졌다. 이런 것을 받아도 되냐는 하연의 말에 도윤이 웃었다.

"하연아."

고개를 끄덕였다.

"고민하지 마. 넌 그냥……. 날 사랑한다고만 하면 돼."

남자가 다정하게 속삭였다.

"이건……."

그의 눈이 집을 바라보았다.

"그냥 나의 사랑 표현 중에 하나야. 받아도 된다는 거 알잖아. 네가 받을 자격 있다는 것도. 그냥 날 사랑한다고만 해 줘. 미안해할 필요도, 놀라지도 말고."

"자기야……."

하연이 한숨처럼 그를 불렀다.

"도윤 씨는 날 너무 버릇없게 만들어요. 하나부터 열까지 다……. 뭐든지 다 해 주려고 하니까."

그가 씩 웃었다.

"더 버릇없으면 좋겠어. 신하연이 욕심이 많아서 더 많은 것을 바라면 좋겠어."

"나 욕심 많아요."

그가 말도 안 된다는 듯 하연의 말에 픽 웃었다.

"하연이 네가?"

"응. 나도 도윤 씨 전부를 원하니까."

차도윤을 원했다. 하연의 모든 것을 원한다는 도윤의 말처럼, 하연도 그의 머리끝부터 발끝까지 원했다. 가끔은 더 탐욕스러워지기도 했다.

하루 종일 그가 자신을 생각했으면. 이렇게 결혼하고 나서 연차가 쌓이고 아이들이 생겨도 자신을 더욱더 사랑해 줬으면.

하지만 원하고 또 원해도 차도윤은 그 이상의 것을 주었다.
"그렇게는 안 보이는데."
"도윤 씨가 내가 원하는 만큼, 아니 늘 그 이상으로 사랑해 주니까……."
하연이 주변을 둘러보았다. 그냥 좋은 선물 하나 사 주는 것이 더 편했을 텐데, 여러모로 구하려면 신경이 쓰이는 집을 그가 알아봤다는 것 자체가 좋은 선물이었다.
하연이 진심을 담아 속삭였다.
"고마워요. 늘 매년 결혼기념일을 특별하게 만들어 줘서."
도윤이 왜 그렇게 하는지는 알고 있었다. 계약 결혼 때문에 그동안 하연이 마음고생하고 아파했던 것에 대한 그 나름대로의 보상이었다.
"사랑해요. 우리…… 강릉 별장에서 좋은 추억 많이 쌓은 만큼, 제주에서도 그렇게 지내요."
하연의 말에 남자의 눈에 따스함이 담겼다.
사랑하는 이를 바라보는 도윤의 얼굴은 평온했다.

* * *

신하연은 아름답다. 제주의 바다보다도, 파란 하늘보다도, 신하연은 아름답다. 세상천지에 신하연만큼 아름다운 것은 없었다. 다른 이들의 보기에는 어떨지 몰라도 적어도 차도윤의 눈에는 그렇게 보였다.
어슴푸레한 노을 가운데서 두 사람은 식사를 즐겼다. 이번 결혼기념일은 특별한 것을 하고 싶어 한참 고민하다가, 그녀가 제주 가옥을 마음에 들어 하는 것을 보고 충동적으로 알아보았다.

옳은 선택이었다. 놀러 온 집 정원의 의자에 앉아 있는 그녀의 모습은 눈이 부셨다. 하늘하늘, 불어오는 바람에 머리카락이 휘날릴 때마다 가슴이 떨릴 정도로. 집과 그녀가 너무 잘 어울려 한 폭의 그림과 같았다.

식사를 마치고 집으로 들어가며 하연은 도윤의 품에 안겼다. 부드러운 몸이 쏙, 제 품으로 빨려들면서 하연이 입술을 삐죽였다.

“정말 너무해.”

갑작스러운 선물에 놀란 듯 그렇게 몇 번이나 도윤에게 눈을 흘겼다.

“놀라서 심장 떨어지는 줄 알았잖아요.”

“놀라야 재미지, 선물은.”

“그렇긴 그렇지만…….”

처음 왔을 때, 도윤은 이 집이 그녀의 마음에 들까 싶어 조마조마했다. 그녀가 마음에 들어 하고 설레해서 그동안 집을 찾기 위해 들였던 시간이 아깝지 않았다.

“하, 밥도 너무 많이 먹었다.”

하연이 침대 끝에 앉으며 배를 통통 두들겼다.

“오늘 잘 먹더라.”

아이가 셋이다 보니, 육아 도우미가 집에 있어도 저녁에는 도윤도, 하연도 정신이 없었다. 그런 그녀가 천천히 식사를 즐기는 것을 보니 도윤의 마음이 흐뭇했다.

“응, 너무 맛있었어요.”

귀여워. 세 아이의 엄마이면서 자신의 부인인 하연은 지금도 어찌나 귀여운지. 자신의 눈에만 귀여운 것인지. 아까 도윤이 죄 빨아서 부푼 입술이 여전히 붉었다. 다시 한번 키스하고 싶다. 대학교 3학년 때, 바이올린을 켜는 그녀의 뒤에 앉아 하연의 목선을 바라보며 느꼈던 욕망을 지금도 도윤은 선명히 느꼈다. 시간이 지나도 그녀에 대한 갈망은 줄어들기는커녕 더욱 늘어만 났다.

"하연아."

"응?"

몸을 숙여 도윤이 하연에게로 다가갔다. 그녀의 턱을 살짝 들어 올리고 욕망을 그녀에게 향한 순간.

"잠시만요."

그가 무엇을 하려는지 깨달았는지, 하연이 손바닥을 들어 도윤을 막았다.

"왜?"

불퉁하게 도윤의 입에서 불만이 나왔다. 아까 제주에 오자마자 그녀를 독차지한 도윤은 거칠게 그녀를 몰아세웠다.

하지만 아직 부족했다. 서울에서는 바쁜 일상생활 때문에, 집안일 때문에 그녀와 하루 종일 있는 때가 적었다. 이렇게 둘만의 여행은 희귀했다. 그러나 하연은 그런 도윤의 마음을 아는지 모르는지 벌떡 일어서며 도윤의 몸을 밀어냈다.

"안 돼요, 또…… 당신한테 내가 말려 들어가면 해야 할 말을 못하게 된단 말야."

"뭔데?"

지금 우리가 같이 지내는 밤보다 중요한 게 뭐지?

하연은 도윤에게서 멀어져 빠르게 아까 짐을 풀어 둔 옷방으로 달려갔다. 그리고 커다란 슈트 케이스에서 까맣고 큰 종이 상자를 꺼내 왔다.

"그게 뭐야?"

"나도 준비했어요. 오늘 꼭 주고 싶었어."

하연이 활짝 웃으며 내밀었다.

"결혼기념일 선물."

생각지도 못한 전개에 이번에는 도윤이 놀랐다. 이게 뭘까. 크기는 꽤 큰데 하연이 무리 없이 가져오는 것을 보면 무거운 물건은 아닌 듯했다.

아무리 머리를 굴려도 답이 나오지 않아, 도윤은 그녀가 내민 선물 상자를 열어 직접 확인해 보기로 했다.

까만 상자를 열자, 하얀 천이 나왔다. 그 천을 한 겹 걷어 내자 안에는 검은 정장이 곱게 개어 있었다.

"정장?"

"응, 슈트예요. 핸드메이드 슈트. 물론 만든 건 내가 아니지만……."

하연이 쑥스러운 듯 살짝 아래를 내려다보았다가 다시 도윤을 올려다보았다.

"디자인은 내가 한 거예요. 이런 거 만들어 주는 장인 분이 있다길래."

손끝에서 반지르르 미끄러지는 감촉이 부드러웠다.

"당신은 하루 종일 정장을 입고 일하잖아. 나와 함께 있는 느낌을 늘 느껴 줬으면 좋겠어서……."

그렇게 말하던 하연이 말을 길게 늘였다.

"지금 한번 입어 볼래요? 사이즈 잘 맞나."

"응."

그렇게 정장을 들던 도윤의 머리에 짓궂은 생각이 들었다. 조금 전 하던 일을 마저 하며 그녀의 선물을 입어 볼 수 있겠는데. 그렇게 생각한 그의 입술에 미소가 번졌다.

"하연아."

"응?"

"처음이니까, 네가 입혀 줘."

"내가요?"

"응."

그녀가 옷을 입혀 달라는 그의 말에 당황한 듯 잠시 커다란 눈을 깜빡이다가, 곧 고개를 끄덕였다.

"그러죠, 뭐. 그럼 우선 옷 벗어요."

"지금 입고 있는 옷도…… 벗겨 줘."

느른한 그의 말에 숨겨진 저의를 이해했다는 듯, 하연이 마른침을 꼴깍 삼켰다. 다소 당황스러운 도윤의 제안에 하연의 얼굴이 새빨갛게 불타올랐다.

저렇게 부풀어 오르다가 빵, 터질 것 같아. 그녀의 통통한 뺨을 도윤은 쿡 눌러 주고 싶었다. 이제 같이 산 지 꽤 오래됐는데도, 어쩌면 저렇게 부끄러움이 많은지 몰랐다. 그 부끄러움까지 도윤의 눈에는 사랑스러웠지만.

하연이 눈을 내리깔고 속삭였다.

"벗겨요?"

"응."

"내가?"

"왜 자꾸 물어?"

마치 내 몸을 본 적도 없는 사람처럼. 쑥스러워하는 하연의 손이 떨렸다.

"당신 아팠을 때 제외하면, 내가 당신 옷을…… 벗긴 적은 없는 것 같아서."

"그런가?"

짐짓 모르는 척 말했지만, 그의 입술에는 미소가 걸렸다. 그녀가 이렇게 곤란해하는 것을 보는 즐거웠다. 하연 역시 그렇게 즐거워하는 남자의 의중을 깨닫고는 입술을 삐죽이며 손을 올렸다.

"자기는 참……."

이럴 때는 장난기가 많다니까.

들릴 듯 말 듯 속삭인 하연의 손이 그의 셔츠 가장 윗단추를 땄다.

톡.

도윤의 움푹 파인 쇄골이 드러났다. 그곳을 뚫어져라 바라보다가 하연이 아랫입술을 꼭 깨물고는 그 아래 단추도 톡 땄다.

처음이 어렵지, 한번 시작하니 그녀의 손길은 거침이 없었다. 마지막 단추까지 다 따고는 어떻게 하냐는 듯 도윤을 올려다본다.

"계속해."

그 말에 하연의 손이 그의 옷 속으로 파고들었다. 매일 보는 남편의 몸인데 무엇이 그렇게 쑥스러운지. 얇은 손가락이 단단한 근육에 스칠 때마다 얼굴을 발그레 붉히면서 그의 셔츠를 벗겼다.

"짓궂어, 정말."

"네가 너무 귀엽게 구니까 그렇지."

"내 문제는 아닌 것 같은데."

하연이 꿍얼대고는 도윤의 아래를 쳐다보았다. 이제 바지를 벗길 차례. 손을 내려 남자의 단추를 풀었다. 지퍼를 내리고 바지를 벗긴다.

꽤 빡빡한 도윤의 바지를 내리기 전에 그녀가 살포시 한숨을 쉬었다. 귓가가 빨갛게 된 채 그의 바지를 쑥 내리려 했다.

"왜 안 내려가지."

하연의 낑낑거리는 모습이 사랑스러워서. 귓가에서부터 볼, 목선, 그리고 움푹 패인 쇄골이 너무 귀여워서. 그 아래로 봉긋하게 솟아오른 가슴의 촉감을 손으로 느끼고 싶어서.

하연의 손끝이 자신의 근육에 툭툭 닿을 때마다 속절없이 달아올랐다. 뻐근한 흥분이 도윤의 머리에서부터 발끝까지 흔들어 놓는다.

미치겠군. 신하연을 참는 것이 허기를 참는 것보다 차도윤에게는 어려운 일이었다. 불만스러운 듯, 저 오물거리는 입술을 삼켜 버리고 싶다.

도윤은 결국 자신의 옷을 벗기려 하는 그녀의 손을 잡았다.

"하연아."

"네?"

"옷……. 나중에 입어 봐도 돼?"

"왜?"

하연은 그렇게 물으면서도 이유를 대충 짐작하는 것 같았다. 눈을 깜빡거리는 그녀의 뺨을 감싸 쥐며 도윤이 속삭였다.

"못 참겠어."

그녀의 허락이 떨어지기 전에 도윤은 말캉한 입술을 빨아들였다.

"……흡."

신하연의 입술은 달다. 립스틱이나 립글로스를 바르지 않은, 있는 그대로의 입술을 집어삼켰다. 디저트를 먹은 것도 아닌데 그 타액이 달아서 견딜 수가 없었다. 그리고 마시면 마실수록, 닿으면 닿을수록 목이 말랐다.

하연은 그가 키스할 줄 알았는지, 반쯤은 포기한 얼굴로, 반쯤은 흥분한 얼굴로 눈을 감고 입술을 벌렸다.

"으음……."

달콤한 신음이 그녀의 코에서 흘러나왔다. 그 소리에 도윤의 등줄기가 저릿했다. 하연의 흥분만큼 도윤을 달아오르게 하는 것은 없었다. 그녀의 신음만큼 자신의 정신을 흐트러트리는 게.

그녀가 자신을 받아들인다는 것을 알자 남자는 거침없이 안으로 파고들었다. 갑자기 파고든 도윤에 놀라 도망가던 하연의 혀가 곧 그의 것에 얽혔다.

부드럽고, 따뜻한 하연의 안을 이리저리 쿡쿡 쑤셨다. 그러면서도 도윤은 천천히 하연을 뒤로 밀어 침대 쪽으로 다가갔다.

숙소의 바닥에는 소가죽이 깔려 있었다. 부드러워 보이는 이 위에서 해도 좋겠지만. 하연의 등이 닿으면 딱딱하게 배길 것 같았다.

도윤의 몸에 조금씩 밀리던 그녀의 몸이 결국 침대에 닿아 뒤로 쏠렸다. 다치게는 못하지. 그녀가 훽 넘어가기 전, 도윤의 손이 하연의 허리를 끌어안아 천천히 침대 위로 눕혔다.

자연스럽게 오늘 풀어 내렸던 긴 머리가 하얀 시트 위에 확 퍼지고, 그녀가 입고 있었던 플레어 스커트가 침대 위에 흐트러졌다. 그 사이로 하얀 다리가 드러났다.

"엇."

도윤은 그녀가 벗기던 옷을 마저 벗어 던지고 침대 위로 올라갔다. 그가 침대 위로 올라가는 순간, 매트리스가 떨린다. 그 진동에 하연의 살결이 떨려 도윤의 인내를 더욱 닳게 했다.

"자기는 진짜…… 이럴 때는 인내심이 없어."

"응, 난 하연이 너랑 결혼하기 전에 내내 참았거든."

그녀를 눈으로 좇은 것은 오래전부터였지만, 그녀와 키스를 한 것이 도윤의 첫 키스였다. 같이 밤을 보낸 것도 신하연이 처음이었다.

10년간 그녀를 곁에서 바라만 보다가, 자신이 그녀를 좋아하고 원하고 탐하고 싶은 마음조차 눈치채지 못하고 참기만 하다가 겨우 닿았다.

10년을 기다렸으니, 결혼하고 나서는 인내심이 없었다. 둘만 되면 늘 하연에게 입을 맞췄고, 그녀를 끌어안았고, 격하게 원했다.

"하지만 이제 결혼하고 좀 지났는데…… 보통 다른 남편들은 안 그래요. 친구들 이야기만 들어도……."

이즈음 되면 안정될 때가 되지 않았나, 싶은데. 그렇게 속삭이는 하연의 흐트러진 머리카락을 쓸어 올렸다.

"다른 남편들은 신하연이랑 사는 게 아니니까. 네가 나쁜 거야, 하연아."

나를 너무 유혹하니까.

살짝 내리깐 눈이 너무나도 아름다워 그녀의 허벅지 위에 타고 올라가 하연의 입술에 입술을 댔다. 이미 단단하게 달아오른 그의 몸이 그녀의 부드러운 살에 짓이겨진다.

"으음……."

손으로는 하연의 옷 속을 파고들었다. 그녀의 윗옷을 살짝 벗겨 내자 하얀 살에 아까 그가 낮에 베어 물은 붉은 흔적이 남아 있었다.

그 부분에 부드럽게 입을 맞추고, 그녀의 살결을 입술로 쓸어내렸다.

"간지러워요."

"아까는 강하게 했으니, 지금은 살살할게."

"으음……."

결혼반지를 끼고 있는 손가락부터 연약한 팔꿈치 안쪽, 부드러운 배와 허벅지까지 도윤이 누볐다. 그의 손끝이, 입술이 닿을 때마다 하연은 파르르 몸을 떨었다.

"하아."

그녀의 목소리에 들뜬 설렘이 느껴졌다.

"싫다더니, 벌써 이렇게 좋아하면서."

도윤의 질책에 하연이 눈을 가늘게 뜨고 핀잔을 줬다.

"싫다고 한 적은 없어요."

"그럼?"

"내가 당신을 싫다고 할 리가. 언제나 좋지만."

그러고는 그녀가 손끝으로 도윤의 옷을 만지작거렸다.

"좋지만……."

"좋지만 그냥 한번 거부한 거야?"

"아뇨, 당연히 할 생각이었지만, 슈트 다 입어 보고 하려고 했죠."

그 말에 도윤이 쿡쿡 웃었다.

"슈트 다 입어 보고?"

도윤이 웃는 것이 창피한지 하연이 눈을 흘기면서도 고개를 까닥했다.

"내가 잘못했구나? 우리 부인께서 내 슈트를 벗겨 주려고 했는데……. 이렇게 못 참고 덤벼 버렸으니."

"맞아요."

하연이 눈을 내리깔고 긴 한숨을 쉬었다.

“그럼 한 번 하고.”

“…….”

“슈트 입을 테니, 또 벗겨 줘, 하연아. 응?”

달콤하게 그녀의 이름을 불렀다. 그러자 하연은 어쩔 수 없다는 듯 부드럽게 웃고는 그의 목에 팔을 둘러 끌어안았다. 그녀의 허락에 도윤은 다시 몸을 숙여 하연의 귓불을 물었다. 통통한 귓불도, 연약한 목선도, 그리고 어깨, 팔, 가슴……. 마른침을 삼킬 새도 없을 정도로 허겁지겁 그녀를 삼켰다. 하늘거리는 플레어 스커트를 걷어 올리고 단단한 자신을 그녀의 몸에 기댔다.

“흡…….”

하연이 입술을 꼭 깨물었다. 신음을 참으려는 듯.

예전에는 냉정하게 보여도 도윤의 안에 늘 감정이 요동쳤다. 아버지를 향한 원망, 어머니와 이모가 안쓰러운 감정, 그리고 무엇보다 자기 자신을 괴롭히고 미워하는 감정이 폭풍이 몰아칠 때의 바다처럼 파도쳤다.

하지만…… 신하연을 알고 나서. 신하연을 사랑하고 나서는 오롯이 그녀만을 향한 감정이 남았다. 다른 모든 감상은 다 사라지고 오직 신하연만이 마음속에 남았다. 미움도, 절망도, 자신을 탓하는 마음도 산산이 조각나고 오직 신하연만. 세월이 지나도 제 안에서 그녀의 존재는 가벼워지기는커녕 점점 무거워졌다.

“하연아.”

“…….”

“신하연.”

하연의 몸을 열고 들어가며 세상에서 가장 아름다운 단어를 입에 올렸다. 하연의 다리가 딱딱한 도윤의 허리를 감았다. 사랑하는 두 부부의 몸이 더욱 깊이 밀착되었다. 부드럽고 뜨거운 그녀의 피부에 도윤의 숨이 막혔다.

"하아……."

하연의 입에서 긴 한숨이 새어 나왔다. 도윤이 그녀를 꽉 끌어안자, 벅차오르는 감정에 하연이 도윤의 등에 손을 얹고, 그 단단한 근육을 어루만졌다. 아까 낮에 무리해서 혹시 그녀가 아플까 봐, 도윤은 섬세하게 그녀를 만졌다. 하연이 깨지기라도 할 것처럼 소중히, 느리고도 세밀하게 그녀를 헤집었다. 평소보다도 훨씬 조심스러웠다. 그런 도윤을 보고 안달이 났는지, 하연이 엉덩이를 들썩거렸다.

"자기야, 빨리."

조금 전까지만 해도 거부했으면서 이제는 급해졌는지 하연이 애원했다.

"더 빨리……. 평소처럼 해 줘."

하연의 반쯤 벌린 입술이 속삭였다. 그녀의 안을 파고든 도윤의 몸에 바싹 힘이 들어갔다. 하연이 다시 한번 중얼거렸다.

"안아 줘, 더 깊이."

그녀의 말에 도윤이 이를 악물고 대답했다.

"바라는 대로."

하연이 원하는 것이라면 무엇이든 해 주고 싶었다. 특히 이런 것이라면.

밤은 이제부터 시작이었다.

❋ ❋ ❋

공항에서 아이들을 맡긴 우진의 집으로 가는 길.

제주로 향할 땐 편한 셔츠에 면바지를 입었던 도윤이었지만, 이번에는 하연이 선물한 정장을 갖춰 입었다.

하연에게 도윤이 맞춤 슈트를 선물 받은 밤, 받기만 하고 입어보지는 못했다. 그날 밤은 하연과 시간을 보내느라 옷은 손도 대지 못했다. 그래서 서울로 오는 날, 드디어 몸에 걸쳤다.

"와……. 자기 진짜 멋있어요."

정장을 걸친 도윤을 보고 자신도 모르게 하연의 입에서 감탄사가 흘러나왔다. 입술이 절로 벌어졌다. 아무 슈트나 입어도 멋있는, 아니 옷을 입든 안 입든 하연의 눈에는 완벽해 보이는 남편이었지만 이번에는 정말 특별했다.

눈을 뗄 수가 없었다. 자신이 디자인한 거지만 정말 믿을 수 없을 정도로 그에게 잘 맞았다. 단단한 그의 몸을 오롯이 드러내었다.

하연은 공항을 나서며 그에게 팔짱을 낀 채 속삭였다.

"이랑이랑 아랑이가 좋아하겠네요."

차마 자신이 선물한 정장을 그가 입어서 심장이 떨린다고는 할 수 없어, 이랑이 아랑이 핑계를 대었다.

"그럴까? 애들이 좋아하려나."

도윤의 질문에 하연이 고개를 끄덕였다.

일란성 쌍둥이인 둘은 생긴 것도 꼭 닮았지만, 무엇보다 아빠 바라기라는 점이 닮았다. 딸이라서 그런가, 유난히 아빠를 따랐다. 건우는 그 정도는 아니었는데…… 하연이 때로 섭섭해할 정도로.

"응, 아빠 왕자님 같아! 하면서 좋아할 거 같은데."

아빠만 보면 반짝반짝 빛나는 이랑이와 아랑이의 얼굴을 생각하며 하연이 미소 지었다.

＊ ＊ ＊

“왕자님…….”

아니나 다를까. 아이들을 맡겨 놓은 우진의 집으로 들어서자, 이랑이와 아랑이는 두 손을 꼭 잡고 아빠를 초롱초롱한 눈으로 바라보았다. 원래도 아빠를 저렇게 보지만, 오늘은 거의 둘의 눈이 평소의 두 배는 커졌다.

“아빠……. 동화 속 왕자님이야.”

아랑이 한숨을 쉬듯 말을 내뱉었다.

“오늘 입은 옷 너무 멋있어. 눈이 반짝반짝 부셔. 아빠가 아랑이 왕자님 해 줘.”

저런 말은 어디서 배운 건지, 또랑또랑 잘도 말하는 아랑이의 영특함에 하연의 입에 미소가 떠올랐다.

이내 우다다다, 뛰어오는 소리가 요란했다.

쌍둥이 동생, 이랑이가 고개를 저었다.

“아냐, 언니. 아빠는 내 왕자님이야! 아빠! 안아 줘! 그렇지? 이랑이 왕자님이지?”

“애들아, 뛰지 마. 천천히.”

도윤은 제 품으로 뛰어드는 두 아이를 한꺼번에 안아 들었다. 강한 두 팔이 가뿐히 둘의 몸을 품었다.

“이랑아, 아랑아, 잘 지냈어?”

“아니, 못 지냈어. 아빠 보고 싶어서 못 지냈어.”

이랑이의 말에 아랑이가 대결이라도 하듯, 고개를 흔들었다.

“이랑이보다 아랑이가 더 못 지냈어. 밤마다 울었어. 밥도 못 먹었어.”

"언니이, 거짓말쟁이. 그럴 리가 없잖아. 언니는 오늘 아침에도 밥 두 공기나 먹고서는."

티격태격하는 자매를 보고는 하연이 웃었다. 이랑이와 아랑이는 사이가 좋아서 최고의 친구였지만, 쌍둥이여서 그런 건지 사소한 것부터 큰일까지 대결하기도 했다.

"싸우면 안 되지. 우진 삼촌이랑 혜영 이모 앞에서 창피하게 계속 싸운 건 아니지?"

"안 싸웠어요."

엄마에게 혼날까 봐 이랑이는 눈을 내리깔았다가 금세 또 하연에게도 달라붙었다.

"그래도오, 엄마, 이랑이 말이 맞지? 아빠는 이랑이 왕자님이지?"

이랑의 말에 하연은 도윤의 품에 안겨 있는 이랑의 머리를 쓸어 주며 속삭였다.

"이랑이 말도, 아랑이 말도 맞지."

"아이참, 엄마는."

하연이 제 편을 들어 주지 않자, 이랑이가 볼을 빵빵하게 부풀려 화를 냈다. 그런 소란 가운데, 주방에서 남자 하나가 고개를 쑥 내밀었다. 익숙한 얼굴.

"어, 하연이 왔어?"

도윤의 친구이자, 하연의 선배인 우진이었다.

"우진 오빠, 혜영 언니는요?"

"잠깐 편의점 갔어. 오느라 고생했네."

우진은 도윤, 하연과 같은 동아리였던 혜영과 결혼을 했다. 부부끼리 다 아는 사이이고, 도윤의 첫째인 건우와 우진의 첫째인 시호가 나이 차이도 별로 나지 않고 같은 학교를 다녀 아이가 태어나고 나서는 자주 왕래를 했다. 둘 다 맞벌이 부부인지라 서로의 집에 아이도 자주 맡기는 사이였다.

"애들 맡아 주셔서 감사해요. 이거, 선물요."

하연이 두 손 가득 들고 있던 선물을 내밀었다. 제주에서 맛있게 먹은 옥돔이며, 요즘 철이라는 레드향으로 손이 묵직했다. 그걸 보고 우진이 고개를 저었다.

"뭘 이런 걸 사 왔어, 지난번에 우리 태국 갈 때 일주일이나 시호 데리고 있어 줬잖아. 서로 돕는 건데."

"그래도요."

하연이 우진과 이야기를 하며, 건우는 어디 있나 찾았다. 하연의 시선을 보고 우진이 손가락으로 위를 가리켰다.

"시호랑 있어, 건우."

말하기가 무섭게, 시호와 건우가 계단 위에서 내려왔다. 건우가 시무룩한 얼굴로 바닥을 바라보며 터덜터덜 걸었다.

시호랑 또 싸우기라도 한 것일까.

"건우야."

하연이 건우의 이름을 부르자, 불퉁하던 건우의 얼굴에 미소가 환히 돌아왔다.

"엄마!"

"잘 있었어?"

이제 키가 꽤 큰 건우가 쪼르르 달려와 하연의 손을 잡았다. 다 큰 줄 알았는데, 이럴 때는 아이 같다. 그는 사흘간 못 본 엄마에게 매달렸다.

"응, 엄마 보고 싶었어. 제주도 재밌으셨어요?"

건우의 말에 하연이 고개를 끄덕였다.

"재밌었는데, 엄마도 건우 보고 싶었어. 건우 있었으면 더 재밌었겠다, 싶었어. 다음에는 우리 꼭 같이 가자. 엄마가 본 거 건우도 다 보여 주고 싶어."

건우를 계속 생각했다는 하연의 말에 건우의 얼굴에 환한 웃음이 어렸다.

"정말?"

"정말이지. 우리 건우 삼촌이랑 이모 말 잘 듣고 있었지?"

"응!"

"시호랑은 안 싸웠고?"

그 말에는 건우가 대답하지 않았다. 시호 이름이 나오자 입술이 다시 댓 발 튀어나왔다. 건우와 쌍둥이들은 나이가 조금 차이가 나서, 싸움이 나도 건우가 늘 져 줬다. 하지만 나이 차이가 나지 않는, 우진의 첫째 딸 시호에게는 달랐다.

어디서 그런 고집이 난 건지. 또 많이 싸웠나 보다. 괜히 이야기해서 속을 휘젓고 싶지 않아 하연이 몸을 숙이고 사랑스러운 아이의 뺨을 잡았다. 통통하고 부드러운 살이 손안에 가득 찬다.

"그럼 집에 갈까?"

말이 끝나기가 무섭게, 건우는 고개를 끄덕였다.

"갈래. 시호 미워. 같이 있구 싶지 않아."

말은 그렇게 해도, 시호가 내려오나 안 내려오나 살피는 건우의 표정이 사랑스러워 하연은 또 웃어 버렸다.

* * *

도윤과 하연의 첫째 아들, 건우는 얼마 전부터 바이올린 레슨을 시작했다. 음악을 멀리하던 건우의 변화였다.

원래 그는 어렸을 때부터 미술을 좋아했다. 아빠인 도윤과 엄마인 하연 모두 바이올린을 하고, 그들의 친구인 주변 이모, 삼촌들이 다 음악을 해서 당연히 예체능을 하게 되면 음악을 선택할 줄만 알았다.

하지만 그런 하연의 예측과 달리 건우가 제일 처음 관심을 가진 것은 다름 아닌 그림이었다.

그렇게 미술을 시작한 지 5년이다. 음악에는 관심이 영 없던 건우가 이제 와서 갑자기 바이올린을 시작한 계기는 우진의 딸, 시호였다.

어느 날 오후, 우진네 부부가 늦게 퇴근을 한대서 하연이 건우와 함께 시호를 집으로 데려왔다.

저녁을 먹고 느긋한 밤을 보냈다. 창가에 앉아 건우와 함께 고양이들과 놀던 시호는 고개를 들었다. 건우를 한 번 바라보다가, 의자에 앉아 느른한 자세로 책을 읽고 있던 도윤을 한 번 쳐다보다가.

바삐 그렇게 둘을 보는 시호를 보고 건우가 고개를 갸웃했다.

"왜? 왜 쳐다봐?"

"건우 오빠는 정말 도윤 삼촌이랑 안 닮은 것 같아."

"그게 무슨 말이야?"

갑작스러운 말에 다롱이의 털을 쓸어내리던 건우의 손이 멈췄다.

"도윤 삼촌은 완전 잘생겼는데, 건우 오빠는 호빵 같잖아."

"……뭐?"

건우의 비명과도 같은 외침에 건우와 시호가 마실 음료수를 들고 오던 하연의 발걸음이 멈췄다. 건우가 꽥, 소리를 질렀다.

"왜? 왜 내가 호빵이야?"

"아니, 호빵같이 동글동글하니까."

원래부터 자기 관리를 예민하게 하던 도윤은 이제 세 아이의 아빠가 되었지만, 뭇 여자들을 홀리던 외모는 여전했다. 날카롭던 이미지는 결혼한 이후 많이 가라앉아 이제는 여유로워져서 더욱 하연의 마음을 달아오르게 했다.

그래, 우리 남편이 잘생기긴 했지만. 건우도 귀여운데. 그렇게 생각하며 하연이 건우를 바라보았다.

최근 수영을 시작한 건우는 운동량만큼 식사량이 늘어 뺨이 통통하게 부풀어 올랐다. 그 뺨이 너무 귀여워서 하연은 건우가 쑥스러워 싫어하는 것을 알면서도 "우리 건우. 귀여워." 하면서 뺨을 비비곤 했다.

건우는 시호의 갑작스러운 지적에 화가 났는지 그 깜찍한 뺨을 발갛게 붉히고는 부들부들 떨었다.

"내가 뭘! 내가 뭘 호빵 같다구 그래. 시호 너 참 이상하다."

"아니, 뭐 말이 그렇다고."

두 살 차이지만, 시호는 여자애라 그런지 말을 여간 잘하는 게 아니었다. 어른 같은 말투에 하연은 저도 몰래 웃음이 났다.

건우가 씩씩거리며 화를 냈다.

"시호 너만 그렇게 말해. 나 우리 학년에서 얼마나 인기 많은지 모르지? 지난 밸런타인데이에도 초콜릿 너무 많이 받아서 이 다 썩을 뻔했어."

그것도 사실이었다. 건우는 반 여자애들에게 인기가 많아서 밸런타인데이에 두 손 가득 선물을 받아 왔었다.

벌써 그런 시기가 왔나 싶어 하연은 아이의 성장이 씁쓸하면서도, 인기 많은 아들을 보니 기분이 좋았는데.

시호는 별것 아니라는 듯 입술을 삐죽였다.

"그건 뭐, 삼촌도 받았을 텐데. 그죠? 삼촌."

시호가 고개를 돌려 도윤에게 묻자, 책에 향해 있던 도윤의 눈이 둘을 향했다. 그는 느슨하게 쓰고 있던 안경을 치켜올리고 고개를 저었다.

"삼촌은 하연 이모한테만 받고는 못 받았어."

"정말요?"

도윤의 말에 시호가 믿기지 않는다는 듯 되물었다. 못 받은 게 아니라 안 받은 거겠지만.

"응, 정말이지."

도윤의 말에 용기를 얻었는지 건우가 입술을 삐죽 내밀었다.

"들었지?"

그러나 시호는 어깨를 으쓱했다.

"으음, 뭐. 그래도 내 눈에는 도윤 삼촌이 건우 오빠보다 훨씬 멋있어."

시호의 말에 이번에는 건우의 귀까지 빨개졌다.

"나, 참. 왜? 아니, 흥, 아니, 언제 너한테 내가 좋아해 달라고나 했냐? 네가 뭘 생각하든 말든 무슨 상관이야."

말하는 것과 달리 아주 상관이 많은 것 같은 건우는 얼굴을 새빨갛게 물들이고 시호에게 성을 냈다. 그러자 시호는 리본을 예쁘게 맨 긴 머리를 한 손가락으로 배배 꼬면서 말을 이었다.

"삼촌은 바이올린도 엄청 잘 켜잖아."

도윤은 사람들 앞에서 자주 바이올린을 켜는 편은 아니었지만, 얼마 전 하성 대학교의 연주회 때 솔로 연주를 해 달라고 부탁을 받아 무대에 섰었다. 그걸 시호도 봤었다. 그게 좋았나 보지.

건우는 그 말도 엄청 억울한지, 고개를 저었다.

"그야 아빠는 바이올린을 잘 켜지만 난 그림을 잘 그리잖아."

"그림 그리는 건 하나도 멋있지 않아. 바이올린 켜는 게 멋있어."

그렇게 애지중지 자신의 동생들보다도 예뻐했던 시호의 단호한 말에 건우는 놀라 입만 뻥긋거렸다.

그렇게 시호가 돌아간 다음 날. 바이올린에 전혀 관심이 없던 건우가 갑자기 하연을 졸랐다.

"엄마, 나도 바이올린 배우고 싶어."

촉촉한 건우의 눈동자가 반짝이는 것을 보고 하연은 쓴웃음을 지었다. 그 속이 뻔히 보였다.

"건우야. 시호 말 때문에 그래? 시호는 아직 1학년이고 애기잖아. 아빠 바이올린 켜는 거 보고 갑자기 멋져 보여서 그런 거야. 사람마다 장점이 다른 거지. 예전에 건우가 시호 얼굴 그려 줬을 때 시호가 뭐랬어."

"시호가 내가 최고라 그랬어."

"그랬지? 다음에 시호한테 예쁜 그림 그려 주면 시호가 또 건우 오빠가 최고야, 할 거야."

그렇게 하연이 타일렀는데도 건우는 입술을 꽉 깨물고 고개를 도리도리 저었다. 얼굴이 시뻘게져서 웅얼거렸다.

"늘 시호는 건우가 최고라고 그랬는데. 그랬는데……."

이번에는 다른 사람이 최고라고 그래서 화가 났구나. 그것도 아빠가 더 낫다고 그래서.

아이의 질투에 하연은 솟아오르는 웃음을 겨우 삼켰다. 그러나 건우는 주먹을 꽉 쥐고 파들파들 떨었다.

"건우가 제일 멋있다고 그랬는데, 호빵이라니."

건우는 한참을 서서 중얼거리며 주먹을 꽉 쥐었다.

"건우 결심했어. 수영도 안 할 거고, 바이올린만 열심히 켤 거야. 호빵이 될 수는 없어."

"수영 재밌다고 그랬잖아, 건우야."

"아냐. 바이올린이 낫겠어. 엄마도 아빠 바이올린 켜는 거 좋아하잖아."

"그거야 그렇지."

건우의 말에 하연이 답하자 건우가 거보라는 듯 눈을 찌푸렸다.

"엄마가 아빠를 처음 좋아하게 된 것도 바이올린 때문이지?"

그 말에는 하연이 고개를 갸우뚱했다.

"꼭 그런 건 아닌데."

그와 처음 만난 계기는 분명 바이올린 때문이었지만, 다소 차갑고 예민하게 보이는 도윤을 처음 하연이 마음에 품은 것은 결코 연주 때문은 아니었다. 아마 그가 바이올린을 하든, 하지 않든 그를 사랑했겠지.

"바이올린이 중요한 게 아니라, 마음이 중요해."

하연이 건우를 타이르려 하는데, 방문이 달칵 열렸다. 문을 열고 들어온 남자의 시선이 건우 앞에서 허리를 굽히고 말을 건네고 있던 하연에게 닿았다.

"둘이 여기서 뭐 해?"

낮고 진한 목소리로 속삭이는 사랑하는 남편, 도윤의 등장에 하연이 활짝 웃었다.

"건우랑 이야기하고 있었지."

"무슨 이야기?"

"엄마!"

도윤의 질문에 건우가 하연의 허리를 꽉 끌어안고는 고개를 저었다. 굳게 닫은 입술. 아무래도 아빠에게 그런 말을 하는 게 창피한 모양이었다.

하연은 제 품에 안긴 건우의 동그란 머리를 쓸어내리며 도윤에게 웃어 보였다.

"별거 아니에요."

도윤은 한쪽 눈썹을 끌어 올리고, 이상하다는 듯 건우와 하연을 번갈아 보았지만 더 이상 캐묻지 않았다.

아이가 점점 자란다. 좋아하는 사람도 생기고, 질투도 하고. 그런 건우를 보면서 하연은 아이가 떠나가는 것 같아 아쉽기도 하면서, 뿌듯하기도 했다.

＊ ＊ ＊

이제 도윤의 나이는, 그의 어머니가 작고했을 때의 나이를 넘겼다. 그뿐인가. 이모님이 돌아가신 지도 벌써 10년 가까이 되었다.

시간이 지나고 기억이 흐려져도 도윤에게 어머니와 이모의 존재는 늘 아픔이었다. 아직도 그의 앞에서 하연조차 쉽게 그들의 이야기를 꺼내지 못했다.

하연 역시, 도윤의 어머니와 이모를 생각하면 마음이 저렸다. 얼굴은 뵙지 못했지만, 아픈 삶을 살았던 어머니. 그리고 그런 어머니를 대신해 도윤을 사랑해 주었던 이모님. 이제 그 둘은 사이좋게 바로 옆, 양지바른 곳에 누워 있었다.

도윤은 때때로 그곳에서 바이올린을 켜곤 했다. 어머니와 이모가 좋아할 거라면서.

하지만 올해 도윤 어머니의 기일에는 도윤 대신, 건우가 바이올린을 켜기로 했다.

건우가 바이올린을 시작한 것은 시호의 말 때문이었다. 그렇게 다소 불순한 동기로 배운 바이올린이었지만 이제는 건우도 곧잘 켰다. 누가 시키지 않아도 밤새 연습할 정도로. 그럴 때면 이모님이 말하셨던 도윤의 소년 시절에 건우가 겹쳐 보였다.

“그러면, 엣헴. 지금부터 할머니와 이모할머니를 위해 차건우가 바이올린을 켜겠습니다. 곡명은 여름날의 마지막 장미입니다.”

얼마 전, 도윤의 맞춤 정장을 부러워해서 사 준 정장을 입고, 건우가 제법 연주자다운 폼을 내며 입을 열었다. 그런 건우를 흐뭇하게 바라보던 도윤이 몸을 숙여 하연에게 말을 걸었다.

“건우가 이제 제법 태가 나네.”

“그렇죠?”

“근데…… 왜 건우가 바이올린 시작했는지 말 안 해 줄 거야?”

그 말에 하연의 입꼬리에 미소가 떠올랐다. 여자 때문에 바이올린을 시작했다는 것이 쑥스러운지 아직도 아빠에게는 건우가 비밀로 하고 있었다.

“갑자기 왜 시작했는지 궁금하잖아.”

도윤이 그렇게 물을 만도 했다.

건우가 알면 화를 낼지도 모르지만, 도윤만 모르는 것은 불공평하니까. 하연은 팔을 들어 도윤의 단단한 가슴을 끌어안았다. 그의 어깨에 고개를 기대며 속삭였다.

“건우도 이제 다 컸어요. 누구를 좋아하게도 되고.”

굳이 상세히 설명할 필요도 없었다. 두루뭉술하게 하연이 표현한 말에 도윤이 금세 눈치를 채고 웃었다.

"바이올린 시작하려는 게 시호 때문이야?"

질문에 답하지 않고, 하연은 씩 웃어 보였다. 그 말에 도윤의 입술에서도 웃음이 샜다.

"우리 건우, 그렇게 싫어하던 바이올린을 시호 때문에 배운다니. 나랑 닮았네."

"자기랑 어떤 점이?"

하연이 되묻자, 도윤이 고개를 끄덕였다.

"사랑 때문에 변하려 하는 게, 나랑 꼭 닮았어."

그렇게 말하며 고개를 숙이고 자신을 내려다보는 그의 시선이 따뜻했다. 예전에는 날이 서고 예민하던 그였다.

처음 만났을 때부터 늘 혼자 있으려 했다. 가시를 세우고 누군가가 다가올까 봐 도윤은 늘 두려워했다. 그랬던 그가 이렇게 부드럽고 따스해졌다.

사랑을 받아서. 사랑을 해서. 하연에게 받은 사랑을 그 이상으로 돌려주었다. 그가 결혼 이후에 얼마나 다정한지, 하연에게만 집중하는지. 그가 입으로 말하지 않아도 그녀는 알 수 있었다.

도윤이 하연을 끌어당겨 품에 안았다.

"하연이 너를 만나서 많이 변했지. 예전에는 하기 싫었던 일도, 네가 있음으로 인해 하고 싶어졌고. 너를 사랑하면서, 더 나은 사람이 되기 위해 노력하고."

그가 뜨거운 입술로 하연의 관자놀이를 쓸었다.

"하연이 네가 나의 모든 것을 바꿨어."

그 말에 하연의 입에서 웃음이 샜다.

"어떻게 그렇게 다정한 말을 해요? 자기랑 건우는 정말 로맨티시스트인 것 같아, 부전자전이네."

그때. 박수 소리가 짝짝 났다.

“자, 자. 여기 주목. 엄마, 아빠. 자꾸우 둘이서만 이야기하면 안 돼요.”

“자꾸만 엄마 아빠는 둘이서만 논다니까.”

이랑이와 아랑이의 지적에 도윤과 하연 둘의 눈이 아이들을 향했다.

오늘은 특별한 날이었다. 건우가 바이올린을 연주하면, 이랑이 아랑이가 최근 배우기 시작한 발레를 그 노래에 맞춰 추기로 했다.

“할모니랑 이모할모니를 위한 공연을 할 거니까, 엄마 아빠도 쉬잇.”

그렇게 말하는 아랑이는 핑크색 발레복을 입고 있었다. 아직 짧고 통통한 팔다리가 드러나 인형같이 사랑스러웠다.

“미안해. 얼른 시작해.”

하연의 사과에 아이들 셋은 고개를 끄덕이고는 시작 구호를 세었다.

“그럼 시작할게요. 하나, 둘, 셋.”

그러고는 건우가 바이올린을 켜고, 아랑이와 이랑이가 산소 앞에 깔아 둔 돗자리 위에서 빙글빙글 돌았다.

서툰 연주에 서툰 발레. 가끔 음 이탈이 나기도 하고, 이랑이와 아랑이가 깡충 뛰다가 부딪치기도 했다. 하지만 저절로 미소가 지어질 정도로 아름다운 광경이었다.

하연은 여전히 도윤의 몸에 꼭 기댄 채, 아이들을 바라보았다.

“날씨가 너무 좋아서 다행이에요.”

“응.”

“산소 올 때마다 날씨가 좋아요.”

마치, 어머니랑 이모가 가족을 보살펴 주기라도 하는 것처럼 강릉에 위치한 산소에 오는 날이면 늘 해가 따사로이 다섯 가족을 비췄다.

문득, 도윤의 이모가 돌아가실 때의 기억이 하연의 머리를 스쳤다.

"하연아. 약속…… 하나만 해 줘."

앙상한 이모님의 손이 하연의 손을 잡았다.

"네. 네. 이모님."

"도윤이 혼자 두지 않겠다고 약속해 줘."

혹시라도, 자신이 세상을 떠나면 남겨진 도윤이 홀로 외로울까 봐, 아플까 봐 걱정하는 이모님의 마음이었다.

그 부탁에 하연은 "이모님. 도윤 씨랑 행복하게 살게요. 아이도 5명쯤은 낳아서 외로움 같은 거 느끼지 못하도록 할게요."라고 단단한 약속을 했다.

아이를 5명 낳지는 못했지만……. 그를 혼자 두지 않겠다는 약속은 지켜진 것 같다.

하연은 고개를 들어 도윤을 바라보았다. 도윤의 얼굴에는 온화한 미소가 떠올랐다.

"도윤 씨, 행복해요?"

그 질문에 아이들을 바라보던 도윤이 고개를 숙였다. 도윤의 눈이 가늘어진다.

아이들은 춤을 추다가 부딪치기도 하고, 연주를 하다가 실수를 하기도 했지만 뭐가 그렇게 즐거운지 연신 까르르 웃음을 터트렸다.

햇살에 닿은 하연의 머리카락이 아름다운 갈색으로 빛났다. 그리고 자신을 바라보는 그녀의 눈빛이 사랑스러웠다.

"응."

행복하냐는 그녀의 질문에 스르르, 도윤의 입술 사이로 긍정의 대답이 나왔다.

"행복해."

평생 행복할 수 없다고, 행복해져서는 안 된다고 생각했던 도윤이었다. 감히 누구를 사랑해서도, 사랑받아서도 안 된다고 생각하던 자신이었다. 사랑을 하면, 아프고 고통스러워진다고……. 그럼에도 불구하고 너를 사랑했다. 아파도 하고 싶은 사랑, 그게 너였다.

신하연은 도윤의 안에 있던 모든 상처를 메워 주웠다. 사랑을 해서 아프기는커녕, 하연을 만나 행복과 평안만이 도윤을 찾아왔다. 하연 덕에 사랑스러운 아이들과 가정을 꾸리고, 더 행복해질 미래를 그렸다. 이제 도윤은 확신을 가지고 말할 수 있었다.

"행복해, 하연아."

품속에 안긴 사랑하는 사람을 보며 도윤이 속삭였다. 작은 공연이 끝나자, 건우와 쌍둥이들이 꼭 안고 있는 부부에게로 달려왔다.

"엄마! 나도 안아 줘!"

"이랑이도, 이랑이도!"

"그럼, 우리 다 같이 안자."

도윤은 큰 팔을 뻗어 성인보다 조금 더 높은 체온을 가진 작은 몸들을 꼭 끌어안았다.

다섯 가족 위로 따사로운 햇볕이 내리쬈다. 행복은 멀지 않은 곳에 있었다.

품 안에 있는 아이들, 그리고 바로 곁에서 자신의 손을 꽉 잡아 주는 하연이 바로 행복이었다.

네가 나의 행복이었다.

외전 4. 야릇한 신혼여행

너른 정원이 펼쳐져 있는 2층 양옥 단독 주택.

여름 해의 긴 그림자가 늘어진 정원은 10년 넘게 하연이 구석구석 관리하는 자신의 애정이 담긴 곳이었다. 물론, 그것만으로는 부족해 연에 몇 번은 정원사를 불러 정리해서 빈틈없지만 자연스럽게 아름다웠다.

초여름에는 붉은 석류나무 꽃이 피고, 가을에는 보라색 아스타가 바람결에 한들한들 흔들렸다. 서울 한가운데 있다고는 믿기 힘들 정도로 고즈넉한 풍경.

2층 테라스에서는 그런 소담한 정원을 바라볼 수 있었다. 테라스는 꽤 널찍해서 여름이면 그곳에 작은 풀장을 설치해 첫째 건우와 이랑, 아랑이 쌍둥이가 소란스럽게 물을 튀기며 놀곤 했다.

그렇게 언제나 소란스러운 집이 오늘따라 유난히 고요했다.

하연은 테라스에 앉아 밖을 내려다보았다. 그런 한가함을 느끼다가 순간, 누군가가 뒤로 끌어당겨 그녀를 안았다.

"앗."

입에서 탄성이 터짐과 동시에 곧 단단한 가슴이 뒤에 닿았다. 익숙한 감각에 하연의 얼굴에는 부드러운 미소가 떠올랐다.

고개를 돌려 자신을 안은 남자를 올려다보았다. 시야에 들어온 그를 보고 하연의 눈에 반짝, 빛이 돌았다.

"자기야."

다정한 목소리로 그를 불렀다. 갑자기 나타나 자신을 뒤에서 끌어안은 사람은 바로 하연의 남편, 도윤이었다.

언제 퇴근한 걸까. 고개를 숙인 채 도윤이 웃고 있었다. 도윤은 회사에서 바로 온 건지 완벽한 정장 차림이었다. 주름 하나 가지 않은 완벽한 모습.

매일 보는 얼굴이어도 이렇게 무방비하게 만날 때면 심장이 두근거릴 정도로 근사했다.

"들어오는 발소리도 못 들었어. 언제 온 거야?"

하연의 말에 도윤이 한쪽 눈썹을 끌어올렸다.

"이름도 불렀어. 미동도 없길래 이상하다 했더니. 무슨 생각을 그렇게 골똘히 하고 있어?"

이름도 불렀다고? 그렇게 깊이 상념에 빠져 있었나. 하연이 머리카락을 쓸어올리며 말했다.

"아이들이 없으니 조금 허전해서."

"아."

"그냥, 그래서 잠깐 소리를 못 들었나 봐."

그녀의 말에 도윤은 하연에게서 시선을 돌려 오늘따라 조용한 집에 귀를 기울였다. 언제나 아이들의 웃음소리로 시끄럽던 집은 저 멀리에서 불어오는 바람 소리조차 귓가에 맴돌 정도로 조용했다.

"서운해? 고작 하루 없는 건데."

첫째 건우는 그가 가장 좋아하는 시호네 집에 갔다. 그리고 쌍둥이 이랑, 아랑이는 태권도 도장에서 하는 캠프를 갔다.

친구를 유난히도 좋아하는 건우가 집을 비우는 것은 이제는 꽤 자주 있는 일이었으나, 쌍둥이가 둘이서만 집을 떠난 것은 처음이었다.

"응, 없는 것도 서운하지만."

뭐랄까.

하연이 말을 하려다가 고개를 기울였다.

아이들이 너무 커서 서운했다. 건우도 그랬지만, 이랑 아랑이도 이제 집을 떠나 1박을 하고 올 수 있을 정도로 컸다는 게 신기했다.

처음 태어났을 때, 자신의 손을 꼭 잡던 작디작은 손이 생각나서 그런지.

도윤은 그저 가만히 하연이 속닥거리는 이야기를 들어주며 그녀의 머리를 쓸어 넘겨 주었다. 다정한 눈길이 한참 하연의 얼굴에 머물렀다. 그러다가 문득, 도윤이 입을 열었다.

"난 이것도 나쁘지 않은데."

"뭐가?"

"물론 아이들과 있는 시간도 좋지만, 가끔은 이렇게 하연이 너랑 둘이 있으니까, 예전 생각나고."

도윤이 계속해서 하연의 머리카락을 쓸어 주며 말을 이었다.

"우리 둘이 결혼하고 아직 네가 날 좋아하는지 알지 못했을 때."

아직 서로에 대한 사랑을 확신하지 못했던 때.

그가 자신을 사랑하지 않을 거라고 생각했고, 도윤의 마음은 여전히 아버지에 대한 분노와 증오로 가득했던 그때. 도윤이 그 시절을 생각하는지 살짝 비틀린 표정으로 말을 이었다.

"그때 집에 들어오면 네가 이렇게 정원을 보고 있는 걸 바라보곤 했어."

"그랬었어?"

전혀 몰랐다. 그가 그랬을 줄이야. 하연의 질문에 도윤이 고개를 끄덕였다.

"응. 너를 대놓고 볼 자신이 없어서 집에 오면 몰래 이렇게 뒤에서 보곤 했어. 바람에 머리카락이 흔들리면……."

도윤의 손이 하연의 드러난 목덜미를 쓸어 내렸다.

"얼마나 예쁘던지."

"몰랐어."

처음 결혼 생활을 하던 시절, 하연은 숨어서 그를 자주 바라보았다. 그가 회사 일에 집중해 소파에 앉아 펜 끝을 입에 문 것을 보면 도윤이 저토록 집중하는 서류가 무엇인지 궁금해지기도 했고, 가끔 미간을 찌푸리며 생각에 빠진 그를 볼 땐 도대체 선배가 하는 고민은 무엇일까 마음이 달았다.

하지만.

그도 자신을 그렇게 바라보고 있었던 줄은 몰랐다. 자신만이 도윤을 보고 있었는 줄 알았는데.

도윤이 당연하다는 듯 고개를 끄덕였다.

"몰랐겠지. 내가 숨겼으니까. 지금이랑 그때는 달랐잖아."

그때는 서로에 대한 마음을 숨기기 바빴다. 이렇게 손으로, 입술로, 서로에 대한 감정을 고스란히 드러내는 지금과는.

"한참 바라보고 또 바라보다가, 이렇게 입술을 맞추고 싶었는데."

도윤은 하연의 귓불에 살짝 입을 맞췄다. 그의 입맞춤에 찌르르한 감각이 등줄기를 타고 흘러 내려간다.

"아."

얕은 탄성이 울려 퍼졌다.

남자는 입술을 천천히 움직였다. 대단히 신사적이고 다정하게 하연의 살결을 터치했다.

처음에는 귓불에, 그리고 볼에, 발그레하게 달아오른 하연의 눈가에, 그리고 마지막으로 붉은 입술에.

부드럽게 닿아 오던 입술은 점차 거침없이 안으로 파고들었다. 혀끝이 그녀의 안으로 들어오자 하연은 자신도 모르게 눈을 반쯤 감았다.

"하, 아."

뭉툭한 혀가 안으로 파고들었다. 그 감각에 자신도 모르게 하연은 몸을 떨었다. 오랫동안 그녀와 함께한 도윤은 하연이 어디를 좋아하는지 너무나 잘 알았다.

입술로는 그녀를 탐하고, 손끝으로는 목뒤를 쓸어내렸다. 잔머리가 난 부분을 집요하게 만졌다. 그 가슬가슬한 감각이 예민하게 피부에 와닿았다.

쪽, 쪽.

몇 번이고 키스하다가, 잠시 도윤이 입술을 뗐다. 그가 빨아 살짝 부풀어 오른 하연의 입술을 도윤이 닦으며 속삭였다.

"그때가 가끔은 그립기도 하지만."

"……."

“이렇게 할 수 있는 지금에 감사해.”

거친 키스로 조금 전까지만 해도 완벽했던 도윤의 머리카락이 흐트러져 반듯한 이마 위로 쏟아져 있었다. 그 아래로 하연을 바라보는 눈빛이 농후했다.

도윤은 길고 단단한 손가락으로 하연의 티셔츠 끝자락을 만지작거렸다. 망설이듯 조심스럽게 훑는 것도 잠시. 그의 손이 천천히 그녀의 상의를 끌어 올렸다.

파란 티셔츠가 말려 올라가자, 탐스러운 가슴이 드러났다. 도윤이 그 모습을 보고 입술을 잘근 씹었다. 안 그래도 붉은 입술이 더 붉게 물들었다. 그 사이로 뜨거운 숨이 흘러나왔다.

“하.”

비릿한 웃음.

회사에서 도윤을 만나면, 이렇게 제 앞에서 흥분해 있는 남자는 상상도 하기 힘들었다. 언제나 업무에만 집중하고 여자에게는 관심도 없는 남자가 집에서는 하연에게 늘 집착하고 있다는 건 아무도 모를 것이다.

찔러도 피 한 방울 안 나올 것 같은 남자가, 자신의 가슴을 보며 욕망을 드러내고 있을 줄은.

그의 시선이 드러난 하연의 살결을 훑자, 창피하면서도 쑥스러운 감정에 허리를 비틀었다.

“아직 초저녁인데. 벌써…….”

지금도 거의 매일 관계를 맺었다. 두 사람 사이는 언제나 뜨거웠다. 하지만 저녁도 먹기 전인 이른 시간부터는…….

도윤이 고개를 숙여 하연의 몸으로 다가가며 속삭였다.

“오늘 하루뿐이잖아. 아이들 없는 거.”

소중한 하루. 그러니까 더 진득하게 너와 닿고 싶었다.

그렇게 말하는 도윤을 보고 하연이 웃었다.

참 신기했다. 이렇게 오랫동안 사랑했는데도 불구하고 여전히 자신을 사랑하는 그가. 그리고 대학교 1학년 때 그에게 반한 이후로도 여전히 도윤이 좋은 자신이.

그가 이렇게 자신을 바라보며 눈동자를 빛낼 때면 아직도 등줄기에 저릿한 긴장이 흘러내렸다.

"아이들은 내일 오니까 야한 짓을 지금 많이 해 둬야지."

그의 손가락이 하얀 가슴을 감싸고 있는 하연의 속옷 안으로 파고들었다. 진득하고 녹진한 키스를 한 직후라, 살결을 쓸어내리는 손짓만으로 가슴의 첨단이 꼿꼿이 서 있었다.

도윤은 한참 가슴을 어루만지다가 도저히 참지 못하겠는지 그녀의 부드러운 유방 사이에 얼굴을 묻었다.

"아."

남자가 입술로 하얀 살결에 흔적을 남긴다. 쭈욱, 빨아들일 때마다 피부는 붉게 물들고 하연의 몸이 자연스럽게 뒤로 기울었다.

"으응."

야한 신음이 흘러나오자, 도윤이 만족스럽게 웃었다.

"그때도 얼마나 이렇게 널 탐하고 싶던지. 그땐 아무것도 못 했지."

아무것도?

그 말에 하연이 눈을 동그랗게 떴다.

"아무것도 못 한 건 아니잖아."

하연의 말에 도윤이 무슨 말이냐고 미간을 좁혔다. 하연이 결혼했을 때를 떠올리며 속삭였다.

"신혼여행. 기억 안 나요?"

하연이 꺼낸 신혼여행이라는 단어에 도윤이 한쪽 입꼬리를 끌어 올렸다. 그 매끈한 곡선이 아찔했다.

"아아."

"……."

"그때 하연이 너, 너무 귀여웠어."

그날의 기억을 떠올리며 도윤이 웃었다.

신혼여행에서 하연은 도윤을 도발했고. 도윤은 그 도발에 넘어가 하연을 밤새 탐했다.

미치도록.

밤이 새도록.

＊ ＊ ＊

아주 오래전.

두 사람의 결혼식. 더운 여름도 끝자락에 접어들어 서늘한 바람이 부는 강릉의 별장에는 도윤과 하연이 정말로 마음을 쓰는 소수의 하객만이 모였다.

그 가운데, 도윤은 성혼선언문을 읽었다.

"차도윤은 아름다운 신하연을 신부로 맞아, 굳게 맹세합니다. 다른 점이 있더라도 서로의 마음을 존중하고, 설사 시간이 지난다 해도 마음이 변하지 않겠습니다. 언제나 지금의 이 마음처럼……."

그가 잠시 말을 쉬었다가 다시 읽었다.

"늘 곁에서 함께 아파하고 기뻐하며 모든 것을 나누겠습니다. 오늘의 이 벅차오르는 감정을 잊지 않겠습니다."

"……."

"신하연을 오늘부터 죽는 그날까지 사랑하겠습니다."

진심이었지만, 진심이라 드러낼 수 없었던 말.

그날의 결혼식은 진짜 결혼이 아니었다. 하연과 도윤은 이모님을 속이기 위해 결혼을 했다. 다른 사람들은 진짜 결혼이라고 생각하고 있는, 위장 결혼이었다. 그러니 기본적으로 해야 할 것은 다 해야 했다.

결혼식도, 결혼반지도, 그리고.

"신혼여행은 어디로 가고 싶어?"

결혼을 상의하던 도윤이 문득, 그녀에게 질문을 던졌다. 감흥 없이 던진 남자의 질문에 하연의 얼굴에 미소가 번졌다. 그래도 티를 내면 안 되니 입술을 잘근 씹었다.

도윤 선배와 신혼여행을 가다니.

결혼을 한다는 것도, 신혼여행을 간다는 것도 그를 오랫동안 짝사랑해 온 그녀에게는 믿기지 않는 일이었다.

어디든 좋았다. 도윤만 있으면, 동네 산책이라도 좋을 것 같았다. 그리고 현실적으로 먼 곳을 선택할 수는 없었다. 이모님은 많이 편찮으셨고, 도윤은 회사 일로 바빴다. 그러니 일주일씩 어디 먼 곳을 갈 수는 없었다.

음, 하고 소리를 내며 하연이 강원도 지도를 살펴보았다.

"강릉에서 결혼식을 하니."

"……."

"그 근처에서 머물면 어떨까요. 기왕 간 김에."

"특별히 가고 싶은 곳은?"

"어……."

강원도는 잘 몰랐다. 이모님을 문병하러 몇 번 강릉에 내려간 것이 당시 하연의 유일한 경험이었다. 곤란해하는 하연의 얼굴을 보고 도윤이 말했다.

"없으면 내가 예약할게."

"좋아요."

철두철미하게 계획하고 가는 것도 즐겁겠지만, 도윤이 고른 곳으로 가는 것도 즐거울 듯했다.

그날까지 기대하며 기다릴 수 있으니까. 선배는 어떤 곳을 신혼여행지로 고를까.

기대감을 숨기려 해도 어쩔 수 없이 상기된 하연의 얼굴을 보고 도윤이 눈을 가늘게 떴다.

"네가 이렇게 여행을 좋아하는 줄 몰랐네."

"여행을 좋아하는 게 아니라……."

선배를 좋아하는 거예요.

그렇게 말하려는 입술을 꾹 눌러서 참았다. 도윤은 자신을 사랑하지 않을 여자와 결혼하고 싶다고 했다. 그런 그에게 제 마음을 들켜 일을 그르칠 수는 없었다.

하연이 더듬더듬 서투른 입술로 속삭였다.

"강원도 여행은 처음이라서요."

"아아."

그가 가볍게 납득했다. 다행이었다.

얼른 결혼식 날이 왔으면. 얼른 신혼여행을 갔으면.

그렇게 부푼 마음을 억누르며 하연은 다시 지도로 시선을 돌렸다.

＊ ＊ ＊

두 사람이 결혼식을 마치고 출발한 곳은 강원도 고성이었다. 강릉에서는 2시간도 걸리지 않는 고성이지만 하연에게는 퍽이나 낯선 곳이었다.

“고성이라니. 처음 와 봐요.”

“전에 일 때문에 한 번 와 봤는데, 사람도 적고 좋아.”

차는 빠르게 해안 도로를 달려 한 건물 앞에 멈춰 섰다. 건물은 특이한 구조였다. 주차장에서 보면 그저 하얀 네모난 박스로 보였다.

하지만 안은 겉과는 전혀 달랐다. 좁은 복도를 따라 들어가니 전면이 다 유리창이었다. 파랗게 빛나는 동해가 눈에 들어왔고, 그 앞엔 침대와 하얀색 도기 욕조가 놓여 있었다.

“어.”

이런 구조는 처음이었다. 하연은 놀라워 방을 둘러보며 눈을 깜빡깜빡 떴다.

입구에 위치한 화장실을 제외하면 건물은 커다란 원룸으로 이루어져 있었다.

이리저리 살펴봤으나 세면대와 욕조는 밖에 나와 있었고, 모든 곳이 오픈되어 있었다.

씻을 때도, 잘 때도 그와 함께해야 한다는 의미.

“같…….”

말을 하려는 하연의 입술이 바싹 말랐다.

“같이 씻어야 하는, 그런 건가요?”

머리가 어질거린다.

예전 도윤이 술에 취해 그와 같이 밤을 지낸 때가 기억났다. 단단하고 매끄러운 몸. 자신을 꽉 끌어안던 두꺼운 팔뚝.

그런 그와 알몸으로.

아니, 더 문제는 이렇게 밝은 곳에서 그의 앞에 몸을 다 드러내야 하는 건가.

내 알몸을?

거기까지 생각이 미친 하연은 도윤을 차마 바라볼 수가 없었다. 고개를 돌리는데, 저 멀리 있는 거울이 보였다. 거울 너머로 목덜미가 은은하게 붉어져 있는 남자가 보였다.

"아."

도윤이 짧게 숨을 내뱉었다.

"하연아."

"……넵!"

"내가 예약한 게 아니라, 그러니까 나는 고성에 신혼부부를 위한 숙소를 알아보라고 했는데."

그렇게 말하며 도윤이 미간을 좁혔다.

"사진으로 봤을 땐 바다가 보여서 좋겠다고 했는데, 이런 구조인 줄은 몰랐어."

바쁜 도윤을 대신해 하 비서가 예약했다는 이야기였다. 어쩐지. 혼란스럽고도 설렜던 의문이 풀렸다.

도윤이 예약했다기에는 너무나도 대담한 곳이었다. 같이 목욕을 하고, 같은 침대에서 자고. 그런 걸 일부러 도윤이 골랐다는 것은 말이 안 되니까.

하 비서님은 도윤과 하연이 그냥 보통의 신혼부부라 생각했으니, 같이 씻고, 같이 자는 게 문제없으리라고 생각했던 거겠지만.

아니, 오히려 시간이 별로 없는 신혼부부에게 딱 맞는 로맨틱한 장소였다.

문제는 두 사람이 그냥 신혼부부가 아니라는 점이다.

도윤이 잠시 인상을 찌푸렸다가 고개를 돌렸다.

"어쨌든, 그런 의도는 아니었어. 그런 음흉한…… 저의는 없었어."

그답지 않은 서툰 말에 하연이 고개를 기울였다.

차라리 그랬다면 정말 좋았을 텐데.

하지만 도윤은 여자에 전혀 관심이 없었다. 게이라는 소문이 있었을 정도로. 그러니 그가 자신을 향해 그렇게 음흉해질 리가 없다.

그래도 좋았다.

결혼은 오늘부터 시작이었으니까. 그리고 무엇보다, 언제나 제 앞에서 여유 있는 도윤답지 않게 쑥스러워하며 서툴게 변명하는 모습도 좋았다.

"전 괜찮아요. 오해 안 해요."

"그래. 하지 마, 오해."

그가 시선을 쏙 돌리며 뒤를 돌아봤다.

"배고프지 않아? 밥 먹으러 가자."

"네."

"저녁, 미리 예약해 뒀어. 정신이 없을 것 같아서."

그렇게 말한 도윤이 서둘러 말을 덧붙였다.

"이번에는 직접. 자주 가는 곳이야."

너도 좋아할 거야.

말을 끝내자마자 도윤은 저벅저벅 서둘러 방을 나서 버렸다. 여전히 그의 목덜미는 붉어져 있는 상태였다.

* * *

난감하게 됐군.

하 비서에게 맡기는 게 아니었다.

도윤은 속으로 혀를 찼다. 저녁 식사를 하고 들어온 숙소는 여전히 도윤에게 대단한 골칫거리였다.

다시 들어온 숙소는 여전히 아름다웠다. 해가 져서 까맣게 물들어 버린 밤바다에는 어선이 몇 척 둥둥 떠 있어 밤하늘의 별처럼 반짝였다.

하지만 그게 문제가 아니다. 결혼식을 하고 와서 씻어야 할 텐데, 씻는 곳이 다 오픈되어 있었다.

하연이 그곳에서 목욕을 하는 것을 생각하기만 해도.

뻐근한 감각이 허벅지 사이로 타고 들어갔다. 도윤은 자신이 담백한 편이라고 생각했다. 근데 신하연만 얽히면 왜 이러는지.

"미치겠네."

그렇게 낮게 중얼거리는 도윤의 마음도 모르고 하연은 숙소로 돌아오며 재잘댔다.

"선배가 자주 가는 레스토랑이라더니 정말 맛있었어요. 뷰도 좋고요."

설악산이 그대로 바라다 보이는 식당이었다.

도윤은 산을 바라보는 것이 좋았다. 바람만 불어도 흔들리는 약한 자신과는 달리 언제나 그 자리에 있었으니까.

그래서 가끔 고성에 찾아올 때면 그곳에서 홀로 식사를 하곤 했다.

혼자 식사하며 시간을 보내는 것도 나쁘지는 않았지만. 그래, 신하연이 있으니 훨씬 더 즐거웠다.

"피곤하시죠?"

"괜찮아. 넌?"

강릉의 별장에서 결혼식을 하느라 일반적인 호텔 결혼식과는 달리 신경 쓸 것이 많았다. 새벽 일찍 일어나고 긴장해서 그런지, 하연은 평소보다 피곤해 보였다.

"조금요. 씻고 자야겠어요."

"그래. 그럼……."

차에 가 있든지 해야겠다. 도저히 여기서 그녀가 씻는 모습을 보고 욕망을 참을 수는 없을 테니까.

도윤이 몸을 돌리려 하는데, 하연이 머리카락을 풀어 헤쳤다. 위에 고정해 놓았던 검고 풍성한 머리카락이 폭포수처럼 흘러내렸다.

그리고 그곳에서 멈추지 않았다. 그녀는 입고 있던 원피스의 단추를 하나씩 풀었다. 뭐라 말릴 새도 없이 풍만한 가슴이 드러났다.

아니, 말릴 생각이 처음부터 없었을 수도 있지만.

부드러운 몸이 도윤의 앞에 그대로 드러났다. 아름다웠다. 여린 몸이 밝은 조명 아래 드러나자 잠시 잠깐, 도윤은 조각상처럼 멈춰 버렸다.

이건…….

평소라면 절대 그녀가 자신에게 보여 줄 리 없는, 야릇한 광경을 눈에 담고 도윤이 서둘러 말했다.

"신하연, 잠시만."

"네?"

옷을 벗던 여자가 자신을 돌아보았다. 몸을 돌리자 자연스레 꽉 끼는 브래지어 위로 툭 튀어나온 가슴이 눈에 들어왔다. 그녀가 움직일 때마다 뽀얀 살결이 파르르 떨렸다.

젠장, 미치겠네.

"지금 뭐 하는 거지?"

"네? 저, 씻으려고……."

"……내 앞에서?"

"아뇨."

그녀가 눈을 동그랗게 떴다. 와중에도 그 모습이 토끼같이 귀엽다고 생각했다.

"그……. 같이 씻는 거 아니었나요?"

"너랑 나랑?"

도윤의 급박한 질문에 하연이 고개를 끄덕였다. 그러다가 얼굴이 붉어졌다.

"결혼은 처음이라. 그…… 그러면 안 되는 건가요?"

보통의 결혼이라면 그게 자연스러울 수도 있었다. 보통의 부부라면, 서로 같이 씻기도 하겠지. 특히나 둘은 신혼여행 중이었으니까.

하지만 그들은 보통이 아니었다. 도윤이 미간을 좁혔다.

"신하연. 우린……."

계약 결혼이잖아.

이런 건 계약에 들어 있지 않았다.

도윤이 말을 하다가 어지러운 머리를 손가락으로 짚었다. 무엇보다 그녀와 같이 씻으면 도저히 참을 수가 없을 것 같았다.

아니, 지금도 벌써.

도윤의 이성은 끊어지기 일보 직전이었다. 하연이 밭은 숨을 내쉴 때마다 그녀의 여린 목선에 시선이 갔고, 움직일 때마다 가슴이 따라 흔들려 당장이라도 움켜쥐고 싶었다.

그녀와 함께 보냈던 밤은 술 때문에 흐릿했다. 하지만 얼마나 자신이 미쳐서 그녀를 거칠게 탐했는지는 희미하게 기억났다. 혼자 있을 때도 때때로 그녀의 생각이 나서 욕망에 고통스러울 정도였다.

그런데 그런 신하연이 눈앞에 있다. 반쯤 벗은 채로.

돌아 버리기 직전이었다.

"나 남자야. 같이 그냥 씻고, 그런 건 도저히 불가능해."

"……."

"못 참을지도 몰라."

참을 수가 없다. 하연이 그의 말이 무엇을 의미하는지 알아차렸는지 얼굴이 붉게 달아올랐다.

이제 나가 달라고 하겠지.

하지만 하연이 들릴 듯 말 듯 속삭였다.

"첫날……밤이잖아요."

"……."

"우리의. 그러니까……."

참아야 할 필요가 있나요?

"너, 네가 무슨 말 하는 줄 알고 말하는 거야?"

"네. 선배……. 아니, 도윤 씨."

하연은 여전히 아래를 보고 있었지만, 또렷하게 말했다.

"저는 괜찮은데."

발그레한 홍조를 띤 얼굴이 사랑스러웠다. 도윤은 손을 뻗어 그녀의 턱에 올렸다.

"내가 이렇게 만져도?"

도윤의 직접적인 접촉에도 하연이 고개를 끄덕였다. 그 움직임에 어깨 위에 얹혀 있던 머리카락이 가슴 위로 쏟아져 내렸다.

그 흐름에 따라 도윤은 천천히 손을 더 아래로 내렸다. 손끝에서 만져지는 하연의 살결이 매끄러웠다.

더 아래는 어떤 느낌일까. 이 가슴을 한 손 가득 잡으면 부드럽겠지.

이미 그의 뇌리에는 야한 상상이 가득 찼다. 여리여리한 체격과 달리 옷 속에 숨긴 하연의 가슴은 풍만하면서도 아름다웠다. 숙소의 은은한 노란 조명 아래 빛나는 피부는 흠결 하나 없었다.

"넌 몰라. 신하연."

내가 어떻게 변할지.

아니, 자신조차 예상할 수 없었다. 욕망에 미친 괴물이 되어 버릴 것 같았다. 하지만 하연은 오히려 한 발짝 그를 유혹하듯 앞으로 다가왔다.

"어떻게 변하는데요?"

"……하."

"보여 주세요, 선배……."

이런 유혹을 이겨 낼 수 있는 사람이 있을까. 결국 도윤은 완전히 이성을 잃고 그녀를 끌어당겼다.

* * *

한번 선을 넘자 무서울 것은 없었다.

"읏."

급박하게 진행되는 흐름에 하연이 얕은 숨을 뱉었다.

도윤은 서둘러 몇 장 남지 않은 하연의 옷을 벗겼다. 처음에는 단추를 하나하나 끄르다가, 급해져 거의 잡아 뜯듯 옷을 벗겼다. 그 아래 드러난 하연의 몸은 하얗고, 가늘었다. 세게 안았다가는 부서질 것만 같았다.

툭, 툭, 브래지어 뒤의 버튼을 풀자 가슴이 쏟아져 내렸다. 부드럽게 곡선을 그리는 가슴이 눈앞에 드러나자 도윤의 아래로 흥분이 흘러내렸다.

도윤은 재킷을 벗기는 했지만, 여전히 슈트 차림이었다. 셔츠는 목까지 완벽하게 채운 상태였고, 아래는 결혼식용 검은 정장 바지를 입고 있었다.

그러나 정장 바지 아래에는 이미 그의 성기가 한계까지 부풀어 있었다. 굳이 꺼내서 확인할 필요도 없었다. 두꺼운 존재감이 얇은 천 위로 드러났다.

"도, 도윤 씨."

그녀를 끌어당겨 안자, 하연이 놀란 듯 눈을 동그랗게 떴다. 이미 잔뜩 흥분한 게 천 너머로 느껴졌을 거다. 그것을 그녀의 말캉한 허벅지에 문지르자, 하연이 앓는 소리를 냈다.

"으응."

그 소리에 도윤은 더욱 더 버틸 수 없었다. 그렇게나 만지고 싶고 빨고 싶었던 가슴에 입술을 댔다. 처음에는 유륜 근처에 부드럽게 키스를 했다가, 결국 참을 수 없어 빳빳이 서 있는 그녀의 가슴 위 첨단을 빨아들였다.

"아, 선, 도윤 씨."

하연이 손을 뻗어 도윤의 머리를 잡았다. 밀어 내지는 않았지만, 하연의 가느다란 손가락이 도윤의 머리카락 사이로 파고들었다.

"어떻게 해. 하아."

하연의 발끝이 비쭉 섰다. 도윤은 그 야릇한 소리에 더욱 흥분해 저답지 않게 게걸스럽게 젖을 빨았다. 입 안으로 부드러운 가슴이 밀려 들어온다. 가능하다면, 죄 씹어먹고 싶을 정도로 맛있었다.

제 안에 이런 넘실대는 붉은 욕망이 있었는지 몰랐다. 모르는 것투성이였다. 하연은 도윤의 머리카락 사이에 손가락을 넣고 헐떡였다.

"선배, 너무, 강해요."

"아파?"

"아뇨. 너…… 너무 뭐라 하지."

하연이 풀린 눈을 한 채 반쯤 벌어진 입술로 숨을 몰아쉬다가 겨우 말을 이었다.

"뭐랄까, 속이 간지러워서요."

"……."

"창피해요. 너무…… 저만 느끼는 거 같아서."

너만 느낄 리가.

도윤은 이미 미쳐서 돌아 버릴 것 같았다. 하연과 닿는 모든 곳이 저릿하고, 이미 폭발할 것 같았다.

"걱정 마. 나도 지금 미칠 것 같으니까."

제 목소리에도 조급함이 실렸다. 젠장, 그녀에게 들리지 않게 욕설을 읊조리며 도윤은 제 셔츠를 벗었다. 매일매일 체력을 위해 운동을 해서 단단한 그의 가슴팍이 드러났다.

하연의 눈이 멍하니 그를 바라보았다. 시선은 생각보다도 노골적이었고 직선적이었다.

뭐가 문제지.

“왜 그렇게 쳐다봐.”

“아, 아뇨. 그…… 그날 밤에는.”

그녀가 더듬더듬 말했다.

“이렇게 볼 여유가 없었거든요.”

술에 취해 같이 밤을 보낸 날.

그날은 도윤도 하연을 볼 시간도, 여유도 없었다. 그저 욕망에 달렸다.

“……그러네.”

하지만 지금은…….

눈앞에서 그녀가 저를 바라보고 있다. 거부하지 않는다. 오히려, 그녀의 눈동자에서도 욕망이 엿보였다. 명백하게도 하연은 도윤의 몸을 욕정을 실은 눈으로 바라보고 있었다.

“만…… 만져 봐도 되나요?”

여전히 쑥스러워하지만 새어 나온 하연의 본능에 도윤이 결국 픽 웃었다.

“네가 원한다면, 그래. 어디든.”

자신도 하연의 온몸을 만지고 싶었다. 저 파르르 흔들리는 속눈썹도, 곧게 뻗은 콧날도, 부드러운 가슴과 납작한 배도.

다리 사이의 깊은 곳에 손을 넣어 자극하고 싶었다. 얕은 숨을 몰아쉬고 있는 그녀를 더 흥분하게 만들고 싶었다.

“그럼…… 실례합니다.”

실례?

웃음이 터져 나올 것 같은 알쏭달쏭한 인사말을 남기고 그녀가 손을 뻗었다.

떡 벌어진 가슴팍에서부터 천천히 하연의 손이 내려가 갈라진 복근에 닿았다. 간지럽고, 부드러웠다.

신하연이 자신을 만지고 있다는 사실이 정신적으로, 그리고 육체적으로 크게 다가왔다.

그녀의 손길은 마치 나비 같았다. 자신의 피부에서부터 배 속까지 간지럽혔다. 더 이상 흥분할 수 없다고 생각했던 아래가 더욱더 단단해졌다.

그리고 하연이 더 아래로 흘러 내려가 바지 단추를 건드리는 순간.

도윤이 손을 잡았다.

"더 이상은 안 돼."

"죄, 죄송해요."

"네가 잘못한 게 아니라."

도윤의 목소리에 흔치 않은 절박함이 실렸다.

"내가 터질 것 같아, 젠장."

이렇게 내가 인내심이 없는 녀석이었나.

지금도 미치겠는데 그녀가 그곳을 직접적으로 만진다면, 돌아 버릴지도 모른다. 도윤은 혀를 차며 그녀를 끌어안았다.

그 이후로는 모든 것이 희미했다. 두 사람은 짐승처럼 서로를 탐색했다. 몸을 비비고, 빨고, 만졌다.

"아아."

그녀를 온통 탐색했다. 빠르게 그녀의 부드러운 곳을 살피던 도윤의 손이 그녀의 다리 사이로 향했다.

자신을 거부하면 어떻게 하나, 잠시나마 스쳤던 도윤의 걱정이 무색하게 하연의 아래는 온통 젖어 있었다. 끈적한 액이 손가락에 얽혔다.

"거, 거긴."

창피한지, 하연의 목소리에 망설임이 느껴졌다.

다시금 도윤의 손이 허벅지에서부터 천천히 올라간다. 아무리 급해도 놀라지 않게. 가장 은밀한 다리 사이에 닿자 부드러운 속살이 느껴졌다.

"아, 아아."

도윤은 이를 악물고 갈라진 곳을 훑어 올라갔다. 그러자 손끝에 통통한 살점이 잡혔다.

그곳에 손가락이 스치자마자, 하연의 몸이 튀었다.

"아."

명백하게 좋아하는 목소리였다. 그녀가 반응하는 것이, 도윤도 좋았다. 다시 한번 그곳을 누르자 하연의 몸이 흔들렸다.

"선배, 안 돼. 안 돼요."

"뭐가 안 된다는 거야. 만지지 말라는 거야?"

"모르겠어요, 이상해질 것 같아."

안 그래도 다리 사이가 젖어 있었는데, 그곳을 만질 때마다 하연의 안쪽에서는 끈적한 액체가 흘러나왔다.

"그게 맞는 거야."

신하연이 더 좋아해야 했다. 더 쾌락을 느껴야 했다.

물론 당장이라도 하연의 안으로 들어가고 싶었다. 도윤의 것은 이미 그녀가 원피스의 단추를 풀 때부터 준비가 된 상태였다. 얼마나 오랫동안 참았는지 얼얼한 통증이 느껴졌다.

하지만.

자신은 아파도 신하연이 아파서는 안 됐다.

그녀가 충분히 흥분하고 들어갈 수 있도록 도윤은 그녀가 반응하는 곳을 집요하게 문질렀다. 그럴 때마다 하연은 발을 바르작거렸다.

"도윤 씨. 도, 도윤 씨."

자신의 이름을 부르는 그녀가 너무나도 아름다웠다. 침대 위에 흐트러진 머리카락조차 탐스러웠다. 머리끝부터 발끝까지 입을 맞추고 싶었다.

"아, 아아."

"……."

"도저히 안 되겠어요."

도윤이 선사하는 쾌감이 너무 강한지, 하연은 다리를 꽉 조였다. 도윤의 손목을 쥐며 더 이상 움직이지 못하게 막으려 했다.

하지만 연약한 하연이 도윤을 멈출 수 있을 리 없었다. 도윤은 집요하게 은밀한 부위를 만졌다. 클리토리스를 손끝으로 문지르다가, 살점을 손가락 사이에 껴서 자극하다가.

"너무 좋아요. 미치……. 아, 제발."

그러다가 하연이 손을 뻗어 도윤의 손목을 잡았다. 자신을 바라보는 눈동자에 어른어른 눈물이 맺혔다.

"도윤 씨, 제발요."

그만해달라는 걸까.

그러나 하연의 입에서 나온 말은 도윤의 생각과는 다른 것이었다.

"들어와 주세요."

"……."

"안기고 싶어요, 선배에게."

지금 당장.

참을 수가 없어요.

그리고 하연이 손을 뻗어 도윤의 속옷을 끌어 내렸다. 속옷 위로도 엄청난 존재감을 드러내던 것이 하연의 손짓에 밖으로 툭 튀어 나왔다.

굵고 긴 것.

이성적이고 날카로운 도윤의 외모와는 달리, 그곳은 더없이 짐승의 성기였다. 굵은 기둥에는 성난 핏줄이 툭툭 튀어나와 있었고, 오늘 아주 오랜 시간을 참은 그 페니스의 끝에는 투명한 액이 맺혀 있었다.

자신이 꺼내고도 그 사이즈에 놀란 하연이 속삭였다.

"……너, 너무 커요."

"보통이야."

다른 사람들의 것을 유의 깊게 본 적은 없지만. 도윤의 말에 하연이 고개를 저었다.

"보통일 리가 없어요. 다, 다른 사람 걸 본 적은 없지만."

조금 전까지 애원하던 하연이었지만, 막상 너무나도 거대한 존재감을 자신의 두 눈으로 확인하자 저도 모르게 허리를 뒤로 뺐다.

하지만 도윤의 움직임이 조금 더 빨랐다. 손을 뻗어 하연의 골반을 잡았다.

"내가 말했잖아. 이젠 못 참는다고."

터질 것 같았다. 이렇게 인내심이 없는 남자였던가, 스스로에 대한 평가를 다시 하게 될 정도로.

도윤은 자신의 것을 그녀의 다리 사이에 댔다. 이미 잔뜩 흥분해 축축해진 곳에 비볐다.

"으읏."

단단한 감각에 하연이 한숨처럼 숨을 내쉬었다. 도윤이 성기로 그녀의 음부를 훑자, 그녀의 구멍이 더욱 큰 자극을 원해 움직였다. 닿을 때마다 하연은 얕은 숨을 흘렸다.

천천히 자극하고 싶었지만, 도윤 역시 거의 한계치였다. 그곳에 조금 밀어 넣자, 하연이 미간을 좁혔다.

"으음."

"아파?"

하얀 매트리스 위에는 하연의 검은 머리카락이 흩뿌려져 있었다. 그리고 자신을 바라보는 하연의 눈동자.

그 까맣고 깊은 눈동자는 어떤 생각을 품고 있는 걸까. 그녀를 욕망하는 자신이 싫어지지는 않았을까. 평소의 도윤은 표정도 말도 많지 않았다.

언제나 서늘한 얼굴로 사람을 바라보고, 인상을 찌푸리는 일도 웃는 일도 거의 없었다.

무언가를 욕망하고 원하는 일도 물론. 그게 자신의 인생이었다.

하지만 저 눈동자 앞에 서면 많은 것들이 달라졌다. 감정이란 게 없는 것만 같던 제 마음에 요동이 친다. 차갑기만 했던 몸에 뜨거운 욕망이 흐른다.

도윤이 이를 꽉 악물었다. 볼 근육이 울룩 솟아오른다. 이런 자신이 도윤 스스로에게조차 낯선데, 하연에게는 어떻게 비칠까.

아프냐고 물어보는 도윤을 보고 하연이 긴 속눈썹을 파르르 떨었다. 잠시 숨을 밭게 내쉬다가 속삭였다.

"아뇨."

어딘가 불편해 보이는데도 붉은 입술로 작게 속삭였다.

"아프지 않아요."

"그럼."

도윤은 당장이라도 하연을 꿰뚫고 싶었다. 하연의 점막은 축축하고 뜨거워서, 완전히 달아오른 제 것을 안에 박아넣고 싶은 열망에 휩싸였다.

하지만 아프게는 아니다. 그렇게까지 해서는 안 되었다.

대답을 재촉하는 도윤의 말에 하연이 눈을 살짝 비꼈다. 스르륵, 눈동자가 다른 곳을 향했다. 잠시 아랫입술을 잘근잘근 물다가 말을 뱉었다.

"……조…… 좋아서요."

"……."

"기분 좋아서."

그렇게 말하면서도 부끄러운지, 하연의 뺨에서부터 가녀린 목, 부드럽게 곡선을 그린 가슴까지 홍조가 흘러 내려왔다.

"아프지 않아요. 기분이 좋아서 그래요."

더 이상은, 못 보겠다. 그런 마음으로 하연이 두 손을 들어 제 얼굴을 가렸다.

아. 신하연.

좋다고. 기분이 좋아서 저도 모르게 그런 신음을 냈다고.

그 말에 도윤은 무너지고 말았다. 하연은 아래로 축 처져 있던 손을 들어 도윤에게로 향했다. 까딱까딱, 정말 자기는 괜찮다는 듯. 그를 원한다는 듯.

유혹하는 그녀의 행동에 도윤은 이성이 끊어져 간신히 참고 있던 허리를 앞으로 푹 밀어 넣었다. 굵고 단단한, 사람의 것이라고는 믿을 수 없을 정도로 두껍고 딱딱한 것이 하연의 안으로 빨려 들어갔다.

"아, 젠장."

하연의 고운 귀에 들려 줄 수 없는, 거칠고 저속한 말이 입 밖으로 튀어나올 것 같아 자꾸만 같은 말만 반복했다.

제게 들러붙는 그 점막이 기분 좋아서 미칠 것만 같았다. 도윤의 허벅지 근육이 강렬한 감각으로 인해 또렷이 갈라졌다. 천천히 안으로, 안으로 들어갔다.

도윤의 두 손은 너무 강하지 않게 하연의 골반을 잡고 있었다. 다른 사람에게 쉬이 닿을 수 없는 곳의 살결이 보드라워서 저도 모르게 때로 손가락을 움직였다.

그러면서도 허리는 쉼 없이 움직였다. 하연의 안은 좁고도 뜨거웠다. 제 것을 꽉꽉 물어대며 휘젓는 감각이 기분 좋았다.

"아, 으응."

완전히 안으로 들어가, 깊은 곳을 툭툭 치자 하연이 허벅지로 꽉 도윤의 허리를 조였다.

"도윤 씨……."

그 목소리에 도윤이 한쪽 눈썹을 끌어 올렸다.

왜?

그 무언의 물음에 하연은 딱히 할 말은 없었다는 듯, 고개를 저었다. 그저 그의 이름을 불렀다. 이유는 없이.

하연은 알까. 그녀가 제 이름을 부르면 도윤이 어떤 기분이 드는지.

심장 한쪽이 뻐근해지고, 달아오르는 느낌. 등줄기에 저릿한 감각이 내려와 배 속이 간질간질해지는 그런…….
이름을 붙일 수 없는 감각이 저를 지배한다는 것을, 하연은 알까.
그렇게는 말할 수 없었다. 자신과 신하연은 그저 계약 결혼을 했을 뿐이다.
신하연이 원하는 것은 돈. 그리고 내가 원하는 것은…….
"하연아."
내가 원하는 것이 뭐였더라.
아래에서 오는 강렬한 쾌감 때문인지. 아니면 자신을 바라보고 있는, 쾌락인지 고통인지 모를 것 때문에 눈물이 맺힌 저 신하연의 부드럽게 처진 눈꼬리 때문인지.
아니면 횟횟하게 달아오른 이 방의 공기 때문인지 몰라도 도윤은 모든 것을 잊었다.
자신이 원하던 것도.
자신이 진정 원하는 것도.
"하연아."
다시 한번 그녀의 이름을 부르고는 허리를 뒤로 뺐다.
"아흑."
높은 소리가 울려 퍼진다. 꽤 커다란 하연의 목소리에도 누구도 당황하지 않았다. 바닷가에 세워진 이 오션뷰 하우스는 주변에 아무도, 아무것도 없었다.
다시 한번 밖으로 꺼냈다가 안으로 밀어 넣었다. 하연이 허리를 비틀었다.
"아, 선배. 너무 강해요."
"……하."
"선배, 응, 아, 미칠 것 같아."

허리를 짓칠 때마다 하연이 소리를 냈다. 그 소리에 더욱 흥분이 높아진다.

머리카락보다 약간 옅은 색의 체모에, 누구에게서 흘러나왔을지 모를 끈적한 액이 들러붙었다.

"선……."

하연이 손을 뻗어 도윤의 손을 잡았다. 여린 손이 마디마디 툭툭 불거진 거친 손에 닿았다.

도윤 역시 그녀의 손을 뿌리치지 않았다. 손가락 사이에 제 손가락을 겹친 다음 꽉 움켜쥐었다.

놓치지 않아.

그런 마음으로 그녀를 저에게 확 당겼다.

자연스레 침대 위에 누워 있던 그녀가 당겨져 도윤의 가슴팍에 닿았고, 말캉한 유방이 도윤의 가슴 근육에 짓이겨졌다. 도윤은 점점 속도를 높였다.

"신하연."

마치 세상에 단어라는 것은 '신하연'밖에 없는 것처럼 이름을 불렀다.

"하연아."

그 이름을 부르며 달렸다. 미친 듯이 달리고 또 달리며 안을 헤집었다. 거친 움직임에 야한 소리가 울려 퍼졌다.

철벅, 철벅.

그렇게 완전히 두 사람의 몸이 합쳐진 순간.

"도윤 씨……!"

그의 이름을 부르며 하연의 몸이 완전히 굳자 도윤 역시 그녀를 꽉 끌어안았다. 이러다가 부서지지 않을까 걱정이 될 정도로 꽉.

절정이었다.

아찔하고 야릇한, 첫 신혼 밤의 시작이었다.

❋ ❋ ❋

침대 위에 축 늘어진 따뜻한 햇살이 하연의 이마 위로 내려앉았다.

반쯤 열어 놓은 작은 창에서 소금기를 품은 짠바람이 흘러 들어와 하연의 머리카락을 흩트렸다.

"……간지러워."

무슨 일이 있었더라. 하연은 잠시 멍한 눈으로 환한 실내를 바라보다가 그제야 신혼여행을 온 것을 기억했다.

어젯밤, 두 사람은 몸을 겹쳤고 새벽녘까지 함께했다. 격렬하고 뜨거웠다. 너무 격렬해서 온몸이 근육통으로 욱신거릴 정도였다.

환한 방 안에는 도윤이 없었다. 어디로 간 걸까. 그러나 그러기를 잠시, 문이 열리고 남자가 들어왔다. 그의 손에는 아마도 숙소 측에서 준비해 줬을 식사가 들려 있었다.

"깼어?"

해도 너무한 도윤이었다. 자신은 지쳐 잠들어 엉망진창인데 그와 반대로 도윤은 빛이 났다. 하얀 셔츠를 입고 서 있는 그는 어젯밤의 격렬한 모습은 어딘가로 다 사라지고 정갈했다.

하연은 시트를 끌어당겨 울긋불긋 흔적이 남아 있는 제 몸과 얼굴을 숨겼다.

"……네."

"근데 왜 숨어?"

입술을 잘근잘근 깨물다가 하연이 속삭였다.

"너무 무리해서…… 얼굴이 완전히 부었어요. 도윤 씨가 놓아주지를 않아서."

"……미안."

내내 자신을 놓아주지 않던 남자를 향해 눈을 흘기고는 고개를 숙여 긴 머리카락으로 얼굴을 가렸지만, 하연의 입가에는 은은한 미소가 떠올랐다.

투정 부리듯 말하기는 했어도 하연은 기뻤다. 도윤과 결혼 전, 그와 몸을 겹친 것은 그가 술에 취해서였다.

다음 날 아침, 그는 하연에게 사과를 했다.

그래서 어쩌면 그날 밤의 일이 실수였을지도 모른다고 하연은 생각했다. 감정까지는 아직 바라지 못해도 그가 자신을 원해 주기를 바랐는데.

하지만.

어제 그는 뜨거웠다. 미친 듯 자신을 원했고, 오늘 새벽에도 자신을 헤집었다. 완전한 제정신으로. 뭐 그런 거로 기쁘냐고 누군가는 말할 수 있겠지만 하연은 기뻤다.

"눈 좀 돌려 주세요. 못난이예요."

얼굴이 어떤 꼴일지 몰랐다. 거울을 보는 게 무서울 정도였다.

하연의 말에 도윤은 잠시 입술을 달싹였다. 무언가를 말하려는 걸까. 가만히 하연을 바라보던 그는 시선을 옆으로 돌렸다.

"괜찮아."

"……."

"지금 예뻐. 네가 생각하는 것보다 훨씬."

산뜻하면서도 별거 아닌 듯 말하는 남자의 칭찬에 하연의 입이 반쯤 벌어졌다. 도윤은 어깨를 으쓱하고는 말을 이었다.

"그래도 자리는 비켜 줄게."

그리고 도윤은 자리에서 일어났다. 저벅저벅, 얼른 집 밖으로 나가는 뒷모습을 하연은 멍하니 바라보았다.

❋ ❋ ❋

아직 그들의 결혼이 진짜 결혼이 아니었을 때.

이모님을 속이기 위한 그저 '계약 결혼'이었을 때. 도윤은 하연에게 예쁘다고는 말할 수 있었지만, 사랑한다고는 말할 수 없었다.

사랑한다고. 세상에서 너를 가장 사랑한다고 말할 수 있게 된 건 그로부터 한참이 지나 많은 길을 돌고 돈 후였다.

그사이 많은 것들이 바뀌었다. 하지만 그때는 야한 일은 하나도 할 수 없었다는 도윤의 말은 틀렸다.

아주 예전 일을 되짚으며 하연은 입술을 툭 내밀었다.

"그때도 얼마나 나를 들었다 놨다 했는지. 그다음 날 걸을 때마다 온몸이 쑤셔서 몸살 나는 줄 알았어요."

그 말에 도윤이 미간을 좁혔다. 마음에 들지 않는다는 듯, 입꼬리도 비틀렸다.

"신혼여행 날 밤 말이야? 그날 내가 얼마나 참았는데."

"그게 참았던 거라고요?"

하연의 입술이 반쯤 벌어졌다.

그들의 신혼여행 첫날밤, 그는 하연을 끝까지 몰고 또 몰아세웠다.

그를 그렇게나 원했던 하연조차 너무 많은 절정으로 허벅지 신경이 닳아 없어지는 것 같다고 생각할 때까지. 그녀를 물고, 핥고, 만지고, 그녀의 안을 헤치면서 괴롭혀 댔었다.

그랬는데 그게 참은 거였다고?

하연의 황당하다는 질문에 도윤은 당연하지 않냐는 듯 눈을 가늘게 뜨고 고개를 끄덕였다.

"참았어. 하고 싶은 게 얼마나 많았는데."

"……와."

그게 참은 거였다니. 신혼여행이 끝나고 한동안 하연은 몸살을 앓았다. 꽤 오래전 일이었지만 또렷이 기억났다.

도윤이 말을 이었다.

"내가 원하는 대로 다 하면 하연이 네가 날 싫어할까 봐 얼마나 참았는지 몰라."

"뭘 그렇게 참았는데요?"

도저히 상상이 가지 않았다. 그때 할 건 다 했는데. 뭘 더 할 수 있단 말인가. 아연실색한 하연에게 그가 다가왔다.

"예를 들어, 이런 거."

지금 두 사람은 테라스에 앉아 있었다. 도윤이 테라스에 있던 하연을 들고 저벅저벅 안으로 걸어갔다. 테라스에 이어진 침실로 들어가 그녀를 침대에 앉혔다.

도윤의 눈이 장난스럽게 빛났다.

하연은 넓은 프릴 스커트를 입고 있었다. 도윤이 천천히 손을 움직여 그 스커트의 끝자락을 들쳐 올렸다. 하연은 그가 도대체 어떤 짓을 할까, 기대와 두근거림을 같이 품은 채로 남편을 바라보았다.

매끄러운 종아리를 훑어 올라간 남자가 그녀의 허벅지를 천천히 벌렸다. 하얀 살결 위를 쓸어내렸다.

"뭐, 뭐 하려고요?"

"그때 하고 싶었던 거."

그렇게 말을 내뱉은 남자의 얼굴이 하연의 다리 사이로 향했다.

"엇."

예상치 못한 하연이 낮은 탄성을 내자, 도윤의 입꼬리가 비스듬히 올라갔다. 하연의 놀란 반응에도 남자는 멈추지 않았다. 당황하여 힘이 빠진 그녀의 다리 사이를 그저 벌리고, 파고들었다.

"벌써 하게요? 저녁은……."

"식사는 중요하지 않아."

네가 중요하지.

하연이 중요하다는 것은 도윤의 말버릇이었다. 그리고 하연은 늘 그것이 진심이라는 것을 알았다.

도윤의 손가락이 섬세하게 그녀의 허벅지를 만지작거렸다. 꽉 오므라들어 부풀어 오른 살을 자극했다. 야들야들한 피부가 쓸려 붉게 달아올랐다.

손톱 옆의 거스러미가 제 살결을 스칠 때마다 따끔거리면서도 아찔했다. 아무것도 하지 않았는데도 속이 움찔거렸다.

"그때도, 지금도, 너만 보여. 하연아."

남자의 다정한 말과 달리 손끝은 거침없었다. 매끄러운 속옷 위로 그녀의 것을 자극했다. 압력을 줘서 하는 터치에 저절로 다리 사이에 맺힌 힘이 풀린다. 그녀의 다리가 벌어지자 도윤이 다시 얼굴을 파묻었다.

"자기야!"

하지만 말릴 수 없었다. 별것 아닌 터치에도 하연의 안은 질척거렸다. 도윤의 손끝만 닿아도 이미 쾌락에 익숙해진 그녀는 금세 마음이 풀렸다. 남자가 어떤 짓을 하려는지 알면서도 저도 모르게 힘이 풀려 그를 받아들였다.

남자는 속옷을 젖히고 그녀의 아래에 얼굴을 묻었다. 언제나 맞는 말만 하는 단정한 입술이 음란하게 움직였다.

속옷을 벗기자 천과 그녀의 아래 사이에 흥분의 증명이 길게 늘어졌다. 쑥스러워 하연은 질끈 눈을 감았다. 아무리 도윤과의 관계가 익숙해졌어도 부끄러움까지 사라지진 않았다.

그의 눈동자 앞에 제 흥분의 흔적이 그대로 드러나는 것을 보는 건 더더욱.

그러나 도윤은 흥분의 흔적이 더욱더 자극적인지 축축한 입술을 달싹였다.

그리고 곧, 찰나의 순간에 그가 덤벼들었다.

"아!"

하연의 머리가 뒤로 젖혀졌다. 그녀의 풍성한 까만 머리카락도 함께 쏟아졌다. 도윤의 입술이 하연의 갈라진 틈 사이로 파고들었다.

"하."

뜨거운 숨결이 다리 사이로 느껴진다.

언제나 완벽한 자신의 남편이 마치 짐승처럼 제 다리 사이에 머리를 박고 달뜬 호흡을 하고 있었다. 그 바람이 안에 닿을 때마다 미칠 듯 몸이 달아올랐다.

도윤이 그녀의 다리 사이를 헤집으며 속삭였다.

"젖었네."

말해 주지 않아도 이미 느낄 수 있는 것을 남자가 담담하게 말하며 하연의 것을 빨아 댔다.

거침이 없었다. 입술로는 이미 부풀어 오른 하연의 살점을 오물거렸다.

"으흣."

직접적인 자극에 하연이 몸을 비틀었다. 그의 코는 하연의 통통한 살에 박혀 있었다.

미쳤나 봐.

아무리 아무도 없는 집이라고 해도 아직 초저녁이다. 침대 위에서 다리를 벌리고 그 사이에 도윤이 자리 잡아 게걸스럽게 자신을 탐하는 모습이 더없이 색정적이고 야릇했다.

"아무래도 이런 건."

"이런 게 뭔데?"

장난스럽게 도윤이 대답했다. 입술로 그녀의 갈라진 균열을 훑다가, 혀를 길게 뽑아 그사이를 핥았다.

"하."

말을 하려던 하연의 입술이 멈췄다. 파르르, 온몸이 떨렸다. 가슬가슬한 혓바닥이 안을 자극해 미칠 것만 같았다.

"내가 지금 뭘 하고 있는데?"

억울하게도, 완전히 흐트러져 숨을 헐떡이는 자신과는 달리, 도윤은 멀끔했다.

많은 것들이 달라졌지만 이런 것은 예전과 같았다. 언제나 도윤은 하연을 무너뜨렸다.

지금 그는 아까 회사에서 돌아온 차림 그대로였다. 흐트러짐 없는 머리카락, 느른한 눈동자, 주름 하나 가지 않은 정장. 완벽한 모습이었다.

다만, 그녀를 탐하느라 붉어진 입술만이 달랐다.
"말해 봐, 신하연. 내가 지금 뭘 하고 있는데."
"알면서."
"말 안 해 주면 몰라."
"지금 입술로……."
결국 말을 흐렸다. 그가 자신의 아래를 빨고 있다는 것은 도저히 말로 할 수 없었다. 아직 그 정도의 수치심은 하연에게 남아 있었다.
"지금 입술로 날 괴롭히고 있잖아."
"괴로워?"
그의 질문에 하연은 긴 속눈썹을 내리깔았다. 그리고 고개를 끄덕였다.
"응, 괴로워."
"……."
"당신을 얼른, 가지고 싶어서 괴로워."
도윤의 것은 이미 흥분해 있었다. 그 길고 딱딱한 것으로 안을 다 휘저어 주면 좋겠다. 하연의 안은 이미 질척질척 젖어 있었고, 그의 페니스가 들어와 안을 휘저으면 더없이 기분 좋을 것을 그녀는 잘 알고 있었다.
손을 뻗어 그에게 말했다.
"안으로 들어와 줘."
입술로 그가 자신을 자극하는 것도 너무나 좋았지만, 눈이 뒤집힐 정도로 짜릿했지만……. 더 강렬한 것을 원했다.
"당신이 필요해."
하연의 애원에 도윤은 한쪽 눈썹을 끌어 올렸다. 그리고는 버클을 풀었다. 찰캉찰캉 하는 그 소리에 하연은 마른침을 삼켰다.

"아."

안달이 났다. 손을 뻗어 속옷 위로 그의 것을 움켜쥐었다. 흥분해 있던 것은 신하연만이 아니었다. 도윤 역시 아까부터 하연 때문에 흥분해 있었는지, 이미 한계치까지 커져 있었다.

검은색 박서에는 더 진하게 얼룩도 그려져 있었다. 천천히 속옷을 내리자, 그의 것이 툭 튀어나왔다. 푸른 혈관이 성깃 돋아 있는 길고 굵은 그의 페니스.

"오늘 적극적이네."

도윤은 귀엽다는 듯 하연을 보면서 말했다. 그의 말에 하연은 얄밉다는 듯, 눈을 가늘게 뜨고 속삭였다.

"자기가 자극했잖아."

"뭐라 하는 거 아니야, 좋아서 그래. 하연아."

그리고 남자는 이미 흥분한 그의 것을 하연의 다리 사이에 가져다 댔다.

"아."

단단하고 뜨거웠다. 이미 그녀의 애액으로 젖어 있는 아래는 꿀렁거리며 남자의 것을 기다렸다. 어서 넣어 달라는 듯, 의도치 않게 하연의 허리가 위로 떴다.

"빨리……."

페니스가 천천히 위아래를 자극하자 축축했던 다리 사이가 완전히 젖었다. 옅은 색의 음모 위에 물이 아닌 뜨거운 애액이 뚝뚝 방울져 떨어졌다.

숨이 벅차고 미칠 것만 같았다.

"그때 난."

도윤이 입술로 하연의 귓바퀴를 훑었다.
“이렇게 하고 싶었어, 하연아.”
“……아.”
“너를 머리끝부터 발끝까지 핥고, 네 입술을 삼키고.”
그렇게 말하면서도 도윤의 것은 그녀의 점막을 쿡쿡 쑤시며 자극했다.
“널 완전히 내 것으로 하고 싶었어.”
예전엔 말할 수가 없었다. 모든 것을 솔직하게 말하면 네가 멀어질까 봐. 너를 그렇게 욕심내서 가지면 안 될까 봐.
“그래서 말하지 못했지만, 이제는 아니지.”
도윤은 하연의 턱을 들어 올려 그녀의 입술에 입을 맞췄다. 뜨거운 혀가 단숨에 안으로 파고들어 헤집었다.
아.
너무 좋아.
그와 야릇한 일을 할 때도 물론, 머리가 어질거릴 정도로 기분이 좋았지만 이렇게 입술을 맞추고 있노라면 가슴 속 깊은 데서부터 충만감이 솟아올랐다.
도윤은 하연의 머리카락을 쓸어 넘기고 그녀의 목을 손가락으로 훑었다. 그곳에서부터 하연의 등, 허리, 그리고 더 아래로 저릿한 쾌감이 흘러 내려갔다.
잠시 숨을 몰아쉬기 위해 그의 입술과 하연의 입술이 떨어졌다.
“해 줘요.”
“…….”
“그때 하고 싶었던 것 모두.”
어서, 하고 그를 더 재촉한 순간.

하연의 겉을 훑고만 있던 남자의 것이 안으로 꿰뚫고 들어왔다.
"아!"
빠듯하게 파고들었다. 늘 놀라게 되는 엄청난 존재감에 하연은 탄성을 내뱉었다. 작은 구멍을 열고 굵은 것이 꼬챙이가 파고들 듯 한 번에 그녀의 안을 꿰뚫었다. 하연의 입술이 벌어지고 깊은숨을 몰아쉬었다.
"하아."
"자기야."
"……읏."
하연의 안이 꽉 그를 깨물었다. 이미 수백, 수천 번 그들은 몸을 겹쳤지만, 들어갈 때마다 처음에는 이렇게 비좁게 느껴지곤 했다.
완전히 안에 들어가고 나자 도윤은 한참을 그녀를 끌어안은 채 하나가 된 느낌을 즐겼다.
하연의 점막이 그의 것을 꽉꽉 물었다. 하지만 거대한 크기와 단단한 강도에 당황하던 하연의 몸은 오래 지나지 않아 곧, 그의 크기에 익숙해졌다.
도윤이 천천히 음미하듯 그녀의 안을 헤집었다. 하연의 점막이 미끌거리며 도윤의 것에 달라붙자, 곧 그는 속도를 높여 허리를 흔들었다.
퍽, 퍽.
그의 단단한 근육과 하연의 부드러운 살이 짓이겨지는 소리가 침실에 울린다.
언제나 두 사람은 이렇게 급했다. 어느 정도 서로에게 익숙해졌다고 생각했는데, 입술을 겹치고, 살결을 맞대다 보면 오랜 애무는 필요 없었다.

어서 서로와 함께하고 싶은 마음이 강했다.

"읏."

도윤이 이를 악물었다. 거칠고 길게 안을 헤집다가 더 빠르게 허리를 흔들어 댔다.

"아흣."

달아올라 있는 점막을 그의 단단한 것이 긁었다. 그럴 때마다 허벅지의 신경이 끊어질 정도로 달아올랐다. 이미 흠뻑 젖어 있던 하연의 다리 사이에는 더 격렬한 흥분의 결과로 액체가 줄줄 흘러내리고 있었다.

찰박, 찰박.

도윤이 움직일 때마다 두 사람 사이에서는 거품이 피어올랐다. 도윤이 가장 깊은 안쪽으로 들어왔을 때 그의 단단한 복근이 하연의 부드러운 아래를 짓이겼다.

무어라 말할 수 없는 쾌감.

하연은 도윤의 단단한 몸을 끌어안고 숨을 할딱였다.

그의 품 안에 안겨 있는 것만큼 그녀를 만족시키는 것은 없었다. 도윤과 몸을 겹치고 있으면 온몸의 세포가 살아 있는 게 느껴졌다.

"자기야."

"하연아."

"아. 아, 아아."

다리를 들어 허벅지로 그의 허리를 꽉 끌어안았다. 이미 충분히 자신의 안으로 박혀 들어온 그였지만, 1mm도 더 떨어지고 싶지 않았다. 완벽하게 하나가 되고 싶었다.

그렇게 하연이 그를 꽉 끌어안는 순간, 그녀의 안이 좁아 들며 도윤의 것을 꽉 물었다.

"아."

"아읏."

이미 충분히 커져 있던 남자의 것이 부풀어 올라 그녀를 더욱 더 압박했다.

그리고.

좀 전까지 점멸했던 그녀의 세상이 순간 까맣게 변했다.

"아앗!"

높은 신음을 올리며 하연이 그의 품에서 파르르 떨었다. 동시에 남자의 것이 안에서 투투툭, 터져 나왔다.

그의 뜨거운 액체가 그녀의 안에 쏟아졌다. 그조차도 쾌감이 너무 심해 하연은 바르르 떨었다.

모든 것이 쾌감이었다.

그와 함께 있으면 그저 좋았다.

"하연아, 사랑해."

도윤이 여전히 하연을 안은 채로 그녀의 귀에 속삭였다.

신하연이 차도윤을 사랑하게 된 게 몇 년 전인지 이제는 까마득해 기억도 나지 않았다. 처음 관계를 맺은 것도, 그리고 결혼한 것도 오래전 일이었지만.

그렇지만.

그들은 여전히 뜨겁게 사랑했다.

10년 전에도, 어제도, 오늘도, 그리고 내일도. 사랑하고 또 사랑할 것이다.

하연은 확신했다.

두 사람이 영원히 사랑할 것임을.

“나도요.”

그렇게 대답하고는 하연은 눈을 감았다. 제 몸을 지배하는 충만한 행복감에 미소 지으며.

〈아파도 하고 싶은〉 외전 완결